ANGELIKA SCHWARZHUBER

Hochzeitsstrudel und Zwetschgenglück

Roman

blanvalet

Verlagsgruppe Random House FSC-DEU-0100
Das für dieses Buch verwendete FSC®-zertifizierte Papier
München Super liefert Arctic Paper Mochenwangen GmbH.

1. Auflage
Originalausgabe Mai 2013
Copyright © 2013
by Blanvalet Verlag, München,
in der Verlagsgruppe Random House GmbH
Redaktion: Sabine Cramer
AVe · Herstellung: sam
Satz: Uhl + Massopust, Aalen
Druck und Einband: GGP Media GmbH, Pößneck
Printed in Germany
ISBN: 978-3-442-38074-9

www.blanvalet.de

Für Felix und Elias
Ihr seid das größte Wunder in meinem Leben

kapitel 1

Zu einer Zeit, in der die Postleitzahlen in Deutschland noch vierstellig waren und noch niemand ahnte, dass Mobiltelefone Jahre später einmal Handys heißen würden…

Es war erstaunlich warm für Ende Oktober. Der Himmel leuchtete in einem so intensiven dunklen Blau, wie es nur am Ende eines Sommers möglich war, wenn die Sonne besonders tief stand.

Wolfgang Sagmeister kam ordentlich ins Schwitzen, als er langsam einen felsigen Weg am Watzmann nach oben stieg. Er hatte in den letzten Monaten zu viel am Schreibtisch gesessen, um sich auf sein Abitur vorzubereiten. Das rächte sich jetzt. Wolfgang war alleine unterwegs. Nicht weil er ein ungeselliger Mensch war, sondern weil er Zeit brauchte, um nachzudenken. Und wo konnte man das besser tun, als in den Bergen? Gut, vielleicht noch an den Ufern des Meeres. Leider war er selbst noch nie in einem fernen Land gewesen, sondern hatte immer nur davon geträumt. Doch das sollte sich bald ändern.

Wolfgang zog sich langsam an einem Felsen hoch. Die Muskeln in seinen Armen zuckten vor Anstrengung. Doch als er oben angekommen war und sich schwer atmend ins Gras setzte, hatte sich die Mühe mehr als gelohnt. Bei dem Anblick des atemberaubenden Panoramas fühlte er sich völlig frei und losgelöst von allen Vorschriften und Zwängen. Er würde nicht mehr weiter nach oben steigen, sondern hier eine Rast einlegen und dann umkehren. Sonst würde er den Rückweg vor Einbruch der Dunkelheit nicht mehr schaffen.

Er strich die schulterlangen hellbraunen Haare aus dem Gesicht und holte aus seinem Rucksack eine Flasche Wasser und eine Brotzeitdose. Nachdem er sich gestärkt hatte, drehte er sich eine Zigarette, steckte sie an und inhalierte den Rauch tief. Er legte sich zurück, schob den Rucksack unter seinen Kopf und schloss die Augen.

Er dachte an seine Freundin. Sie wusste nicht, dass er hier oben war. Niemand wusste das. Noch nicht mal seine Eltern, die es seit seiner Volljährigkeit ohnehin gewohnt waren, dass ihr Sohn tat, was er wollte. Das war die Freiheit, die für ihn so wichtig war. Die Freiheit, seine eigenen Entscheidungen zu treffen.

Der Aufstieg hatte ihn mehr angestrengt, als er gedacht hatte. Und vielleicht auch die wenigen Stunden Schlaf in den letzten Tagen. Sorgfältig drückte er den Zigarettenstummel aus und beschloss, ein kurzes Nickerchen zu machen.

Flatternde Haare in seinem Gesicht weckten ihn plötzlich auf. Wolfgang schrak hoch. Der Himmel hatte sich zugezogen, und ein frischer Wind war aufgekommen. Fröstelnd holte er seine Jacke aus dem Rucksack und zog sie an. Er hatte wohl viel länger geschlafen, als er vorgehabt hatte. Besorgt blickte er in den immer dunkler werdenden Himmel. Donnergrollen polterte bedrohlich und hallte an den Felsen wider. Der Wind wurde stärker, und die ersten dicken Regentropfen fielen. Wie hatte sich das Wetter nur so schlagartig ändern können? Er musste zusehen, dass er schnellstens ins Tal kam. Ein plötzlicher Wetterumschwung in den Bergen, gerade zu dieser Jahreszeit, konnte lebensbedrohlich sein. Vor allem wenn man so unvorbereitet wie er ohne die nötige Ausrüstung unterwegs war.

Eine Viertelstunde später tobte ein schweres Gewitter. Grelle Blitze zuckten am Himmel, und der Lärm des Donners war ohrenbetäubend. Aus dem Regen war inzwischen eisiger Hagel geworden, der ihm schmerzhaft ins Gesicht peitschte. Wolfgang rutschte auf dem Hagelteppich aus, fiel hin und verletzte sich am Ellenbogen und an den Knien. Mühsam rappelte er sich hoch und humpelte weiter. Der Hagel hatte den Weg fast unbegehbar gemacht. Wolfgang verfluchte das Wetter und sich selbst. Dass er nicht früher zurückgegangen war! Plötzlich entdeckte er einen kleinen Hohlraum unter einem Felsvorsprung, den er als Unterschlupf benutzen konnte. Es war fast eine Höhle. Hier war er einigermaßen vor dem Unwetter geschützt. Der Arm und die Knie taten höllisch weh. Doch wenigstens blutete er nicht. Er versuchte, sich mit klammen Fingern eine Zigarette zu drehen.

»Verdammt! Verdammt!«, rief er, als es ihm nicht gelang. Seine Finger zitterten zu sehr.

Er hoffte, dass das Wetter sich bald beruhigen würde. Nach einer Weile ließ das Gewitter tatsächlich nach, doch der Hagel war in Schnee übergegangen. Jetzt bekam er es wirklich mit der Angst zu tun.

Er dachte wieder an seine Freundin. Vielleicht hätte er nach dem Streit vor zwei Tagen nicht einfach verschwinden sollen. Warum hatte er niemandem erzählt, wo er hinfuhr? Noch nicht mal seinem besten Freund? Weil er es bei seiner Abfahrt selbst noch nicht genau gewusst hatte? Er hatte sich mit seinem Rucksack an den Straßenrand gestellt und war per Anhalter gefahren. Eigentlich wollte er in Richtung Süden. Ans Meer. Doch zunächst war er hier gelandet.

Was für eine Ironie des Schicksals, dass ausgerechnet seine Liebe zur Freiheit ihn jetzt zu einem Gefangenen dieses Berges gemacht hatte. Niemand würde ihn hier suchen. Niemand würde ihm helfen.

Es schneite immer stärker, und Wolfgang fror erbärmlich. Er holte aus dem Rucksack die wenigen Kleidungsstücke, die er eingepackt hatte und zog sie an.

Er vermisste seine Freundin, so sehr, wie er noch nie im Leben einen Menschen vermisst hatte. Er wollte ihr so viel sagen!

Wolfgang hatte immer einen Schreibblock dabei, um seine vielen Ideen zu notieren, wenn er unterwegs war. Er wollte einmal Schriftsteller werden. Das war sein großer Lebenstraum.

Um seine Hände aufzuwärmen, rieb er die Handflächen heftig gegeneinander und ignorierte dabei den Schmerz im Arm so gut es ging. Dann begann er mit zitternder Hand zu schreiben.

Es war kein allzu langer Brief, den er schrieb. Doch es dauerte eine Weile, bis er fertig war. Dann riss er die Seiten aus dem Schreibblock, faltete sie, steckte sie in die leere Brotzeitdose und verstaute diese in seinem Rucksack.

Endlich ließ der Schneefall ein wenig nach. Nicht mehr lange und die Nacht würde hereinbrechen. Wolfgang wusste, wenn er hier blieb, wäre das sein sicherer Tod. Die einzige Chance zu überleben war ein Abstieg ins Tal. Und Wolfgang wollte überleben…

Kapitel 2

Es war unglaublich. Egal wie zeitig ich losfuhr, ich schaffte es auf eine wundersame Weise immer, zu spät zu kommen. Genau jetzt in dieser Minute sollte ich mich mit Frank Cornelius im Café Himbeere am Rande der Münchner Fußgängerzone treffen. Ich radelte noch schneller und bog in halsbrecherischer Geschwindigkeit in eine Seitenstraße ein. Nicht zum ersten Mal bedauerte ich es, dass mein schnuckeliger Opel Corsa kürzlich Opfer eines dringend notwendigen Sparprogrammes geworden war. Doch daran wollte ich jetzt nicht denken. Ich musste mich auf den Job konzentrieren, denn ich brauchte das Geld dringend.

Fünf Minuten später sperrte ich mein Fahrrad ab, öffnete hastig meinen Pferdeschwanz und schüttelte meine blonde lange Mähne, bis sie locker über meine Schultern fiel. Ich zog die Jacke meines dunkelblauen Hosenanzugs zurecht. Noch schnell die riesige Sonnenbrille aufgesetzt, einmal tief Luft geholt und dann betrat ich langsam und ruhig, als ob ich gerade aus einem Taxi gestiegen wäre, das kleine Café. Es war nicht viel los, denn die meisten Leute genossen an diesem wunderschönen Apriltag die ersten warmen Sonnenstrahlen des Frühlings.

Frank Cornelius saß in der Ecke an einem kleinen Tisch und trug genau wie ich eine dunkle Sonnenbrille. Zumindest vermutete ich, dass er es war. Wir wollten beide nicht erkannt werden. Ich war ihm vorher noch nie begegnet. Da jedoch kein anderer Mann um die fünfzig im Café war, steuerte ich direkt auf den attraktiven Mann mit dem vollen graumelierten Haar zu.

»Herr Cornelius?«

Er stand auf und reichte mir die Hand. Sie war warm und fest.

»Es tut mir leid, dass ich mich verspätet habe«, entschuldigte ich mich. Es tat mir wirklich leid, meine Unpünktlichkeit fand ich selbst ganz schrecklich.

»Kein Problem. Setzen Sie sich doch bitte«, begrüßte er mich mit einem charmanten Lächeln und zeigte dabei eine Reihe strahlend weißer Zähne, die so perfekt waren, dass sie nie und nimmer natürlichen Ursprungs sein konnten.

»Ich freue mich, Sie kennenzulernen, Bea.«

Dass er mich so nannte, zeigte mir, dass er tatsächlich der Mann war, mit dem ich hier verabredet war. Bea war natürlich nicht mein richtiger Name, sondern von meinem Firmennamen abgeleitet: *BeauCadeau* hieß meine Firma, was so viel bedeutete wie »Schönes Geschenk«.

Meinen richtigen Namen – Hanna Gruber – kannte er genauso wenig wie meine übrigen Kunden, die übrigens ausschließlich männlich waren.

Zum Glück redete ich in meinem privaten Umfeld so gut wie nie über meinen Job. Ein französischer Firmenname und ausschließlich männliche Kunden, die meinen richtigen Namen nicht kannten? Das hätte auf die meisten Leute, die ich kannte, ziemlich… naja… merkwürdig gewirkt. Aber ich war weder eine Prostituierte, noch führte ich einen Escort-Service. Ich war eine bodenständige Geschäftsfrau. Zumindest meistens.

Nur ein einziger Mann wusste, wer sich hinter BeauCadeau

verbarg. Mein Freund Mike. Mike, also Michael, war kein Beziehungsfreund, sondern mein Wie-eine-beste-Freundin-Freund. Er betrieb zusammen mit seiner Frau Miriam eine gut gehende Bar in Schwabing. Mike war es auch, der mich auf die Idee gebracht hatte, BeauCadeau ins Leben zu rufen. Vor drei Jahren hatte ich ihm mit dem Tipp für ein besonderes Geschenk für Miriam einen großen Gefallen getan. Seitdem vermittelte er mich diskret an Geschäftsfreunde oder Gäste in seinem Lokal. Und zwar ohne einen Cent Provision zu verlangen.

Ich hatte mich darauf spezialisiert, für Ehefrauen, Geliebte, Mütter, anspruchsvolle Töchter oder manchmal auch für fleißige Sekretärinnen besondere Geschenke zu allen möglichen Anlässen zu finden. Meine Provision betrug zehn Prozent des Kaufpreises, egal wie hoch das Budget war. Und das war manchmal sehr ordentlich. So ordentlich, dass ich von der Provision leben und mir sogar halbtags eine Mitarbeiterin leisten konnte: Daniela.

Meine Geschäftsidee hatte sich mittlerweile als erstaunlich lukrativ erwiesen. Die meisten erfolgreichen Männer hatten wenig Zeit, sich wegen einer Überraschung den Kopf zu zerbrechen. Und auch andere Männer taten sich bekanntermaßen nicht immer leicht, passende Geschenke für ihre Frauen zu finden. Ich meine wirklich passende Geschenke, über die sich eine Frau auch wirklich freute.

Seltsamerweise hatten vor allem reiche Männer dieses Problem. Es war kaum zu glauben, aber es war offensichtlich einfacher, jemandem mit geringen Mitteln eine Freude zu bereiten, als eine reiche Frau mit einem teuren Geschenk zu überraschen.

Und hier kam ich auf den Plan. Ich bekam ein Budget und einige Informationen über die Frau und begann dann herauszufinden, was sie sich wünschte. Manchmal war es einfach, und die neueste Louis-Vuitton-Tasche zauberte der Beschenkten ein Strahlen ins Gesicht und Tränen des Glücks in die Augen. Wenn die Frau glücklich war, bekam es der Mann meist noch in derselben Nacht zu spüren. Was wiederum den Mann sehr glücklich machte. Und sich positiv auf einen Bonus für mich auswirken konnte.

Meist jedoch war es schwieriger, und ich musste fast schon detektivische Arbeit leisten, um herauszufinden, worüber die Frauen sich wirklich freuten.

Das verrückteste Geschenk, das ich jemals vermittelt hatte, war ein vergoldeter Nachttopf, auf den Ludwig der XIV. schon seinen königlichen Hintern gesetzt hatte. Antiquität hin oder her, warum man sich so etwas wünschte, blieb mir schleierhaft. Ich konnte es genauso wenig verstehen wie Schönheitsoperationen, die leider immer öfter auf dem Wunschzettel der Frauen standen.

Das Wichtigste in meinem Geschäft war absolute Diskretion. Die Frauen durften natürlich niemals erfahren, dass ihr Mann, Liebhaber, Vater, Sohn oder Chef sich nicht persönlich um ein Geschenk bemüht hatte. Da verstanden Frauen keinen Spaß.

BeauCadeau konnte man nicht im Internet finden, es gab keine Prospekte und auf den Visitenkarten standen nur *BeauCadeau* und zwei Handynummern. Mein Geschäft lebte ausschließlich durch Mundpropaganda. Deswegen war es umso wichtiger, dass die Männer mit mir zufrieden waren.

Ich hatte sogar einige Abo-Kunden, die sich total darauf verließen, dass ich sämtliche Geschenke, die im Laufe eines Jahres anfielen, organisierte. Jetzt, kurz vor Ostern, hatten Daniela und ich natürlich einiges zu tun.

»Eine Tasse Kaffee, bitte«, bestellte ich bei der rothaarigen Bedienung, bevor Frank Cornelius und ich uns dem Geschäftlichen zuwandten.

»Meine Frau wird am 10. Juli vierzig. Sie ist sehr anspruchsvoll, Bea. Es wird nicht leicht sein, für sie ein Geschenk zu finden.«

»Ach, machen Sie sich da mal keine Gedanken«, beruhigte ich ihn, ganz die selbstbewusste Geschäftsfrau, die ich eigentlich gar nicht war. »Bis dahin ist es ja noch eine ganze Weile hin.« Und außerdem hatte ich noch immer das Passende gefunden.

Die Bedienung brachte den Kaffee, und wir unterbrachen kurz unser Gespräch. Dann rückte er über dem Tisch mit dem Kopf ganz nah an mich heran, so dass unsere Sonnenbrillen fast aneinanderstießen.

»Wir haben erst vor zwei Jahren geheiratet. Ich liebe diese Frau wie keine Frau je zuvor. Und ich will, dass dieses Geschenk ihr genau das zeigt.«

Was für ein wundervoller Mann, dachte ich, fast ein wenig neidisch. Manche Frauen hatten aber auch wirklich unendliches Glück bei der Auswahl ihrer Männer. Leider gehörte ich absolut nicht in diese Kategorie. Die wenigen Männer, die es bisher in meinem Leben gegeben hatte, hatten mir ihre Liebe dadurch gezeigt, dass sie mir erlaubt hatten, ihnen jeden Wunsch von den Augen abzulesen und natürlich auch zu erfüllen.

Das Paradebeispiel dafür war Simon gewesen. Gott, wie hatte ich diesen Mann geliebt! Ich hatte ihn auf einer Party bei Freunden kennengelernt, gerade als ich mich nach langem Hin- und Herüberlegen entschlossen hatte, ein Journalistik-Studium zu beginnen. Simon studierte bereits. Medizin. Er wollte einmal plastischer Chirurg werden, um damit Menschen zu helfen, die durch Unfälle oder Krankheiten entstellt worden waren.

Damit wir uns eine gemeinsame Wohnung leisten konnten, verschob ich mein eigenes Studium und jobbte bei einer großen Catering-Kette. Meine Mutter war ziemlich sauer, dass ich wegen

Simon, den sie nicht leiden konnte – sie nannte ihn einen abgebrühten Schmarotzer – meine eigenen Bedürfnisse zurücksteckte. Doch ich tat das gerne. Wenn er erst einmal mit seinem Studium fertig war und sich spezialisiert hatte, würden wir heiraten und glücklich sein. Meine Güte, wie naiv ich doch damals gewesen war!

Mein Verdienst reichte aus, um gerade so über die Runden zu kommen, aber Extras konnten wir uns davon nicht leisten.

»Wie wundervoll wäre es, wenn wir gemeinsam Urlaub machen könnten...«, oder »Wenn ich diese neuesten medizinischen Bücher hätte...«, oder »Schade, dass wir kein eigenes Auto haben...«, seufzte Simon, und ich brauchte nach und nach das ganze Geld, das ich von meinem Vater geerbt und anteilig aus seiner Lebensversicherung bekommen hatte, auf, um seine vielen Wünsche zu erfüllen. Im Wünscheerfüllen war ich schon immer eine Granate gewesen. Vielleicht war ich deshalb auch so erfolgreich mit meinem Unternehmen.

Simon war damals einer der wenigen Studenten ohne reiche Eltern, die das Leben in vollen Zügen genießen konnten: Reisen in die Karibik oder Kurztrips nach New York gehörten ebenso zu seinem Leben wie ein eigener Wagen, für den wir auch noch eine Garage angemietet hatten. Schließlich wäre das Eiskratzen im Winter für seine empfindlichen Chirurgenhände eine Zumutung gewesen. Das alles bekam er, ohne dafür zu arbeiten.

Simon war auch sehr gesellig, und wir schmissen regelmäßig Partys, bei denen seine Kommilitonen sich die Bäuche vollschlugen. Mein Geld wurde immer weniger. Doch ich sah das alles als eine Investition in meine, in unsere Zukunft.

Es passierte, was passieren musste: Nachdem er endlich mit dem Studium fertig war und in einer Schönheitsklinik ordentlich

Geld verdiente, gestand er mir, dass er mich nicht mehr liebte. Ich fragte ihn, ob eine andere Frau im Spiel war.

»Aber nein! Ich liebe dich nur nicht mehr, Hanna«, sagte er so kalt wie ein Fisch auf Eis im Kühlhaus.

Dieser verdammte Lügner! Bald darauf erfuhr ich, dass er schon seit einigen Wochen mit einer anderen Frau zusammen war. Mit der Tochter des Chefarztes. Ein halbes Jahr später waren die beiden verheiratet.

Sieben lange Jahre und mein gesamtes Geld hatte ich an diesen Mistkerl verschwendet! Hinterher hatte ich mir auch noch wochenlang die Augen ausgeheult. Und ich konnte noch nicht einmal jemand anderem die Schuld dafür geben. Denn ich hatte das ganz alleine zu verantworten. Allerdings hatte ich daraus gelernt. Ich würde mich nie wieder so ausnutzen lassen! Stattdessen hatte ich meine vermeintliche Schwäche erfolgreich zum Beruf gemacht.

»Sie haben ein Budget von einer Million«, riss mein Auftraggeber mich aus den Gedanken.

Wie bitte? Eine Million? Das hatte ich jetzt sicher falsch verstanden. Oder? Ich schluckte.

»Könnten Sie das bitte wiederholen?«, bat ich ihn leise.

Kapitel 3

»Eine Million Euro?«, fragte Daniela, meine Mitarbeiterin, ungläubig, als ich wieder zurück im Büro war. Unbewusst zwirbelte sie mit dem Finger in ihren kurzen schwarzen Haaren. Eine Art Tick, der sich immer zeigte, wenn sie aufgeregt war. Ich warf die Sonnenbrille auf meinen Schreibtisch und drehte glücklich eine Pirouette.

»Ja! Damit packen wir's!«, jubelte ich glücklich. Endlich war Licht am Ende des Tunnels. Das Geschäft lief zwar gut, aber es hatte im letzten Jahr einen größeren Ausfall gegeben. Die Firma eines Kunden war pleite gegangen, und das stattliche Honorar, das er mir nach wochenlanger Recherche für seine komplizierte Frau schuldete, war futsch. Dabei hatte ich das Geld schon vorab verplant und in mein neues Büro investiert. Als wäre das noch nicht genug, flatterte mir vom Finanzamt auch noch ein dicker Nachzahlungsbescheid ins Haus. Ganz zu schweigen von den Steuerberaterrechnungen für die Leistungen der letzten beiden Jahre, die ausgerechnet jetzt fällig wurden.

Ich kam mir vor wie in einem Hamsterrad. Je mehr ich verdiente, desto mehr musste ich abgeben. Dabei leistete ich mir selbst kaum mehr als zu Beginn meiner Selbständigkeit. Ich hatte fast alles wieder in das Geschäft gesteckt. Doch mit dem Geld von Cornelius würde ich nicht nur auf einen Schlag alle Schulden begleichen und Daniela als Mitarbeiterin behalten, sondern auch noch ein Polster für Notzeiten anlegen können. Und das Beste daran war, dass ich noch in den nächsten Tagen eine Vorauszahlung bekommen sollte. Das Geld würde zwar gerade einmal dafür reichen, meinen Steuerberater bei Laune zu halten und dem Finanzamt mit einer kleinen Anzahlung meinen guten Willen zu zeigen, doch damit war schon mal viel gewonnen.

»Ich bin so froh, Hanna«, sagte Daniela glücklich, und ihre dunkelblauen Augen blitzten verräterisch. Hoffentlich fing sie jetzt nicht an zu heulen! Daniela wusste natürlich, wie es um die Firma stand, und lebte seit Wochen in der ständigen Angst, dass ich ihr kündigen müsste.

»Und ich erst! Total froh! Darauf müssen wir anstoßen!«, rief ich fröhlich und öffnete den Kühlschrank in der kleinen Kochnische. Doch der Inhalt gab nicht allzu viel her, was sich zum Feiern eignen würde. Nur noch ein letzter Rest des Eierlikörs war da, den wir ab und zu über Kuchen oder Eis gossen, wenn uns am Nachmittag die Lust auf etwas Süßes überkam. Was leider allzu oft der Fall war und nicht gerade günstig für meine Figur.

Während Daniela essen konnte wie ein Scheunendrescher, ohne ihre Kleidergröße 36 in irgendeiner Weise zu gefährden, kämpfte ich ständig darum, meinen BMI unter 25 zu halten und nicht in den Status »Pummelchen« zu fallen. Ich war zwar nicht dick, aber auch nicht gerade gertenschlank. Und mit meinen knappen 1,63 war natürlich jedes Pfund, das ich zunahm, deutlicher zu erkennen, als bei einer Frau, die einen Kopf größer war als ich.

Aber heute wollte ich mir über meine Figur keine Gedanken machen, sondern war einfach nur glücklich und dankbar über den lukrativen Auftrag.

Ich verteilte den Rest auf zwei Gläser, und wir stießen mit dem Eierlikör auf Frank Cornelius an.

»Prost!«

»Prost! Auf den Cornelius und seine Frau!«

»Hast du schon genaue Informationen über sie?«, fragte Daniela neugierig. Es war immer der spannendste Teil unserer Arbeit, Details über die Frauen zu erfahren.

Ich schüttelte den Kopf.

»Er schickt die Daten heute noch per E-Mail. Ach Daniela, ich bin so erleichtert, dass wir diese schwierige Zeit überstanden haben.« Ich stellte das Glas zur Seite und umarmte meine fast gleichaltrige Mitarbeiterin, die mir inzwischen zu einer sehr guten Freundin geworden war.

»Und ich erst«, seufzte Daniela, die zusätzlich zur Arbeit bei mir ab und zu als Bedienung bei Mike jobbte, um sich und ihren vierjährigen Sohn Benny durchzubringen. Der Vater des Jungen zahlte zwar pünktlich Unterhalt, aber der machte das Kraut auch nicht wirklich fett, weil er recht wenig verdiente und deshalb auch wenig zahlte. Wenigstens kümmerte er sich regelmäßig um den Kleinen.

Ich holte aus meiner Handtasche meinen letzten Fünfzigeuroschein und drückte ihn Daniela in die Hand.

»Hier. Damit du Benny einen großen Osterhasen kaufen kannst«, sagte ich, glücklich, dass ich ihr eine Freude machen konnte.

»Danke, Hanna! Danke!«

»Hey, bloß nicht heulen jetzt, sonst knöpf ich dir den Fufzger wieder ab«, sagte ich und grinste schief. Ich hasste Tränen, bei anderen Leuten und bei mir noch viel mehr.

»Okay.« Sie schniefte und zwinkerte ein paarmal. Dann lächelte sie.

Es war schon erstaunlich, wie glücklich so kleine Scheinchen einen Menschen machen konnten – oder wie unglücklich, wenn sie ausblieben. Erstaunlich und bedenklich. Vielleicht war unglücklich aber auch das falsche Wort für diesen Zustand. Geldprobleme konnten einen geradezu panisch vor Angst machen und einem schlaflose Nächte mit bedrückenden Alpträumen bescheren. Eigentlich ging es den meisten Menschen ja nicht so sehr darum, sich mit Geld Glück zu erkaufen, was ohnehin nicht möglich war, sondern sich damit die Angst vom Leib zu halten.

»Was machst du denn Ostern?«, fragte Daniela.

»Osterbrunch bei Mama. Sonst habe ich noch nichts vor, außer jeden Tag lange zu schlafen und mich mit Bettina Cornelius zu beschäftigen.«

»Lange schlafen klingt gut. Sag mal, hast du Lust, mit uns ein Picknick im Englischen Garten zu machen?«

»Ja, warum nicht?« Ich würde es mir überlegen.

In diesem Moment klingelte mein privates Handy.

»Hallo Mama!«, meldete ich mich vergnügt am Telefon. »Gerade habe ich von dir gesprochen. Wann ist denn die große Ostersause geplant?«

»Daraus wird leider nichts werden, Hanna. Es ... es tut mir leid, aber deine Oma Berta ist heute früh gestorben.«

kapitel 4

Keine zwei Stunden später saß ich im Zug und war auf dem Weg nach Passau. Meine Mutter konnte erst am Tag der Beerdigung, die nach den Osterfeiertagen stattfinden sollte, nach Niederbayern fahren, weil sie das Haus mit Verwandten ihres Mannes voll hatte. Ich war also alleine unterwegs.

Mein Cousin Max würde mich später am Bahnhof abholen und mich nach Halling bringen. Das war der Name des kleinen Ortes in der Nähe von Passau, in dem sich der Bauernhof meiner Oma befand.

Berta war meine Oma väterlicherseits. Wie meine Mutter mir am Telefon erzählte, hatte sie einen Schwächeanfall erlitten, als sie gerade dabei gewesen war, hinter dem Haus einen Obstbaum zuzuschneiden. Sie hatte sich beim Sturz von der Leiter das Genick gebrochen.

Ich konnte es kaum fassen, dass Oma wirklich gestorben sein sollte. Sie war noch mit ihren achtundsiebzig Jahren eine beeindruckende Frau gewesen, die jeden Tag auf dem Hof gearbeitet hatte. Und Arbeiten hieß bei ihr nicht nur Kochen und Wäsche waschen. Berta war zäh und schuftete wie ein Mann, manchmal auch wie zwei Männer.

Sie war niemals eine liebevolle Omi gewesen. Eine, die mit den Enkeln Kuchen buk, Ostereier färbte oder an verregneten Sonntagnachmittagen eine lustige Geschichte vorlas. Als Kind hatte ich immer ein wenig Angst vor ihrem harschen Ton und strengen Blick gehabt und war ihr aus dem Weg gegangen, wann immer es möglich war.

Man sollte ja nicht böse über die Toten sprechen, vor allem, wenn sie noch nicht mal unter der Erde waren, aber ehrlich gesagt war Berta eine wirklich schlimme Zwiderwurzn gewesen. Genau das Gegenteil von Opa Bernhard, der eine Seele von einem Mann gewesen war.

Bis zu meinem dreizehnten Lebensjahr war ich als Einzelkind auf dem Hof aufgewachsen. Es war – abgesehen von meiner grantigen Oma – eine wundervolle, unbeschwerte Zeit gewesen. Bis zu diesem einen schrecklichen Tag, als mein Vater Lorenz auf dem Feld zusammenbrach und ein paar Stunden später im Krankenhaus starb. Ein Aneurysma hatte ihn das Leben gekostet. Und das mit gerade einmal sechsunddreißig Jahren. Wenige Tage nach der Beerdigung beschloss meine Mutter Hermine, mit mir ein neues Leben in München zu beginnen. Auf dem Hof bei Oma Berta wollte sie unter keinen Umständen bleiben. Die beiden hatten sich noch nie leiden können.

Ich war noch zu geschockt vom Tod meines Vaters gewesen, um richtig zu realisieren, dass ich durch den Umzug nach München mein gewohntes Umfeld verlassen musste. Mama versuchte, mich so gut es ging von meinem Heimweh nach Halling und der Trauer um meinen Vater abzulenken, doch meist war ich es, die sie aufmunterte. Ich hatte es nie ertragen können, sie unglücklich zu sehen. Die Witwenrente und ihr Anteil am Erbe und an der stattlichen Lebensversicherung, die Vater abgeschlossen hatte, ermöglichten es meiner Mutter, ihren bislang geheimen Traum endlich zu leben: Sie holte ihr Jurastudium nach. Dabei lernte sie den einige Jahre jüngeren Dieter kennen. Lange Zeit trafen sie sich nur heimlich, um mich nicht zu verletzen. Vier Jahre lang spielten sie dieses Spielchen. Dabei wusste ich längst, dass Mama einen Freund hatte.

Erst an meinem achtzehnten Geburtstag nahm sie Dieter mit zu uns nach Hause. Sie war total aufgeregt und errötete wie ein Teenager, als sie ihn mir vorstellte. Ich tat so, als ob ich völlig überrascht sei, und das schien es auch zu sein, was Mutter wollte. Seit dem Tod meines Vaters war ich geübt darin, alles zu tun, nur damit sie glücklich war.

Dieter war ein wirklich netter Mann, aber kein Ersatz für meinen Vater. Das wollte er auch nicht sein. Lieber arbeitete er auf eigenen Nachwuchs hin. Und so kam es, dass ich im zarten Alter von zwanzig Jahren meinen Status als Einzelkind verlor. Ich war die große Schwester einer derzeit noch zaghaft pubertierenden Dreizehnjährigen namens Pauline.

»Die Fahrkarte bitte«, riss mich der Schaffner aus meinen Gedanken. Ich hatte sie griffbereit in meiner Jackentasche und hielt sie ihm entgegen. Er warf einen Blick darauf, nickte und ging weiter.

Ich nahm mein Smartphone und rief meine E-Mails ab. Frank Cornelius hatte geschrieben. Neugierig öffnete ich die Mail und las die Informationen über seine Frau. Und jetzt dämmerte mir endlich, wer sie überhaupt war!

Bettina Cornelius hatte früher Betty Zabel geheißen und hatte sich als Model und Playmate einen Namen gemacht. Über das verrückte Jet-Set-Leben der dunkelhaarigen Schönheit wurde gerne und oft in der Klatschpresse berichtet. Man sagte ihr mehrere Affären mit diversen Schauspielern und international bekannten Musikern nach. Und böse Zungen behaupteten, dass sogar ein Mitglied des englischen Königshauses sich bereits mit ihr ein Bett, oder wenn man den Gerüchten glauben durfte, den Rücksitz eines Bentleys geteilt haben sollte.

Doch in den letzten Jahren war es ruhig um sie geworden. So ruhig, dass ich ihre Hochzeit mit dem schwerreichen Unternehmer Frank Cornelius aus München gar nicht mitbekommen hatte.

Was Cornelius über seine Frau schrieb, war äußerst interessant. Aber es machte meinen Job nicht unbedingt einfach. Für sie ein Geschenk zu finden, würde tatsächlich eine Herausforderung werden. Es war das erste Mal, dass mir bei einem Auftrag mulmig wurde. Was sicher auch an dem ungeheuer hohen Budget lag. Und an den unbezahlten Rechnungen auf meinem Schreibtisch. Ich musste unbedingt das passende Geschenk finden!

Kapitel 5

Unter den vielen Menschen, die sich auf dem Passauer Bahnhof tummelten, war es nicht schwer, meinen Cousin Max auszumachen. Er überragte mit seinen fast 1,90 Metern die meisten Leute. Ich freute mich plötzlich, ihn zu sehen, auch wenn wir uns in den vergangenen Jahren bei meinen Besuchen in Niederbayern nicht sonderlich gut verstanden hatten.

Dabei waren wir als Kinder unzertrennlich gewesen. Max Bergmann war nur knapp zwei Jahre älter als ich. Seine Mutter Luise war die einzige Schwester meines Vaters und hatte praktischerweise in den Nachbarhof eingeheiratet.

Auch Max war ein Einzelkind und für mich als kleines Mädchen fast so etwas wie ein Bruder gewesen. Was wir alles zusammen angestellt hatten!

Doch schon bevor mein Vater gestorben war, begann Max sich plötzlich zu verändern. Er hing lieber mit den Jungs herum, und einmal hatte er mich sogar greisliche Plunzn genannt. Gut, zu dieser Zeit hatte ich eine Zahnspange und Pickel und war ziemlich pummelig, aber dass er mich so vor seinen Freunden nannte, hatte mich schwer getroffen.

Endlich entdeckte er mich und kam mir entgegen. Sein Körper war von der Arbeit auf dem Hof gut in Schuss. Er war kräftig gebaut, aber ich würde wetten, dass unter dem dunklen Hemd, das er zu einer Jeans trug, kein Gramm Fett zu finden war. Dass er als Gemüsebauer viel an der frischen Luft arbeitete, sah man an seiner gesunden Gesichtsfarbe, die durch die blonden kurzen Haare unterstrichen wurde und seine hellgrünen Augen strahlen ließ. Max war ein gut aussehender Mann, und umso verwunderlicher war es, dass er immer noch Junggeselle war. Zumindest war das mein letzter Stand.

»Grüß dich, Hanna«, sagte er im vertrauten niederbayerischen Dialekt. Es war der Dialekt meiner Kindheit, den ich mir in den letzten zwanzig Jahren in München weitgehend abgewöhnt hatte.

»Servus, Max!«, begrüßte ich ihn. Mehr sagten wir beide nicht. Er nahm sofort meinen kleinen Koffer, und wir gingen zum Parkplatz, auf dem sein Wagen, ein BMW X3 neueren Baujahres, stand.

Unterwegs nach Halling unterbrach er endlich das Schweigen.

»Ich hätte nicht gedacht, dass du wirklich heute noch kommst.«

Ich schaute ihn verwundert von der Seite an. Unter dem Ohrläppchen entdeckte ich einen winzig kleinen Rest Rasierschaum, den er wohl übersehen hatte. Ich konnte dem Drang, ihn mit dem Finger wegzuwischen, nicht widerstehen. Erschrocken zuckte er zurück.

»Ich tu dir schon nichts ... Und natürlich bin ich da, es ist auch meine Oma, die gestorben ist!«

»Das hat dich aber in den letzten Jahren herzlich wenig interessiert«, brummte er.

Ich hatte es geahnt. Wir waren noch nicht mal zehn Minuten zusammen, da ging die Streiterei schon los.

»Entschuldige, aber ich glaube nicht, dass Oma sonderlich darauf erpicht gewesen wäre, mich andauernd zu sehen.«

»Kann sein. Aber das werden wir wohl jetzt nicht mehr erfahren!«

»Nein, werden wir nicht«, stimmte ich plötzlich kleinlaut zu.

Wer wusste schon, was in Omas Kopf vorgegangen war. Außerdem war es wirklich schon fast ein Jahr her, dass ich sie zum letzten Mal besucht hatte. Na prima! Jetzt hatte ich ein schlechtes Gewissen.

»Wie ging es ihr denn in der letzten Zeit?«

»So wie immer.«

»Das ist gut.« Wenigstens war sie nicht kränklich gewesen.

»Möchtest du sie noch einmal sehen?«

Ich erschrak über diese Frage. Wollte ich meine tote Oma Berta wirklich sehen?

»Ist sie schon im Leichenschauhaus?«

»Nein. Daheim.«

»Daheim? Wie meinst du das? Sie ist doch nicht... bei sich daheim?«, fragte ich ein wenig zu laut und meine Nackenhaare sträubten sich.

Fünfzehn Minuten später waren wir auf dem Hof angekommen. Das Bauernhaus, das Ende des neunzehnten Jahrhunderts von Johann Baptist Gruber erbaut worden war, stand auf einer kleinen Anhöhe. Es war vor einigen Jahren liebevoll generalrenoviert worden und hatte vier Schlafzimmer, zwei Bäder, ein Wohnzimmer, ein Büro, eine große Wohnstube und eine überdimensional große Küche mit Speisekammer. Hinter dem Haus neben der Scheune und dem ehemaligen Kuhstall war ein großer Obstgarten. Und einer dieser Bäume war derjenige, der meine Oma das Leben gekostet hatte. Oma war tatsächlich noch daheim.

»Denkst du wirklich, es ist eine gute Idee, wenn ich sie mir anschaue?«, fragte ich Max, wollte dabei aber nicht allzu ängstlich klingen. Hier in Niederbayern ging man mit dem Tod etwas natürlicher um als in der Großstadt. Trotzdem war es auch hier nicht in allzu vielen Familien üblich, die Toten daheim aufzubahren, um in Ruhe von ihnen Abschied zu nehmen.

Max nickte. »Ja! Ich glaube, das ist eine gute Idee. Schau sie dir noch einmal an.«

Es war das erste Mal, dass ich einen toten Menschen sehen würde, und ich hatte Angst, als ich vor dem Schlafzimmer stand. Doch bevor ich es mir anders überlegen konnte, öffnete Max die Tür und schob mich hinein. Er murmelte, dass er noch zu tun hatte, und verschwand.

In dem cremefarbenen Kostüm, das sie zuletzt auf ihrer goldenen Hochzeit getragen hatte und das immer noch wie angegossen passte, lag sie in ihrem mit weißem Leinen bezogenen Eichenbett. Um ihre Hände war ein Perlmuttrosenkranz geschlungen. Auf dem Nachttisch standen Blumen und ein silbernes Kreuz. Weiße Kerzen brannten und verströmten einen Duft, der mich an Weihnachten erinnerte.

Im Raum saßen Tante Luise, Maria, eine entfernte Verwandte von Berta, und zwei weitere ältere Frauen aus dem Dorf und beteten leise. Es war ein friedlicher Moment, und es gab nichts, das einem Angst machen musste.

Auf einem kleinen Teppich neben dem Bett lag Fanny, ein Mischling aus Schäferhund und Labrador. Ihr Kopf ruhte auf den ausgestreckten Vorderpfoten, und ihre braunen Augen blickten so traurig, dass ich mir sicher war, sie wusste, dass ihr geliebtes Frauchen tot war. Berta hatte Fanny vor fünf Jahren verletzt vor der Haustür gefunden und gesundgepflegt. Seither war der Hund ihr treu ergeben gewesen.

Tante Luise nickte mir aufmunternd zu, und ich trat langsam an das Bett heran. Fanny hob den Kopf und knurrte.

»Still, Fanny«, sagte meine Tante leise, aber bestimmt. Fanny gehorchte und legte den Kopf wieder auf die Pfoten. Ich ging noch näher ans Bett heran.

Die Gesichtszüge meiner Oma waren im Tod wie verwandelt. Sie wirkte entspannt, fast heiter. So hatte ich sie zu ihren Lebzeiten nie gesehen. Ich betrachtete sie, und allmählich übertrug sich der Frieden, den sie ausstrahlte, auch auf mich. Ich dachte an die Dinge, die ich ihr noch hatte sagen wollen. Eine Weile lang hielt ich stille Zwiesprache mir ihr und entschuldigte mich mehrmals, dass ich sie nicht öfter besucht hatte. Und auch für einige Streiche, die Max und ich ihr in unserer Kindheit gespielt hatten.

Dann setzte ich mich auf einen freien Stuhl neben meine Tante und begann, gemeinsam mit den Frauen den Rosenkranz zu beten. So lange, bis der Bestatter mit einem Eichensarg kam und Oma abholte.

Es war schon Nacht, als wir in der großen Bauernstube auf der Eckbank um den geschreinerten Holztisch saßen. Zehn Leute hätten hier locker Platz gefunden. Die Stube war österlich dekoriert, und unter dem Herrgottswinkel war ein mit bunten Bändern geschmückter Strauß aus Palmkätzchen und Buchsbaumzweigen, den Oma wenige Tage zuvor beim Palmsonntagsgottesdienst noch selbst hatte weihen lassen. Neben Max und Tante Luise saßen ihr Mann Alois und Pit am Tisch. Pit war um die vierzig und auf dem Hof fest angestellt, seit Opa vor drei Jahren gestorben war. Und dann gab es noch den guten alten Willi. Er hatte schon auf dem Hof ausgeholfen, als ich noch ein kleinen Mädchen war. Obwohl er nicht verwandt war, gehörte er quasi zur Familie.

Durch den Todesfall war das Mittagessen ausgefallen, deswegen gab es erst jetzt etwas Warmes. Heute war Gründonnerstag, und wir aßen, was man hier am Gründonnerstag traditionellerweise aß: Spinat mit Salzkartoffeln und Spiegeleiern.

Ich hatte keinen allzu großen Appetit und war froh, als nach dem Essen der Geschirrspüler eingeräumt war und die Leute sich langsam verabschiedeten.

»Komm doch morgen Mittag zu uns rüber, Hanna«, lud Tante Luise mich ein.

»Gern«, sagte ich, obwohl ich eigentlich lieber auf dem Hof geblieben wäre.

»Der Rosenkranz für Oma wird vor dem Kreuzweg gebetet. Du kommst doch mit?«

»Natürlich komme ich mit.« Etwas anderes wäre auch kaum in Frage gekommen.

»Und wenn du sonst etwas brauchst, dann sag Bescheid«, bot meine Tante an, bevor sie mit ihrem Mann ging.

Pit fuhr heim in seine Wohnung im Nachbardorf, und Willy blieb wie ich auf dem Hof. Er wohnte in dem kleinen Austragshaus hinter dem großen Bauernhaus.

Jetzt war nur noch Max da. »Kommst du wirklich alleine klar hier?«, fragte er.

»Natürlich!« Ich war doch kein kleines Kind mehr.

»Du könntest auch bei uns schlafen.«

Ich schüttelte den Kopf. »Nein, ich bleibe lieber hier.«

»Gut. Und bitte kümmere dich um Fanny. Sie hat es nicht leicht«, sagte er mit einem Blick auf die Hundedame, die am Fenster stand und in die Nacht starrte.

Ob ich das so gut hinkriegen würde, wagte ich eher zu bezweifeln. Mit Hunden kannte ich mich absolut nicht aus.

Es war weit nach Mitternacht, und ich wälzte mich immer noch schlaflos im Bett meines früheren Kinderzimmers hin und her. Zum einen, weil ich ständig an meine Oma denken musste, die bis vor Kurzem nur zwei Zimmer weiter gelegen hatte. Und zum anderen, weil Fanny vor Omas Zimmertür lag und heulte wie ein Schlosshund. Anfangs war ich immer wieder aufgestanden und hatte versucht, beruhigend auf sie einzureden. Doch es war vergeblich. Sie knurrte mich nur grantig an, wenn ich ihr zu nahe kam.

»Süße, ich weiß, dass du sie vermisst. Aber wir beide brauchen ein bisserl Schlaf!« Als Antwort sprang sie auf und bellte mich wütend an. Ich schrak zurück.

Was konnte ich denn nur für sie tun? Plötzlich fiel mir etwas ein. Vielleicht tröstete sie ja das Gleiche wie mich?

In meinem hellblau und weiß gestreiften Flanellpyjama ging ich nach unten in die Küche und öffnete den Kühlschrank. Tatsächlich fand ich ein paar dicke Knackwürste. Ich hielt der knurrenden Fanny ein Würstel vor die Nase, und nach kurzem Zögern schnappte sie danach. Anscheinend konnte Essen nicht nur Menschen trösten, sondern auch Hunde. Danach herrschte Ruhe. Allerdings nicht lange. Gerade, als ich endlich eingenickt war, winselte Fanny vor meiner Tür.

»Na gut«, seufzte ich, stieg aus dem Bett und ließ sie herein. Dieses Mal knurrte sie mich nicht an.

»Komm rein ... Aber dann wird geschlafen! Hörst du?« Als ob sie meine Worte verstanden hätte, drehte sie sich auf dem Teppich vor meinem Bett zusammen und schloss folgsam die Augen.

Es fühlte sich an, als ob ich gerade erst eingeschlafen war, da wurde ich von wildem Klingeln und Lärm an der Haustür und Hundegebell hochgeschreckt. Ein Blick auf den Wecker zeigte mir, dass es erst fünf Uhr morgens war. Es musste etwas passiert sein! Ich sprang aus dem Bett und eilte mit wild klopfendem Herzen barfuß nach unten. Fanny stand vor der geschlossenen Haustür und bellte wie verrückt.

»Psst, Fanny, ruhig«, versuchte ich sie zu beruhigen. Doch sie knurrte. Von draußen kam wieder der Lärm, und langsam schlich sich eine Erinnerung in meinen Kopf.

»Still, Fanny!«, rief ich, diesmal energisch und – oh Wunder, sie gehorchte.

Dann riss ich die Tür auf.

»Die Glocken sind stumm, sie hängen in Ruh, wir Kinder, wir singen und klappern dazu«, sagten mir drei Jungen und zwei Mädchen in einem monotonen Singsang vor und drehten gleich darauf wieder die Holzratschen, die sie in den Händen hielten.

»Schon gut, schon gut«, setzte ich an, bevor sie zur nächsten Strophe kommen konnten. Ich kannte den Text auswendig. Auch ich war als Mädchen an den Tagen zwischen Gründonnerstag und der Osternacht mit den anderen Kindern von Haus zu Haus gezogen. Ein alter Brauch auf dem Land, der den Bewohnern die Zeit ansagen sollte. In diesen Tagen schwiegen die Kirchenglocken, weil die Glockenschwengel nach Rom geflogen waren. So erzählte man es den Kindern. Der eigentliche Grund jedoch war wohl, dass das Geläut von Kirchenglocken eher ein Ausdruck von Freude war, die man an den Kartagen vermeiden wollte.

»Wartet, ich bring euch was.« Schnell ging ich in die Stube und holte Süßigkeiten und aus der Geldbörse meiner Oma für jeden einen Euro. Dann überlegte ich es mir anders und nahm noch einen Zehner heraus. Schließlich konnte ich mich selbst noch gut daran erinnern, wie wir uns als Kinder gefreut hatten, wenn es ein wenig mehr Geld gab.

»Hier.«

»Danke!« Die Kinder grinsten und zogen die Ratschen drehend weiter.

Da ich nun schon mal wach war, beschloss ich, mit Fanny einen kleinen Spaziergang zu den Weiden zu machen. Nachdem die Haltung von Milchkühen für Oma zu anstrengend geworden war, hatte sie vor ein paar Jahren die Kühe verkauft und war auf relativ pflegeleichte schottische Hochlandrinder umgestiegen, die das ganze Jahr auf den Weiden verbrachten. Es gab eine große Gemeinschaftsweide und zwei kleinere, auf der kranke Tiere, Kühe kurz vor der Niederkunft und einige Monate alte Jungtiere von den anderen getrennt wurden. Ich liebte diese zotteligen braunen Gesellen mit den freundlichen Augen. Ich wusste, dass sie Äpfel besonders gerne mochten, deshalb hatte ich aus dem großen Vorratskeller, in dem die Ernte des Herbstes sorgfältig in Regalen gelagert war, eine Tasche voll mitgenommen. Die meisten der Rinder waren handzahm. Einige kamen neugierig an den Zaun heran, nahmen vorsichtig die Äpfel aus meiner Hand und kauten sie genüsslich.

Die Tiere hatten ein wirklich schönes Leben hier. Sie durften sich auf ganz natürliche Weise vermehren und konnten sich auf den Weiden, durch die ein kleiner Bach floss, frei bewegen. Die Kälte schien ihnen nichts auszumachen, und vor der heißen Sommersonne schützten sie die Bäume und ein Unterstand.

Nachdem ich alle Äpfel verteilt hatte, zog Fanny ungeduldig an der Leine. Sie wollte wohl noch eine Runde mit mir drehen. Während ich entlang eines brachliegenden Feldes dahinspazierte, atmete ich die frische, würzige Morgenluft ein, die jetzt am Anfang des Frühlings stark nach Erde roch. Die ersten Bäume begannen auszutreiben.

Die kleine Auszeit in Niederbayern würde mir trotz des traurigen Anlasses sicher guttun. Der letzte Urlaub lag schon lange zurück. Ich war damals noch mit Simon zusammen gewesen, und wir waren nach Südfrankreich gefahren.

Die Osterzeit auf dem Hof verlief tatsächlich sehr ruhig. Ich besuchte täglich einen Gottesdienst und war oft bei meiner Tante zum Essen eingeladen. Aber die meiste Zeit verbrachte ich alleine mit Fanny. Der Hund schien mich zwar nicht sonderlich zu mögen, war aber froh, dass sich jemand mit ihm beschäftigte. Vor allem in den Nächten vermisste Fanny Oma sehr. Ich tröstete sie mit kleinen Leckereien und ließ sie auf dem Teppich neben meinem Bett schlafen.

Gemeinsam mit Tante Luise sortierte ich Omas Kleiderschrank aus. Ein Teil ihrer Kleider und die guten Schuhe würden in die Kleiderkammer des örtlichen Frauenhilfsbundes gehen. Der Rest in die Altkleidersammlung. Einige besondere Stücke verpackten Tante Luise und ich sorgfältig und verstauten sie in einem Schrank auf dem Dachboden. Tante Luise wollte die wenigen, aber teuren Schmuckstücke meiner Oma mit mir teilen, doch ich bestand darauf, dass sie alles nahm. Schließlich war sie die Tochter. Und vielleicht auch deswegen, weil Oma mich als Kind immer so abweisend behandelt hatte. Jetzt ihren Schmuck zu tragen, kam mir nicht richtig vor.

Pit kam trotz der Feiertage täglich vorbei und kümmerte sich um die anfallenden Arbeiten auf dem Hof. Willi hingegen war bis zur Beerdigung verschwunden, samt seiner Harley Davidson. Pit vermutete, dass er mit Freunden zu einem Motorradtreffen in Österreich unterwegs war.

Ich nutzte die Zeit, um mir über ein Geschenk für Bettina Cornelius Gedanken zu machen, doch die Ideen, die ich hatte, waren allesamt für die Tonne. Irgendwie fiel mir hier nichts ein. Und außerdem sehnte ich mich immer mehr nach den eigenen vier Wänden in meiner kleinen Wohnung in München.

Am Tag von Omas Beerdigung kam meine Mutter mit meiner Halbschwester Pauline, die unbedingt dabei sein wollte. Ich merkte Mama an, dass es ihr schwerfiel, an dem Grab zu stehen, in dem bereits mein Vater und mein Opa lagen. Das ganze Dorf war gekommen, um Oma die letzte Ehre zu erweisen. Ich hatte bis zu diesem Tag noch nie erlebt, dass auf einer Beerdigung kein einziger Trauergast weinte. Ich wusste, dass es nicht bedeutete, dass Oma unbeliebt gewesen war oder dass die Leute sie nicht respektiert hatten. Tränen passten einfach nicht zu so einer resoluten, handfesten Frau, wie Berta es gewesen war. Nur Pauline schniefte lautstark in ihr Papiertaschentuch, als Pfarrer Brenner das Leben von Berta noch einmal in feierlichen Worten zusammenfasste.

Die Kremess, wie man den Leichenschmaus hierzulande nannte, fand im Gasthof »Zum Brunnenwirt« statt. Damit alle Verwandten und Bekannten und die Vertreter der Vereine, in denen Oma Mitglied gewesen war, Platz hatten, saßen wir im Saal, in dem sonst nur die großen Hochzeitsgesellschaften feierten.

»Hanna? Bist du das wirklich?«

Ich drehte mich um und schaute in das fragende Gesicht eines Mannes, der etwa in meinem Alter war. Irgendwie kamen mir die grauen Augen bekannt vor.

»Stefan?« Stefan Wimmer. Der Sohn des Wirtes. Oder war er inzwischen selbst der Wirt? Ich wusste es nicht.

Er nickte und freute sich sichtlich, dass ich ihn erkannt hatte. Aber den Jungen, von dem man den ersten Kuss bekommen hatte, vergaß man natürlich nicht. Auch wenn er sich seitdem ziemlich verändert hatte. Aus dem schmächtigen schwarzhaarigen Burschen war ein sehr stattliches, wenn nicht zu sagen gut gepolstertes Mannsbild geworden. Nur sein Haarschnitt, ein sauber geschnittener rechts liegender Seitenscheitel, hatte sich nicht verändert.

»Ich freue mich, dich zu sehen… ähm… natürlich tut es mir leid wegen deiner Oma«, sprach er mir das Beileid aus und setzte dazu einen dem Anlass gebührenden Blick auf.

»Danke. Wie geht es dir denn?«, fragte ich, mehr aus Höflichkeit denn aus Neugierde.

»Chef! Du musst ein neues Fassl anzapfen!«, rief die Bedienung in unsere Richtung.

»Tut mir leid, Hanna, ich muss in den Keller. Vielleicht können wir ja später noch…«

»Ja, freilich!«

Er verschwand aus dem Saal, nicht ohne sich vorher noch einmal nach mir umgedreht zu haben.

Nach der Kremess, die sich bis in den frühen Abend hinzog, saßen wir mit der engsten Familie wieder um den Tisch in der Stube. Es war mein letzter Tag auf dem Hof, und inzwischen konnte ich es kaum mehr erwarten, morgen früh mit meiner Mutter und Pauline zurück nach München zu fahren.

Anscheinend war Max davon ausgegangen, dass ich noch länger bleiben würde.

»Du kannst morgen noch nicht zurückfahren!«, sagte er überrascht.

»Natürlich kann ich. Schließlich muss ich wieder arbeiten.«

Meine niederbayerische Verwandtschaft dachte, dass ich als selbständige Privatsekretärin für verschiedene Unternehmer beschäftigt war, was ja gar nicht so weit von der Realität entfernt war. Von BeauCadeau hatten sie keine Ahnung. Nur meine Mutter kannte mein Firmengeheimnis. Und Pauline, die ich ab und zu als eine Art Privatdetektivin einsetzte.

»Morgen Vormittag haben wir einen Termin beim Notar wegen dem Testament«, erklärte Tante Luise, die mit ihren kurzen rotblonden Haaren in dem schwarzen Kleid sehr blass wirkte. Onkel Alois war wie immer recht schweigsam. Aber so hatte ich ihn schon als Kind gekannt. Er redete kein Wort zu viel.

»Es gibt ein Testament?«, fragte ich verwundert. Ich war davon ausgegangen, dass meine Tante als einzig übrig gebliebenes Kind von Berta den Hof erben und ihn dann Max übergeben würde.

»Freilich. Und du sollst auch anwesend sein.«

Ich? Bei einer Testamentseröffnung? Ich schaute überrascht zu meiner Mutter. Sie zuckte nur leicht mit den Schultern und machte ein unbeteiligtes Gesicht.

»Na gut, dann fahr ich erst morgen Nachmittag zurück.«

»Darf ich bei Hanna bleiben?«, bettelte Pauline.

»Ich weiß nicht...«, begann meine Mutter.

»Biitte! Daheim ist es so langweilig!« Pauline gab nicht auf.

»Lass sie doch hier«, sagte ich, »dann fahren wir beide morgen mit dem Zug nach München.«

»Schließlich muss ich Hanna zur Seite stehen, wenn sie erfährt, dass sie eine reiche Erbin ist.« Pauline grinste. Für sie war das alles sehr spannend hier.

»Schmarrn! Ich bin keine Erbin!«, sagte ich. Und dachte gleichzeitig: Aber warum sollte ich dann bei der Testamentseröffnung dabei sein? In diesem Moment wurde mir zum ersten Mal klar, dass ich vielleicht tatsächlich etwas erben würde. Beim Gedanken daran, dass Oma mich in ihrem letzten Willen bedacht hatte, wurde mir ganz warm ums Herz.

Kapitel 6

Als ich am nächsten Tag wutentbrannt aus dem Notariat in Passau stapfte, waren alle freundlichen Gedanken für meine Oma auf Nimmerwiedersehen verschwunden. Diese gemeine alte Hexe!

»Hanna, jetzt warte doch mal!«, rief Max mir hinterher.

Ich blieb stehen und drehte mich zu ihm um.

»Hast du das gewusst?«, fragte ich ihn scharf.

»Natürlich nicht!« Trotz seiner Empörung zuckten seine Mundwinkel verräterisch.

»Wage es ja nicht zu lachen!«, fauchte ich ihn an.

»Jetzt komm erst mal runter und …«

»Ich soll runterkommen?«, schrie ich. »Hast du nicht gerade selbst gehört, dass ich allen Grund dazu habe, mich aufzuregen?«

»Geht's vielleicht noch ein bisserl lauter, dann bekommen es die Leute auf den vorbeifahrenden Donauschiffen auch noch mit.«

Ich holte Luft und atmete langsam aus. Ich musste mich unbedingt beruhigen. Tante Luise und Onkel Alois kamen nach.

»Hanna, ich weiß auch nicht, was sie sich dabei gedacht hat!« Tante Luise war völlig konsterniert über den letzten Willen ihrer Mutter. »Ich wusste zwar, dass sie dich zur Alleinerbin machen wollte …«

»Wie, du hast das gewusst? Aber du bist doch ihre einzige Tochter«, warf ich ein, völlig verwirrt über die Geschehnisse der letzten halben Stunde. Sie schüttelte den Kopf.

»Ich habe meinen Anteil bereits bei meiner Hochzeit ausbezahlt bekommen«, stellte sie klar und ergänzte traurig: »Eigentlich hätte dein Vater den Hof bekommen sollen. Und da du seine einzige Tochter bist...« Sie sprach nicht weiter und schluckte.

Meine Oma Berta hatte mich zur Alleinerbin des Hofes samt aller Felder und Tiere und einschließlich eines zusätzlichen Vermögens von siebenhundertfünfzigtausend Euro gemacht! Siebenhundertfünfzigtausend Euro! Nie im Leben hätte ich gedacht, dass meine Oma so reich gewesen war. Ich war völlig überwältigt und voller Liebe für meine Oma, von der ich immer gedacht hatte, dass sie mich nicht leiden konnte.

Bis der Notar im Testament weitergelesen hatte: »...sie erhält das Erbe jedoch nur dann, wenn sie spätestens drei Monate nach meinem Tod mit einem Mann verheiratet ist, der sich in der Landwirtschaft auskennt. Außerdem muss sie bis zur Hochzeit jeden Tag auf dem Hof schlafen. Wenn sie diese beiden Bedingungen nicht erfüllt, fällt das komplette Erbe mit Ablauf der Frist an meinen Enkelsohn Maximilian...«

Während wir zurückfuhren, sagte ich kein Wort und auch die anderen schwiegen. Max parkte im Hof, und bevor ich ausstieg fragte er mich: »Und was wirst du jetzt machen?«

»Natürlich werde ich nichts machen! Ich lass mir doch von ihr nicht vorschreiben, wann und wen ich heirate!«, fauchte ich.

»Bitte Hanna, schlaf eine Nacht darüber. Du bist jetzt aufgebracht, aber man sollte nie eine Entscheidung in der ersten Wut treffen.«

Tante Luise hatte natürlich recht. Obwohl ich in den nächsten drei Monaten bestimmt keinen Bauern heiraten würde, durfte ich jetzt nichts übereilen.

Pauline kam mir entgegen, Fanny im Schlepptau. Die beiden waren von der ersten Sekunde an ein Herz und eine Seele gewesen, und ich war fast ein wenig eifersüchtig, dass der Hund sie viel lieber mochte als mich. Und das, obwohl ich in der Nacht nach wie vor ihre Ansprechpartnerin war, wenn sie Trost – und Würstel suchte.

Ich stieg aus, verabschiedete mich, und Max fuhr mit seinen Eltern nach Hause.

»Und? Bist du jetzt eine reiche Erbin?«, fragte Pauline neugierig.

»Wie man es nimmt«, antwortete ich, und ohne Vorwarnung begann ich plötzlich zu lachen. Ich konnte gar nicht mehr aufhören. Das war doch eigentlich alles urkomisch! Erst nachdem mich Pauline energisch in die Stube gezogen hatte und mich schüttelte, beruhigte ich mich langsam und erzählte meiner Schwester alles.

»Das ist doch total narrisch!«, rief Pauline.

»Total narrisch!«, bestätigte ich und musste schon wieder lachen.

Oma hatte mir eine fette Karotte vor die Nase gehängt. Ich hätte mir denken können, dass sie mich sogar noch aus dem Grab heraus triezen würde.

»Dann suchen wir dir eben einen Mann«, beschloss meine kleine Schwester.

»Ich glaub, dir geht's nicht gut!« Ganz bestimmt würde ich das nicht tun! »Ich heirate doch nicht mal schnell irgendeinen Bauern!«

»Dann ruf Mama an. Die kann da bestimmt was machen.«

Dass ich daran nicht gleich gedacht hatte! Das war genau der richtige Fall für sie. Schließlich war sie nicht umsonst Rechtsanwältin. Die Bedingungen meiner Oma grenzten sicher an Kuppelei oder unsittliches Verhalten oder wie auch immer man das nannte!

Ich erzählte meiner Mutter von Bertas gemeinem Testament. Und erwartete ihre Empörung und dass sie mich dabei unterstützen würde, rechtlich gegen diese Bedingungen vorzugehen. Aber zu meiner Überraschung fiel ihre Reaktion völlig anders aus.

»Hanna, es ist besser, du verzichtest auf das Erbe und überlässt es Max!«, riet sie mir.

Ich war für einen Moment sprachlos.

»Aber da muss man doch irgendwas tun können. Sie kann doch nicht einfach …«

»Hör zu«, unterbrach sie mich, »ich möchte nicht, dass du das Testament anfichst. Und ich werde dich dabei auch nicht unterstützen.«

»Du willst, dass ich einfach auf alles verzichte?«, fragte ich ungläubig. War das wirklich meine Mama am anderen Ende der Leitung?

»Was willst du denn mit einem Bauernhof, Hanna? Du hast doch überhaupt keine Ahnung davon!«

»Mama, wir reden hier von 2,3 Millionen Euro!«

»Du würdest nicht glücklich sein mit dem Geld. Außerdem hast du bereits das Erbe deines Vaters an diesen Schmarotzer Simon verplempert. Wahrscheinlich würdest du auch den Hof noch an irgendeinen dahergelaufenen Deppen verschenken. Pack deine Sachen, und komm mit Pauline heim. Das ist der einzige Rat, den ich dir geben werde.« Sie legte auf.

Ich starrte verdattert auf mein Handy. Was für ein Tag! Ich war völlig überraschend Erbin eines wirklich ansehnlichen Vermögens geworden, vorausgesetzt, ich wäre in drei Monaten mit einem Mann verheiratet, den ich noch gar nicht kannte. Und meine Mutter wollte nicht – ebenfalls völlig überraschend für mich –, dass ich das Erbe annahm oder die Bedingungen anfocht. Wenn jetzt noch Brad Pitt an der Tür klingelte, würde mich das heute auch nicht weiter wundern.

Brad klingelte nicht, dafür klopfte Pit ans Fenster. Ich öffnete es und schaute zu ihm hinaus.

»Hanna, Max hat gesagt, du bist jetzt für den Hof zuständig.«

»Äh ja... Also vorerst stimmt das wohl«, sagte ich unsicher.

»Rufst du den Tierarzt an?«, fragte er ohne weitere Erklärung.

»Den Tierarzt?«

»Ja, für die Highlands.«

»Fehlt ihnen was?« Hoffentlich war keines der Rinder krank.

Er schüttelte den Kopf mit dem schon etwas schütter werdenden dunkelblonden Haar.

»Parasitenbehandlung ist fällig.«

»Ach so. Welcher Tierarzt kommt da denn üblicherweise?«

»Der Hans-Jürgen natürlich.« Pit ließ sich wirklich jedes Wort aus der Nase ziehen.

»Der Hans-Jürgen. Und wie weiter?«

»Fröschl.«

»Na gut, dann ruf ich den Doktor Fröschl an.«

»Danke!«

Ich überlegte. »Hör mal, Pit. Du kennst dich ja auf dem Hof hier bestens aus. Wenn es notwendig ist, den Tierarzt zu rufen, dann kannst du das natürlich auch selber tun.«

»Aber bis jetzt hat das immer Berta gemacht.«

»Das stimmt. Aber momentan läuft alles ein wenig anders.«

Ich hatte wirklich überhaupt keine Ahnung, was es alles zu

tun gab. Mutter hatte recht. Was wollte ich mit dem Hof? Und schnell mal einen Landwirt heiraten, war auch nicht gerade mein Wunschtraum. In diesem Moment traf ich eine spontane Entscheidung. Ich würde morgen mit Pauline zurückfahren. Mich um BeauCadeau kümmern und auf den Hof verzichten.

»Pit, kannst du mich und Pauline morgen Mittag zum Bahnhof bringen?«

»Kann ich schon, aber warum fährst du nicht einfach selbst mit dem Auto?«

Fünf Minuten später stand ich in der Scheune vor dem Wagen meiner Oma. Ich hatte nicht gewusst, dass sie den silbergrauen Mercedes noch gefahren hatte. Der Wagen war einige Jahre älter als meine Schwester, aber immer noch total gut in Schuss. Pit reichte mir die Schlüssel. Und da mir – zumindest bis ich das Erbe offiziell ausschlug – momentan noch alles gehörte, würde ich den Wagen auch so lange fahren.

Kapitel 7

Entscheidungen waren manchmal dazu da, über den Haufen geworfen zu werden. Während ich mich wieder einmal schlaflos in meinem Bett herumgewälzt hatte, war mir eine Idee gekommen, wie ich Bertas Bedingungen umgehen würde, ohne das gesamte Erbe zu verlieren. Ich konnte kaum erwarten, dass es Morgen wurde. Als es draußen endlich hell war, stand ich auf und sprang unter die Dusche.

Während ich vor dem Spiegel meine widerspenstigen Haare föhnte, merkte ich, dass mir bereits die wenigen Tage auf dem Land eine gesunde Farbe ins Gesicht gezaubert hatten. Meine dunklen, schokofarbenen Augen strahlten. Ich war aufgeregt. Ich würde Omas Absichten durchkreuzen. Warum war ich eigentlich nicht sofort darauf gekommen?

Ich schlüpfte in eine bequeme Jeans und einen leichten dunkelgrauen Pulli, fütterte Fanny – so weit ging die Freundschaft bei Pauline nicht, dass sie wegen ihr so zeitig aufstand – und machte mich ohne Frühstück sofort auf den Weg zum Hof meines Cousins.

Unterwegs begegnete mir Willy auf seinem Motorrad. Er hielt neben mir an und zog den Helm vom Kopf.

»Guten Morgen, Hannerl«, begrüßte er mich laut, um den

Lärm des Motors zu übertönen. Er war der Einzige, dem ich diesen Spitznamen durchgehen ließ. Bei allen anderen konnte ich es überhaupt nicht leiden, wenn sie mich »Hannerl« nannten.

»Servus, Willy!«, schrie ich zurück.

»Gratuliere zum Erbe«, sagte er und lächelte süffisant unter seinem graumelierten Sieben-Tage-Bart hervor. Offensichtlich hatte sich die Nachricht im Dorf bereits herumgesprochen. Na bravo!

»Danke! Bis später, Willy.« Mehr sagte ich nicht, denn ich hatte es eilig.

Ich fand Max in der Gerätehalle, wo er den abgefahrenen Reifen einer Kartoffellegemaschine auswechselte.

»Guten Morgen, Max«, begrüßte ich ihn freundlich.

»Du bist ja zeitig wach!«, stellte er überrascht fest und wischte sich die ölverschmierten Hände an einem Tuch ab.

»Morgenstund hat Gold im Mund.« Und das in diesem Fall, wie ich hoffte, nicht nur sprichwörtlich.

»Du scheinst ja sehr vergnügt zu sein. Hast du über Nacht einen Bräutigam gefunden?«, witzelte er.

»Nein!«, strahlte ich. »Ich habe eine viel bessere Idee.«

»Ja?«

»Ich verzichte noch heute auf den Hof, und du gibst mir dafür die Dreiviertelmillion aus dem Barvermögen«, platzte es aus mir heraus.

Eine Dreiviertelmillion Euro. Hörte sich das nicht phantastisch an? Zu D-Mark-Zeiten wäre ich damit sogar eine eineinhalbfache Millionärin gewesen. Ich schaute ihn erwartungsvoll an. Und er schaute verdutzt zurück. Damit hatte er nicht gerechnet. Wahrscheinlich hatte es ihm vor lauter Freude die Sprache verschlagen.

»Und? Ist das nicht eine super Idee? Du bekommst den Großteil des Erbes, und ich brauche nicht zu heiraten und bekomme trotzdem ein Stückerl vom Kuchen ab.«

Er sagte immer noch nichts.

»Wir könnten das gerne heute noch schriftlich...«

»Nein!«

Dieses unerwartete kleine Wort brachte mich plötzlich aus dem Konzept.

»Nein?«

»Nein!«

Das Lächeln war aus meinem Gesicht verschwunden, dafür setzte er ein Grinsen auf. Ein böses Grinsen, wie ich fand.

»Warum sollte ich das tun, wenn ich nur drei Monate abwarten muss und dann alles haben kann?«, fragte er und verschränkte seine Arme vor der Brust.

»Aber Max...«

»Hast du wirklich gedacht, ich würde mich auf so einen Handel einlassen, Hanna?«

Ich nickte. Ja, das hatte ich gedacht. Der Max, den ich als Kind gekannt hatte, wäre wahrscheinlich sogar selbst auf diese Idee gekommen. Wie hatte ich mich nur so sehr in ihm täuschen können?

»Wenn ich heirate, bekommst du gar nichts«, erinnerte ich ihn.

»Ich weiß genau, dass du nicht heiraten wirst. Und damit die Bedingungen nicht erfüllen wirst. Wahrscheinlich schaffst du es noch nicht einmal, drei Monate lang jeden Tag auf dem Hof zu übernachten.«

Dieser selbstgefällige, geldgierige Kerl!

»Wenn du dich da mal nicht täuschst!«, fauchte ich, inzwischen so wütend, dass ich ihm am liebsten an die Gurgel gegangen wäre. Um das zu vermeiden – schließlich war ich in weniger aufregenden Zeiten ein sehr friedliebender Mensch – drehte ich mich um und stapfte aus der Gerätehalle.

Als ich auf dem Hof zurück war, hatte sich meine Wut kaum abgekühlt. Ich war gerade dabei, die Haustür aufzusperren, da kam der Briefträger und überbrachte mir ein dickes Einschreiben von der Bank. Darin lag eine noch von Berta unterschriebene Vollmacht für mich. In einem begrenzten Rahmen konnte ich in besagten drei Monaten, oder so lange, bis ich vorzeitig auf das Erbe verzichtete, über eines der Konten verfügen. Was sämtliche geschäftliche Vorgänge, die in dieser Zeit notwendig waren, mit einschloss. Ich war verblüfft, wie gründlich Oma den Fall ihres Todes vorbereitet hatte, obwohl sie vor dem Unfall in einer ausgezeichneten gesundheitlichen Verfassung gewesen war. Doch anscheinend hatte sie nichts dem Zufall überlassen wollen.

Ich setzte mich mit dem Schreiben auf die Bank vor dem Haus und schloss die Augen. Meine Wut war inzwischen verraucht, und ich war eher ratlos. Was sollte ich denn jetzt tun? Aufgeben? Wahrscheinlich wäre das wirklich das Vernünftigste. Aber sollte ich in diesem Fall vernünftig sein? Die französische Nationalhymne riss mich aus meiner Grübelei. Das Firmenhandy! Ich eilte in die Stube, wo mein Handy lag.

»BeauCadeau«, meldete ich mich hastig.

»Hallo, Bea, hier ist Frank Cornelius. Endlich erreiche ich Sie. Ich wollte nachfragen, ob Sie inzwischen schon eine Idee für das Geschenk haben?«, fragte er freundlich.

Oh Gott. Das hatte ich vor lauter Aufregung in den letzten beiden Tagen völlig vergessen.

Ich räusperte mich kurz. »Herr Cornelius! Wie schön, von Ihnen zu hören. Ich bin natürlich intensiv an diesem Geschenk dran«, log ich. Gleichzeitig gelobte ich still, mich umgehend mehr als intensiv damit zu befassen.

»Und gibt es schon eine Tendenz?«, fragte er neugierig.

»Eine Tendenz noch nicht. Erst einmal einige Überlegungen. Aber es soll ja auch etwas ganz Besonderes sein«, wand ich mich.

»Kann ich in ein paar Tagen mit einer Tendenz rechnen?«

»Aber selbstverständlich!«, antwortete ich mit einer gehörigen Portion Gottvertrauen.

»Sehr schön«, sagte er, und ich hörte eine gewisse Erleichterung in seiner Stimme.

Wir verabschiedeten uns und vereinbarten, dass wir uns nächste Woche in München treffen würden, um über den aktuellen Stand der Dinge zu sprechen.

»Puh«, stöhnte ich und musste mich setzen. Das war gerade nochmal gut gegangen.

»Können wir nicht noch ein paar Tage bleiben?«, fragte Pauline verschlafen. Sie war in einem ausgewaschenen Hannah-Montana-Schlafanzug hereingekommen, ohne dass ich sie bemerkt hatte. Gefolgt von ihrer neuen besten Freundin Fanny.

Ich musste trotz meiner vielen Probleme lächeln. Pauline sah so süß aus mit ihren verwuschelten rotbraunen Haaren! Gähnend rieb sie sich die Augen, die fast genauso braun waren wie meine. Ein Erbe unserer Mutter. In den letzten Wochen war Pauline plötzlich hochgeschossen und hatte mich schon jetzt größenmäßig eingeholt. Dabei war sie so schlank wie ein junges Fohlen. Pauline war noch ein Kind, aber auf der Schwelle zum Erwachsenwerden. Als ich in ihrem Alter war, hatte sich meine Kindheit schlagartig verändert. Deswegen war mir damals dieser Übergang selbst kaum bewusst gewesen.

»Biiitte, nur noch bis zum Wochenende!«

»Tut mir leid, Schwesterchen. Aber wir fahren heute. Ich muss unbedingt ins Büro, und außerdem brauche ich mehr Sachen zum Anziehen.«

»Mehr Sachen? Dann kommst du wieder hierher zurück!«, stellte sie fest. Sie war ein pfiffiges Mädchen, keine Frage.

»Ja, ich fahre am Nachmittag wieder zurück.«

»Darf ich dann wieder miiiihiiit?« Ihre Angewohnheit, Vokale in die Länge zu ziehen, brachte mich zum Lachen.

»Wenn Mama es erlaubt...«

»Coool!«, unterbrach sie mich lauthals.

»... und wenn du Schulsachen zum Lernen mitnimmst«, stellte ich zur Bedingung. Pauline besuchte ein neusprachliches Gymnasium, zählte aber nicht gerade zu den Leuchten in der Klasse. Ihr hübsches Gesicht verzog sich beim Gedanken an Vokabeln pauken. Doch gleich darauf grinste sie wieder.

»Na gut!«

»Dann zieh dich mal an.«

Nach einem ausgedehnten Frühstück fuhren wir im Auto meiner Oma nach München. Wir, das waren Pauline, Fanny und ich. Mit den zahlreichen Pferdestärken unter der Motorhaube schafften wir die Strecke in noch nicht mal eineinhalb Stunden. Nachdem ich bisher immer nur kleine Autos gefahren hatte, machte es mir einen riesigen Spaß, in Omas »Schiff« mal so richtig Gas zu geben.

Lauthals sangen Pauline und ich zur Musik aus dem Radio mit. Zum Glück waren wir beide musikalisch und mit guten Stimmen gesegnet. Unsere Mutter hatte dafür gesorgt, dass wir im Chor sangen und ein Musikinstrument lernten. Ich spielte Gitarre, und Pauline hatte sich für Klavier entschieden. Wir hatten zwar nicht so ganz den gleichen Musikgeschmack, was angesichts unseres Altersunterschiedes auch nicht ungewöhnlich war, aber bestimmte Songs gefielen uns beiden, wie *Digging in the Dirt* von Stefanie Heinzmann oder *Don't Gimme that* von The Boss Hoss. Als wir den Refrain von *Tage wie diese* sangen, begann Fanny auf dem Rücksitz laut zu jaulen. Entweder war der Hund ein echter Fan der Toten Hosen, oder sie konnte das Lied nicht leiden. Die Zeit verging wie im Flug, und schon waren in München. Ich lieferte Pauline samt Hund bei meiner Mutter ab und fuhr dann gleich ins Büro. Nicht ohne meiner Schwester hoch und heilig zu versprechen, sie später wieder abzuholen.

Zunächst verschwieg ich Daniela mein verzwicktes Erbe, damit sie sich auf unsere Arbeit konzentrieren konnte. Denn ich hatte neben Cornelius' Auftrag noch drei weitere Geschenke zu organisieren.

Innerhalb der nächsten zwei Stunden wählten wir, nach sorgfältigen Recherchen in den letzten Wochen, eine Suzuki GW 250, eine Amazonas-Expedition und einen Cavalier King Charles Spaniel Welpen, samt exklusiver Hunde-Erstausstattung. Das Motorrad war ein Geschenk zum 25. Hochzeitstag, mit der Expedition wurde eine 60-jährige Mutter beschenkt, und der Hund war für die Geliebte eines vielbeschäftigten Hoteliers gedacht.

Nachdem wir diese drei Punkte abgehakt hatten, die wieder ein wenig Geld in die Kasse bringen würden, machten wir ein erstes Brainstorming für Cornelius' Frau.

Doch ich konnte mich nicht richtig konzentrieren und platzte plötzlich mit der Nachricht über Bertas letzten Streich heraus. Wie ich schon vermutet hatte, war Daniela völlig aus dem Häuschen.

»Du darfst dir das auf keinen Fall entgehen lassen, Hanna!«, rief sie aufgeregt. »Schließlich steht dir das Erbe zu.«

»Meine Mutter ist da völlig anderer Ansicht«, seufzte ich. Ich konnte immer noch nicht verstehen, warum sie in diesem Fall nicht hinter mir stand.

»Unsinn! Wahrscheinlich hat sie ein schlechtes Gewissen, weil sie jetzt mit einem anderen Mann verheiratet ist. Aber das hat doch alles nichts mit dir zu tun, Hanna! Du musst das unbedingt machen!«

»Aber wie denn? Wo soll ich denn plötzlich einen Ehemann hernehmen, der noch dazu eine Ahnung von der Landwirtschaft hat?«

Sie zwirbelte wild an ihren Haaren. »Gibt es denn in diesem Halling keine geeigneten Junggesellen?«, fragte sie.

»Ehrlich gesagt habe ich mir darüber noch keine Gedanken gemacht«, gestand ich. »Aber vielleicht sollte ich die Männer dort mal unter die Lupe nehmen.«

»Natürlich solltest du das!«

»Aber ich hab gerade mal drei Monate Zeit!« Manche Frauen brauchten fast ein Leben lang, um einen Ehemann zu finden, einige schafften es nie, und ich sollte das in dieser kurzen Zeit bewerkstelligen?

»Jetzt stell dich nicht so an. Wenn man etwas wirklich will, dann schafft man es auch.«

Ich hatte Danielas Worte noch im Ohr, als ich am späten Nachmittag zu meiner Mutter fuhr, um meine Schwester und Fanny abzuholen. Meine Mutter war keinen Millimeter von ihrer Meinung abgewichen und redete mir noch einmal eindringlich ins Gewissen, auf den Hof zu verzichten. Ihre Argumente klangen sehr plausibel: Nur aus Geldgründen zu heiraten brächte kein Glück. Zudem wäre ich völlig ungeeignet, einen Hof zu führen, und würde ihn womöglich in den Ruin treiben.

Und ein letzter Punkt, in dem ihr ihre Anwaltskollegen, die auf Erbrecht spezialisiert waren, sicher nicht recht gegeben hätten: Den letzten Willen eines Menschen sollte man nicht anfechten!

Ich versprach ihr, noch einmal in Ruhe über alles nachzudenken, und war froh über meine quengelnde Schwester und die bellende Fanny, die darauf drängten, dass wir endlich losfuhren.

Ich hatte mir ausreichend Kleidung eingepackt, denn – egal wie es sich in puncto Männer entwickeln würde – die Klausel mit dem Übernachten würde ich auf jeden Fall erfüllen. Und wenn ich es nur tat, um Max zu ärgern! Damit ich nicht ständig wegen der Arbeit hin und her fahren musste, hatte ich auch meinen Laptop und verschiedene Arbeitsunterlagen im Kofferraum verstaut.

Pit war noch auf dem Hof, als wir ankamen, und berichtete mir, dass er bald mit dem Auslegen der Kartoffeln beginnen würde.

»Danke, Pit«, sagte ich und holte müde die Taschen aus dem Wagen. Pauline und Fanny waren schon im Haus verschwunden.

»Komm, ich helfe dir«, bot Pit freundlich an.

Als alles im Haus verstaut war, nahm ich aus dem Kühlschrank zwei Flaschen Bier und reichte Pit eine davon. Wir setzten uns in die Stube.

»Ich bin froh, dass du dich so gut um alles kümmerst, Pit«, sagte ich, ehrlich dankbar, dass ich ihn an meiner Seite hatte.

»Es ist meine Arbeit.«

»Trotzdem. Alleine wäre ich völlig hilflos.«

Er sah mich mit seinen hellblauen, ein wenig wässrig wirkenden Augen lächelnd an.

»Du musst das ja nicht alleine machen«, entgegnete er und nahm dann einen tiefen Schluck aus der Flasche. Ich tat es ihm nach.

Aus dem Wohnzimmer war der Fernseher zu hören. Irgendeine dieser unzähligen Casting Shows, nach denen Pauline geradezu süchtig war.

»Trotzdem muss ich es lernen. Sag mir bitte, wenn es was zu tun gibt, Pit.«

Er schaute mich von der Seite an. »Wenn du meinst.«

Wir tranken wieder. Eine Weile sagte keiner von uns etwas. Ich überlegte, ob ich Pit darauf ansprechen sollte, welche Single-Männer es im Ort gab. Doch da streckte Willy seinen Kopf zur Tür herein.

»Die Ilona hat gekalbt!«, rief er. »Ein kleiner Stier!«

Zehn Minuten später standen wir alle am Rande der Weide. Es war schon fast dunkel, aber wir konnten das Kälbchen noch erkennen. Es stand am anderen Ende der Weide in der Nähe des Unterstandes bei seiner Mutter und trank. Wir alle – sogar Willy – hatten diesen verzückten, leicht dämlich wirkenden Ausdruck im Gesicht, den der Anblick von kleinen Babys, Hundewelpen, Katzenkindern und anderem Nachwuchs bei den meisten Menschen hervorzauberte.

»Ist der süüüüß!«, schwärmte Pauline, und Fanny gab bellend ihre Zustimmung.

Pit, Willy und ich hatten uns zur Feier des Tages Bier mitgenommen und stießen auf das neue Mitglied der Herde an. Der zottelige, jetzt noch kleine Kerl würde ein phantastisches Leben haben. Mit vielen Kühen, die er beglücken durfte. Und er würde hoffentlich für eine Menge weiterer Kälbchen sorgen.

»Habt ihr schon einen Namen für ihn überlegt?«, fragte ich die beiden Männer. Sie schüttelten den Kopf.

»Ich bin für Dieter!«, rief Pauline fröhlich.

»Du möchtest ihn nach deinem Vater nennen?«, fragte ich amüsiert.

»Nein! Nach Dieter Bohlen natürlich!«, sagte unser Casting-Show-Junkie.

»Nein!«, kam es gleich dreifach und sehr bestimmt.

»Wie wär's mit Ringo?«, schlug Willy vor.

»Wer ist Ringo?«, wollte Pauline wissen.

Willy, Pit und ich schüttelten verständnislos den Kopf. Lernten denn die Kinder heute gar nichts Vernünftiges mehr? Willy gab Pauline eine kurze Einführung zum Thema Beatles und versprach, ihr am nächsten Tag ein paar Songs vorzuspielen.

Obwohl sie Ringo Starr nicht kannte, fand Pauline den Namen lustig, und so bekam der kleine Stier den Namen eines der berühmtesten, wenn auch nicht unbedingt besten Schlagzeuger der Welt.

kapitel 8

Die nächsten Tage wurde ich von Pit und Willy dermaßen eingespannt, dass ich jeden Abend hundemüde ins Bett fiel. Zusätzlich zu der Arbeit auf dem Hof musste ich mich auch um das Haus kümmern. Waschen, putzen und nachdem ich die Gastfreundschaft meiner Tante nicht unbegrenzt in Anspruch nehmen konnte, stand auch das Kochen für alle auf dem Programm. Da ich in den letzten Jahren als Single für mich selbst nicht allzu aufwändig gekocht hatte, musste ich mich erst einmal daran gewöhnen, Portionen auf den Tisch zu bringen, die für zwei gestandene Männer und eine gefräßige Halbwüchsige reichten. Die Schonfrist war vorbei, und ich war fast rund um die Uhr eingespannt. Pauline streunte den ganzen Tag mit Fanny in der Gegend herum und schien glücklich zu sein. Wenigstens um sie musste ich mich kaum kümmern.

Max hatte sich seit unserem Streit nicht mehr blicken lassen. Dafür kam Tante Luise fast täglich vorbei.

Auch heute stand sie plötzlich in der Stube, als ich mir endlich einmal Zeit genommen hatte, im Internet wegen eines Geschenks für Frau Cornelius zu recherchieren.

»Grüß dich, Hanna. Ich hab euch einen Gugelhupf gebacken.«
»Oh, das ist lieb von dir, Tante Luise!«

Sicher erwartete sie, dass ich sie auf einen Kaffee einlud. Dabei hatte ich so viel zu tun. Ich verkniff mir ein Seufzen.

»Möchtest du eine Tasse Kaffee?«, fragte ich trotzdem höflich und fuhr den Rechner herunter.

»Gerne.«

Während ich mit der guten alten Maschine Filterkaffee kochte, deckte meine Tante den Tisch vor dem Haus. Die Sonne schien von einem wolkenlosen Himmel herab. In nur wenigen Tagen waren die Pflanzen und Sträucher in einer wahren Blütenpracht explodiert.

»Hanna, ich habe lange nachgedacht über meine Mutter und das Testament«, begann Luise vorsichtig, nachdem wir eine Weile über das Bepflanzen der Balkonblumenkästen gesprochen hatten.

»Ja?« Ich dachte auch oft über Oma nach. Und über das Testament. Und wie ich an mein Erbe kommen konnte, ohne zu heiraten.

»Weißt du, ich glaube, sie hat es nur gut gemeint.«

»Gut gemeint?« Was wären dann wohl erst die Bedingungen gewesen, wenn sie es böse gemeint hätte? Eine Geschlechtsumwandlung zum Mann oder das lebenslange Tragen von geblümten Schürzenkleidern?

»Naja. Ich weiß, es hört sich vielleicht eigenartig an. Aber… bitte sei mir nicht böse, wenn ich das jetzt so sage…«, stotterte sie unsicher herum.

»Sag es einfach frei heraus, Tante Luise.«

»Also die Frauen von heute, die… die lassen sich doch oft ziemlich lange Zeit mit einer Heirat. Und viele heiraten gar nicht mehr. Und vielleicht wollte meine Mutter, also deine Oma einfach nur, dass du einen Mann an deiner Seite hast, der sich um dich kümmert.«

»Du meinst, sie wollte, dass ich schnellstmöglich unter der Haube bin, damit ich nicht übrig bleibe?«, fragte ich verdutzt.

»Wenn du es so sagst, hört sich das so negativ an. Was spricht denn dagegen, zu heiraten und eine Familie zu gründen?«

»Dagegen ist gar nichts zu sagen. Solange man das aus freien Stücken und ohne Zeitdruck tun darf.« Ich versuchte, freundlich zu bleiben. Das gelang mir nur, weil ich Tante Luise sehr gerne mochte und wusste, dass hinter ihren etwas antiquierten Ansichten keine Boshaftigkeit steckte.

»Bitte Hanna, sei nicht böse auf deine Oma. Ich glaube wirklich, sie wollte nur das Beste für dich.«

Arme Tante Luise. Sie machte sich selbst etwas vor. Aber es war sicherlich nicht leicht, wenn die eigene Mutter sich mit einem dermaßen unmöglichen Vermächtnis aus dieser Welt verabschiedet hatte und man nicht mehr mit ihr darüber reden konnte. Womöglich würde ich auch nach einer freundlichen Erklärung suchen, wenn sie meine Mutter gewesen wäre.

»Vielleicht hat sie es ja wirklich gut gemeint«, lenkte ich deswegen ein, auch wenn ich nicht ihrer Meinung war.

»Ich glaube daran, dass du den passenden Mann findest und in drei Monaten glücklich sein wirst.« Sie lächelte mich an.

Meine Tante schien mir das Erbe wirklich zu gönnen. In Anbetracht der Tatsache, dass bei meinem Scheitern ihr Sohn alles bekommen sollte, fand ich das etwas verwunderlich.

»Warum versuchst du nicht, mir das Erbe auszureden?«

Sie spielte mit den restlichen Kuchenbröseln auf ihrem Teller, dann schaute sie mich an.

»Dein Vater hat dich vom ersten Tag an vergöttert Hanna. Er würde wollen, dass du den Hof bekommst«, sagte sie und wischte sich verstohlen eine Träne aus dem Gesicht.

»Max sieht das aber ganz anders.«

»Er will das Beste für den Hof«, sagte sie seufzend. Tja, und das Beste für den Hof war eben nicht ich.

»Kuuuchen!« Pauline kam angesaust, gefolgt von ihrem Schatten Fanny. »Krieg ich bitte auch was?«

Tante Luise schien erleichtert über die Unterbrechung des Gespräches zu sein und lächelte meine Schwester an.

»Freilich! Du kannst haben, so viel du möchtest.« Sie schnitt ein großes Stück ab und reichte ihr den Teller.

»Danke!« Pauline langte sofort ordentlich zu und bedachte auch den Hund mit einem kleinen Stück.

Ich sparte es mir, sie dafür zu schimpfen. Heute war ihr letzter Tag auf dem Hof. Meine Mutter würde sie später abholen.

Der Abschied war tränenreich. Und wir konnten Pauline nur von Fanny losreißen, weil wir versprachen, dass sie bald wieder an einem Wochenende kommen durfte.

»Tja Fanny. Jetzt musst du wieder mit mir alleine vorliebnehmen!«, sagte ich, als der Wagen vom Hof fuhr. Der Hund drehte sich um und verschwand im Haus.

kapitel 9

Ich saß mit meinem Laptop auf der Bank vor dem Haus und machte in einer Video-Konferenz mit Daniela eine Vorschlagsliste für Bettina Cornelius. In drei Tagen sollte ich mich mit ihrem Mann in München treffen und ihm eine Tendenz vorlegen.

»Und wenn wir sie auf eine Warteliste für Weltraumreisen setzen?«, schlug Daniela vor.

»Mit einer Million können wir sie mehrmals ins Weltall schicken. Aber gut, ich notier es mir mal.«

Wir brauchten ein paar wirklich gute Vorschläge. Warum fiel es mir in diesem Fall so schwer, mir etwas auszudenken? Sonst kamen mir die Ideen doch immer so schnell!

»Sollen wir das Liz-Taylor-Armband mit dem Rubin jetzt auch auf die Liste setzen?«, fragte Daniela.

»Bist du sicher, dass das wieder zum Verkauf steht?«

Daniela nickte. »Ja.«

»Na gut. Und dann schlagen wir noch das Rennpferd vor.«

»Ich recherchiere noch weiter und schick dir meine Ideen, wenn mir noch was einfällt.«

»Danke, Daniela!«

»Wie läuft es eigentlich in Sachen Hochzeit? Hast du dich schon nach passenden Single-Männern umgeschaut?«, fragte sie neugierig.

»Irgendwie komm ich hier zu gar nichts.« Bisher wusste ich nur sicher, dass mein Jugendfreund Stefan, der Wirt, nicht liiert war. Er hatte zwar keinen richtigen Hof, aber zum Wirtshaus gehörte ein kleines Sacherl, das er im Nebenerwerb bewirtschaftete. Das würde wohl im strengen Sinne als landwirtschaftliche Erfahrung gelten. Aber Stefan zu heiraten konnte ich mir beim besten Willen nicht vorstellen. Ich konnte mir ehrlich gesagt überhaupt nicht vorstellen, irgendjemanden zu heiraten. Außer vielleicht Orlando Bloom. Aber der war schon unter der Haube. Und die Wahrscheinlichkeit, dass er sich in den nächsten Wochen scheiden lassen und nach Halling verirren würde, war relativ gering.

»Hanna! So geht das nicht! Dir läuft die Zeit davon. Jetzt mach doch endlich mal!«, schimpfte Daniela.

»Ja ja. Ich hör mich um.«

»Versprichst du mir das?« Sie sah mich misstrauisch an.

»Ja! Ich verspreche es. Aber jetzt muss ich aufhören. Pit kommt. Ich glaube, er braucht mich.«

»Ist dieser Pit eigentlich...?« Mehr hörte und sah ich nicht mehr von ihr, ich hatte die Verbindung schon unterbrochen.

»Hanna, kommst du mal bitte?«, fragte Pit, mit etwas kratziger Stimme.

»Gibt es ein Problem?«

Er räusperte sich.

»Nein. Nein, nein. Ich möchte dir nur was zeigen.«

Ich schaltete den Rechner aus und folgte Pit in den Obstgarten. Bisher hatte ich noch nicht nachgefragt, welcher Baum es war, von dem Berta gefallen war. Und ich wollte es auch gar nicht wissen. Hoffentlich dachte Pit nicht, dass er mir die Stelle zeigen musste. Pit deutete nach rechts.

»Das ist übrigens der Baum, von dem Berta gestürzt ist.«

Nein! Ich bekam schlagartig eine Gänsehaut und versuchte, den Baum nicht weiter zu beachten. Was schwierig war, denn es war der einzige Zwetschgenbaum im Obstgarten.

Am Ende der Wiese lag eine große karierte Decke und darauf war ein Picknick angerichtet. Verwundert schaute ich Pit an.

»Ich dachte, weil du in letzter Zeit so viel gearbeitet hast und ... weil du so viel Ärger hast ... dass du dich vielleicht freust über das Picknick«, stotterte er herum und kniete sich auf die Decke.

»Das ist echt ... nett!« Ich freute mich wirklich total. Ein Picknick – allerdings mit Champagner und Lachsschnittchen – hatte ich zum letzten Mal vor Jahren mit Simon an der Isar gemacht, um ihn nach seinem Physikum zu überraschen.

Ich setzte mich so auf die Decke, dass der Zwetschgenbaum nicht in meinem Blickfeld war. Pit packte aus einem Korb eifrig Papiertüten der hiesigen Metzgerei aus. Es gab Wurst- und Käsesemmeln, eingelegte Gewürzgurken und ein paar schmal abgeschnittene Stücke eines selbstgemachten Zitronenkuchens. Ein einfaches Essen, aber es schmeckte hervorragend.

Dazu öffnete er eine Flasche Sekt und schenkte in zwei Plastikbecher ein. Er reichte mir einen Becher und lächelte mich an. Pit war zwar kein sonderlich gut aussehender Mann, aber er war auch nicht gerade hässlich. Erst jetzt fiel mir auf, dass er heute zu seiner Jeans ein dunkelblaues Hemd trug. Mir schwante plötzlich, in welche Richtung sich das Picknick entwickeln sollte. Aber vielleicht täuschte ich mich ja?

»Zum Wohl, Hanna!«

»Prost, Pit! Und danke für diese Überraschung.«

»Das habe ich doch gerne für dich gemacht.«

Der Sekt war ein wenig zu warm und stieg mir sofort zu Kopf.

Doch Pit schenkte schnell nach und stieß gleich noch einmal mit mir an.

Ich hatte kaum Gelegenheit, den Becher wieder wegzustellen, da beugte er sich über mich.

»Heirate mich!«, flüsterte er, und bevor ich dazu irgendeinen Kommentar abgeben konnte, drückte er seinen Mund auf meine Lippen.

Ich wusste gar nicht, wie mir geschah. Es war einer der kürzesten Küsse meines Lebens. Kaum hatte ich so richtig realisiert, was da gerade passierte, wurde sein Kopf ruckartig nach hinten gerissen. Ich schaute nach oben und sah eine Frau mit rot gesträhnten langen Haaren, die Pit eine schallende Ohrfeige verpasste.

»Du gemeiner Lump!«, rief die Frau. Ihre hohe Stimme kam mir bekannt vor.

Pit legte seine Hand an die Wange, stand schnell auf und entfernte sich einige Schritte von ihr und von mir.

»Verena, bitte... Ich, ich... erkläre es dir.«

»Später!«, quietschte sie. Dann drehte sie sich zu mir. »Und du brauchst ja nicht zu denken, dass du einfach hier ankommen und unseren Männern den Kopf verdrehen kannst!«, keifte sie mich an.

Ich folgte Pits Beispiel und stand ebenfalls auf. »Hallo, Verena«, begrüßte ich meine ehemalige Banknachbarin aus der ersten Klasse freundlich. »Ich habe überhaupt nicht vor, irgendjemandem den Kopf zu verdrehen!«, versuchte ich sie zu beruhigen.

»Aha. Und deswegen machst du mit meinem Freund ein Picknick und versuchst ihn zu verführen?« Ihr Gesicht lief dunkelrot an.

»Er hat mich eingeladen... Und, wie bitte? Pit ist dein Freund?«, fragte ich völlig überrascht. Das hatte ich nicht gewusst.

»Ja, was denkst du denn? Dass er mein Opa ist?«

Jetzt konnte ich verstehen, warum sie wütend war. Das wäre ich an ihrer Stelle auch. So ein Mistkerl! Ich drehte mich zu Pit und erwartete, dass er seiner Freundin erklärte, wer für das Picknick verantwortlich war. Doch Pit dachte gar nicht daran, die Sache aufzuklären.

»Es tut mir leid, Hase, aber ich weiß auch nicht, was Hanna von mir will.«

Wie bitte? Was ich von ihm wollte? »Also, das ist doch die Höhe!«, rief ich, inzwischen stocksauer. »Du lockst mich in den Garten, zeigst mir den Todesbaum, den ich gar nicht sehen wollte, verpasst mir lauwarmen, billigen Sekt, machst mir einen Heiratsantrag, und dann tust du so, als ob ich was von dir wollte?«

»Heiratsantrag?« Verena war blass geworden. Erstaunlich, wie schnell sich ihre Gesichtsfarbe verändern konnte. Das lag wohl an ihrem eher hellen Teint.

»Jawohl, einen Heiratsantrag!«

»Hase, bitte, das ist ganz anders, als du denkst.«

»Ach ja?«

»Glaub mir, das hab ich nur für uns getan. Sie bekommt doch den Hof nur, wenn sie heiratet. Und dann hätte ich mich bald wieder scheiden lassen, und mit dem Geld hätten wir beide uns ein schönes Leben machen können. Ich liebe doch nur dich!«

Aha! So war das also! Er hatte mich also total linken wollen! Und ich hatte mich gefreut, weil er so nett zu mir war. Wie naiv war ich denn nur?

»Du bittest eine andere Frau, dich zu heiraten, und behauptest, dass du mich liebst? Denkst du, ich glaub dir ein Wort?«, schnaubte Verena.

»Ich will doch gar nichts von ihr. Schau sie dir doch an. Sie ist ja überhaupt nicht mein Typ ...«

Wie? Na, Gott sei Dank war ich das nicht!

»... das hab ich doch nur gemacht, weil ich für dich – für uns – etwas aufbauen wollte...«

Ihr Blick fiel auf die Decke. Auf den Kuchen auf der Decke.

»Du hast meinen Kuchen mit zum Picknick gebracht!«, stellte sie entsetzt fest, und diese Tatsache schien das Fass für sie zum Überlaufen zu bringen.

»Ich sollte ihn für dich backen, weil du ihn angeblich so gerne magst, und dabei war er für sie!« Verena deutete auf mich.

»Aber Hase...!«

»Du kannst mich mal!«

»Und mich auch!«, setzte ich nach.

»Verena, so war das doch nicht... Hanna, ich hab doch nur...«

Pit redete sich um Kopf und Kragen, und innerhalb weniger Minuten war er sowohl seine Freundin als auch seinen Arbeitsplatz los.

kapitel 10

Nachdem die beiden weg waren, brauchte ich unbedingt ein wenig Bewegung, um mich abzureagieren. Ich machte einen flotten Spaziergang zu den Weiden. Es war windig geworden, und Wolken hatten sich vor die Sonne geschoben. Der Anblick der Tiere beruhigte mich etwas. Vor allem der kleine Ringo, der hinter seiner Mutter herdackelte, zauberte ein kleines Lächeln auf meine Lippen. Trotzdem war ich immer noch sauer auf Pit. Er hatte mich komplett hinters Licht führen wollen. Doch ob ich ihn deswegen gleich hätte rauswerfen sollen? Konnte ich ohne seine Mitarbeit auf dem Hof klarkommen? Andererseits, wie sollte ich ihm jetzt noch vertrauen?

»Wenn du die Tiere weiterhin so grantig anschaust, wird die Milch sauer!«, tönte es hinter mir.

Ich drehte mich zu Max um, der mit dem Fahrrad angekommen war, ohne dass ich ihn bemerkt hatte. Ich war ganz in meine Gedanken versunken gewesen. Der hatte mir jetzt gerade noch gefehlt.

»Musst du dich so anschleichen?«, fuhr ich ihn an.

»Entschuldige! Das nächste Mal hänge ich mir eine Kuhglocke um.«

»Ach, lass mich in Ruhe!« Ich drehte mich weg und machte mich schnellen Schrittes auf den Weg zurück zum Hof.

»Welche Laus ist dir denn über die Leber gelaufen?«, fragte er, während er mir hinterherradelte.

Ich beachtete ihn gar nicht.

»Hast du einen Korb bekommen?«

Jetzt blieb ich so abrupt stehen, dass er mir gerade noch ausweichen konnte. Fast wäre er im Graben gelandet.

»He! Pass doch auf!«, schimpfte er.

»Jetzt hör mir mal zu. Ich weiß zwar nicht, was ich dir getan habe, doch dass du mich nicht mehr leiden kannst, hab ich inzwischen verstanden. Aber dann bitte… bitte… lass mich wenigstens in Ruhe.«

»Ich will doch nur wissen, wann du wieder zurückgehst nach München.«

Ich stand kurz davor zu explodieren. Ruhig bleiben, Hanna, ganz ruhig, sagte ich mir. Ich atmete langsam ein und aus.

»Übermorgen. Da habe ich einen Termin.«

»Aber du kommst am Abend wieder zurück, oder? Bisher hast du tatsächlich jeden Tag auf dem Hof geschlafen. Das hätte ich dir gar nicht zugetraut.«

»Woher weißt du, dass ich jeden Tag auf dem Hof schlafe?« Er würde mir doch nicht hinterherspionieren?

»Das wüsstest du wohl gerne«, sagte er mit einem frechen Grinsen und sah dabei unverschämt gut aus. Max hatte eine große Ähnlichkeit mit meinem Vater, vielleicht fiel es mir auch deswegen so schwer, ihn zum Teufel zu schicken.

»Und du wüsstest wohl gerne, wie es mit meinen Heiratsabsichten steht?«, konterte ich.

Er zuckte mit den Schultern. »Hanna, ganz ehrlich. Da mache ich mir überhaupt keine Gedanken. Ich bin mir sicher, dass du nicht heiraten wirst.«

Mit diesen Worten trat er in die Pedale und fuhr davon.

»Wenn du dich da mal nicht täuschst!«, schrie ich ihm hinterher. »Ich werde nämlich sehr wohl heiraten!«

Ich hörte nur noch sein Lachen, dann fing es von einer Sekunde auf die andere an, wie aus Eimern zu regnen.

Ich kam pitschnass am Hof an und ließ mir sofort ein heißes Bad ein. Während ich in der Wanne lag, versuchte ich, eine Weile mal nicht über meine verzwickte Situation nachzudenken. Leider gelang mir das nicht.

Am Abend saß ich vor dem Fernseher, langweilte mich unendlich und fühlte mich einsam. Fanny lag am anderen Ende des Zimmers und ignorierte mich wieder mal.

Seltsam, in meiner kleinen Wohnung in München, die insgesamt nur wenig größer als das Wohnzimmer hier war, kannte ich das Gefühl der Einsamkeit gar nicht. An einem Abend wie diesem wäre ich zu Freunden, ins Kino oder auf einen Sprung zu Mike in die Bar gegangen. Der hätte mir einen seiner ganz speziellen Drinks gemixt und mir ein wenig beim Jammern zugehört. Bis er davon genug gehabt und mir irgendeinen Tipp gegeben hätte, was ich tun oder lassen sollte. Bevor ich lange überlegen konnte, nahm ich mein Handy.

»Hi, Mike, ich bin's«, rief ich, glücklich, seine Stimme zu hören.

»Hanna? Du, es tut mir schrecklich leid, aber hier ist gerade die Hölle los. Einer der Bayern-Spieler feiert Geburtstag und…« Im Hintergrund ertönten laute Gesänge, und ich konnte Mike kaum noch verstehen.

»Schon gut, Mike… Bis bald!«

»Ciao, Bella! Und melde dich, wenn du wieder zurück bist! Du fehlst mir!«

»Du mir auch!«

Ich legte auf. Dann stand ich auf und ging zum Fenster. Draußen regnete es immer noch Bindfäden. Es war schon dunkel. Im Austragshäuschen brannte Licht. Willy war daheim! Der hätte sicher nichts dagegen, wenn ich ihn besuchen würde.

Ich flitzte in die Küche und öffnete den Kühlschrank. Mist. Kein Bier mehr da, das ich mitnehmen konnte. Ich ging in die Speisekammer und suchte nach einer Flasche Wein. Da fiel mir ein Steinguttopf auf, der im Regal stand.

Was war das denn? Ich nahm den schweren Topf und trug ihn in die Küche. Neugierig öffnete ich den Deckel und zog die Frischhaltefolie weg, die darunter war. Sofort stieg mir ein intensiver Duft nach Rum und Früchten in die Nase. Ein Rumtopf! Noch von Oma selbst angesetzt. Mit Erdbeeren, Kirschen, Heidelbeeren, Zwetschgen, roten und schwarzen Johannisbeeren und vor allem mit vielen Himbeeren, die ich besonders liebte.

Als ich noch ein Kind war, gab es den Rumtopf oft an Sonntagen über Eis oder Pudding. Leider immer nur für die Erwachsenen, was ich damals ziemlich gemein fand. Vater hatte mich ab und zu heimlich kosten lassen. Es hatte herrlich geschmeckt, süß und fruchtig. Wahrscheinlich hatte es vor allem deshalb so gut geschmeckt, weil es ja eigentlich für mich verboten war. Damals schwor ich mir, als Erwachsene so viel Rumtopf zu essen, wie ich wollte. Jetzt endlich konnte ich diesen Plan in die Tat umsetzen. Ich holte einen Löffel heraus und probierte.

»Hmmm!« Für einen Moment versetzte mich der Geschmack in die schönen Tage meiner Kindheit zurück, und ich sah das lächelnde Gesicht meines Vaters vor mir. Ich schloss den Deckel wieder, nahm den Topf und einen Regenschirm und machte mich auf den Weg zu Willy.

Laute Musik von Queen war von drinnen zu hören, als ich an der Tür klopfte. Es dauerte ein Weilchen, bis er mich hörte.

»Willy!«, rief ich. »Ich bin's.«

»Herein!«, rief er endlich, und ich betrat den einfachen kleinen Raum, der gleichzeitig Wohnzimmer und Küche war.

Willy saß in einem ausgewaschenen grauen Jogginganzug auf dem Sofa und hatte einen modernen Tablet-PC auf dem Schoß liegen. Er drehte die Musik leise.

»Stör ich?«

»Nur ein bisserl«, antwortete er und grinste schief. War das jetzt als Spaß gemeint?

»Soll ich wieder gehen?« Ich wollte mich ja nicht aufdrängen.

»Schmarrn. Setz dich. Ich bin gleich fertig hier.« Er zwinkerte.

»Ich habe uns Rumtopf mitgebracht.«

Ich stellte den Topf auf dem Tisch ab und holte zwei Gläser, einen Schöpfer und zwei kleine Löffel aus dem Küchenschrank.

Während er noch etwas unsicher im Zwei-Finger-System auf dem Tablet herumtippte, schenkte ich uns ein.

»Was machst du denn da?«, fragte ich neugierig und löffelte bereits die mit Alkohol vollgesogenen Früchte.

»Ich chatte.«

»Du chattest?«

»Habe ich doch eben gesagt.«

»Mit wem?« Wahrscheinlich mit einem seiner Motorradfreunde. Sicher war er in so einem Forum, in dem sich die Biker austauschten. Ohne mir was dabei zu denken, rutschte ich zu Willy auf das Sofa und schaute auf den Bildschirm.

Rasch nahm er ihn weg, und seine Wangen überzogen sich mit einem zarten Rot. Ich konnte es kaum glauben! Der sechzigjährige Willy errötete wie ein Schuljunge!

»Du chattest mit einer Frau!«, stellte ich amüsiert fest.

»Das ist ja nicht verboten, oder?«, brummte er.

Nein. Das war es ganz und gar nicht. Ich hätte damit nur nicht gerechnet.

»Und hast du vor, die Frau auch zu treffen?« Ich war ja wirklich kaum neugierig.

Er schüttelte den Kopf. »Nein!«

»Warum denn nicht?«

Er sah mich verschmitzt grinsend an. »Weil sie denkt, dass ich gerade mal achtunddreißig bin.«

»Willy!«

Dieser alte Schwerenöter! Ich schüttelte lachend den Kopf und schob ihm das Glas mit Rumtopf hin. Mir selbst schenkte ich auch nach, und wir stießen an. Willy verabschiedete sich von seiner Chatpartnerin und erzählte mir, wie es – völlig unabsichtlich natürlich – zu dem Missverständnis mit seinem Alter gekommen war.

»Und wie alt ist sie?«

»Fünfunddreißig.«

Wir lachten beide. Willy, der oft wie ein Lonesome Rider wirkte, war ein sehr unterhaltsamer Mann. Und eigentlich sah er auch gar nicht schlecht aus für sein Alter, wenn einem Männer der Marke sympathisches Raubein gefielen. Ich nahm einen weiteren Schluck. Der Rumtopf wirkte wohl schneller, als ich dachte, und ich ließ meine Gedanken schweifen. Plötzlich kam mir eine geniale Idee.

»Willy, hör mal zu!«, rief ich aufgeregt. »Was hältst du davon, wenn wir beide heiraten... Also, nur so pro forma«, schob ich sicherheitshalber ein, um keine Missverständnisse aufkommen zu lassen. »Wir machen einen Vertrag, und wenn ich den Hof habe, lassen wir uns wieder scheiden, und du kriegst... sagen wir mal zwanzigtausend Euro Abfindung... Oder besser fünfzigtausend!« Geld war ja genügend da.

Die Idee hatte ich von Pit geklaut. Doch im Gegensatz zu ihm spielte ich gleich mit offenen Karten. Das war doch wirklich die beste Lösung, oder nicht?

Willy schaute etwas erschrocken. Kein Wunder. Mit einem Heiratsantrag hatte er heute sicher nicht mehr gerechnet. Er nahm einen kräftigen Schluck.

»Nun, was sagst du?«, fragte ich ihn lächelnd.

»Ich würde dich wirklich gerne heiraten, Hannerl, glaub mir. Aber es geht nicht«, sagte er bedauernd.

»Warum geht es denn nicht? Meinst du wegen dem Altersunterschied? Da mach dir mal keine Sorgen. Die Ehe würde nur auf dem Papier stattfinden.« Es fiel mir schon ein wenig schwer, die Sätze zu formulieren.

Er schüttelte den Kopf. »Das ist es nicht.«

»Was denn dann? Wegen Max brauchst du dir keine Gedanken zu machen. Der verdient es nicht anders.«

»Es ist auch nicht wegen Max.«

Plötzlich kam mir ein unschöner Gedanke. Er fand mich nicht attraktiv genug.

»Findest du mich so hässlich?«, fragte ich kleinlaut. Ich wusste ja selbst, dass ich nicht zu den Frauen gehörte, bei deren Anblick die Männer zu sabbern begannen. Ich schätzte mein Aussehen eher als durchschnittlich ein.

»Nein.« Er lachte. »Ganz im Gegenteil. Du bist eine fesche Frau. Aber Hannerl, hör zu. Ich kann dich nicht heiraten. Weil... weil ich nämlich schon verheiratet bin.«

Hatte er eben gesagt, dass er schon verheiratet war?

»Du bist was?«, fragte ich verwirrt.

»Verheiratet. Seit fünfunddreißig Jahren!«

Jetzt schlug es aber dreizehn! Ich kannte Willy schon, seit ich denken konnte. Das hätte ich doch mitbekommen müssen!

»Willy, bitte verarsch mich nicht!«

»Tu ich nicht.« Und dann erzählte er mir seine Geschichte.

Als junger Mann hatte er sich Hals über Kopf in eine junge vietnamesische Studentin verliebt, die er in Passau kennengelernt hatte. Nicht lange darauf hatte er ihr einen Heiratsantrag gemacht. Und Lan – was so viel heißt wie Orchidee – hatte den Antrag glücklich angenommen. Zwei Jahre hatten die beiden in einer kleinen Wohnung in der Passauer Altstadt gelebt.

»Es war die schönste Zeit meines Lebens«, schwärmte er mit sehnsuchtsvollem Blick.

Willy hatte sich zu dieser Zeit mit einem Job als Kellner durchgeschlagen, damit Lan weiter studieren konnte. Doch dann kam eines Tages die Nachricht, dass Lans Mutter schwer krank war. Lan reiste nach Hause. Danach hatte Willy nie mehr etwas von ihr gehört. Er hatte alle Hebel in Bewegung gesetzt, um sie zu finden. Doch Lan war und blieb verschwunden. Während er erzählte, hatte ich Mühe, meine Tränen zurückzuhalten. Das war eine traurige Geschichte. Wie konnte eine Frau nur so gemein sein und ihren Mann einfach im Stich lassen? Oder war ihr vielleicht etwas passiert?

»Denkst du, dass … dass sie …« Ich konnte die Frage nicht stellen.

»Nein. Ich glaube nicht, dass sie gestorben ist. Das würde ich fühlen.« Unbewusst legte er bei diesen Worten seine Hand an sein Herz. »Ich bin mir sicher, dass Lan noch lebt.«

»Das tut mir sehr leid, Willy. Aber du könntest doch bestimmt die Ehe annullieren lassen, um mit einer anderen Frau glücklich zu werden«, meinte ich mitfühlend. Ich merkte, dass der Alkohol mich noch rührseliger machte, als ich es ohnehin war.

Willy schüttelte den Kopf. »Das werde ich auf keinen Fall tun. Eines Tages wird sie sich melden und mir sagen, warum sie verschwunden ist. Und bis dahin, naja, muss ich ja nicht als Mönch leben... So, und jetzt will ich nicht mehr davon reden«, sagte er so bestimmt, dass ich mir weitere Fragen verkniff.

Wir schwiegen beide. Ich starrte abwesend auf die kleine Himbeere auf meinem Löffel und zog ein Resümee des vergangenen Tages: Ich hatte heute meinen ersten Heiratsantrag bekommen und meinen ersten Heiratsantrag gemacht. Beide mit negativem Ergebnis. Das bedeutete eine Erfolgsquote von null Prozent. Aus heiratsantragstechnischer Sicht konnte es nicht schlimmer werden. Was ja schon wieder positiv war.

Ich schob die Himbeere in meinen Mund und schenkte mir ein weiteres Glas ein, verzichtete aber jetzt auf die Früchte, die es in sich hatten. Willy war bereits nach dem ersten Glas auf Bier umgestiegen und holte sich eine neue Flasche.

»Ich verstehe nicht, warum du einen alten Mann wie mich fragst, ob er dich heiratet«, sagte er plötzlich und kratzte sich an seinem grau durchzogenen Bart.

»Naja. Du kennst doch meine Lage. Kein Hochzeiter in Sicht... Und außerdem... ich... ich kann das nicht«, sagte ich mit etwas schwerer Zunge.

»Was kannst du nicht?«

»Männer ansprechen. Flirten. Mit einem anbandeln. Und all so was«, rutschte es mir heraus.

Ich war da wirklich nicht sonderlich erfahren. Und ich war nicht nur schlecht darin, selbst die Initiative zu ergreifen. Ich stellte mich fast genauso ungeschickt an, wenn ein Mann auf mich zukam. Daniela hatte mal zu mir gesagt, dass ich wohl erst dann merken würde, dass ein Mann mit mir flirtete, wenn über ihm eine große Leuchtschrift mit den Worten *Achtung, ich flirte mit dir!* erscheinen würde.

»Einer attraktiven Frau wie dir sollten eigentlich die Verehrer nur so hinterherrennen«, riss Willy mich aus meinen Gedanken.

Ach, das hatte er nett gesagt! Vielleicht sah ich ja doch hübscher aus, als ich mich fühlte? Und: Ja, er hatte recht! Sie sollten mir wirklich hinterherrennen, dachte ich trotzig. Nur, wo waren die Männer, wenn man sie dringend zu einem Marathonlauf der besonderen Art brauchte?

»Ich glaube, du gehst das alles völlig falsch an, Hannerl. Mach dir doch eine Gaudi aus deinem Heiratsvorhaben.«

»Eine Gaudi? Willy, ich *muss* heiraten. Das ist doch nicht spaßig!«, warf ich ein.

»Du siehst das alles nur vom Geschäftlichen her. Das ist total negativ und bringt dich nicht weiter. Es gibt tolle Männer da draußen. Und sicher ist einer dabei, der dir gefällt oder den du sogar gerne heiraten möchtest.«

»Meinst du wirklich?«, fragte ich unsicher.

Nach meinen nicht unbedingt berauschenden Erfahrungen in puncto Männer, und vor allem mit Simon, hatte ich so meine Zweifel, ob ich je den Richtigen finden würde. Trotzdem hatte der Gedanke, dass irgendwo ein passender Mann herumlief, der mir gefiel und dem ich gefiel, etwas Tröstliches.

»Wie lange bist du denn schon Single?«, fragte er neugierig.

»Ach, schon ziemlich lange. Drei oder vier Jahre oder so.« Wie lange genau wollte mir im Moment nicht einfallen. Außerdem kam es mir noch gar nicht so lange vor.

»Heiliger Bimbam! Das ist aber gar nicht gut!«

»Nicht?«

Er schüttelte mitfühlend den Kopf. Naja. Klar wäre es mal wieder schön, einen festen Freund zu haben. Jemanden, der die Schmetterlinge im Bauch wachkitzeln und zum Flattern bringen würde. Jemanden, auf den man sich verlassen konnte, mit dem man glücklich war.

Und guter, anständiger Sex wäre auch mal wieder nicht schlecht. Nach Simon hatte ich zwar eine kurze Affäre mit einem dänischen Kunsthändler gehabt, den ich bei meinen Recherchen kennengelernt hatte. Aber wir hatten schnell gemerkt, dass wir nicht zusammenpassten.

»Weißt du was? Ich nehme das jetzt mal in die Hand und helfe dir!«, sagte Willy, plötzlich sehr vergnügt.

Ich klatschte begeistert. »Oh ja!« Willy war einfach großartig, und in meiner momentanen Stimmung zweifelte ich keinen Moment daran, dass er es schaffen würde.

Kapitel 11

Nie wieder würde ich einen Tropfen Alkohol anrühren! Ich schwor es! Nie, nie wieder! Und sollte ich meinen Schwur eines Tages brechen und doch wieder Alkohol trinken, dann sicherlich keinen Rum – egal, ob mit oder ohne Topf. Natürlich war ich selbst schuld, weil ich es am vergangenen Abend ganz einfach übertrieben hatte. Aber gestern hatte es so lecker geschmeckt! Im Nachhinein verstand ich, dass Kindern der Genuss des Getränks, dessen Namen ich nicht mehr aussprechen wollte, verboten war. Ich konnte mich nicht erinnern, dass ich mich jemals so elend gefühlt hatte.

Es war bereits Mittag, als ich endlich aufstehen konnte. Fanny knurrte mich grantig an und verschwand wie der Blitz nach draußen, als ich die Haustür öffnete. Mit wackeligen Beinen schlurfte ich in die Küche und setzte Kaffee auf. Doch als das dampfende Haferl dann vor mir stand, konnte ich mich nicht dazu überwinden, einen Schluck zu trinken.

»Wie geht es dir denn?«, fragte Willy fürsorglich. Er stand in der offenen Küchentür und schaute mich mitleidig an.

»Frag mich das am besten nächste Woche wieder«, stöhnte ich gequält.

Er trat in die Küche und grinste. »Das wird schon wieder. Am besten wäre jetzt ein eisgekühltes Weißbier«, riet er mir zwinkernd. »Das würde dir bestimmt helfen!«

Schon allein der Gedanke daran ließ mich erschaudern. Ich schüttelte den Kopf und zuckte gleich darauf zusammen. Mein Körper war noch nicht bereit für schnelle Bewegungen.

»Hast du es dir mit Pit nochmal überlegt?«, fragte Willy mich. Er hatte mir gestern vorgeschlagen, dass ich mich mit Pit aussprechen sollte. Denn ohne ihn würde es auf dem Hof schwierig werden.

»Ich lass ihn mal ein paar Tage schmoren, dann ruf ich ihn an«, sagte ich, denn so ganz ungeschoren sollte er auch nicht davonkommen. »Schaffst du es bis dahin alleine, Willy?«

»Na freilich. Das kriegen wir schon hin.«

»Danke!«

Erst jetzt bemerkte ich, dass er einen Zettel in der Hand hielt, den er vor meiner Nase auf den Tisch legte.

»Hier sind die Zugangsdaten und das Passwort für deine neue E-Mail-Adresse.«

»Welche E-Mail-Adresse?«, fragte ich nach.

»Für das Inserat, das wir gestern aufgegeben haben.«

Langsam schlich sich die Erinnerung in meinen Kopf. Stimmt. Wir hatten online eine Annonce für die Zeitung aufgegeben.

Ich schaute auf den Zettel.

»FrausuchtBauer@online.de... Oh lieber Gott! Was ist denn das für eine bescheuerte Adresse?«

»Gestern hast du sie lustig gefunden.«

Gestern hätte ich wahrscheinlich auch *Nagelpilz* oder *Jack the Ripper* lustig gefunden. Gestern hätte ich alles lustig gefunden!

»Wann ist das Inserat in der Zeitung?«

»Am Freitag.«

»Morgen schon?« Das ging aber schnell. Und jetzt fiel mir siedend heiß ein, dass morgen auch das Treffen mit Frank Cornelius in meinem Terminkalender stand. Und ich hatte nicht das Gefühl, dass eines der Geschenke, die wir uns überlegt hatten, ihn vom Hocker reißen würde.

Am nächsten Tag ging es mir Gott sei Dank wieder besser. Ich war sehr früh aufgestanden und drehte mit Fanny eine große Runde entlang der Felder. Der Spaziergang in der frischen Luft munterte mich auf, und ich bereitete mich innerlich auf das Gespräch mit Cornelius vor.

Zurück auf dem Hof schnappte ich mir die Zeitung und blätterte zu den Bekanntschaftsinseraten. Unseres stach mir sofort ins Auge. Ich zuckte zusammen. Was hatten wir uns nur dabei gedacht? Besser gesagt, was hatte sich Willy nur dabei gedacht?

Frau sucht Bauer!
Attraktive Blondine, 33, mit Hof,
sucht feschen Landwirt
zwecks baldiger Heirat im Landkreis Passau.
Nur ernstgemeinte Zuschriften mit Foto an
FrausuchtBauer@online.de

»Oh Gott!« Ich schloss die Augen. Und betete leise, dass Max die Seite mit den Inseraten in der Zeitung beim Lesen auslassen würde. Er würde nämlich sofort wissen, wer sich hinter der 33-jährigen Blondine mit Hof verbarg, die in dieser Gegend einen Bauern als Bräutigam suchte.

Mein Gott, wie peinlich war das alles! Ein Heiratsinserat war doch gleichbedeutend mit einer Bankrotterklärung in Sachen

Liebe. Denn wer glaubte denn schon wirklich, dass man per Annonce die große, echte Liebe fand? Letztlich suchte man sich aus den ganzen Kandidaten denjenigen aus, der am wenigsten von den Träumen und Vorstellungen abwich, die man irgendwann einmal gehabt hatte. Das geringste Übel eben. Das hatte so gar nichts mit der wunderbaren wahren Liebe zu tun, die einem aus heiterem Himmel passierte, die einen überrollte, wenn man am wenigsten damit rechnete.

Nein, die Liebe per Inserat bedeutete für mich Resignation, sie war eine Liebe mit Abstrichen, die man nahm, nur um nicht allein zu sein.

Kapitel 12

Kurz vor Mittag saß ich mit Frank Cornelius wieder einmal im Café Himbeere. Obwohl das Wetter sich nach den Regenfällen in den vergangenen Tagen etwas gebessert hatte, war heute wesentlich mehr los im Café. Heute trug ich einen schwarzen Hosenanzug, dazu eine einfach geschnittene weiße Bluse und – wie mein Gegenüber – eine Sonnenbrille.

»Ich finde die Idee mit der Weltraumfahrt nicht schlecht«, meinte Cornelius nachdenklich, nachdem er die anderen Vorschläge bereits abgelehnt hatte. »Aber trotzdem fehlt mir hier noch das gewisse Etwas.«

»Das sehe ich ähnlich, Herr Cornelius. Aber wissen Sie, manchmal ist der entscheidende Hinweis für das gewisse Etwas gar nichts Spektakuläres, sondern eher alltäglich. So alltäglich, dass Sie selbst gar nicht bemerken würden, dass diese Kleinigkeit die alles verändernde Information ist. Deswegen muss ich Ihre Frau sehen und sie kennenlernen.«

»Aber genau das möchte ich nicht!«, warf er ein.

»Keine Sorge. Ich mache das so unauffällig, dass Ihre Frau mich absolut nicht mit dem Geschenk in Verbindung bringen wird.«

Er schob die Sonnenbrille nach unten, so dass ich seine hellblauen, fast grauen Augen sehen konnte.

»Sollte das nicht klappen, ist unsere Zusammenarbeit sofort beendet«, sagte er freundlich, aber mit einem unbarmherzigen Blick, der mir verriet, warum er als Unternehmer so überaus erfolgreich war.

Ich durfte das auf keinen Fall vermasseln! Er durfte sein Vertrauen in mich nicht verlieren!

Ich raffte sämtliches Selbstbewusstsein in mir zusammen und setzte mein Pokerface auf: »Dieses Vorgehen gehört zu meinem beruflichen Alltag, Herr Cornelius. Es gäbe mein Geschäft nicht mehr, wenn ich nicht absolut zuverlässig und professionell arbeiten würde.«

Ohne dass sich sein Gesichtsausdruck sonderlich veränderte, blitzten seine Augen plötzlich freundlich, und er nahm meine Hand. »Tut mir leid, Bea. Das wollte ich ja gar nicht anzweifeln. Es ist mir nur sehr wichtig, meine Frau zu überraschen.« Jetzt lächelte er. »Ich zerbreche mir ja selbst schon seit Monaten den Kopf wegen eines Geschenks. Aber noch nicht mal mir, ihrem Ehemann, der sie liebt, ist etwas eingefallen. Eigentlich ist das doch eine Schande, oder?«

Ich lächelte zurück. »Nein! Keine Schande. Was zählt ist, dass Sie ihr eine Freude machen möchten. Und so wie ich Bettina bisher einschätze, ist es eben deswegen nicht so einfach, weil sie eine ganz besondere Frau ist.«

»Das ist sie.« Er ließ meine Hand los. Wie immer, wenn er über sie sprach, war der Ton seiner Stimme besonders warm. Wie schön musste es sein, wenn man als Frau so geliebt wurde. Doch über so etwas durfte ich jetzt nicht nachdenken. Ich strich mir energisch eine Haarsträhne hinters Ohr.

»Und genau deswegen muss ich näher an sie heran«, sagte ich bestimmt.

»Sie haben recht, Bea. Allerdings dürfte das in den nächsten vier Wochen schwierig werden.«

»Wieso?«

»Bettina begleitet mich auf eine längere Geschäftsreise nach Südamerika. Wir fliegen schon morgen früh nach São Paulo.«

Oh! Oh! Das war gar nicht gut. Doch das durfte ich mir jetzt nicht anmerken lassen.

»Nun, in diesem Fall werde ich wohl einfach hier weitere Recherche betreiben. Wäre es möglich, dass wir trotzdem Kontakt halten können, zum Beispiel per Skype? Nur, falls ich noch Informationen benötige.«

»Selbstverständlich. Und, Bea, ich verlasse mich auf Sie.«

»Das können Sie ganz beruhigt tun«, sagte ich und lächelte zuversichtlich, auch wenn mir gar nicht danach war.

Bald darauf verabschiedeten wir uns. Er verließ das Café zuerst. Ich wartete noch einige Minuten, dann ging ich ebenfalls.

Kapitel 13

Ich hatte Pauline versprochen, dass sie bald wieder mit nach Niederbayern kommen durfte, und so holte ich sie für das Wochenende ab. Mutter war Gott sei Dank nicht daheim, und ich brauchte ihr nicht zu erzählen, dass ich jetzt doch heiraten wollte, um den Hof zu bekommen.

Als wir in Halling ankamen, machte ich Halt am kleinen Supermarkt im Ort. Die Vorräte waren ziemlich zur Neige gegangen, und ich musste dringend einkaufen. Heute Morgen hatte ich die letzte Dose Hundefutter geöffnet, und Fanny fände es sicherlich nicht lustig, wenn ich sie ab morgen auf Nulldiät setzen würde. Und auch eine dreizehnjährige Schwester konnte einiges verputzen.

»Beeil dich aber. Ich will zu Fanny!«, trieb mich Pauline an, die beschlossen hatte, im Wagen zu warten.

Als ich mit einem gut gefüllten Einkaufswagen in Richtung Kühltheke fuhr, tippte mir plötzlich jemand auf die Schulter.

Erschrocken fuhr ich herum.

Max stand hinter mir und grinste mich an. »Servus, Hanna!«

»Findest du das lustig?«, fragte ich grantig.

»Keine Ahnung, Cousinchen, warum du immer erschrickst, wenn ich dich anspreche!«

»Dann denk mal drüber nach.« Ich nahm Topfen und Frischkäse aus dem Regal, weil ich plötzlich Lust auf einen selbstgemachten Käsekuchen hatte.

»Du hast anscheinend vor, länger zu bleiben!«, stellte Max fest, als er die vielen Lebensmittel in meinem Einkaufswagen sah.

»Hast du was dagegen?«, fragte ich und beantwortete die Frage gleich selbst. »Natürlich hast du etwas dagegen. Blöd aber auch!«

»Die drei Monate sind noch lange nicht um. Ich bin zuversichtlich.«

»Na, dann lass dich mal überraschen.«

Ich wollte in Richtung Tierfutter weiter, doch Max hielt den Einkaufswagen fest.

»Hör mal, Hanna. Wie wäre es, wenn wir heute einfach mal einen Tag Waffenstillstand einlegen?«

Ich schaute ihn misstrauisch an.

»Diese Frage macht mir irgendwie Angst. Was hast du vor?«, fragte ich zögernd.

Er lachte.

»Heute ist das große Weinfest des Schützenvereins. Hast du Lust, mit mir da hinzugehen?«

Beim Gedanken an Alkohol meldete sich mein Magen mit einem Warnschrei. Außerdem fragte ich mich, warum er ausgerechnet mit mir dort hingehen wollte.

»Fürchtest du nicht, dass ich dir den Abend verderben könnte?«

»Würdest du das denn tun?«

»Wer weiß.«

»Darauf lasse ich es ankommen. Ich hole dich gegen acht Uhr ab. Und zieh dir was Schönes an. Vielleicht findest du ja einen Bräutigam.« Bevor ich darauf antworten konnte, war er auch schon verschwunden. So ein Blödmann. Ich würde auf keinen Fall mit ihm hingehen!

Um Viertel nach acht stand ich hübsch zurechtgemacht in der Stube. Ich trug ein braun und beige bedrucktes Kleid, dunkelbraune Stiefeletten und schlüpfte gerade in eine leichte Strickjacke. Meine Haare hatte ich zu einem lockeren Pferdeschwanz gebunden.

»Macht es dir wirklich nichts aus, alleine hierzubleiben?«, fragte ich Pauline zum bestimmt schon siebzehnten Mal. Sie verdrehte genervt die Augen.

»Neiheiiin! Fanny und ich schauen uns Top Star Search an. Nicht wahr, Fanny?«, fragte sie in Richtung Hund und kraulte ihn freundschaftlich hinter den Ohren.

Fanny drückte sich noch näher an meine Schwester. Das war wahre Liebe!

»Super... Der Käsekuchen ist in der Speisekammer. Er ist noch warm, aber du kannst dir später...«

»Ja ja. Ich weiß. Jetzt nerv nicht.«

Sie hatte recht. Ich hörte mich schon schlimmer an als meine Mutter. Rasch warf ich einen Blick auf die Uhr. Zwanzig nach acht, und Max glänzte durch Abwesenheit. Dabei war ich heute ausnahmsweise einmal nur ein wenig zu spät dran.

Plötzlich stieg ein Verdacht in mir auf. Wahrscheinlich wollte Max mich nur wieder mal ärgern. Ich stand hier in voller Ausgehmontur, und er würde mich gar nicht abholen.

Eigentlich hatte ich ja gar nicht vorgehabt mitzugehen. Ich hatte mich eigentlich weiter auf die Geschenkesuche für Bettina Cornelius machen wollen. Doch plötzlich war mir das Zeitungsinserat wieder eingefallen, und ich war neugierig, ob sich schon jemand gemeldet hatte.

Als ich die E-Mails abrief, war ich sprachlos. 73 Nachrichten waren in meinem Postfach! Alle mit dem mehr oder weniger abgewandelten Betreff: Ein Bauer für die Blondine.

Ich hatte die ersten drei Mails überflogen und war – entsetzt. Noch nicht mal so sehr von den Fotos der Kandidaten, für sein Aussehen konnte ein Mensch ja schließlich nichts. Wobei – für die Wahl des Motivs konnte ein Mensch schon was. Was hatte sich der Bewerber mit dem Ganzkörperfoto, das ihn nackt und ohne Kopf zeigte, wohl dabei gedacht?

Der erste Brief wimmelte nur so von Rechtschreib- und Grammatikfehlern, dabei hatte der Mann keine fünf Sätze geschrieben.

Der zweite Briefeschreiber hieß Kevin, war sieben Jahre jünger als ich und bot sich als Toyboy an mit genauer Beschreibung seiner körperlichen Vorzüge samt Vorstellungen über die Höhe seines zukünftigen Taschengeldes. Er war der Versender des kopflosen Fotos.

Die dritte Nachricht begann mit den Worten: »Nachdem ich in meinem Leben bisher immer nur Pech hatte und von allen Frauen nur verarscht worden bin, die nur immer mein Geld wollten, hoffe ich, dass du wenigstens eine anständige Frau bist und mich...«

Mal ernsthaft? Welche Frau würde so einen Brief zu Ende lesen wollen?

Nach diesem wenig verheißungsvollen Auftakt hatte ich den Computer sofort heruntergefahren und beschlossen, mit meinem Cousin aufs Weinfest der Schützen zu gehen.

Kaum dachte ich wieder an Max, hupte es vor dem Haus.

Max hatte sich richtig in Schale geworfen und trug eine braune Lederhose mit einem beigen Trachtenhemd. Farblich passten wir gut zusammen, vom Stil her eher weniger. Anders als in der letzten

Zeit war er sogar recht freundlich mir gegenüber. Vielleicht würde ich den Abend ja genießen können?

Als wir am Festplatz ankamen, war aus dem Zelt bereits laute Live-Musik zu hören.

Unter einem Weinfest hatte ich mir eher eine kleine Veranstaltung vorgestellt. Doch der Schützenverein feierte in diesem Jahr sein 80-jähriges Bestehen, und deswegen waren neben dem riesigen Weinzelt ein Kettenkarussell, eine Schießbude und ein Stand mit Losen aufgebaut. Verschiedene Imbiss-Wagen boten Brathendl, Steckerlfisch, Käsespezialitäten, Kuchen und Eis an. Sämtliche Bewohner von Halling und Umgebung schienen hier zu sein, und es war jetzt schon proppenvoll im Zelt.

Max und ich ergatterten noch einen Sitzplatz am Tisch eines seiner Freunde aus einem Nachbarort, der mit Frau und Sprössling gekommen war.

Max stellte uns vor.

»Hanna, meine Cousine – und das ist mein Freund Karl Huber mit seiner Frau Lene, und der kleine Hosenscheißer da ist mein Namensvetter Maximilian.«

Wir nickten uns freundlich zu, und während Max und Karl sich bald über den ökologischen Anbau von Erdbeeren unterhielten, plauderte ich ungezwungen mit der sympathischen Frau, die etwa in meinem Alter war. Ihre Oberweite war mindestens doppelt so üppig wie meine. Obwohl ich eine Frau war, fiel es mir schwer, nicht andauernd in ihr offenherziges Dekolleté zu starren. Ihr kleiner Sohn schlief dabei seelenruhig in ihren Armen, ohne dass die laute Musik oder der Lärm ihn störten.

Irgendwie kam mir die Frau bekannt vor. Und tatsächlich stellte sich heraus, dass Lene Huber unter dem Namen Lene Koller einen bayerischen Liebesratgeber herausgegeben hatte, der vor zwei Jahren in den Medien für einigen Wirbel gesorgt hatte. Sie hatte darin die These aufgestellt, dass es auf Bairisch keinen eigenen Ausdruck für »Ich liebe dich« gab. Darüber war sie mit dem bayerischen Sprachforscher Karl Huber öffentlich heftig in Streit geraten. Doch am Ende waren die beiden ein Paar geworden. Und wie es aussah, ein ziemlich glückliches, wenn ich die verliebten Blicke der beiden richtig deutete.

»Was machst du denn beruflich?«, fragte Lene interessiert, nachdem sie ausführlich von sich erzählt hatte.

Diese Frage gehörte nicht unbedingt zu meinen Lieblingsfragen. Obwohl mein Beruf hochanständig war, konnte ich nie sagen, was ich wirklich tat. Und das fühlte sich so an, als ob ich etwas Illegales machen würde.

»Ich arbeite als Privatsekretärin für einen Unternehmer«, griff ich wieder mal zu meiner Notlüge.

»Oh. Das ist sicher ein sehr spannender und abwechslungsreicher Beruf«, meinte Lene interessiert.

»Das auf jeden Fall.« Ich lächelte.

»Und jetzt machst du Urlaub in Niederbayern?« Lene Huber konnte mir in puncto Neugierde problemlos das Wasser reichen.

»Ja, ich habe mir eine Auszeit genommen und …«

In diesem Moment ging Pit an unserem Tisch vorbei. Als er mich sah, drehte er den Kopf zur Seite und ging rasch weiter.

»Entschuldige bitte kurz«, sagte ich, stand auf und folgte Pit durch das Zelt nach draußen.

»Pit! Warte mal!«, rief ich ihm hinterher. Er steuerte auf den Schießstand zu.

»Pit!«

»Ja?«, fragte er in einem nicht gerade freundlichen Ton. Sein Atem roch nach abgestandenem Alkohol, und das Weiß in seinen

Augen war von roten Äderchen durchzogen. Ich wich einen kleinen Schritt zurück.

»Zehn Schuss!«, orderte er bei der jungen Dame im Stand.

»Sag mal, können wir vielleicht nochmal über alles reden?«, schlug ich vor.

»Warum?«

»Jeder macht mal einen Fehler. Aber wenn wir...«

»Meine Freundin hat mich rausgeworfen. Wegen dir. Ganz zu schweigen davon, dass ich meine Arbeit verloren habe, die mir wirklich wichtig war.«

Er nahm das geladene Gewehr entgegen und legte an.

»Gerade darüber wollte ich mit dir nochmal reden, Pit.«

»Aber vielleicht will ich das nicht.« Er klang aggressiv und schoss. Jeder Schuss traf.

Moment mal. Was war das denn jetzt? Er tat ja so, als ob ich an der ganzen Sache schuld war. Dabei war doch eigentlich er derjenige, der sich zu entschuldigen hatte.

»Hör mal, Pit, du kannst doch nicht mir die Schuld...!«

»Was ich kann oder nicht, geht dich einen Scheißdreck an«, unterbrach er mich derb und gab das Gewehr zurück. Gott sei Dank! Die Frau reichte ihm seinen Preis: Ein Puzzle mit dem Motiv des Passauer Doms. Fünftausend Teile. Damit war er eine Weile beschäftigt.

»Ich werde nicht mehr zurückkommen. Weil Max früher oder später den Hof übernehmen wird. Oder du doch noch einen Dummen findest, der dich heiratet... Darauf bist du doch scharf, oder?«, fragte er schneidend. »Dann bin ich überflüssig. Das spar ich mir.«

»Pit, ich...«

»Außerdem finde ich bald was viel Besseres!«

Damit drehte er sich um und verschwand unter den vielen Menschen, die ins Zelt drängten. Nach seinem aggressiven Verhalten – und der Demonstration seiner ausgezeichneten Schießkünste – war ich jetzt fast froh, dass er nicht mehr auf den Hof kommen würde. Der Kerl schien nicht ganz dicht zu sein. Wie man sich nur so in einem Menschen täuschen konnte.

Gleich nächste Woche würde ich beim Arbeitsamt anfragen und einen vorübergehenden Helfer suchen.

Nachdenklich ging ich zurück an den Tisch. Der kleine Maximilian war inzwischen aufgewacht und wurde von seiner Mama mit Obstbrei gefüttert.

»Schau nicht so grantig, sonst findest du nie einen Mann«, witzelte Max, als ich mich wieder setzte.

Mir war überhaupt nicht nach seinen Späßen zumute. Aber vor den sympathischen Hubers wollte ich nicht humorlos erscheinen, und so setzte ich eine freundliche Miene auf.

»Das grantig Schauen dient sicher einem Zweck, Max. Vielleicht möchte deine Cousine damit testen, welcher der Männer ihr gewachsen ist«, warf Karl Huber ein und zwinkerte mir freundlich zu.

Ich lächelte zurück. Dann stießen wir alle an. Die anderen mit Wein und ich mit einer Schorle. Mein Versprechen hatte ich nicht sonderlich lange gehalten. Aber eine Weinschorle war ja nicht so wirklich Alkohol. Vor allem nicht, wenn sie so verwässert war wie diese hier.

»Prost!«

»Prost. Darauf, dass Hanna schnellstens einen passenden Landwirt findet!«

Bei diesen Worten zuckte ich leicht zusammen. Hatte Max das Inserat inzwischen doch gelesen und spielte jetzt darauf an? Es sah ganz danach aus. Wenn er die Sache hier ausposaunte, würde ich ihm den Kopf abreißen.

»Wieso ausgerechnet einen Landwirt?«, fragte Lene überrascht.

»Sei doch nicht so neugierig, Lene!«, tadelte sie ihr Mann.

»Ach, das ist doch kein Problem«, sagte Max. »Die Geschichte ist wirklich ziemlich verrückt, nicht wahr, Hanna? Also, Berta, unsere Oma...«

Abrupt stand ich auf. Dieser Mann war einfach unmöglich! Er konnte doch nicht allen Ernstes glauben, dass ich hier sitzen blieb, während er diesen Leuten erzählte, dass ich krampfhaft auf der Suche nach einem Mann war.

»Ich... ich muss mal... kurz raus.«

Ich würde mir draußen ein Taxi bestellen und nach Hause fahren. Es tat mir zwar leid wegen der Hubers, aber das konnte ich jetzt auch nicht ändern.

Als ich mich in Richtung Ausgang kämpfte, ging die Musik gerade zu Ende. Der Sänger sprach ins Mikrofon.

»Liebe Gäste, vorhin habe ich einen Zettel zugesteckt bekommen, mit der Bitte, ihn vorzulesen. Es geht um eine Dame im zarten Alter von 33, die scheinbar heute hier in unserem Zelt ist und die dringend einen Bauern zum Heiraten sucht...«

Bei seinen Worten gaben mir fast die Beine nach. Wie bitte? Was war das denn jetzt?

»... wer Interesse an einer hübschen Blondine mit stattlichem Vermögen und Hof hat, kann sich die E-Mail-Adresse bei mir abholen. Sie lautet: FrausuchtBauer@online.de.«

Die Leute lachten amüsiert. In meinen Ohren rauschte es, und ich war kurz davor, ohnmächtig zu werden. Ich musste raus aus dem Zelt. Sofort! Ich verfluchte das Wasser in meinem Wein. Ein etwas weniger klarer Kopf wäre jetzt sicher besser gewesen.

»… schade, dass ich schon verheiratet bin, sonst würde ich mich glatt selber bei der geheimnisvollen Dame melden. So, aber jetzt genug mit der Heiraterei. Es geht weiter mit dem Lied *D'Liab kimmt von selba…*«

Endlich war ich draußen und schnappte nach Luft.

»Hanna!« Max kam mir hinterher. Dieser Pharisäer!

»Jetzt weiß ich, warum du mich unbedingt hierherschleifen wolltest. Du gemeiner Kerl!« Noch nie in meinem Leben hatte mich ein Mensch so erniedrigt.

»Hanna, hör zu. Damit habe ich nichts zu tun!«

»Ach! Und das soll ich dir glauben?«, schrie ich. Inzwischen war es mir egal, dass einige Leute um uns herum neugierig schauten. Darauf kam es heute auch nicht mehr an.

»Natürlich sollst du mir glauben! So etwas würde ich nie machen. Du kennst mich doch!«

»Eben! Dir ist doch jedes Mittel recht, mich von hier zu vertreiben! Aber lass dir eines gesagt sein: Jetzt werde ich mir erst recht einen Mann suchen und ihn vom Fleck weg heiraten. Hauptsache, du kommst an keinen Cent dieses Erbes!«

Während ich sprach, schossen mir Tränen in die Augen. Tränen der Wut, aber auch Tränen der Enttäuschung.

»Wenn du ernsthaft glaubst, dass ich hinter diesem Aufruf stecke, dann kann ich dir nicht helfen!« Er schaute mich wütend an.

Er hatte erkannt, dass sein Spiel nicht aufgegangen war. Natürlich war er deshalb wütend.

»Deine Hilfe brauche ich als Allerletztes!«, fauchte ich, aber plötzlich brach meine Stimme, und ich hatte Mühe, die Tränen zurückzuhalten.

»Komm, ich fahre dich nach Hause«, sagte Lene leise, die jetzt neben mir stand. Sie führte mich auf den Parkplatz zu ihrem Wagen.

Im Auto flossen meine Tränen ungehindert, was mir schrecklich peinlich war.

»Die wenigstens Leute wissen, dass du damit gemeint warst, Hanna«, versuchte sie mich aufzumuntern. »Ich hätte es ja auch nicht gewusst, wenn Max nicht plötzlich erschrocken aufgesprungen und dir nachgerannt wäre.«

Ich antwortete nichts darauf. Als wir auf dem Hof ankamen, sagte Lene: »Ich kenne zwar die Hintergründe für das alles nicht, aber ich bezweifle, dass Max so etwas tun würde.«

Ich putzte mir die Nase.

»Natürlich war er's. Sonst hat ja niemand einen Grund dafür.«

Ich stieg aus.

»Danke, dass du mich nach Hause gebracht hast, Lene.«

»Du kannst mich jederzeit anrufen, wenn du magst. Okay?«

»Danke.«

Und dann verschwand ich schnell ins Haus.

Pauline war vor dem Fernseher eingeschlafen. Ich versuchte vergeblich, sie zu wecken. Im Halbschlaf bugsierte ich sie nach oben ins Bett, wo sie sofort weiterschlief.

Ich ging zurück ins Wohnzimmer, setzte mich erschöpft aufs Sofa und schloss die Augen. Das war einer der peinlichsten Abende meines Lebens gewesen. Aber vor allem war ich enttäuscht von Max. Bisher hatte ich immer noch einen Funken der Freundschaft, die uns in der Kindheit verbunden hatte, spüren können. Jetzt hatte er diesen Funken ausgetreten. Am liebsten hätte ich meine Sachen gepackt und wäre nach Hause gefahren.

Plötzlich spürte ich etwas Warmes an meinem Oberschenkel.

Fanny saß vor mir und hatte ihren Kopf auf mein Bein gelegt. Es war das erste Mal, dass sie sich mir freiwillig näherte.

»Na du …«, sagte ich unglücklich.

Sie hob den Kopf und schaute mich an.

»Denkst du, es ist besser, wenn ich zurück nach München gehe?«

Sie legte den Kopf schief.

»Oder meinst du, ich soll das hier durchziehen?«

Fanny bellte und wedelte mit dem Schwanz.

Wollte sie, dass ich hierblieb? Sie konnte doch nicht verstehen, was ich gesagt hatte. Oder? Natürlich konnte sie das nicht. Ich musste plötzlich lachen über meine verrückten Gedanken.

In diesem Moment löste sich die ganze Anspannung und Wut in mir, und ich konnte wieder einigermaßen klar denken. Der Abend war nicht sonderlich gut verlaufen. Aber was war denn eigentlich schon Schlimmes passiert?

Dass ich einen Mann suchte, würde ohnehin bald kein Geheimnis mehr sein. Und dass Max alles versuchen würde, um den Hof zu bekommen, hatte ich auch vorher schon gewusst. Davon durfte ich mich jetzt nicht unterkriegen lassen.

Wichtig waren jetzt drei Dinge:

Erstens: ein neuer Mitarbeiter.

Zweitens: ein Ehemann. Und drittens musste ich mich endlich wieder richtig auf meine Arbeit konzentrieren.

Cornelius und seine Frau würden morgen früh nach Südamerika fliegen. Ich musste mir diese Frau vorher unbedingt noch persönlich anschauen!

kapitel 14

Obwohl ich in der letzten Nacht kaum geschlafen hatte, war ich auf der Fahrt in Richtung München erstaunlich frisch. Es war doch gut, dass ich gestern nur wässrige Schorle getrunken hatte. Tja, so war das mit der Sicht der Dinge. Mal wünschte man sich mehr, mal weniger Wasser in seinem Wein.

Es war noch sehr früh am Morgen, als ich am Flughafen ankam. Ich hatte im Internet die möglichen Flüge herausgesucht und stand nun in der Nähe des Abfertigungsschalters, an dem die beiden höchstwahrscheinlich einchecken würden. Zur Tarnung hatte ich eine kleine Reisetasche dabei. Meine Haare waren unter einer Baseballmütze von Pauline versteckt, die ich tief ins Gesicht gezogen hatte. Ich trug eine unauffällige, viel zu weite graue Freizeithose, ein schwarzes T-Shirt und eine Jeansjacke.

Aufmerksam schaute ich mich um. Nach fast einer Stunde erspähte ich endlich Frank Cornelius, der einen Gepäckwagen mit drei großen Koffern vor sich her schob. Und neben ihm seine Frau Bettina. Sie war wirklich eine unglaublich schöne Frau. Sie strahlte Selbstbewusstsein und Unabhängigkeit aus und doch spürte man sogar aus der Entfernung die enge Zusammengehörigkeit der beiden. Cornelius schob den Gepäckwagen zum Schalter.

Sie drehte sich nochmal um und winkte jemandem zu, den ich aus meiner Position leider nicht sehen konnte. Unauffällig machte ich Fotos von ihr mit meinem Handy.

»Entschuldigung, sprechen Sie bitte Deutsch?«, fragte mich eine ältere, etwas üppige Dame aufgeregt in fränkischem Dialekt. Hinter ihr stand eine weitere Frau, die sich mit einem bis oben vollgepackten Gepäckwagen abmühte.

»Ja. Ich spreche Deutsch«, antwortete ich höflich, obwohl mir diese Störung gar nicht gelegen kam.

»Wir müssen nach Dallas, aber wir finden den richtigen Schalter nicht.«

»Ich hab doch gesagt, dass wir hier falsch sind, Hilde!«, warf die andere, etwas kleinere aber genauso üppige Frau ein. Ich vermutete, dass die beiden Schwestern waren.

»Jetzt sei mal ruhig, Uschi. Die nette Dame hier kann uns sicher helfen.«

»In Nürnberg am Flughafen hätt ich mich ausgekannt«, konnte Uschi sich nicht verkneifen.

»Was steht denn auf Ihrem Ticket?«, fragte ich hilfsbereit und warf einen unauffälligen Seitenblick zum Ehepaar Cornelius, deren Gepäck eben abgefertigt wurde.

Hilde zog die Flugtickets aus ihrer Handtasche und hielt sie mir entgengen. Ich stellte meine kleine Reisetasche auf den Boden und nahm das Ticket in die Hand.

»Hier sind Sie schon richtig im Terminal 2.«

»Siehst du!«, sagte Hilde zu Uschi und wischte sich mit einem Taschentuch über das rot glänzende Gesicht.

»Aber hier steht doch nirgends Dallas.« Uschi gab nicht auf.

»Weil Sie in Philadelphia landen«, erklärte ich geduldig.

»Philadelphia? Aber wir müssen doch nach Dallas. Meine Tochter heiratet morgen!« Hilde griff sich erschrocken ans Herz. Sie war einem Ohnmachtsanfall nahe.

»Aber in Amerika ist das erst übermorgen!«, stellte Uschi klar. Hilde schien das alles sehr zu verwirren.

»Was sollen wir denn in Philadelphia?«

»Das ist nur eine Zwischenlandung. Dann geht es weiter nach Dallas«, beruhigte ich sie und lächelte Hilde aufmunternd zu.

Dann erklärte ich den aufgeregten Damen den Weg zu ihrem Schalter. Sie bedankten sich überschwänglich und zogen rasch von dannen. Ob die beiden rechtzeitig zur Hochzeit in Dallas auftauchen würden? Ich hatte da so meine Zweifel.

Als ich mich wieder umdrehte, waren Frank und Bettina Cornelius verschwunden. Verdammt nochmal! Kaum passte man mal zwei Minuten nicht auf.

Hoffentlich waren sie nicht in die Business Lounge verschwunden. Denn da hätte ich keinen Zugang. Falls nicht, konnten sie nicht weit sein. Ich schaute mich um. Und tatsächlich entdeckte ich sie in einem kleinen Café mit Selbstbedienung ganz in der Nähe. Während Frank Kaffee holte, setzte sich Bettina an einen kleinen Tisch. Graziös schlug sie die himmellangen Beine übereinander.

Rasch nahm ich sie genauer in Augenschein, während ich auf das Café zuging. Sie trug eine leichte weiße Sommerhose und darüber eine weite Bluse, die mit auffälligen bunten Blumen bedruckt war und ihr lässig über die schmalen Hüften fiel. Ihre Haare waren zu einem losen Zopf gebunden. Der wenige Schmuck war modisch, aber nach meiner Einschätzung nicht unbedingt sehr teuer.

Ich überlegte blitzschnell, was ich jetzt machen sollte. Langsam vorbeigehen und sie von Weitem beobachten? Oder mich an einen Tisch in ihrer Nähe setzen? Ich entschied für mich für Letzteres. Frank Cornelius kam mit zwei Tassen Kaffee an den Tisch zu seiner Frau. Er hatte mich nicht zur Kenntnis genommen, obwohl wir keine drei Meter voneinander entfernt standen. Kein Wunder. Neben Bettina fiel ich ebenso wenig auf wie ein Vollkornkeks neben einer Schwarzwälder Kirschtorte.

»Einen Espresso, bitte!«, bestellte ich bei der mageren Bedienung mit blondiertem Kurzhaarschnitt.

»Drei zwanzig!« Ihre Stimme war laut und ungewöhnlich dunkel. Gleich darauf schob sie mir eine kleine Tasse hin.

Ich wollte bezahlen. Mein Geldbeutel war … in meiner Tasche. Aber wo war meine Tasche? Oh nein!

»Entschuldigen Sie, ich habe meine Tasche irgendwo vergessen, ich muss sie nur schnell …«, sagte ich so ruhig wie möglich, um niemanden auf mich aufmerksam zu machen.

Doch die Bedienung machte mir einen Strich durch die Rechnung.

»Was soll das? Denkst du, du kannst mich verarschen? Einen Espresso bestellen und dann nicht zahlen! Ja, das mag ich!« Sie schien einen richtig schlechten Tag zu haben. Ihre Stimme war noch lauter geworden, und die Leute drehten sich zu uns um. Auch Frank und Bettina, jedoch nur kurz. Die beiden waren glücklicherweise zu kultiviert, um zu gaffen. Ich zog den Kopf ein.

»Bitte, jetzt beruhigen Sie sich doch. Ich hole das Geld und bezahle Ihnen den Espresso.« Ich flüsterte fast.

»Verschwinde! Solche Leute wie dich will ich nicht haben!«

Es hatte keinen Zweck, sie weiter zu beschwören. Wie ein begossener Pudel, mit eingezogenen Schultern und tief ins Gesicht gezogener Mütze verdrückte ich mich. Meine Aktion war gründlich fehlgeschlagen.

Hoffentlich ist wenigstens meine Tasche noch da, dachte ich auf dem Weg zum Schalter. Das hätte mir jetzt gerade noch gefehlt.

Die gute Nachricht war, dass die Tasche nicht gestohlen war. Es liefen also doch noch viele ehrliche Menschen herum. Die schlechte Nachricht war, dass zwei Polizisten und drei Sicherheitsleute mit ernsten Gesichtern um meine Tasche herumstanden. Einer der Männer sprach in ein Funkgerät.

Erst eine Stunde später kam ich mich hochrotem Kopf und meiner Tasche aus dem Flughafengebäude. Ich hatte mir ordentlich was anhören müssen, nachdem ich die Beamten davon überzeugt hatte, dass kein Sprengstoff und auch keine Drogen in meiner Tasche versteckt waren. Das alles war sehr peinlich für mich gewesen, aber trotzdem war ich irgendwie froh, dass man es mit der Sicherheit am Flughafen so ernst nahm.

Als ich später die kleine Straße entlangfuhr, die zu meinem Hof führte, kam mir Max auf seinem Traktor entgegen. Ohne ihn eines Blickes zu würdigen, fuhr ich an ihm vorbei.

Im Hof parkten drei Autos, die ich noch nie vorher gesehen hatte. Was war denn hier los? Hoffentlich war nichts mit Pauline! Ich hätte sie nicht so lange alleine lassen dürfen. Besorgt sprang ich aus dem Wagen und rannte ins Haus. Und staunte nicht schlecht. Um den großen Tisch in der Stube saßen drei Männer, die mir völlig unbekannt waren. Pauline schenkte ihnen Kaffee ein.

»Da bist du ja endlich!«, maulte sie sichtlich genervt.

Die Männer standen kurz auf und grüßten in meine Richtung.

»Äh, grüß Gott! Darf ich fragen, wer Sie sind?«, fragte ich verdutzt, aber freundlich.

Einer der Herren, er war schätzungsweise Mitte vierzig, hatte volles Haar und trug eine modische Brille, klärte mich auf.

»Ich bin wegen dem Heiratsinserat hier«, meinte er mit wohltönender Stimme. »Hans Kilger ist mein Name.«

Er warf einen undefinierbaren Seitenblick auf die anderen beiden Männer.

»Ich auch!«

»Aber ich war zuerst hier!«

»Wie kommen Sie darauf, dass ich …?«

Herr Kilger ließ mich nicht ausreden. »Gestern im Weinzelt, da hab ich es erfahren. Und ein Bekannter wusste, wer Sie sind«, erklärte er.

»Ich habe es auch gestern gehört«, bestätigte der Zweite. Verdammt nochmal! So hatte ich das nicht geplant.

Ich sagte erst einmal gar nichts mehr, packte Pauline am Arm und zog sie ins Wohnzimmer.

»Aua!«, beschwerte sie sich.

»Warum hast du die hier reingelassen?«

»Seit Stunden klingelt es ständig. Und du warst nicht da. Was hätte ich denn machen sollen?« Sie rieb sich über ihren Arm.

»Trotzdem, du kannst doch nicht einfach wildfremde Männer hereinlassen! Spinnst du?«

Ich hatte jetzt wirklich ein total schlechtes Gewissen, dass ich sie alleine gelassen hatte. Was da alles hätte passieren können! Trotzdem. In ihrem Alter hätte sie wissen müssen, dass sie das nicht durfte.

»Fanny hat ja auf mich aufgepasst«, sagte sie, jetzt doch ein wenig kleinlaut.

»Ach, Pauline …!« Nervös fuhr ich mir durch die Haare.

»Stimmt das? Ich meine, dass du jetzt doch einen Mann suchst?«

Ich druckste ein wenig herum.

»Naja ...«

Pauline strahlte.

»Das ist doch suuuper! Dann erbst du alles. Und ich kann jedes Wochenende hierherkommen.«

»Jetzt mal langsam.« Ich hatte ja gar nicht vor, später dauerhaft hier zu leben. Meinen Lebensmittelpunkt und meine berufliche Zukunft sah ich in München. Wie ich das alles regeln würde, war mir allerdings noch schleierhaft. Aber um den Hof überhaupt zu bekommen, musste ich erst einmal heiraten.

Vielleicht sollte ich mir die drei doch mal genauer anschauen. Wenn sie jetzt schon mal hier waren ...

Ich ging zurück in die Stube, schenkte mir eine Tasse Kaffee ein und setzte mich zu den Männern an den Tisch.

»Nun ...«, begann ich zögernd. Was sagte man denn eigentlich zu potentiellen Heiratskandidaten?

»Wie kommt es, dass Sie persönlich vorbeigekommen sind und keine E-Mail geschrieben haben?«, begann ich schließlich.

»Mit Computern kenn ich mich überhaupt nicht aus«, sagte der Älteste des Trios. Er war bestimmt schon weit über sechzig. Zumindest optisch.

»Ich halte nichts davon, lange hin und her zu schreiben, und mache mir gerne gleich persönlich ein Bild«, erklärte Hans Kilger in einem Ton, der auch gut zu einem Feldwebel gepasst hätte.

»Ich habe Ihnen schon geschrieben, aber noch keine Antwort bekommen«, meinte der Letzte. Ein eher klein geratener Jüngling mit lichtem Haar.

Vielleicht müsste ich doch endlich mal meine E-Mails lesen und beantworten, dachte ich, mit einem Anflug von schlechtem Gewissen. Ich nahm einen Schluck Kaffee.

»Ich bin der Kevin«, setzte der Kleine noch hinzu.

Ich verschluckte mich fast. Kevin? Der Kevin mit dem Nacktfoto ohne Kopf? Es war mehr als eine Lebensaufgabe, mir diesen blassen Jüngling als Toyboy vorzustellen. Schließlich dachte man bei *Toyboy* eher an die aktuellen oder verflossenen Jungs weltbekannter Stars wie Madonna oder La Lopez. Dieser Kevin hier war im Vergleich zu jenen jungen Männern wie eine salzarme Haferflockensuppe gegen ein feuriges Chili con Carne. Ich unterdrückte ein Lachen.

»Wie viel Grund und Vermögen ist jetzt eigentlich da?«, fragte der ältere Mann ungeduldig. Anscheinend war er nicht nur auf eine Frau scharf, die halb so alt war wie er, sondern auch auf ihr Geld.

Ich seufzte innerlich. Keiner der Männer entsprach nur im Entferntesten den Erwartungen, die ich an einen Partner hatte. Mich weiter mit ihnen zu unterhalten war reine Zeitverschwendung. Ich stand auf. Irgendwie musste ich sie aus dem Haus bugsieren, ohne allzu unhöflich zu sein.

Glücklicherweise kam mir meine Schwester zu Hilfe und legte jedem der Männer ein Blatt Papier vor die Nase.

»Bitte schreiben Sie Ihren Namen, Ihre Adresse und Ihren Beruf auf. Meine Schwester wird sich dann in den nächsten Tagen bei Ihnen melden.«

»Aber wir sind doch hier noch gar nicht fertig!«, protestierte der Mann mit der Brille. Den Namen hatte ich schon wieder vergessen.

»Doch. Das sind wir. Ich habe nicht damit gerechnet, dass Sie unangemeldet bei mir erscheinen, deswegen bitte ich Sie, jetzt zu gehen.«

So deutlich hatte ich meine Wünsche bisher nur selten formuliert. Es fühlte sich gut an. Ich war stolz auf mich. Und die Männer waren grantig.

»Die hat für meinen Geschmack eh zu wenig Holz vor der Hütte«, brummte der ältere Kandidat beim Hinausgehen.

»Na sowas!«, schimpfte der Brillenmann.

Pauline folgte ihnen. Sie wollte sich wohl versichern, dass sie auch wirklich verschwanden.

Ich atmete erst einmal tief durch. So ging das alles nicht.

Wenn ich mich nicht weiterhin von wildfremden Männern überrumpeln lassen wollte, musste ich jetzt selbst aktiv werden.

Ich würde noch heute die E-Mails lesen und eine Vorauswahl treffen von Männern, die ich mir genauer anschauen wollte. Alle Männer, die unaufgefordert auf den Hof kamen, würde ich ab jetzt sofort wieder nach Hause schicken.

Von draußen hörte ich, dass Pauline sich mit jemandem unterhielt. Machte etwa einer der Männer Schwierigkeiten? Ich ging hinaus in den Hof.

»Kommen Sie ruhig rein!«, forderte meine Schwester eben einen dunkelhaarigen Mann auf. Er trug eine lässige Jeans und darüber einen leichten hellgrauen Sommerpulli. Sein Teint war dunkel und deutete darauf hin, dass er viel Zeit im Freien verbrachte. Rasch revidierte ich mein Vorhaben, alle Männer wegzuschicken. Bei dem hier würde ich eine Ausnahme machen.

»Schau mal, Hanna, da ist noch ein Heiratskandidat!«, rief Pauline fröhlich. Musste sie das ausgerechnet so formulieren?

Ich steuerte auf ihn zu und war plötzlich befangen. Warum hatte ich mich vorhin nicht umgezogen? Jetzt stand ich in diesen alten unförmigen Klamotten vor diesem Prachtexemplar von Mann, der gut einen Kopf größer war als ich, und mich neugierig anschaute.

Andererseits – auch er war ohne Anmeldung gekommen, und wir waren ja auf einem Bauernhof. Ein Kleid wäre für die Feldarbeit schließlich nicht die ideale Arbeitsbekleidung.

»Hallo!«, sagte ich und streckte ihm die Hand entgegen. »Ich bin Hanna.«

Er nahm meine Hand.

»Und ich bin Alex.«

Er schaute mich mit Augen an, die noch dunkler waren als meine. Und das kam nicht häufig vor.

»Freut mich, Alex. Komm doch rein auf eine Tasse Kaffee.«

Ohne zu fragen duzte ich ihn. Den Mann mit »Sie« anzusprechen, wäre mir irgendwie nicht richtig vorgekommen.

»Wenn ich nicht störe, gerne.«

Stören tat mich momentan nur eines, und zwar die Anwesenheit meiner kleinen Schwester samt ihrem vierbeinigen Anhängsel.

Alex folgte mir in die Stube. Eilig räumte ich das benutzte Geschirr weg und schenkte uns Kaffee ein.

»Hast du auch gestern auf dem Weinfest davon erfahren?«, fragte ich, um irgendwie mit ihm ins Gespräch zu kommen. Alex war bis jetzt noch nicht sehr redselig.

»Ja, natürlich. Auf dem Weinfest.« Seine Stimme hatte einen warmen, leicht rauen Ton, der mir ein Prickeln im Nacken bescherte. Er sprach Hochdeutsch, mit einem leichten oberbayerischen Akzent.

»Ist noch Käsekuchen da?«, fragte ich Pauline, die neugierig in der Tür stand.

»Ja.«

»Holst du ihn bitte?«

Pauline verschwand in die Speisekammer und kam gleich darauf mit dem Kuchen wieder.

»Hier!« Sie stellte ihn auf den Tisch und setzte sich zu uns.

»Möchtest du?«, fragte ich höflich meinen ungeladenen, aber willkommenen Gast.

»Gerne!«

Ich schnitt ihm ein Stück ab und schob ihm den Teller hin.

»Danke.«

Ich schaute ihm dabei zu, wie er das erste Stück in den Mund schob.

»Hmm. Schmeckt ausgezeichnet.«

Ich freute mich, dass er meinen Kuchen mochte.

»Danke! Es ist ein Rezept meiner Mutter. Die hat es noch von ihrer Mutter«, plapperte ich drauflos. Das passierte immer, wenn ich nervös war. »Kommst du aus Oberbayern?«, erkundigte ich mich. »Du hörst dich nicht so an, als ob du hier aus der Gegend wärst.«

»Das stimmt. Ich komme aus der Nähe von München.«

»Und was verschlägt dich nach Halling? Bist du zu Besuch hier?«

»Mehr oder weniger.«

Inzwischen hatte er den Kuchen verputzt, lehnte jedoch ein weiteres Stück freundlich ab.

»Was für einen Hof hast du denn?«, fragte Pauline. »Einen mit Kühen?«

Er schüttelte den Kopf. »Nein, Kühe habe ich keine.«

»Hast du Schweine?«

»Auch nicht.«

»Bist du Gemüsebauer?« Sie ließ nicht locker.

»Ja.«

»Was baust du denn an?« Anscheinend wollte meine Schwester das Gespräch jetzt alleine bestreiten. Dabei war es mir im Moment völlig egal, was für eine Art von Bauernhof er hatte.

»Naja. Karotten und Gurken und Krautköpfe und so«, erklärte er.

»Pauline, bring doch mal bitte den restlichen Kuchen zu Tante Luise rüber«, sagte ich, bevor sie ihn weiter ausfragen konnte.

»Muuuss das sein?«

»Ja, das muss sein. Und frag sie, ob sie ein paar Eier für uns übrig hat.«

Pauline war nicht begeistert über den Auftrag, verschwand aber trotzdem mit Fanny nach draußen.

»Tut mir leid, meine Schwester kann manchmal eine kleine Nervensäge sein«, entschuldigte ich mich bei ihm.

»Von nervigen kleinen Schwestern kann ich ein Lied singen«, sagte er und lächelte zum ersten Mal.

Meine Güte. Wie attraktiv der Mann war! Er war kein Schönling im herkömmlichen Sinn. Dafür waren seine Nase ein klein wenig zu groß und die Gesichtszüge zu kantig. Aber er hatte eine starke Präsenz und Ausstrahlung. Und es ging ein frischer, männlicher Duft von ihm aus, den ich sofort mochte.

»Wie viele Schwestern hast du denn?«

»Zwei. Und du?«

»Nur Pauline. Aber glaub mir, die reicht mindestens für zwei.«

Er lachte wieder, sagte aber nichts.

Worüber sollte ich denn jetzt mit ihm sprechen? Mir fiel absolut nichts ein, was äußerst selten vorkam. Vielleicht hätte ich Pauline doch nicht wegschicken sollen.

»Möchtest du noch Kaffee?«

»Nein, danke!«

Wir schauten uns an. Und mussten plötzlich beide lachen.

»Tut mir leid, ich war noch nie in so einer Situation«, entschuldigte ich mich.

»Kein Problem. Ich auch nicht. Erzähl mir doch ein wenig von dir. Bist du eine Bäuerin?«

Hier war sie wieder. Die gefürchtete Frage nach meinem Beruf.

Ich wollte ihm eigentlich keine Lüge auftischen und stand schon kurz davor, mein Berufsgeheimnis zu lüften. Doch in letzter Sekunde überlegte ich es mir anders. Was wusste ich denn schon von diesem Mann? Nur, dass er Alex hieß, aus der Nähe von München kam und Krautköpfe und anderes Gemüse anbaute. Und ziemlich gut aussah.

»Nein. Ich habe zwar meine Kindheit hier auf dem Hof verbracht, aber eigentlich wohne und arbeite ich in München«, begann ich meine Erklärung. Ich würde so weit es ging bei der Wahrheit bleiben und nur dort lügen – eigentlich war es ja eher ein Schwindeln als ein Lügen –, wo es für meinen Beruf wichtig war.

»Ich bin selbständig und arbeite als eine Art Privatsekretärin.« Es fiel mir mit jedem Mal schwerer, das zu erzählen. Er zog die rechte Augenbraue hoch.

»Eine Art Privatsekretärin?« Anscheinend wollte er es genauer wissen.

»Nun ja. Ich mache das freiberuflich, stunden- oder tageweise für verschiedene Auftraggeber.«

»Dann könnte ich mich ja bei dir melden, wenn in meinem Büro mal Not an der Frau ist!«, meinte er grinsend.

»Klar.« Was sollte ich auch sonst sagen?

»Wie heißt denn deine kleine Firma?« Puh, der war hartnäckig.

»Ich gebe dir gerne meine Handynummer, dann kannst du mich erreichen, wenn du einen Job für mich hast.« Natürlich würde ich ihm meine private Nummer geben.

Dieser Mann machte mich nervös.

»Und du suchst jetzt einen Heiratskandidaten.« Es war eher eine Feststellung als eine Frage.

»Tja, weißt du, das ist eine etwas ungewöhnliche Geschichte.«

»Ich höre gerne ungewöhnliche Geschichten.«

Mir wurde irgendwie heiß. Ich musste unbedingt an die frische Luft.

»Wie wär's, wenn ich sie dir bei einem Spaziergang erzähle?«, schlug ich vor.

Er warf einen Blick auf seine Armbanduhr.

»Normalerweise gerne. Aber ich glaube, dafür reicht die Zeit jetzt nicht mehr ganz. Ich muss heute noch zurück nach... auf meinen Hof.«

Er wollte schon wieder weg? Anscheinend war ich nicht sein Typ. Es hätte mich auch gewundert, wenn es anders gewesen wäre. Männer wie er standen nicht auf Frauen wie mich.

»Das ist schade, aber ich weiß ja, wie viel Arbeit man hat als Bauer«, sagte ich betont verständnisvoll, um mir mein Bedauern nicht anmerken zu lassen.

»Kannst du mir die Geschichte nicht jetzt hier in Kurzform erzählen?«

Also hatte er es doch nicht so eilig. Vielleicht interessierte ich ihn wenigstens ein bisschen?

»Die Sache begann mit dem Tod meiner Oma vor ein paar Wochen...«, begann ich und erzählte ihm von den Bedingungen des Erbes. Er hörte aufmerksam zu.

»... und jetzt habe ich nicht mehr so viel Zeit, einen Mann zu finden. Sonst hätte ich natürlich niemals ein Inserat aufgegeben. Vor allem nicht mit dem dümmlichen Text *Frau sucht Bauer*. Allerdings war daran auch der Rumtopf von Oma schuld...« Alex musste sich auch noch diese Geschichte anhören. Ich redete und redete in der Hoffnung, dass er dann noch ein wenig länger bleiben würde.

»Das ist wirklich eine erstaunliche Geschichte«, warf Alex ein, als ich endlich mal in paar Sekunden Pause machte, »aber so leid es mir tut, ich muss jetzt wirklich los.«

Er stand auf.

Ja, und jetzt? Fuhr er jetzt einfach zurück auf seinen Hof, und das war es dann? Ich wollte ihm gerne wie versprochen meine Handynummer geben. Aber er musste mich darauf ansprechen. Schließlich sollte er nicht den Eindruck haben, dass ich aufdringlich war.

»Warte, ich wollte dir doch meine Handynummer geben!«, rutschte es mir heraus. Verdammt, Hanna!

»Ich tippe sie gleich in mein Handy ein.« Er holte ein Smartphone aus seiner Hosentasche und gab die Nummer ein, die ich ihm diktierte.

»Danke!«

Gleich darauf klingelte mein Handy.

»Damit du meine Nummer auch hast«, sagte er lächelnd. Und dieses Lächeln schien mir ein vorsichtiges Versprechen zu sein, dass wir uns wiedersehen würden. Ich versuchte mich nicht zu offensichtlich darüber zu freuen.

»Es hat mich sehr gefreut, dass du gekommen bist, Alex«, sagte ich und strahlte wie ein Honigkuchenpferd.

»Was machst du denn morgen?«

Hatte er mich eben tatsächlich gefragt, was ich morgen machte?

»Ich ... ich habe noch keinen Plan.«

»Es soll morgen wunderbares Wetter geben. Ideal für einen Spaziergang. Sicher hast du noch weitere interessante Geschichten auf Lager, die du mir erzählen kannst, Hanna.«

Er wollte mich morgen wiedersehen! Zum ersten Mal kam mir

der Gedanke, dass dieses Inserat vielleicht doch nicht so völlig verkehrt war.

»Stimmt. Ich kenne noch viele Geschichten«, sagte ich lächelnd.

Es klingelte an der Haustür.

»Vielleicht der nächste Kandidat?«

»Ich hoffe nicht«, sagte ich wahrheitsgemäß. Er folgte mir zur Haustür.

»Guten Tag. Bin ich hier richtig bei der Frau, die einen Bauern sucht?«, fragte ein Mann, der mindestens doppelt so schwer und zwei Köpfe größer war als ich. Er hielt einen riesigen Strauß bunter Frühlingsblumen in der Hand.

»Äh…!« Was sollte ich jetzt dazu sagen?

»Hier sind Sie richtig!«, übernahm Alex für mich. »Bis morgen, Hanna!« Dann verschwand er mit einem Grinsen auf dem Gesicht.

Ich stand dem riesigen Blumenmann gegenüber und schaute zu ihm nach oben. Er hatte ein erstaunlich attraktives Gesicht mit einem sehr weichen, freundlichen Blick.

»Mögen Sie Tulpen?«, fragte er sanft.

»Ja! Sehr!«

»Das freut mich«, sagte er strahlend.

Irgendwie brachte ich es nicht übers Herz, ihn gleich wieder nach Hause zu schicken. So bat ich ihn in die Stube, und wir tranken eine Tasse Kaffee. Sicherlich würde ich heute Nacht mit all dem Koffein intus kein Auge zutun.

Damit der knuffige und sympathische Bär – er hieß René Voiling – sich jedoch keine Hoffnungen machte, gab ich ihm beim Abschied zu verstehen, dass ich schon einen anderen Bewerber näher ins Auge gefasst hatte. Und damit hatte ich nicht gelogen. Auch wenn ich fast nichts über ihn wusste, konnte ich nicht aufhören, an Alex zu denken.

kapitel 15

Tatsächlich hatte ich auch diese Nacht wieder nur wenig geschlafen. Das hatte zum Teil mit dem vielen Kaffee zu tun, den ich getrunken hatte, aber vor allem mit Alex. Wir hatten vergessen, einen Zeitpunkt auszumachen, wann er heute kommen würde. Am liebsten hätte ich noch mitten in der Nacht eine SMS geschickt und nachgefragt. Ein paarmal hatte ich das Handy schon in der Hand. Aber dann ließ ich es doch.

Ich stand sehr zeitig auf. Als Fanny hörte, dass ich schon wach war, kam sie gähnend aus dem Zimmer meiner Schwester und trottete hinter mir her in die Küche.

Ich fütterte den Hund und ließ ihn dann hinaus. Der Himmel war jetzt schon wolkenlos blau, und es versprach tatsächlich, ein wunderschöner Tag zu werden.

Plötzlich bekam ich Lust auf frische Brezen mit Butter und Käse. Leider hatte die Bäckerei in Halling am Sonntag geschlossen. Spontan beschloss ich, nach Passau zu fahren. Dort hatten einige Läden am Vormittag geöffnet.

Ich kaufte nicht nur frischen Brezen und Semmeln für mich und Pauline, sondern auch für Willy. Und weil meine Tante mich kulinarisch immer so verwöhnte, wollte ich die Gelegenheit nutzen und mich mit einem Frühstücksgruß bedanken.

Als ich eben die Tüte mit dem Gebäck an ihre Haustür hängen wollte, öffnete sie sich und Max stand vor mir.

»Servus, Max!«

»Hanna? Was machst du denn schon hier?«

Ich streckte ihm die Tüte entgegen.

»Frühstücksservice.«

»Äh, danke.« Überrascht nahm er die Tüte.

»Sag deinen Eltern einen schönen Gruß von mir.« Damit drehte ich mich um und wollte gehen. Er folgte mir.

»Hanna, warte mal.«

»Was denn?«

»Ich war es wirklich nicht«, sagte er und schaute mich dabei so ernst und unschuldig an, dass ich glatt darauf hereingefallen wäre, wenn ich ihn nicht besser gekannt hätte.

»Schon gut, Max.« Ich war ihm ja gar nicht mehr böse. Ganz im Gegenteil. Wenn er diesen Aufruf im Weinzelt nicht veranlasst hätte, wäre Alex womöglich nie auf meinen Hof gekommen. Aber das würde ich meinem Cousin jetzt bestimmt nicht auf die Nase binden. Es schadete nicht, wenn er ein schlechtes Gewissen hatte.

Blendender Laune ging ich nach Hause, bereitete das Frühstück vor und deckte für Pauline, Willy und mich hinter dem Haus.

Es war gerade mal acht Uhr früh. Während ich die Frühstückseier kochte, überlegte ich, ob ich Alex jetzt schon eine SMS schicken konnte? Nein. Besser noch abwarten. Oder doch nicht? Warum stellte ich mich eigentlich so an? Es war doch gar nichts dabei, höflich nachzufragen, bis wann ich denn mit seinem Erscheinen rechnen konnte. Ich tippte die Nachricht und schickte sie ab. So.

Inzwischen hatte ich richtig Hunger bekommen. Ich würde die Bande jetzt aus dem Bett werfen. Zuerst klopfte ich bei Willy an und lud ihn zum Frühstück ein. Pauline war überraschenderweise schon wach und lernte – freiwillig! – Französischvokabeln.

Um zehn Uhr war das Frühstück längst beendet und das Geschirr gespült. Ich war frisch geduscht und trug einen bequemen Jeansrock mit einem dunkelblauen Shirt darüber. Alex hatte sich noch nicht gemeldet. Aber das musste natürlich nichts bedeuten. Vielleicht schlief er am Sonntag einfach nur länger. Oder der Akku seines Handys war leer, und er fand das Aufladekabel nicht. Oder jemand hatte das Handy geklaut. Oder … er will einfach gar nicht kommen, flüsterte eine leise, gemeine Stimme in meinem Kopf, die ich zu ignorieren versuchte.

Um mich abzulenken, spielte ich mit Pauline Federball. Dann fragte ich sie die gelernten Vokabeln ab. Bis es Zeit war, das Mittagessen zu kochen. Da wir ausgiebig gefrühstückt hatten, gab es nur Salat und die restlichen Semmeln, die ich mit selbst gemachter Knoblauchbutter bestrich und im Ofen knusprig buk.

Er würde nicht kommen. Das war mir spätestens am Nachmittag klar. Warum war ich nur immer wieder so gutgläubig?

Da Pauline die wenigen Stunden, die sie noch hier sein würde, mit Fanny verbringen wollte und weder Lust auf Monopoly noch auf Fernsehen hatte, setzte ich mich an meinen Rechner. Du liebe Güte! Inzwischen hatten sich über 150 E-Mails angesammelt.

Beim Lesen merkte ich, dass ich den Schreibern unrecht getan hatte; der Großteil der Mails war sehr nett und höflich geschrieben. Einige Männer sahen auf den angehängten Fotos nicht nur sympathisch aus, sondern hatten auch noch witzige – und weitgehend fehlerfreie – Nachrichten geschickt. Sieben davon wollte ich mir später genauer anschauen.

Kevin der Toyboy hatte sich auch wieder gemeldet. Es stellte sich heraus, dass der Mailschreiber und der Besucher von gestern tatsächlich identisch waren. Der Kerl ließ nicht locker. Während er gestern eher schüchtern gewirkt hatte, sprühte er in seiner E-Mail nur so von erotischen Phantasien, die er mit mir ausleben wollte. Eine Antwort darauf ersparte ich mir.

Insgeheim hatte ich gehofft, dass ich eine Nachricht von Alex finden würde. Leider vergeblich.

Am späten Nachmittag wurde es Zeit, Pauline zum Bahnhof nach Passau zu bringen. Am liebsten hätte sie Fanny mitgenommen. Der Abschied von dem geliebten Hund fiel ihr von Mal zu Mal schwerer.

Während ich zurück zum Hof fuhr, zogen plötzlich dunkle Wolken auf, und es begann zu regnen. Genau der richtige Abschluss für diesen Tag, den ich blöde Kuh damit verbracht hatte, auf einen Mann zu warten, den ich überhaupt nicht kannte.

Als ich aus dem Auto stieg und im Regen zur Haustür rannte, hätte ich fast das Motorrad übersehen, das neben der Scheune abgestellt war. Und dann sah ich ihn: Alex! Er saß in schwarzer Motorradlederkleidung auf der Hausbank unter dem Dachvorsprung und grinste mir zu. Ich blieb vor ihm stehen. Und biss mir auf die Zunge, damit ich ihn nicht fragen konnte, wo zum Teufel er den ganzen Tag gesteckt hatte.

»Hast du einen großen Regenschirm?«, fragte er.

»Wozu?«

»Na, wir wollten doch spazieren gehen.«

Und so marschierten wir beide kurz darauf eng aneinandergedrängt unter dem alten grauen Regenschirm meiner Oma die matschigen Feldwege entlang.

»Tut mir leid, dass ich mich nicht gemeldet habe, aber ich

musste einiges organisieren«, sagte er laut, um das Trommeln der Regentropfen auf dem Schirm zu übertönen.

»Was denn?«, fragte ich ebenso laut nach und versuchte mir meine Neugierde nicht anmerken zu lassen.

»Ich brauchte jemanden, der für ein paar Tage für mich einspringt.«

»Einspringt?«

»Ja. Auf dem Hof.«

»Warum das denn?« Ich hoffte auf eine ganz bestimmte Antwort. Und wurde nicht enttäuscht.

»Ich möchte mir Halling und die heiratswilligen Damen hier mal genauer anschauen. Deswegen habe ich mir ein paar Tage Urlaub genommen.«

»Ja, Halling ist schön. Und sicher findest du einige Frauen hier, die sich gerne mit dir einlassen würden«, spielte ich seine Antwort herunter. Er sollte ja nicht merken, dass ich am liebsten vor Freude einen Luftsprung gemacht hätte.

»Mal sehen ... Und wie läuft es bei dir mit deinen Bewerbern?«, fragte er nach.

»Nun ja. Einige scheinen nett zu sein«, antwortete ich unverbindlich.

»Nett? Das ist ja schrecklich. Nimm dir bloß keinen netten Mann. So einer langweilt dich zu Tode!«

Wir lachten beide.

»Was hältst du davon, wenn wir unseren Spaziergang für heute abbrechen?«, schlug er vor, als der Regen immer heftiger wurde.

»Klar.« Doch Regen hin oder her – eigentlich hätte ich nichts dagegen gehabt, weiter so nah an ihn geschmiegt durch die Gegend zu wandern. Es fühlte sich gut an. Normalerweise hatte ich immer das Bedürfnis, körperlichen Abstand zu halten. Gerade zu

Männern, mit denen ich nicht liiert war. Auch die typisch Münchner Bussi-Bussi-Begrüßung war mir eher zuwider. Aber jetzt genoss ich die wenigen Meter, die es zurück zum Haus waren, ganz eng an ihm dran.

»Hast du schon ein Zimmer hier?«

»Ja, beim Brunnenwirt. Aber ich habe nicht vor, jetzt schon schlafen zu gehen. Darf ich dich zum Essen einladen?«

Juhu! Das lief ja alles wie geschmiert! Ich konnte mein Glück kaum fassen.

»Darfst du. Aber erst brauch ich eine heiße Dusche.«

»Tolle Idee. Ich auch.«

»Ich spendiere dir heißes Wasser und Duschgel.«

»Sehr zuvorkommend, Hanna!«

»Ja, so bin ich.«

»Hättest du auch noch ein Handtuch übrig?«

»Ich glaube, da findet sich noch eines.«

Wir beeilten uns, zurück zum Hof zu kommen. Ich gab Alex zwei Handtücher und zeigte ihm das Gästebad. Dann sprang ich selbst unter die Dusche. Ich beeilte mich und war noch vor ihm fertig. Rasch schlüpfte ich in meine Lieblingsjeans und musste erschrocken feststellen, dass sie enger war als sonst. Verdammt! Seit ich hier auf dem Land war, hatten mein Appetit und damit auch mein Gewicht zugenommen. Dagegen musste ich schleunigst etwas unternehmen. Wenigstens bekam ich den Reißverschluss gerade noch so zu.

Während ich mir eine schwarze Bluse anzog, die hoffentlich die kleinen Fettpölsterchen an den Hüften kaschieren würde, klingelte es an der Haustür.

Noch barfuß lief ich nach unten und öffnete.

»Servus, Hanna. Entschuldige, dass ich hier so unangemeldet

aufkreuze«, sagte Lene Huber unter einem weiß-blau gemusterten Regenschirm.

»Lene! Komm doch rein«, forderte ich sie überrascht auf.

»Danke. Ich wollte nur fragen, wie es dir geht. Und dir etwas vorbeibringen.« Sie stellte den Regenschirm im Flur ab und reichte mir ein liebevoll eingewickeltes Päckchen.

»Es ist wieder alles in Ordnung«, versicherte ich. »Bitte komm rein und setz dich.«

Wir gingen in die Stube.

»Du strahlst ja richtig«, stellte sie fest.

»Nun ja…«

»Ich habe mir wirklich Sorgen gemacht nach dem Weinfest.«

»Das ist echt lieb von dir, Lene. Aber es geht mir gut.« Ich war wirklich gerührt. Sie kannte mich ja kaum! Ich betrachtete das Päckchen.

»Darf ich es aufmachen?«

»Natürlich!«

Ich öffnete das Geschenk und holte ein Buch heraus mit dem Titel *Auf der Suche nach der weißblauen Liebe – Ein Ratgeber*. Lenes Buch! Ich freute mich sehr.

»Vielen Dank, Lene.«

»Ich dachte, da du ja momentan auf der Suche nach einem Mann bist, findest du vielleicht ein paar nützliche Tipps.«

»Hanna, ich habe die nassen Handtücher…« Alex stand in der Tür. Seine Haare waren noch feucht, und mir war sofort klar, was Lene jetzt denken würde. »Oh, Entschuldigung…«, sagte Alex.

»Nein, Alex, komm doch rein. Das ist Lene Huber, eine Bekannte von mir. Lene, das ist Alex.«

Die beiden begrüßten sich freundlich. Ich bemerkte, dass Alex ganz kurz auf Lenes Oberweite starrte. Ich konnte es verstehen.

Mir war es bei unserer ersten Begegnung schließlich auch nicht anders ergangen. Sicher war Lene das gewöhnt.

»Wir sind beim Spazierengehen ziemlich nass geworden und haben deshalb schnell geduscht«, erklärte ich und merkte sofort, wie blöd sich das anhörte. Warum musste ich nur immer so unkontrolliert plappern, wenn ich nervös war?

»Es tut mir leid, ich wollte nicht stören«, sagte Lene höflich, und ich hatte den Eindruck, dass sie sich ein Grinsen verkneifen musste.

»Du störst wirklich nicht. Wir wollten zum Essen gehen, aber das können wir auch später noch machen.«

»Auf keinen Fall. Ich habe meine Mission hier erfüllt und muss auch gleich wieder nach Hause. Maxi bekommt einen Zahn und ist ziemlich unleidlich.«

Alex und Lene verabschiedeten sich, und ich begleitete sie zur Tür.

»Der ist ziemlich heiß«, flüsterte sie mir ins Ohr und zwinkerte mir beim Abschied zu.

kapitel 16

Ich hatte keine Lust, beim Abendessen womöglich über meinen Cousin, Onkel Alois oder gar Pit zu stolpern, die öfter im Wirtshaus Schafkopf spielten. Deshalb verzichteten wir auf einen Abend beim Brunnenwirt und fuhren mit meinem Wagen nach Passau in ein mexikanisches Lokal. Joe's Cantina war gut besucht, und wir bekamen den letzten freien Tisch in der Nähe der Theke. Es war meine erste Verabredung seit – oh Gott, ich konnte mich noch nicht mal mehr erinnern, wann ich das letzte Mal abends mit einem Mann aus gewesen war, mit dem ich nicht geschäftlich zu tun hatte. Oder doch. Jetzt fiel es mir wieder ein. Und ich wusste, warum ich es verdrängt hatte. Meine letzte Verabredung war kurz vor Weihnachten gewesen und hieß Urs-Gunter Lohnenkopf-Wirtzkopf. Kein Witz! Der Typ hieß tatsächlich so. Er war ein Anwaltskollege meiner Mutter, den ich auf der Geburtstagsfeier meines Stiefvaters Dieter kennengelernt hatte. Urs-Gunter war im gleichen Alter wie Dieter und zweimal geschieden. Der Doppelname stammte aus seiner zweiten Ehe. Er hatte ihn nach der Scheidung behalten. Alleine schon, dass er seinen Mandanten zumutete, ihn so anzusprechen, fand ich boshaft. Ganz zu schweigen davon, was er seinen armen Büroangestellten mit diesem Namen antat. Mir reichte schon die Vorstellung, mich am Telefon mehrmals täglich folgendermaßen zu melden: »Rechtsanwaltskanzlei für Mahn- und Vollstreckungswesen Urs-Gunter Lohnenkopf-Wirtzkopf und Partner, Sie sprechen mit Frau…« Das war wirklich ein Zungenbrecher!

Urs-Gunter sah gar nicht mal übel aus, wenn man auf dunkelhaarige große Männer stand, was ich zugegebenermaßen tat, aber ich hatte selten einen Typen mit so miesem Charakter kennengelernt. Nicht nur, dass er auf der Party ständig versucht hatte, mich zu begrapschen, er drängte auch penetrant darauf, mit mir essen zu gehen. Nachdem ich ihm zweimal einen Korb gegeben hatte, setzte er Dieter auf mich an. Damit endlich Ruhe war, stimmte ich einem Abendessen zu. Obwohl ich Urs-Gunter erklärte, dass ich keinen rohen Fisch mochte, reservierte er einen Tisch in einer Sushi-Bar. Er liebte Sushi und wollte, dass ich es auch aß.

Mit knurrendem Magen sah ich zu, wie die kleinen Fischhäppchen an mir vorbeizogen. Auch die vegetarische Variante überzeugte mich nicht. Urs-Gunter dagegen stopfte sich die Dinger nur so in den Mund. Bei seinem Appetit war es kein Wunder, dass die Fischbestände in den Weltmeeren deutlich schrumpften.

»Jetzt iss doch!«, hatte er gesagt. Und das war keine freundliche Aufforderung, sondern ein Befehl gewesen. Als ich trotzdem nicht reagierte, nahm er einen Teller vom Laufband und stellte ihn mir vor die Nase. Ich stand vor der Alternative, aufzustehen und zu gehen oder meinen Ekel zu überwinden und in das zugegebenermaßen farbenfrohe Röllchen zu beißen. Ich biss. Ich schluckte. Und würgte. Und dann rannte ich hinaus. Ich hatte gewusst, dass Sushi nichts für mich war! Ich hätte auf mich hören sollen.

Dank Urs-Gunter Lohnenkopf-Wirtzkopf hatte ich seitdem einen totalen Ekel vor Fisch, sogar wenn er gekocht oder gebraten war. Einzig Fischstäbchen mit viel Kartoffelpüree sorgten seit dem ersten und letzten Sushi-Abend meines Lebens noch für eine Basiszufuhr von tierischem Omega 3.

Der Ober kam an den Tisch und reichte uns die Speisekarte.

»Und wer passt jetzt auf deinen Hof auf?«, fragte ich, nachdem wir bestellt hatten. Diesmal wollte ich mehr über Alex erfahren.

»Ein guter Freund.«

»Wo ist denn dein Hof eigentlich genau?«

Er lächelte mich an. »Das verrate ich dir später.«

Es prickelte in meinem Nacken. Alex war irgendwie geheimnisvoll. Und das gefiel mir.

»Bei welchen Auftraggebern bist du denn momentan im Einsatz, Hanna?«

Warum wollte er denn das wissen? Hoffentlich biss er sich jetzt nicht wieder an meinem Job fest.

»Das kann ich leider nicht sagen.«

»Wieso? Ist das geheim?«

Ich druckste herum.

»Geheim nicht, aber ich spreche nicht über meine Kunden.«

»Sind das so besondere Kunden? Und was machst du denn da genau in deinem Job?« Er ließ wirklich nicht locker.

»Was man halt als Privatsekretärin so macht.«

Gott sei Dank kam das Essen – eine große mexikanische, völlig fischfreie Platte für zwei Personen – und ich hoffte, dass es ihn von seiner Fragerei ablenken würde. Ich konnte nicht verstehen, warum er sich nicht mehr für meinen Hof interessierte.

»Und davon kann man gut leben?«, fragte er jedoch munter weiter, nachdem er sich reichlich auf den Teller geschaufelt hatte.

Ich musste lachen.

»Mehr oder weniger. So, und jetzt erzähl mal von dir!« forderte ich ihn auf.

»Was willst du denn gerne wissen?«

»Alles!«

»Na, du bist ja bescheiden. Aber gut, meinen Namen kennst du bereits, und ich habe einen Bauernhof in Oberbayern.«

Er war ungefähr so mitteilsam wie eine Auster.

»Und wie alt bist du?«

»Schätz doch mal!« Er grinste spitzbübisch.

Oh nein! Es gab nichts Schlimmeres, als das Alter eines Menschen zu schätzen. Freundschaften sind darüber bereits zerbrochen, und vielleicht hatten auch einige Kriege ihren Ursprung in dieser fatalen Frage.

»Jetzt komm. Trau dich!«

Ich schaute ihn mir näher an. In seinen Augenwinkeln waren leichte Fältchen zu erkennen. Doch seine dunklen Haare schienen nicht gefärbt zu sein und zeigten kaum ein graues Haar. Allerdings durfte man danach auch nicht unbedingt gehen. Manche Menschen ergrauten schon sehr früh. Wie zum Beispiel meine Mitarbeiterin Daniela. Sie musste ihre ursprünglich schwarzen Haare schon seit Jahren färben, damit sie nicht aussah wie ihre eigene Mutter. Glücklicherweise hatte ich diese Probleme mit meinen naturblonden Haaren nicht.

»Neununddreißig«, rutschte es mir plötzlich heraus, und ich hoffte, dass ich ihn nicht zu alt gemacht hatte. Andererseits fand ich es lächerlich, wenn man jemanden nur aus Höflichkeit deutlich jünger schätzte.

»Fast. Ich bin einundvierzig. Aber danke für die zwei Jahre.«

»Aber immer gerne.«

»Und du?«

»Was und ich?«

»Verrätst du mir dein Alter freiwillig, oder soll ich dich auch schätzen?«

»Haha. Schätzen. Du weißt genau, wie alt ich bin.«

»Und woher soll ich das wissen?« fragte er verwundert.

Wollte er mich jetzt verarschen, oder hatte er es tatsächlich vergessen?

»Es stand im Inserat, und im Weinzelt wurde es auch noch einmal laut und deutlich verkündet«, erinnerte ich ihn.

»Ach ja, stimmt. Schlimm, dass ich es vergessen habe?«

»Sehr schlimm…«, ich lächelte, »…ist es nur, wenn du mich jetzt deutlich älter schätzt als ich bin.«

»Quatsch. Du siehst kein Jahr älter aus als zweiundfünfzig.« Er duckte sich leicht, als ob er einem Schlag vorbeugend ausweichen würde, und grinste schief.

»Total daneben. Aber danke, dass du mich jünger gemacht hast. Ich bin fünfundsiebzig, und dank meines Schönheitschirurgen schätzen mich die meisten Leute auf neunundsechzig.«

Er lachte wieder. Ein Mann mit Humor. Wunderbar. Bis jetzt hatte ich noch keinen Fehler an ihm gefunden. Es war fast schon ein wenig unheimlich.

»Jetzt sag, wie alt bist du, Hanna? Ich weiß es wirklich nicht mehr.«

»Na gut. Ich bin noch zweiunddreißig. Aber Willy fand, dass dreiunddreißig viel besser aussehen würde. Deswegen haben wir dreiunddreißig ins Inserat geschrieben.«

»Eine Frau, die sich freiwillig älter macht. Sehr interessant.« Er schmunzelte.

Während wir aßen, fragte Alex mich weiter aus. Aber nicht etwa über meine ohnehin kaum vorhandenen Hobbys oder über die

Hochlandrinder auf der Weide, geschweige denn über den Anbau von Kartoffeln oder die Anzahl der Hektar, die zum Hof gehörten.

»Und jetzt hast du dich selbst eine Weile lang beurlaubt von deinem Büro?«

»Nicht ganz. Ich arbeite von hier aus und fahre regelmäßig nach München.« Bevor er mich weiter ausquetschen konnte, packte ich den Stier bei den Hörnern: »Warum hast du dich auf das Inserat gemeldet? Willst du wirklich heiraten?«

Er legte den Kopf ein wenig zur Seite und schaute mich mit einem intensiven Blick an.

»Ich war neugierig ... Und ja, irgendwann möchte ich auch mal heiraten.« Irgendwann? Irgendwann hörte sich nach ... irgendwann an. Und irgendwann lag nicht unbedingt innerhalb der nächsten drei Monate. Halt. Inzwischen waren es gerade mal knapp zwei Monate.

Was sollte ich denn jetzt tun? Ihn nochmal daran erinnern, dass meine Hochzeit deutlich früher als »irgendwann« stattfinden musste? Auf keinen Fall. Aufdrängen würde ich mich ganz bestimmt nicht. Wir kannten uns ja schließlich insgesamt erst viereinhalb Stunden. Für einen Heiratsantrag war das eindeutig zu wenig.

»Meine Hochzeitsglocken müssen spätestens Anfang Juli läuten, wenn ich den Hof behalten möchte.« Mist. Warum gehorchte mein loses Mundwerk nie den Anweisungen meines Hirns?

»Ja, das verstehe ich«, sagte er ruhig.

Das war nicht die Antwort, auf die ich gehofft hatte. Aber worauf hatte ich denn gehofft? Dass er vor mir auf die Knie fiel und um meine Hand anhielt?

Sein Handy klingelte. Er schaute auf das Display.

»Entschuldige Hanna. Das Gespräch muss ich annehmen ... Ja, schön, dass du dich meldest ...« Er stand auf und ging hinaus.

Neugierig schaute ich hinterher. Mit wem er wohl telefonierte? Ich erkannte schlagartig, dass ich überhaupt nichts von dem Mann wusste, den ich in Gedanken schon neben mir am Traualtar gesehen hatte. Da wurde mir klar, wie verrückt meine Situation eigentlich war. Innerhalb weniger Wochen einen Bräutigam finden zu müssen! Das war ein klein wenig so, als ob man ein traumhaftes Kleid für einen ganz besonderen Ball kaufte, das es leider nur noch eine Größe zu eng gab. Doch man wollte das Kleid unbedingt haben! Und dann hatte man nur wenige Wochen Zeit abzunehmen, um in das Kleid zu passen. Ein Gefühl der Panik breitete sich schon bei dem Gedanken daran in mir aus. So ähnlich fühlte ich mich seit der Testamentsverlesung ständig!

Alex blieb eine Weile weg. Sein Gespräch dauerte wohl etwas länger. Lustlos stocherte ich in meinem Essen herum. Als er endlich zurückkam, hatte sich die Stimmung verändert. Er bemühte sich, freundlich zu sein, wirkte aber seltsam unterkühlt. Ich war auch nicht mehr so euphorisch wie zu Beginn des Abends. Als er vorschlug zurückzufahren, stimmte ich erleichtert zu. Auf dem Hof verabschiedete er sich von mir, setzte seinen Helm auf, stieg auf sein Motorrad und fuhr in Richtung Brunnenwirt davon. Ich sah ihm nachdenklich hinterher. Wir hatten kein weiteres Treffen vereinbart.

Kapitel 17

Mit mehr als 180 Stundenkilometern preschte ich über die Autobahn in Richtung München. Fanny saß auf dem Rücksitz, was nicht so ganz ordnungsgemäß war. Ich musste unbedingt bald eine Transportbox für sie kaufen.

Schon früh am Morgen hatte Daniela aufgeregt angerufen. Das Finanzamt würde sich zwar auf eine Ratenzahlung einlassen, wollte aber trotzdem vorab schon einen weitaus größeren Betrag, als BeauCadeau ihn derzeit auf dem Bankkonto hatte. Und zwar innerhalb von einer Woche. Glücklicherweise gab mein wunderbarer Steuerberater mir noch einen weiteren Aufschub mit der Bezahlung seiner Rechnungen. »Zum Dank werde ich ihm einen Gutschein für einen Gratis-Geschenkevorschlag schicken«, versprach ich laut mit einem Blick in den Rückspiegel zu Fanny.

Doch nicht nur mit den Steuern gab es Probleme. Frank Cornelius hatte eine ärgerliche Mail geschickt, weil ich auf meinem Handy nicht erreichbar gewesen war. Als ich ihn zurückrufen wollte, war sein Telefon ausgeschaltet. Natürlich. Es war ja noch weit vor Morgengrauen in Südamerika. Und Frank Cornelius lag wahrscheinlich im Bett neben seiner Traumfrau und schlief. Oder vielleicht schlief er auch nicht neben ihr, sondern schlief mit ihr. Oder so.

Auf jeden Fall musste ich in der nächsten Zeit mein Handy

stets bereit haben, falls er sich wieder melden würde. Oder jemand anderes. Ich hatte ja noch weitere Kunden. Nicht immer konnte Daniela die Anrufe auf dem zweiten Handy entgegennehmen.

Jetzt wartete sie schon ungeduldig im Büro auf mich.

»Endlich bist du da, Hanna!«, begrüßte sie mich und schenkte mir eine Tasse Kaffee ein. Fanny bekam eine Schüssel mit Wasser und ein paar Leckerlis, die ich dabeihatte. Dann zog sie sich in eine Ecke zurück und schlief.

»Und das Finanzamt lässt gar nicht mehr mit sich reden?«, fragte ich, obwohl ich die Antwort schon kannte.

Daniela schüttelte den Kopf.

»Nein. Keine Chance. Aber es gibt auch gute Nachrichten: Wir haben drei neue Kunden. Bei zweien ist das Budget insgesamt 45 000 Euro.«

»Wunderbar. Hast du schon Ideen für Geschenke?«

Daniela nickte grinsend, und ich wusste, um die beiden Aufträge würde ich mich nicht persönlich kümmern müssen. Ich war so froh, Daniela zu haben! Gerade jetzt.

»Der Dritte will sich nur mit dir persönlich treffen. Du wurdest ihm von einem anderen Kunden empfohlen, er sagt aber nicht von wem. Keine Ahnung, wie hoch das Budget ist.«

»Na gut. Gibt es schon einen Termin?«

»Zwei Vorschläge: Morgen Abend. Oder am kommenden Freitag um die Mittagszeit.«

Ich überlegte. Wenn ich am Freitag fuhr, konnte ich meine kleine Schwester anschließend nach der Schule abholen und mit nach Halling nehmen.

»Gut. Dann Freitag. Wie heißt der Kunde?«

»Keine Ahnung.«

Ich war zwar nicht begeistert darüber, den Namen vorab nicht zu wissen, aber einige Männer bestanden darauf, ihn zumindest bis zu einem ersten Treffen geheim zu halten.

»Regelst du das mit dem Termin?«

»Klar. Aber was machen wir denn jetzt mit dem Finanzamt?«, wollte Daniela wissen.

Darüber hatte ich mir die ganze Fahrt über Gedanken gemacht. Und ich hatte eine Lösung gefunden. Sie war zwar nicht ganz astrein, aber einen anderen Ausweg sah ich momentan nicht, wenn ich meine kleine Firma nicht verlieren wollte.

»Ich werde das Geld vorübergehend vom Konto meiner Oma nehmen.«

»Hast du da eine Vollmacht?«

»Ja. Zwar nur eingeschränkt, aber der Betrag ist drin.«

Daniela schaute mich an und grinste wieder.

»Genau genommen ist es ohnehin dein Geld.«

»Nur wenn ich heirate. Ansonsten muss ich es Max zurückzahlen. Am besten noch vorher, damit er gar nicht mitbekommt, dass ich es genommen habe.«

»Hey, Hanna. Natürlich heiratest du! Dieses Erbe kannst du dir unmöglich entgegen lassen.«

Sie hatte ja recht. Wenn es nur einfacher wäre, den passenden Mann zu finden! Sofort musste ich an Alex denken. Was war gestern nur plötzlich passiert? Warum war er auf einmal so seltsam gewesen? Als ob meine Gedanken ihn angelockt hätten, meldete sich Alex plötzlich auf meinem privaten Handy.

»Hallo, Hanna. Wo bist du denn? Ich stehe hier auf deinem Hof, und Willy kann mir nicht sagen wo du bist.«

»Äh, hallo, Alex...« Ich räusperte mich. Einerseits freute ich mich, dass er mich sehen wollte, andererseits ärgerte es mich ein wenig, dass er sein Kommen nie ordentlich anmeldete. Sollte ich vielleicht den ganzen Tag daheimbleiben, für den Fall, dass er auftauchen würde? So weit waren wir noch lange nicht!

»Ich musste überraschend nach München in mein Büro«, erklärte ich.

»Schade. Ich dachte, wir könnten heute etwas unternehmen! Deswegen bin ich ja eigentlich in Halling.«

Ich hörte Enttäuschung und auch einen Anflug von Ärger aus seiner Stimme heraus. Erst als ich vorschlug, dass wir uns am Nachmittag treffen konnten, klang er wieder versöhnlicher. Ich verabschiedete mich und legte auf.

»Wer war das denn?«, fragte Daniela neugierig.

»Das war Alex.«

»Aha. Alex. Ein Heiratskandidat?«

»Das muss sich erst noch herausstellen. Aber jetzt lass uns arbeiten, bevor ich wieder zurück muss.«

Die nächsten zwei Stunden verbrachten wir damit, über Bettina Cornelius zu sprechen. Das Ergebnis waren zwei Geschenkideen, die ich Frank Cornelius sofort per E-Mail mitteilte. Eine sechzehn Meter lange Segeljacht in einer besonders edlen und exklusiven Ausführung, die ursprünglich für einen Scheich angefertigt worden war. Und ein antikes Smaragdcollier aus Ägypten, das aus einem Privatbesitz verkauft werden sollte.

Wie Daniela immer an diese Informationen kam, war mir schleierhaft. Sie tat wirklich alles Mögliche und Unmögliche auf. Plötzlich kam mir ein Gedanke.

»Ich hätte da eine ganz besondere Aufgabe für dich, Daniela.«

»Was denn?«, fragte sie gespannt nach. Sie liebte Herausforderungen.

»Ich möchte jemandem eine große Freude machen. Hör mal...«
Ich erklärte ihr mein Vorhaben, und sie versprach, ihr Bestes zu tun.

kapitel 18

Als ich am Nachmittag zurück auf dem Hof war, wartete nicht Alex, sondern Max auf mich. Ich war noch nicht aus dem Wagen ausgestiegen, da fuhr er mich schon an.

»Sag mal, quartierst du dir jetzt deine Liebhaber schon in Halling ein?«

»Dir auch einen schönen Tag«, begrüßte ich ihn bemüht freundlich und ging auf das Haus zu. Fanny trottete hinter mir her.

Auf der Bank saßen zwei Männer, die ich nicht kannte. Ein sehr blasser Typ mit Sommersprossen und karottenfarbigen Haaren und ein Mann mit einer gewaltigen Bierwampe und einem lustigen Schnauzbart.

»Grüß Gott!«, sagte ich freundlich.

Sie grüßten höflich zurück, warfen aber beide einen vorsichtigen Blick auf meinen Cousin. Max hielt mich am Arm fest.

»Überall im Dorf wird geredet, dass du dich schon für einen Mann entschieden hast. Ist das wahr?«

»Ja, freilich.« Ich grinste. »Ich habe soeben auf dem Standesamt das Aufgebot bestellt.«

»Dann sind Sie schon vergeben?«, fragte der Mann mit dem Kugelbauch enttäuscht. Ich nickte.

»Schade.«

Mit einem kurzen Abschiedsgruß verschwanden die Männer. Ich ging ins Haus.

»Das ist jetzt nicht dein Ernst, oder?«, fragte Max, der mir gefolgt war.

Ich hob einen Packen Kuverts auf, die unter dem Briefschlitz der Haustür am Boden lagen.

»Nein.«

»Was jetzt?«

Ich ging in die Stube und legte die Briefe auf den Tisch. Dann drehte ich mich um zu Max.

»Ich war noch nicht auf dem Standesamt. Bist du jetzt beruhigt?«

Er verschränkte die Arme vor seiner Brust.

»Wer ist dieser Motorradtyp, der hier auf dem Hof war?«

»Das ist Willy.«

»Hanna!«

»Drück dich doch etwas genauer aus, dann bekommst du auch vernünftige Antworten.«

Ich setzte mich an den Tisch und begann die Kuverts zu öffnen. Bis auf einen Brief von der Bank mit Kontoauszügen waren es lauter Schreiben von Heiratsbewerbern.

Max setzte sich ebenfalls und atmete tief ein.

»Na gut. Wer ist der Mann, der mit seinem Motorrad hier auf dem Hof war und beim Brunnenwirt übernachtet? Du warst gestern mit ihm im Regen spazieren und bist anschließend mit ihm im Auto weggefahren.«

Ich musste lachen. Das war jetzt mal wirklich genau.

»Sag mal, beobachtest du mich heimlich?«

»Vielleicht hast du es in deiner Zeit in München vergessen, aber hier auf dem Land wissen die Leute schon, dass du weggefahren bist, bevor du überhaupt den Zündschlüssel umgedreht hast.«

Das war tatsächlich nur ganz leicht übertrieben.

»Dieser Mann heißt Alex und hat sich nach dem Aufruf im Weinzelt bei mir gemeldet. Welchen ich, nur mal so nebenbei bemerkt, dir zu verdanken habe. Er ist Landwirt in Oberbayern und möchte gerne heiraten.« Das *Irgendwann* verschwieg ich Max.

»Ich habe dir schon mehrmals gesagt, dass ich mit dieser Sache im Weinzelt nichts zu tun habe!«, protestierte er.

»Ja, ja... und Katzen können bügeln.«

»Willst du ihn heiraten?« Die Frage kam plötzlich sehr leise.

Ich blickte gerade auf das Foto eines der Heiratsbewerber. Und war verblüfft. Den kannte ich doch!

»Keine Ahnung. Vielleicht nehm ich auch den hier. Was meinst du?« Ich schob ihm das Schreiben mit dem Bild hin.

»Das ist doch der Wimmer Steffl!«, rief Max erstaunt. Es war tatsächlich Stefan, der Brunnenwirt.

»Ich weiß nicht, wen ich heiraten werde, Max. Aber bei den vielen Bewerbern ist es keine Frage mehr, ob ich heiraten werde. Das werde ich. Und zwar rechtzeitig.«

Ich lächelte ihn an. Erstaunlicherweise lächelte er zurück.

»Das wollen wir erst einmal sehen!«

Ich seufzte.

»Was willst du eigentlich schon wieder hier?«, fragte ich ihn.

»Natascha heiratet, und du bist eingeladen.«

»Natascha?« Ich schaute ihn fragend an. Wer war das denn?

»Natascha! Die Tochter von der Zacher Zenz natürlich«, erklärte er in einem Tonfall, als ob ich vergessen hätte, dass München die Landeshauptstadt von Bayern ist. Und jetzt fiel der Groschen tatsächlich.

Zenta Zacher, von allen nur die Zacherin oder Zacher Zenz genannt, lebte in einem Häuschen am Ortsrand von Halling. Sie war eine Verwandte von Max' Vater und schon immer eine sehr ungewöhnliche Frau gewesen, die optisch gesehen in der Flower-Power-Zeit hängengeblieben war. Sie verkaufte in einem kleinen Laden, eigentlich war es mehr ein kleiner Schuppen hinter ihrem Haus, Kräuter und Tees. Dazu gab es für jeden, der es hören oder auch nicht hören wollte, kostenlose Lebensweisheiten dazu. Außerdem war die Zacherin eine weit über den Landkreis hinaus bekannte Kartenlegerin, mit einem ordentlichen Kundenstamm, der bereit war, einen noch ordentlicheren Batzen Geld für einen Blick in die Zukunft hinzulegen. Finanziell gesehen war die Zacherin weich gebettet.

Doch nie hatte man einen Mann an ihrer Seite gesehen. Und als sie mit fünfundvierzig Jahren schwanger wurde, hatte es allerlei Gerüchte um die mögliche Vaterschaft gegeben.

Natascha, ihre Tochter, war fünf Jahre alt gewesen, als ich mit meiner Mutter nach München gezogen war. Ich konnte mich noch gut an sie erinnern, weil meine Mutter sich immer wieder mal bei der Zenta die Karten hatte lesen lassen. Natascha war ein unglaublich putziges Kind gewesen mit einem süßen braunen Lockenkopf und Stupsnase. Ein richtiges Katalogkind. Sicher war sie jetzt eine Schönheit.

»Wieso bin ich denn zur Hochzeit eingeladen?«, fragte ich verwundert.

Max zuckte mit den Schultern.

»Keine Ahnung. Die Zenz will dich eben dabeihaben. Schließlich bist du weitläufig mit ihr verwandt.« Max war einer der wenigen, der den Spitznamen Zacherin vermied. Obwohl ich Zenz auch nicht wesentlich besser fand.

»Kann ich Pauline mitbringen?«

»Freilich.«

Er lächelte. Max mochte meine kleine Schwester sehr. Der kleine Teufelsbraten hatte sich ganz schnell in die Herzen der Leute hier geschlichen.

»Na gut. Wann ist denn die Hochzeit?«

»Am Samstag.«

»Diesen Samstag?«

»Ja. Sonst hätt ich das Datum dazu gesagt.« Max klang genervt.

»Und wo?«

»Natürlich in der Kirche!« Er schüttelte den Kopf über meine für ihn völlig unnötige Frage.

»Schön«, ich grinste frech, »dann werde ich gut aufpassen bei der Trauung... für meine Hochzeit demnächst... Tam tam tam tam – tam tam tatam...«, trällerte ich Wagners Hochzeitsmarsch und drehte eine Pirouette.

Max schnaubte. Aber bevor er darauf antworten konnte, ertönte das laute Motorengeräusch von Alex' Motorrad auf dem Hof. Auweh. Dass die beiden Männer aufeinandertrafen, war mir jetzt gar nicht recht. Rasch ging ich hinaus, gefolgt von Max. Natürlich machte er keinerlei Anstalten zu gehen. Er verschränkte seine Arme und nahm Alex ins Visier.

»Wehe, du benimmst dich nicht!«, zischte ich ihm zu und ging zu Alex, der eben seinen Helm abnahm. Seine Haare waren zerzaust, und die dunklen Augen funkelten.

»Grüß dich, Alex!«, sagte ich lächelnd.

»Servus, Hanna«, begrüßte er mich. »Hallo!«, rief er in Richtung Max. »Ist das wieder ein Bewerber?«, fragte er mich.

»Nein. Das ist mein Cousin.«

»Der das Erbe bekommt, wenn du nicht heiratest?«, flüsterte er.

»Ganz genau der!«

Max kam langsam auf uns zu, die Arme noch immer verschränkt.

»Du bist also ein heiratswilliger Landwirt?«, fragte er gleich ganz direkt.

Alex zog die Handschuhe aus und öffnete den Reißverschluss seiner Lederjacke.

»Was dagegen?«

»Könnte gut sein.«

»Dein Problem.«

»Was baust du denn so an auf deinem Hof?«

»Ich wüsste nicht, was dich das angeht.«

Oh Gott. Was war das denn jetzt? Die zwei führten sich ja auf wie zwei Halbstarke. Ich musste sofort eingreifen.

»So. Ich finde, das reicht für eine erste Unterhaltung. Und tschüss, Max. Sag deiner Mutter einen schönen Gruß. Magst du was trinken, Alex?« Ich nahm ihn resolut am Arm und zog ihn Richtung Haustür. Er kam mehr oder weniger bereitwillig mit.

»Hanna!«, rief Max uns hinterher. Ich verdrehte genervt die Augen, blieb aber kurz stehen und schaute mich zu ihm um.

»Ja?«

»Heiratsschwindler sind keine Märchengestalten. Die gibt es auch im wahren Leben.«

Damit drehte er sich um und ging.

Eine halbe Stunde später dachte ich nicht mehr an Max. Ich saß hinter Alex auf seiner Maschine und genoss es, mich eng an seinen Körper gedrückt festzuhalten. Willy hatte mir einen Helm geliehen und eine alte Motorradlederjacke, die mir allerdings viel zu weit war. Doch das war mir im Moment egal.

Eigentlich saß ich ja nicht so gerne auf einem Motorrad, weil ich mir da sehr ausgeliefert vorkam. Aber jetzt machte es mir nichts aus. Alex war ein sehr sicherer Fahrer, der kein Risiko einging. Zumindest nicht mit mir als Sozia.

Wir fuhren nach Passau und hoch zur Veste Oberhaus. Von dort aus hatte man einen herrlichen Blick über die Stadt und die drei Flüsse Donau, Ilz und Inn, die an der Ortsspitze zusammenflossen.

Wir spazierten eine Weile durch die äußere Burganlage und redeten ausnahmsweise mal nicht über meine Arbeit, sondern über Passau und seine Besonderheiten. Dann holte Alex eine Decke heraus, und wir setzten uns auf eine Wiese.

»Hast du eigentlich vor, verheiratet zu bleiben? Oder lässt du dich scheiden, wenn die Erbschaft zu deinen Gunsten geregelt ist?«, fragte Alex mich plötzlich.

Was sollte ich jetzt darauf antworten? Ich wusste es ja selber nicht.

»Das kommt darauf an...« begann ich langsam.

»Auf was?«

»Naja... auf den Mann, den ich heirate.«

»Sagen wir einmal, wir beide würden heiraten.«

Bei dem Gedanken daran wurde mir plötzlich ganz heiß. Und das lag sicherlich nicht nur an den für Ende April ungewöhnlich hohen Temperaturen. Wenn Alex und ich heiraten würden... Irgendwie hatte ich ein wenig Angst davor, mich jetzt auf diesen Gedanken einzulassen. Aber vor allem wollte ich mich jetzt nicht mit irgendwelchen Geständnissen blamieren.

»Würdest du mich denn heiraten wollen?«, fragte ich stattdessen.

»Dazu kenne ich dich zu wenig«, antwortete er nach einem kurzen Zögern ehrlich.

»Siehst du. Mir geht es genauso. Deswegen kann ich dir auch nicht sagen, ob ich mit dir verheiratet bleiben würde ... ähm, natürlich nur hypothetisch gesprochen, falls du mich überhaupt heiraten wollen würdest, was du natürlich jetzt nicht sagen kannst, weil du mich ja noch gar nicht kennst ...«

Meine Güte, was redete ich da nur für einen Unsinn?

»Und wenn du keinen Mann findest?«

Diese Frage ärgerte mich ein wenig. Das hörte sich ja fast so an, als ob er mir nicht zutrauen würde, dass mich ein Mann heiraten wollte.

»Ich meine einen für dich geeigneten Mann«, setzte er hinzu, als ob er meine Gedanken erraten hätte. Das stimmte mich wieder versöhnlich. Ich zuckte mit den Schultern.

»Dann freut sich mein Cousin über einen ziemlichen Haufen Geld. Und ich werde ...« Ich konnte den Satz nicht zu Ende bringen, denn in diesem Moment stimmte mein Handy die französische Nationalhymne an. So ein Mist! Gerade jetzt! Aber ich musste rangehen.

Das Handy steckte in einer Seitentasche meiner Lederjacke, die hinter Alex lag.

»Warte, ich gebe es dir«, sagte er hilfsbereit und schob seine Hand bereits in die Tasche.

»Nein! Ich mach das schon!«, rief ich. Doch er hatte das Handy schon herausgeholt und reichte es mir. Auf dem Display stand der Name meines Kunden, glücklicherweise abgekürzt: Frank C.

Ich entfernte mich ein paar Schritte, während ich mich so leise mit »BeauCadeau« meldete, dass Alex es hoffentlich nicht hörte.

»Bea! Endlich erreiche ich Sie!«

Ich drehte mich kurz zu Alex um. Er schaute mir neugierig hinterher. Aber egal. Er wusste schließlich nicht, worum es ging.

Trotzdem vermied ich es, bei meinem Gespräch Details zu nennen.

»Hallo. Ja. Es tut mir leid, ich war die letzten Tage verhindert. Aber es ist alles unter Kontrolle…«

»Der Vorschlag mit der Segeljacht gefällt mir. Können Sie mir weitere Fotos davon zukommen lassen?«, fragte er, und in diesem Moment fielen ganze Gebirge der Erleichterung von meinem Herzen. Er fand den Vorschlag gut! Das hatte ich gar nicht zu hoffen gewagt.

»Ja natürlich… gerne.«

»Wunderbar. Sie sind ein Schatz, Bea! Ich schau mir die Fotos an und melde mich wieder bei Ihnen.«

»Ja. Bis bald! Ich freu mich! Tschüss.«

Ich legte auf und schloss für einen kurzen Moment die Augen. Alles würde gut werden. Glücklich lächelnd drehte ich mich zu Alex und setzte mich wieder auf die Decke.

»Du strahlst ja richtig«, stellte er fest.

Ich nickte fröhlich.

»Ja.«

»Ein neuer Kunde? Oder wie sagt man das in deinem Fall? Ein neuer Kurzzeit-Chef?« Er klang amüsiert.

»Auftraggeber oder Kunde, egal. Und nein, kein neuer Auftraggeber, aber ein sehr wichtiger für mich.«

»Das freut mich für dich. Aber mit deinem Erbe hast du es bald nicht mehr nötig, dir wegen irgendwelcher Aufträge einen Kopf zu machen.«

Dieser Satz machte mich nachdenklich.

»Weißt du, vielleicht sollte ich es mir doch nochmal überlegen, ob ich diesen Kuhhandel mit der Hochzeit wirklich eingehen soll«, rutschte es mir heraus. Ich könnte mein Geschäft weiter ausbauen, jetzt wo es so gut lief. Und irgendwann einen Mann heiraten, der mich gut genug kannte. Und dem es nur um mich ging. Irgendwann... Ich schluckte und schaute zu Alex, der inzwischen etwas näher an mich herangerutscht war.

»Soso. Ein Kuhhandel ist das also für dich«, sagte er und lächelte seltsam.

»Ich äh, nein, so habe ich es natürlich nicht gemeint. Aber...« mehr konnte ich nicht sagen, da sein Finger plötzlich auf meinen Lippen lag.

»Ssst...«, flüsterte er.

Dann strich er mit seinem Daumen langsam die Konturen meines Mundes nach. Diese Berührung löste sofort ein wildes Kribbeln in meinem Bauch und allen Bereichen darum herum aus. Dazu kam heftiges Herzklopfen. Hätte man mich jetzt an ein medizinisches Überwachungsgerät angeschlossen, würden wohl alle Lämpchen rot aufblinken. Alex tat fast nichts, und meine Sinne spielten völlig verrückt. Halleluja! Ob es daran lag, dass mich schon seit einer gefühlten Ewigkeit kein Mann mehr berührt hatte?

Bitte küss mich!, bettelte eine innere Stimme.

Doch Alex konnte sie nicht hören und streichelte weiterhin nur ganz zart mein Gesicht.

Küss du ihn doch!, riet die innere Stimme jetzt. Ein guter Vorschlag! Genau das würde ich jetzt tun.

Ich hob meinen Kopf und schaute ihm in die Augen. Doch bevor meine gespitzten Lippen die seinen berühren konnten, zog er plötzlich seine Hand weg und stand auf.

»Ich glaube, wir sollten jetzt besser zurückfahren.«

Es war, als hätte mich jemand gewaltsam aus einem wunderschönen Traum wachgerüttelt. Ich brauchte einen Moment, um mich zu fassen. Ich räusperte mich.

»Freilich.« Rasch stand ich auf und schlüpfte ohne ein weiteres Wort in die Lederjacke. Dann setzte ich schnell meinen Helm auf, froh, meinen hochroten Kopf darunter verstecken zu können.

Alex tat so, als ob nichts gewesen wäre. Auch er zog sich an, dann stiegen wir auf und brausten davon.

Seine wenigen Berührungen hatten mich total aufgewühlt. Dieser Mann hatte etwas Besonderes. Er *war* etwas Besonderes. Und ich musste mir eingestehen, dass ich mich womöglich in Alex verliebt hatte.

In diesem Moment fasste ich einen Entschluss. Wenn ich einen Mann heiraten würde, dann Alex. Und wenn er mehr Zeit brauchte, um mich kennenzulernen, dann würde ich ihm die Zeit geben und auf das Erbe verzichten!

kapitel 19

Doch Alex die Gelegenheit zu geben, mich besser kennenzulernen, war gar nicht so einfach. Oder mir die Gelegenheit zu geben, ihn besser kennenzulernen. Denn als wir zurück waren, erklärte er mir bedauernd, dass er überraschend nach Hause zu seinem Hof musste. Noch immer wollte er mir nicht sagen, wo der sich befand. Aber ich war in einem seltsamen Zustand, wie auf Wolken, und wunderte mich nicht weiter darüber. Er versprach, dass er sich am Wochenende bei mir melden würde. Zum Abschied umarmte er mich. Und schon diese kurze Berührung reichte aus, um mich wieder auf Wolke Sieben zu befördern. Ich winkte ihm hinterher, als er aus dem Hof fuhr.

»Hannerl! Komm! Schnell!«

Jäh wurde ich aus meiner Glückseligkeit gerissen.

»Hannerl, los!«, rief Willy mir aufgeregt zu. Fanny lief neben ihm und bellte wild.

»Was ist denn los?«, fragte ich besorgt, denn Willy war normalerweise der ausgeglichenste Mensch, den ich kannte, und nur schwer aus der Ruhe zu bringen.

»Mit den Rindern stimmt etwas nicht!«

»Wieso, was haben sie denn?«

»Keine Ahnung!«

»Hast du den Tierarzt schon benachrichtigt?«

»Ja. Der ist unterwegs... Fanny, du gehst ins Haus!«, befahl er und hielt ihr die Haustür auf. Fanny folgte anstandslos.

Wir sprangen in meinen Wagen und rasten den Feldweg entlang zu den Weiden.

»Dort hinten!« Willy deutete nach links. »Schnell!«

Wir stiegen aus und eilten zu den Tieren. In der Nähe des Baches, der durch die Weiden floss und die Tiere stets mit frischem Wasser versorgte, lag Zeus, einer unserer besten Zuchtbullen, und sein Körper zuckte wie in einem Krampf. Neben im lag eine Kuh.

Ein weiteres Jungtier schwankte und brach zusammen.

»Um Himmels willen. Was ist denn da los?«, rief ich aufgeregt.

Willy nahm einen Eimer, tauchte ihn ins Wasser und schüttete es vorsichtig über den Stier.

»Ich weiß es nicht. Kümmere du dich um Lotte.« Er hielt mir den Eimer hin. Ich holte noch mehr Wasser und goss es über die Kuh. Ob es den Tieren zu heiß war?

Gott sei Dank kam endlich Doktor Fröschl. Mit einer Tasche in der Hand rannte er auf uns zu, schlüpfte unter dem Zaun durch und kniete sich als Erstes zu Zeus.

»Was haben die Tiere denn bloß?«, schrie ich hysterisch.

»Das werden wir bald wissen.« Fröschl öffnete die Tasche und zog dann eine Spritze auf, die er Zeus verabreichte.

»Ich versuche erst einmal, den Kreislauf zu stabilisieren.«

Er behandelte nacheinander die drei am Boden liegenden Patienten. Bis jetzt schienen keine weiteren Tiere betroffen zu sein. Hoffentlich blieb das so. Willy sah sich inzwischen um.

»Himme Herrgott Sakrament!«, hörte ich ihn plötzlich wild fluchen. So außer Fassung hatte ich ihn noch nie erlebt. Er kniete neben dem Zaun am Boden.

»Was ist denn?«, rief ich.

»Die Tiere wurden vergiftet!«

»Verdammt!«, sagte Max.

Wo war denn Max plötzlich hergekommen? Egal. Ich war froh, dass er da war.

»Eibe!« Willy und Max sahen sich an und nickten sich zu. Vor ihnen auf dem Boden lag ein Rest Heu, vermischt mit kleinen Zweigen, die wie Tannenzweige aussahen.

Da ich überhaupt nichts verstand, erklärte mir Willy, dass die Zweige von der Eibe stammten und bei Mensch und Tier zu tödlichen Vergiftungen führen konnten. Dafür reichten schon relativ geringe Mengen aus.

»Wo kommen die Eibenzweige denn her? Sind hier in der Nähe Eiben?«

»Nein. Hier nicht. Darauf wurde immer streng geachtet. Jemand muss sie mit dem Heu vermischt und den Tieren zum Fressen hingelegt haben«, brummte Max wütend.

»Wieso sollte denn jemand meine Rinder vergiften wollen?«, fragte ich völlig aufgelöst.

Keiner der Männer konnte mir diese Frage beantworten. Auch nicht die beiden Polizisten, die Doktor Fröschl gerufen hatte und die kurz darauf den Tatort am Weidezaun nach Spuren absuchten.

»Und wenn es Kinder waren? Vielleicht wollten sie die Tiere nur füttern und wussten nicht, dass die Eibe giftig ist«, sagte ich in der schwachen Hoffnung, dass es sich nicht um einen vorsätzlichen Giftanschlag handelte. Der Gedanke daran war einfach zu schrecklich.

»Warum sollten sie Heu und Eibe mischen? Nein. Das waren keine Kinder.« Willy ballte wütend die Fäuste. »Den Kerl wenn ich erwische! Dem dreh ich die Gurgel um! Und zwar dreimal!«

»Na, na!«, mahnte einer der beiden Polizisten. »Das lassen Sie mal schön bleiben.«

Während der Tierarzt, Willy und Max sich weiter um die Tiere kümmerten und sie zum Unterstand schafften, stellten mir die Polizisten einige Fragen.

»Hatten Sie in letzter Zeit mit jemandem Ärger, Frau Gruber?«, wollte der jüngere der beiden wissen. Er hatte eine gewisse Ähnlichkeit mit Bully Herbig, was ihn mir sofort sympathisch machte, obwohl seine Fragen nicht besonders erfreulich waren.

»Ärger direkt hatte ich keinen…«, begann ich. Dabei fiel mein Blick auf Max, der versuchte, zusammen mit Willy das Jungtier auf die Beine zu bringen. Max war der personifizierte Ärger. Aber egal, wie er sich mir gegenüber verhielt, einem Tier würde er niemals etwas zuleide tun. Im Gegenteil. Solange ich mich erinnern konnte, kümmerte er sich um verletzte Tiere, egal ob es sich um aus dem Nest gefallene Vögel, angefahrene Katzen oder um sonstiges hilfsbedürftiges Getier handelte. Als kleiner Junge hatte er sich sogar einmal geweigert, einen Regenwurm auseinanderzuschneiden, als ich herausfinden wollte, ob der Wurm tatsächlich zwei Köpfe hatte, die einzeln weiterleben konnten. Max hatte mir angedroht, nie wieder mit mir Monopoli zu spielen, falls ich es alleine versuchen würde. Ich muss gestehen, es war mir schwer gefallen, darauf zu verzichten, denn ich war schon immer sehr neugierig. Trotzdem hatte ich mich damals für Max und Monopoli entschieden und den Regenwurm an einem Stück von dannen ziehen lassen.

Max kam als Übeltäter sicher nicht in Frage. Und Willy selbstverständlich auch nicht.

»Und Ärger indirekt?«, fragte der Polizist weiter, da ich meinen Satz nicht beendet hatte.

»Naja. Ich habe einen Mann entlassen, der seit Jahren auf dem Hof gearbeitet hat. Pit heißt er. Der war schon etwas sauer«, gestand ich.

»Und sein Nachname?«

Ich überlegte.

»Tut mir leid, den weiß ich gar nicht ... Willy!«, rief ich, »Weißt du, wie Pit mit Familiennamen heißt?«

Willy kam zu uns.

»Sigler! ... Aber du denkst doch nicht, dass er es war, Hanna?«

»Eigentlich nicht. Aber ehrlich gesagt, weiß ich gerade überhaupt nicht, was ich denken soll.«

Der Polizist notierte den Namen.

»Sonst noch Leute, die sich über Sie geärgert haben?«

»Vielleicht einer der Heiratskandidaten, die du abgewimmelt hast in den letzten Tagen«, spekulierte Willy.

Die Polizisten sahen mich neugierig an. Ich merkte, dass ich rot wurde.

»Ich habe doch keinem von denen Hoffnungen gemacht«, warf ich schwach ein. »Außerdem war ich immer sehr freundlich!«

»Oder dieser Motorrad-Alex?« Natürlich musste auch Max seinen Senf dazu geben.

»Alex wer?«, wollte der Polizist sofort wissen.

»Äh ... tut mir leid, den Familiennamen kenne ich auch nicht. Aber Alex kann es nicht gewesen sein. Wir waren ja zusammen unterwegs.«

Doktor Fröschl kam zu uns herüber.

»Anscheinend haben Lotte und der kleine Stier nur ganz wenig von der Eibe abbekommen. Den beiden geht es schon wieder deutlich besser. Der Zustand von Zeus ist etwas kritischer. Aber auch bei ihm habe ich ein gutes Gefühl. Er wird es sicher überstehen. Ich vermute, dass dem Heu nur sehr wenig Eibe beigemischt war. Wenn es ein Giftanschlag war, dann wollte der Täter die Tiere nicht töten, sondern Ihnen einen Schrecken einjagen, Frau Gruber.«

»Aber warum denn nur?«, fragte ich erschüttert.

»Jetzt machen Sie sich mal nicht allzu viele Gedanken«, beruhigte mich der ältere Polizist, der bisher nur wenig gesagt hatte. »Es gibt auch schwachsinnige Deppen, die einfach nur einen Spaß daran haben, Lebewesen zu quälen. Das muss gar nichts mit Ihnen persönlich zu tun haben.«

Daran wollte ich gerne glauben, aber instinktiv wusste ich, dass die gemeine Giftattacke mir gelten sollte.

Es war ein langer, ereignisreicher Tag für mich gewesen, und eigentlich hätte ich todmüde sein müssen. Doch ich lag die halbe Nacht lang wach und machte mir Gedanken über das vergiftete Futter. Natürlich kam ich zu keinem Ergebnis. Am ehesten kam Pit für mich als Übeltäter in Frage, doch der war seit ein paar Tagen verreist, wie die Polizisten herausgefunden hatten.

Natürlich spukten mir auch noch andere Dinge im Kopf herum. Alex. Die Gedanken an ihn waren eindeutig der schöne Teil dieser schlaflosen Stunden.

Nachdem ich vergeblich versucht hatte, Ruhe zu finden, stand ich schließlich seufzend auf. Fanny, die nur bei mir nächtigte, wenn meine Schwester nicht da war, folgte mir nach unten in die Stube. Um mich abzulenken, schaltete ich meinen Laptop ein.

Plötzlich hatte ich eine Idee. Vielleicht fand ich ja irgendeinen Hinweis in den E-Mails der Bewerber, die ich – wie ich zu meiner Schande gestehen musste – immer noch nicht beantwortet hatte.

Einige Männer hatten mehrmals geschrieben, und der Ton der

Mails war dabei vorwurfsvoller geworden. Manche waren sogar richtig unverschämt geworden. Aber trotzdem – es würde doch keiner Tiere vergiften, nur weil er keine Rückmeldung auf seine E-Mail bekommen hatte! Wo kämen wir denn da hin?!

In den Mails fand ich keine Antworten. Dafür fiel mir siedend heiß ein, dass ich in dem ganzen Trubel völlig vergessen hatte, Daniela Bescheid zu geben, dass sie Frank Cornelius die Bilder der Segeljacht schicken sollte.

Rasch schrieb ich eine Mail, damit sie es gleich am Morgen erledigen konnte. Apropos vergessen. Die Überweisung fürs Finanzamt! Ich schlug mir auf die Stirn. Was war ich nur für ein Schussel in der letzten Zeit!

Ich ging ins Büro und setzte mich an den alten Schreibtisch, der schon in meiner Kindheit hier gestanden hatte. Stapelweise lagen Kuverts, geöffnet und geschlossen, Formulare, Rechnungen, Mahnungen, Listen, Kopien und Lieferscheine herum, die Willy und ich, und bis vor Kurzem auch noch Pit, dorthin geworfen hatten. Ich biss mir auf die Unterlippe. Hier musste dringend Ordnung gemacht werden.

Ich begann, die Kuverts zu öffnen und die Unterlagen zu sortieren. Doch schon bald gab ich auf. Büroarbeit war noch nie so wirklich mein Ding gewesen. Vielleicht sollte ich Daniela herholen? Sie hätte das Chaos innerhalb eines Tages in Ordnung gebracht. Ja. Das war eine gute Idee. Trotzdem musste ich schnellstens das Geld ans Finanzamt überweisen. Dazu musste es jedoch erst auf meinem Firmenkonto sein. Ich suchte in den Schubladen und fand ordentlich gestapelte Überweisungsformulare. Ich hatte richtig vermutet, dass meine Oma von Online-Banking nichts gehalten hatte.

Nachdem die Überweisung ausgefüllt war, beschlich mich ein

schlechtes Gewissen. Es war nicht rechtens, was ich hier tat. Vor allem nicht, da ich ja heute beschlossen hatte, unter Umständen auf das Erbe zu verzichten, falls Alex mehr Zeit bräuchte, um mich zu heiraten. Falls ich ihn überhaupt noch einmal sehen würde. Andererseits würde ich das Geld ja auf jeden Fall sofort zurückzahlen, wenn das Honorar von Cornelius auf meinem Konto eingegangen war.

»Jetzt mach dir keinen Kopf, Hanna!«, beruhigte ich mich selbst und steckte das ausgefüllte Formular in meine Handtasche. Morgen würde ich es zur Bank bringen.

Plötzlich überkam mich eine bleischwere Müdigkeit. Ich ging in mein Bett und schlief sofort tief und fest wie ein Baby ein.

Kapitel 20

Am nächsten Morgen führte mich mein erster Weg zu den Weiden. Willy stand am Zaun und lächelte mir zu.

»Sie haben es gut überstanden«, sagte er erleichtert. »Allerdings ist Zeus noch ein bisserl lädiert.«

Und tatsächlich machte der Stier einen deutlich angeschlagenen Eindruck. Er stand alleine am anderen Ende der Weide, weit weg von der Stelle, an der er gestern das vergiftete Futter gefressen hatte.

»Ich bin so froh, dass die Tiere überlebt haben.«

»Ich auch ... Sag mal, Hannerl, hast du schon einen neuen Helfer für den Hof gefunden?«, fragte Willy dann.

Ich schüttelte den Kopf. »Es hat sich noch niemand auf meine Anfrage bei der Arbeitsagentur gemeldet. Bis wir jemanden haben, musst du mit mir vorlieb nehmen.«

Willy lächelte.

»Es gibt Schlimmeres.«

»Danke!«

»Wie läuft es denn eigentlich mit deinem Heiratsvorhaben?«

Ich schaute ihn an und verkniff mir ein Lächeln.

»Och. Mal schauen...«

»So so... mal schauen. Da tut sich doch was, oder?«

Ich zuckte mit den Schultern und grinste.

Die restliche Woche war ich von morgens bis abends mit Arbeit auf dem Hof und den Feldern eingespannt. Willy und ich waren ein gutes Team, und ich hatte den Eindruck, dass es auch ihm Spaß machte. Trotzdem musste ich bald jemanden finden, der zuverlässig mitarbeitete und sich auskannte. Die Polizei hatte wegen des Giftes nichts herausgefunden, und da nichts weiter passiert war, verdrängte ich die ganze Sache einfach.

Cornelius hatte die Fotos inzwischen bekommen, sich aber noch nicht dazu geäußert, was ich vorsichtig als gutes Zeichen wertete.

Alex hatte sich zweimal per SMS gemeldet, aber nichts darüber verlauten lassen, wann wir uns wieder sehen würden. Das gefiel mir gar nicht. Ob ich mich hier in etwas verrannte? Trotzdem – wenn ich an ihn dachte – und das passierte ziemlich oft am Tag und auch in der Nacht –, dann flatterten stets Schmetterlinge in meinem Bauch. Außerdem hatte es mir meinen Appetit verschlagen. Ein eindeutiges Zeichen, dass ich mich verliebt hatte.

Als ich wieder mal eine Nacht schlaflos im Bett lag, schnappte ich mir Lenes Buch, um mich abzulenken. Es war sehr amüsant geschrieben und mit lustigen Karikaturen von Lene versehen. Ich musste mehr als einmal laut lachen, als sie beschrieb, wie verliebte Frauen manchmal aus Unsicherheit oder aus Angst vor Zurückweisung von einem Fettnäpfchen ins nächste stolperten. Irgendwie machte das Buch mir Mut, dass diese ganze verrückte Sache mit dem Erbe und der Hochzeit für mich doch noch gut ausgehen könnte.

kapitel 21

Das Landleben – und natürlich auch Fanny – trieben mich immer sehr zeitig aus den Federn. Es war Freitag. Heute Mittag hatte ich den Termin mit dem neuen Kunden in München. Als Treffpunkt war Mikes Bar vereinbart. Ich freute mich riesig darauf, bei dieser Gelegenheit auch meinen besten Freund endlich wiederzusehen. Die Plauderstunden mit ihm fehlten mir inzwischen sehr.

Bevor ich losfuhr, machte ich noch schnell eines der Fremdenzimmer im Haus fertig. Daniela und ihr Sohn Benny würden das Wochenende über mit mir nach Halling kommen, zusammen mit Pauline. Daniela hatte sich sofort bereit erklärt, sich um meinen Bürokram auf dem Hof zu kümmern.

Als ich die Wagentür öffnete, kam Fanny angerannt und wollte einsteigen. Ich hatte immer noch keine Transportbox besorgt.

»Süße, heute geht das nicht. Du musst hierbleiben.«

Sie winselte. Und zwar herzerweichend. Aber ich blieb stark.

»Nein, Fanny.«

»Wuff!«

»Neihein!«

Sie legte den Kopf schief und wedelte mit dem Schwanz.

»Na gut, du lästiges Wimmerl*. Steig ein!«

Verflixt nochmal! Wieder einmal war ich zu spät dran. Und das obwohl ich wirklich rechtzeitig losgefahren war. Aber auf der Autobahn hatte es einen Stau gegeben. Und natürlich war wie immer weit und breit kein Parkplatz in der Nähe von Mikes Bar zu finden.

Zusammen mit Fanny, die ich nicht alleine im Wagen lassen wollte, betrat ich endlich abgehetzt das Lokal.

Mike stand an der Theke und bereitete einen Espresso zu. Als er mich sah, kam er strahlend auf mich zu und gab mir zur Begrüßung einen schmatzenden Kuss auf die Wange.

»Hanna, Darling. Schön, dich endlich wiederzusehen. Gut schaust du aus! Das Landleben steht dir.«

»Danke, Mike! Du hast mir auch gefehlt... Aber jetzt...«

»Du bist busy. Ich weiß. Wir reden später.«

Ich warf ihm ein Bussi zu und arbeitete mich dann mit Fanny im Schlepptau zum letzten Tisch rechts am Fenster vor, der für die Verabredung reserviert worden war. Ich sah den Mann nur von hinten. Er war hellblond mit silbern gefärbten Strähnen und trug einen dunkelblauen Anzug. Gerade als mir durch den Kopf ging, dass mir die Haltung des Mannes seltsam vertraut vorkam, drehte er sich um. Ich blieb abrupt stehen.

»Simon!«, hauchte ich.

Dr. Simon Schober saß leibhaftig vor mir. Er war es zweifellos, auch wenn er mit dem Simon meiner Vergangenheit nicht mehr allzu viel Ähnlichkeit hatte. Das schöne Dunkelbraun seiner Haare war verschwunden. Die neue Nase hatte ich schon gesehen, allerdings in anderen Gesichtern. Sie schien ein beliebtes Modell zu sein. Und seine Kinnpartie hatte ich auch weit weniger markant in Erinnerung. Anscheinend war er selbst ein guter Kunde in der Schönheitsklinik seines Schwiegervaters. Und ein guter Kunde in Beautysalons. Seine Augenbrauen waren akkurat zurechtgezupft und passend zur Haarfarbe aufgehellt.

»Hanna!« Er stand auf und umarmte mich flüchtig. Sein reichlich aufgetragenes Rasierwasser zog mir in die Nase. Selbstverständlich hatte sich auch das verändert.

Fanny knurrte. Sofort trat er einen Schritt zurück.

»Schon gut. Fanny tut dir nichts.«

Fanny hörte auf zu knurren, schaute Simon aber weiterhin nicht gerade freundlich an.

»Das sagen Hundebesitzer immer. Ich möchte keine kosmetische Operation an meinem Bein machen lassen müssen.«

Es sollte ein Scherz sein. Ich lachte pflichtbewusst.

»Ja sag mal, das ist aber eine Überraschung, dich hier zu sehen!«

Sogar seine Aussprache hatte sich verändert. Er redete deutlich langsamer und wechselte die Tonlagen mehrmals in einem Satz. Ob er so mit seinen Patientinnen sprach, wenn er ihnen ein Facelifting oder eine Brustvergrößerung einredete?

Simon schaute mich von oben bis unten prüfend an. Ich war froh, dass ich heute in das elegante dunkelgrüne Designerkleid geschlüpft war, das ich vor zwei Monaten günstig im Ausverkauf ergattert hatte.

»Nicht wahr? So ein Zufall!«, flötete ich. Er durfte auf keinen Fall erfahren, dass ich Bea war. »Aber leider muss ich auch gleich wieder weg.«

»Ach ja? Wie schade. Dabei bist du eben erst gekommen.« Ich hörte eine gewisse Erleichterung in seiner Stimme. Er war natürlich nicht erpicht darauf, dass ich ihn mit Bea sah.

»Ja. Ich ... ich ...« Ich brauchte schnell eine überzeugende Erklärung, warum ich nicht bleiben konnte. »... war mit einer Freundin hier verabredet, aber sie hat eben eine SMS geschickt, dass sie eine Autopanne hat. Und jetzt muss ich sie ganz schnell abholen.« Das war doch eine geschickte Ausrede. Er nahm sie mir sofort dankbar ab.

Eine junge Bedienung kam zu uns.

»Was darf es denn sein?«, fragte sie höflich.

»Danke, nichts. Ich bin gleich wieder weg.«

»Ich hätte dich so gerne auf einen Latte eingeladen, aber leider musst du ja los.« Die Lüge kam ihm glatt über die Lippen.

»Ich wäre auch total gerne geblieben, aber du verstehst...«, log auch ich.

»Na klar. Melde dich doch mal.«

»Mach ich.«

»Und wenn du mal eine Lidstraffung machen lassen möchtest, sag Bescheid. Natürlich kriegst du bei mir einen Sonderpreis.« Er zwinkerte mir jovial zu.

Lidstraffung? Also bitte! Meine Lider brauchten bestimmt keine Straffung. Höchstens vielleicht sein Hirn. Das hatte sich in den letzten Jahren wohl etwas ausgeleiert. Oder war er immer schon so gewesen? Wo war der junge Simon geblieben, der voller Enthusiasmus war und später einmal entstellten Unfallopfern ein neues Gesicht geben wollte?

»Äh, ja.« Gab ich nur kurz zur Antwort und unterdrückte das Bedürfnis, ihm veilchenblaue Farbe auf eines seiner Augenlider zu zaubern.

Noch eine schnelle Umarmung zur Verabschiedung, und ich steuerte schon wieder Richtung Ausgang. Mike sah mich fragend an, als ich grußlos an ihm vorbeirauschte. Er kannte mich gut genug, um zu bemerken, dass etwas nicht stimmte. Kaum waren Fanny und ich draußen, kam er hinterher.

»Gibt's Probleme?«, fragte er besorgt

»Das war mein Ex. Er darf nichts von Bea wissen.«

»Simon? Sorry, Hanna, aber ich habe ihn nicht erkannt, sonst hätte ich dich vorgewarnt.«

Kein Wunder. Simon sah ja wirklich ganz anders aus als früher.

»Schon gut…« Ich holte mein Handy aus der Tasche und wählte Danielas Nummer.

»Bitte komm sofort her! Der Kunde ist Simon. Du musst dich als Bea ausgeben.«

Daniela hatte glücklicherweise nicht nur die bei Frauen übliche schnelle Auffassungsgabe, sondern eine ultraschnelle. Außerdem kannte sie die Geschichte von meiner Beziehung mit Simon in allen Einzelheiten. Ich brauchte nicht mehr viel zu erklären.

»Bin gleich da!«, rief sie ins Handy und legte auf.

Später im Büro hörte ich Daniela mit offenem Mund zu, als sie mir von der Besprechung erzählte.

»Ich habe ihm eingeredet, dass er sich den Termin falsch notiert hatte. Und nicht ich zu spät, sondern er zu früh gekommen war«, kicherte Daniela vergnügt. »Außerdem war er sichtlich froh, dass ich, also Bea, später dran war und dir nicht begegnet bin.«

Wir lachten beide.

»Und jetzt hör mir zu. Dein Ex möchte ein Geschenk für seine Frau zum Hochzeitstag und eines für…«

»… seine Schwiegermutter«, vollendete ich ihren Satz.

Doch Daniela schüttelte grinsend den Kopf. »Für seine Geliebte!«

»Er hat eine Geliebte?«, fragte ich atemlos.

Sie nickte.

Eigentlich wunderte mich das nicht. Simon hatte sich schon

immer bei allem im Leben die Rosinen herausgepickt und verzichtete grundsätzlich auf nichts.

»Hier sind die Fotos der beiden«, sagte Daniela und gab mir die Bilder. Es war das erste Mal, dass ich seine Frau sehen würde. Ich wusste nur, dass sie Sophia hieß.

»Die ist ja älter als er!«, rief ich verwundert. Die Frau auf dem Foto schien weit in den Vierzigern zu sein. Sie hatte ein ebenmäßiges, klassisch schönes Gesicht und erinnerte mich vom Typ her ein wenig an die Schauspielerin Gudrun Landgrebe.

»Das ist nicht seine Frau, das ist die Geliebte! Helga Veith. Eine Unternehmerin aus der Schweiz«, klärte Daniela mich auf.

»Wie?« Irritiert schaute ich das andere Foto an. Eine naturblonde junge Frau mit riesigen blauen Augen und Stupsnase lächelte mir schüchtern entgegen. »Das ist Sophia?«, fragte ich erstaunt. Die sah aus, als wäre sie gerade alt genug, um sich auf die Abiturprüfung vorzubereiten.

»Ja. Das ist Sophia. Und sie ist übrigens nur wenige Jahre jünger als wir.«

Erstaunlich! Ob sie das den guten Genen oder eher dem Messer ihres Vaters zu verdanken hatte?

»Wie hoch ist das Budget?«, fragte ich neugierig.

»Für Helga zehntausend. Ein Geschenk zum Geburtstag.«

»Und für Sophia?«

»Dürfen wir noch eine Null dran hängen.«

Ich lachte.

»Wow. Er hat ein ziemlich schlechtes Gewissen.«

»Denk ich auch.«

Plötzlich kam mir ein Gedanke. Wenn Simon freiwillig so hohe Summen ausgab, dann musste er inzwischen wirklich sehr reich sein. Vielleicht war das die Gelegenheit, mir wenigstens einen Teil von dem Geld zurückzuholen, das ich damals in seine Ausbildung investiert hatte.

»Ich finde, wir sollten das Budget für beide Frauen verdoppeln«, schlug ich grinsend vor.

Daniela schaute mich fragend an und zwirbelte an ihren Haaren.

»Aber wir können doch nicht einfach …«

»Kein Aber. Dr. Simon Schober wird das bezahlen. Glaub mir.«

In diesem Moment fiel auch bei Daniela der Groschen. Sie grinste verschwörerisch.

»Du hast recht. Das ist eine hervorragende Idee.«

Kapitel 22

Es war Samstag früh. Ich stand vor dem Spiegel und schlüpfte in das dunkelblaue Kleid, das ich zu Nataschas Hochzeit tragen würde.

Pauline wollte mich nicht begleiten, sondern lieber bei Daniela und Benny auf dem Hof bleiben. Meine Schwester war richtig vernarrt in den kleinen Benny. Und der kleine Benny war vernarrt in Pauline, die ihn überall mit hinschleppte.

Er war ganz aus dem Häuschen geraten, als er den großen Garten gesehen hatte, in dem er nach Herzenslust herumtoben durfte. Und beim Anblick unserer Rinder auf der Weide hatte er vor Freude in die Hände geklatscht.

Das Großstadtkind fühlte sich wie im Paradies und streunte mit Pauline und Fanny draußen herum. Zuerst verfolgte Daniela die drei auf Schritt und Tritt. Ganz die besorgte Großstadtmama. Bis sie schließlich merkte, dass Pauline ein zuverlässiger Babysitter war. Und mehr noch Fanny. Der kleine Junge hatte ihren Beschützerinstinkt geweckt.

»Willst du das wirklich anziehen?«, hörte ich Daniela fragen, die plötzlich in der Tür stand.

Ich drehte mich zu ihr um. »Ja. Warum? Gefällt es dir nicht?«

»Ja. Doch. Es ist schon schön. Aber ...« Sie sprach nicht weiter.

»Aber was?«

»Bitte sei mir nicht böse. Aber mir ist aufgefallen, dass du oft so konservative Sachen anziehst. Und fast immer dunkel. Du schaust darin so ... so bieder aus.«

»Bieder?« Ich zog mich doch nicht bieder an! Meine Garderobe bestand aus lauter hochwertigen Kleidern, die ich immer sehr günstig im Ausverkauf erstand. Ich war eine richtige Schnäppchenjägerin.

Doch Daniela sah das wohl nicht so. Sie nickte zaghaft.

»Ja...«

Ich schaute wieder in den Spiegel. Es war ein solides Kleid. Klassisch geschnitten und zeitlos. Und vielseitig einsetzbar. Ich konnte es zu Besprechungen mit meinen Kunden anziehen oder eben auch zu einer Hochzeit.

»Das passt doch.«

Daniela holte tief Luft.

»Hanna. Du bist zweiunddreißig. Aber deine Mutter zieht sich flippiger an als du«, platzte sie heraus.

»Da hat sie eeecht recht«, sagte Pauline, die jetzt ebenfalls ins Schlafzimmer kam. »Und deine Frisur ist auch ultralangweilig.«

Das saß. Ich spürte, wie Tränen in meine Augen stiegen, was nur sehr selten passierte. Aber ich schluckte sie sofort hinunter.

Ich schaute nochmal in den Spiegel. Zugegeben, ich wollte mit den dunklen und einfach geschnittenen Sachen meine kleinen bis mittleren Problemzonen kaschieren. Und das eigentlich schon seit meiner Jugendzeit. Schwarz macht schlank, hieß es doch immer, oder etwa nicht?

Wenn ich jetzt so darüber nachdachte, hatte ich aber auch als Kind keine sonderlich farbenfrohen Kleider getragen. Und das war noch vor meiner Moppelphase gewesen.

Vielleicht hatten die beiden ja recht, ging es mir plötzlich durch den Kopf. Wenn ich ehrlich zu mir war, fand ich mich in diesem Moment auch nicht gerade umwerfend in dem Kleid.

»Habt ihr einen Vorschlag, wie ich das ändern kann?«, fragte ich bemüht fröhlich. Ich wollte mir nicht anmerken lassen, wie sehr ich getroffen war. Zu hören, dass man bieder aussah und sich langweiliger als die eigene Mutter anzog, war nicht sonderlich aufmunternd.

Daniela und Pauline schauten sich an und nickten sich grinsend zu.

»Wo ist Benny?«, erkundigte sich Daniela.

»Schläft auf dem Sofa«, antwortete Pauline. Kein Wunder, der Kleine war schon seit dem Morgengrauen auf den Beinen gewesen.

»Wunderbar! Dann legen wir mal los!«

Natürlich konnten wir nicht auf die Schnelle – und vor allem nicht in Halling – ein neues Kleid herbeizaubern.

Pauline und Daniela wühlten in meinem Kleiderschrank und zogen schließlich ein schwarzes Kleid heraus, das vorne durchgeknöpft war. Etwas Besseres war nicht zu finden.

»Die Länge ist ja schauderhaft!«, rief Daniela »So geht das nicht! Gibt es hier eine Nähmaschine?«

Ich nickte stumm.

»Wenigstens bist du mit deiner Unterwäsche nicht so konservativ«, stellte Daniela fest, und ich wurde rot.

Edle Dessous waren immer schon mein heimliches Laster. Vor allem zu wichtigen Besprechungen und Gesprächen trug ich immer meine schönsten Stücke. Das gab mir auf seltsame Weise Selbstvertrauen, das ich ansonsten leider nicht immer hatte. Auch für den täglichen Gebrauch musste meine Unterwäsche immer top sein. Ausgewaschene BHs oder Slips mit leiernden Bündchen gingen gar nicht und wurden sofort entsorgt.

Heute hatte ich einen nachtblauen Spitzenbody gewählt, der meine Brüste um eine Körbchengröße nach oben pushte.

Während sich Pauline mit einem Lockenstab und unzähligen Haarnadeln hingebungsvoll um meine Frisur kümmerte, schnippelte und nähte Daniela an dem Kleid herum.

Normalerweise schminkte ich mich kaum, und wenn, dann sehr dezent. Doch heute bestanden meine beiden selbsternannten Modeberaterinnen darauf, deutlich mehr Farbe aufzutragen. Pauline überließ mir zudem ihre großen silbernen Kreolen.

Auch wenn Daniela und ich von der Figur her doch sehr unterschiedlich waren, hatten wir glücklicherweise dieselbe Schuhgröße. Und so würde ich heute zum ersten Mal in meinem Leben High Heels tragen, und zwar in rot, passend zur Farbe des Lippenstiftes. Warum sie die Schuhe für ein Arbeitswochenende auf einem Bauernhof eingepackt hatte, war mir allerdings ein Rätsel. Trotzdem war ich jetzt froh darüber.

Schließlich schlüpfte ich in das Kleid und knöpfte es vorne zu. Die beiden schauten mich verzückt an.

»Ein bisserl kurz ist es schon«, sagte ich skeptisch mit einem Blick nach unten.

Die beiden verdrehten unisono die Augen und lachten dann.

»Es ist saucooool!«

»Wow!«, staunte Daniela. »Du hast so irre tolle Beine. Eine Schande, dass du sie immer versteckst!«

Jetzt durfte ich mich endlich im Spiegel anschauen und war verblüfft. Die Hanna, die mir entgegensah, schien eine jüngere, spritzigere Ausgabe von mir zu sein. Modisch und trotzdem elegant. Und meine Beine waren wirklich schön.

Pauline hatte mir eine Lockenfrisur gezaubert, die mir sehr gut stand und wesentlich schöner war als der Pferdeschwanz von vorhin, auch wenn sie für den Alltag weniger geeignet war.

»Woher kannst du das nur?«, fragte ich Pauline erstaunt.

»Aaach, das ist gar nicht so schwer. Michelle Hunziker sah letzte Woche in einer Show so aus. Naja, oder fast so...«, setzte sie stirnrunzelnd hinzu.

In diesem Fall war das Anschauen einer Casting-Show doch einmal für etwas gut gewesen, dachte ich amüsiert.

Als ich ganz automatisch den obersten Knopf am Kleid schließen wollte, klopfte mir Daniela auf die Finger.

»Das lässt du schön bleiben!«

Ich lächelte. Und nach einem kurzen Zögern öffnete ich mutig noch einen weiteren Knopf.

»Wenn schon, denn schon!«

»So sexy klappt's auch mit den Typen.« Pauline grinste.

Ich musste zugeben, das Umstyling hatte sich mehr als gelohnt.

In diesem Moment wurde mir bewusst, dass ich mein Aussehen schon seit vielen Jahren etwas vernachlässigt hatte. Seit zu vielen Jahren. Vielleicht war jetzt ein guter Zeitpunkt, das zu ändern? Es ging nicht darum, zukünftig ein aufgedonnertes Modepüppchen zu sein, aber ich könnte meinen Typ mit einigen Tricks ein wenig mehr unterstreichen.

Schade, dass Alex mich heute nicht sehen konnte. Er hatte sich gestern Abend am Handy gemeldet. Aber die Verbindung war so schlecht gewesen, dass ich kaum ein Wort verstanden hatte, bis sie dann plötzlich komplett abgerissen war.

»Und jetzt ab mit dir, Hanna!«, trieb Daniela mich an.

Als ich die Kirche betrat, stand das Hochzeitspaar bereits vor dem Priester. Aber zum ersten Mal seit langem hatte ich kein schlechtes Gewissen, dass ich zu spät kam. Dazu fühlte ich mich viel zu gut.

Die Kirche war so voll, dass einige Leute stehen mussten. Doch Tante Luise hatte mir ziemlich weit vorne einen Platz frei gehalten. Sie winkte mir, und ich stöckelte mit klackernden Absätzen zu ihr nach vorne.

»Du schaust toll aus«, flüsterte sie mir zu, während die letzten Klänge der Orgelmusik ertönten.

»Danke!«

Max schaute von der anderen Bankreihe her in meine Richtung, und ich musste grinsen, als ihm bei meinem Anblick fast die Kinnlade runterfiel.

Jetzt begann der Pfarrer mit seiner Begrüßung, und ich warf einen Blick auf das Brautpaar.

Die ehemals kleine und süße Natascha war zu einem – man konnte es nicht anders nennen – riesigen Mannweib geworden. In dem weißen Hochzeitskleid gab sie eine etwas ungewöhnliche Figur ab. Glücklicherweise konnte der Mann ihres Herzens körperlich mit ihr mithalten. Das Brautpaar überragte den Pfarrer und die meisten Hochzeitsgäste um fast einen Kopf.

Natascha musste die Statur ihres Vaters geerbt haben, denn ihre Mutter Zenta war eine kleine und zierliche Frau, die auch heute wieder ihrem Faible für schrille Mode aus den Siebzigern huldigte.

Die Zeremonie in der Kirche war sehr feierlich und berührend. Und trotzdem für mich auch ein klein wenig beängstigend. Würde auch ich in den nächsten Wochen einem Mann ein Eheversprechen geben und mein Erbe bekommen? Oder besser gefragt, würde Alex das *Irgendwann* deutlich nach vorne verschieben? Und war Alex überhaupt der Richtige?

Nachdem sich die Eheleute feierlich das Ja-Wort gegeben hatten, sang eine Solistin des Kirchenchores das Ave Maria in der Version von Gounod, begleitet von den Klängen einer Oboe. Es war wunderschön. Um nicht ebenfalls loszuheulen wie meine Tante, fast alle anderen Hochzeitsgäste und der Bräutigam, schaute ich mich in der Kirche um, in der ich als Kind viele Stunden verbracht hatte.

Beim Blick auf die hölzernen Beichtstühle fiel mir ein, wie ich mich einmal beim Versteckenspielen mit Max in einen hineingeschlichen hatte. Es war das erste Mal gewesen, dass mein Cousin mich nicht gefunden hatte. Als ich nach gut einer Viertelstunde genug hatte und den Beichtstuhl verlassen wollte, hörte ich Schritte und gleich darauf das Quietschen der Tür. Der damals frisch nach Halling versetzte Pfarrer Brenner hatte den mittleren Teil des Beichtstuhls betreten. Ich wäre fast zur Salzsäule erstarrt in meinem kleinen hölzernen Versteck und hatte kaum zu atmen gewagt. Als jemand die Tür auf meiner Seite öffnen wollte, hielt ich sie fest von innen zu.

Kurz darauf betrat der vermeintliche Eindringling den Beichtstuhl auf der anderen Seite. Eine Frau, wie ich gleich feststellte. Mit leiser Stimme flüsterte sie: »Im Namen des Vaters und des Sohnes und des heiligen Geistes.«

Der Pfarrer antwortete mit »Amen! Welche Sünden führen dich zu mir?«

Und schon legte die Frau los. Schon nach den ersten Worten hatte ich sie an ihrer etwas nuschelnden Stimme erkannt. Meine Biologielehrerin Erika Herzer.

Die stets auf jugendlich getrimmte Lehrerin hatte viele Dinge zu beichten, die ich als ihre Schülerin sicherlich nicht wissen sollte. Vor allem nicht, dass sie ein Verhältnis mit dem Vater einer

Mitschülerin hatte, der zufälligerweise auch noch der Bürgermeister von Halling war. Am liebsten hätte ich mir die Ohren zugehalten, denn was sie beichtete, war nicht unbedingt jugendfrei.

Ich atmete vor Erleichterung auf, als der Pfarrer ihr endlich ein ordentliches Bußwerk aufgab und sie entließ. Doch meine Erleichterung währte nicht lange. Denn kaum war sie draußen, drehte sich der Pfarrer in meine Richtung um.

»So, mein Kind. Und jetzt bist du an der Reihe!«

Ich glaube nicht, dass schon jemals ein Mensch seine Sünde so unmittelbar nach der Tat gebeichtet hat, wie ich damals. Sicherlich hatte ich den Geschwindigkeitsrekord in der katholischen Disziplin Sündenbeichten gebrochen.

Doch am Ende war ich froh darüber. Denn das schlechte Gewissen über meine unerlaubte Lauscherei hätte mich sicherlich viele Nächte lang nicht schlafen lassen.

An diesem Tag hatte ich gelernt, dass es gut tat, sein Gewissen zu erleichtern, und ich suchte noch heute ab und zu den Beichtstuhl auf, wenn mir etwas zu sehr auf der Seele lag.

Mein Blick schwenkte von den Beichtstühlen zu einer steinernen Predigtkanzel links von mir, die jedoch schon seit Jahrzehnten nicht mehr benutzt wurde. Sie war prachtvoll verziert. Eine pummelige Putte blickte mit einem fragenden Ausdruck in meine Richtung. Wie viele Menschen hatte sie hier in dieser Kirche wohl schon gesehen, die traurig, froh, ängstlich, glücklich, verzweifelt oder einfach nur gelangweilt waren?

Der ergreifende Gesang wurde plötzlich von *La Marseillaise* aus meinem Handtäschchen gestört. Himmel! Ich hatte vergessen, das Handy auszuschalten. Das war mir noch nie passiert! Wie peinlich!

Rasch griff ich nach der Tasche, die mir dabei aus der Hand rutschte und zu Boden fiel. Auch das noch! Die Leute drehten sich nach mir um und schauten mich vorwurfsvoll an. Als ich das Handy endlich herausgefischt hatte, endete die Hymne, gleichzeitig mit dem Ave Maria. Perfektes Timing zum unpassendsten Zeitpunkt.

Meine Wangen glühten. Ich wagte kaum, mich umzusehen, und spürte die grantigen Blicke mehr, als dass ich sie sah.

Einzig Pfarrer Brenner hatte ein leichtes Schmunzeln im Gesicht.

kapitel 23

Nach der Kirche gratulierte ich dem Brautpaar herzlich und entschuldigte mich zerknirscht für meinen Fauxpas. Doch die beiden waren mir nicht böse.

»Genau so etwas gehört zu den Geschichten, über die wir später einmal lachen werden, wenn wir an unseren Hochzeitstag zurückdenken«, sagte der Bräutigam grinsend. Er hieß Benjamin, hatte freundliche graue Augen und strahlte seine Natascha immer wieder verliebt an.

»Genau«, stimmte sie ihm zu, »die italienische Nationalhymne in einer bayerischen Kirche beim Ave Maria vergisst man nicht.«

Ich verkniff es mir, sie zu verbessern. Auch ihrem Mann schien die Länderverwechslung nicht aufgefallen zu sein.

Und ich freute mich, dass ich mit meinem Handyklingelton unbeabsichtigt zu einem unvergesslichen Gelingen der Hochzeitszeremonie beigetragen hatte.

Nachdem das geklärt war, suchte ich ein ruhiges Plätzchen hinter einer Kastanie und holte mein Handy heraus. Der Anruf war von Cornelius gewesen. Er hatte keine Nachricht hinterlassen. Ich versuchte, ihn zurückzurufen, doch sein Handy war aus. Verdammt. Irgendwie verpassten wir uns ständig.

Nachdem alle Hochzeitsgäste dem Brautpaar die Hand geschüttelt hatten, zogen wir zu Fuß zum Brunnenwirt, der nicht weit entfernt war. Dort gab es vor dem Wirtshaus einen Sektempfang. Mein Gelöbnis nach dem Rumtopfdebakel erklärte ich endgültig für verjährt und stieß mit dem eisgekühlten Sekt auf die frisch vermählten Eheleute an.

Plötzlich spürte ich einen Blick auf mir ruhen. Ich drehte mich zur Seite und sah Pit, der auch unter den Hochzeitsgästen war. Ein leichtes Frösteln zog über meinen Nacken. Doch er nickte grüßend in meine Richtung, als ob nie etwas gewesen wäre. Als er sich wegdrehte, stieß er mit seiner Ex Verena zusammen, die ebenfalls geladen war. Ob sich die beiden wieder versöhnt hatten? Anscheinend nicht, denn sie drehte ihm sofort den Rücken zu und betrat das Wirtshaus. Pits Blick verfinsterte sich.

Jetzt saßen wir im großen Saal, in dem vor wenigen Wochen die Kremess meiner Oma stattgefunden hatte.

Mich hatte man zwischen Tante Luise und einer Schwester des Bräutigams platziert. Gegenüber saßen Onkel Alois und Max, der heute ungewöhnlich wortkarg war. Wir hatten kaum drei Worte miteinander gewechselt.

»Ihr Klingelton ist schön. Das ist doch der Gefangenenchor aus Nabucco, nicht wahr?«, fragte meine Tischnachbarin freundlich. Tante Luise drehte sich hüstelnd zur Seite.

Ich schüttelte den Kopf und war froh, als in diesem Moment der Vater des Bräutigams mit einem Löffel an sein Glas klopfte und um Ruhe bat. Mit ein paar netten Worten begrüßte er die Hochzeitsgesellschaft und endete nach zehn Minuten mit einem Trinkspruch, den wir alle mit erhobenen Gläsern brav wiederholten.

So eine Hochzeit auf dem Land war meist eine sehr aufwändige Angelegenheit mit einem proppenvollen Programm. Nach dem dreigängigen Menu, das aus einer Hochzeitsuppe, einem Rinderbraten mit Spätzle oder wahlweise Schweinefilet mit Kroketten und Eis zum Dessert bestand, begannen die zahlreichen Hochzeitsreden.

Das war immer der langweiligste Teil der Feier, fand ich. Man musste so tun, als ob man zuhören würde, und an den richtigen Stellen lachen und applaudieren. Ich orientierte mich an meiner Tante und ließ inzwischen meine Gedanken schweifen. Ob ich auch bald heiraten würde? Wie würde meine Hochzeit aussehen?

Ich war immer noch pappsatt, da wurden schon Kaffee und Kuchen serviert. Gleichzeitig wurden die Geschenke übergeben.

Ich stand vor Max in der langen Reihe der Gratulanten.

»Du schaust heute ganz anders aus«, sagte Max von hinten.

Der Mann konnte ja doch noch sprechen.

Ich drehte mich zu ihm um. »War das jetzt ein Kompliment?«

»Darüber denke ich noch nach«, antwortete er, grinste aber dabei.

Er sah heute ziemlich gut aus in seinem dunklen Anzug und dem weißen Hemd. Doch ich hütete mich, ihm das zu sagen.

Endlich stand ich vor dem Brautpaar. Da ich von Tante Luise wusste, dass die beiden für eine Hochzeitsreise nach Indien sparten, schenkte ich ihnen ein paar hübsch eingepackte Scheinchen.

Als endlich alle ihre Geschenke abgegeben hatten, war auch die Band so weit, um aufzuspielen. Nach dem Aussehen der Musiker zu urteilen, hatte die Brautmutter die Band ausgesucht.

Benjamin holte seine Liebste auf die Tanzfläche und schwebte mit ihr erstaunlich leichtfüßig zu den Klängen der Cover-Version von Prince' *The Most Beautiful Girl in the World* über die Tanzfläche. Dabei strahlten sich die beiden so verliebt an, dass einem das Herz aufging. Schönheit lag doch wirklich im Auge des Betrachters. Und das war auch gut so!

Musikalisch ging es im Musikstil der siebziger und achtziger Jahre weiter. Die fünf Musiker, die alle nur noch wenige Jahre bis zum offiziellen Rentenalter hatten, sorgten für eine Bombenstimmung im Saal.

Die Zacherin ließ kaum einen Tanz aus und wirbelte vergnügt über die Tanzfläche.

Auch ich wurde von zahlreichen Männern aufgefordert.

»Du bist doch die Blondine, die einen Mann zum Heiraten sucht? Vom Gruber-Hof oder?«, fragte der ein oder andere Tänzer neugierig.

»Ja. Die bin ich.« Was sollte ich auch sonst sagen?

»Schade, dass ich kein Bauer bin«, hörte ich an diesem Tag mehr als einmal.

Stefan, der Wirt, suchte immer wieder meinen Blick. Ich hatte ein schlechtes Gewissen, weil ich mich noch nicht auf sein Schreiben gemeldet hatte. Gut, dass er heute so viel zu tun hatte. Trotzdem musste ich wohl bald mit ihm reden.

»Wie wär's mit uns beiden?«, fragte Max plötzlich hinter mir. Seitdem die Musik spielte, hatte ich ihn nicht mehr gesehen.

Ich stand auf. »Wenn du mir nicht auf die Zehen trittst!« Inzwischen schmerzten meine Füße in den ungewohnt hohen Schuhen schon etwas.

»Ich werde mir Mühe geben.«

Wir gingen auf die Tanzfläche, und er legte seinen Arm um meine Hüfte. Just in diesem Moment entschloss sich die Band, mit *Imagine* von John Lennon in eine langsame, gefühlvolle Runde einzusteigen.

»Das war vorhin als Kompliment gemeint«, sagte er, während wir uns im Zeitlupentempo bewegten.

»So, so.«

»Ja, ja… Hey, du hast echt schöne Beine.«

Ich freute mich. Da musste ich so alt werden, um diesen Satz an einem Tag gleich zweimal zu hören.

»Ja, die Zeiten der greislichen Plunzn sind vorbei«, sagte ich und grinste.

»Du warst noch nie eine greisliche Plunzn.«

»So hast du mich aber genannt.« So, jetzt war es raus. Nach all den Jahren.

»Das habe ich nie gesagt!«

»Hast du schon!«

»Geh, Schmarrn!«

»Doch!«

»Wirklich?« Jetzt schien er sich langsam zu erinnern.

»Ja!«

Er grinste plötzlich. »Naja. Damals warst du vielleicht tatsächlich ein bisserl pumme…«, begann er.

Ich zwickte ihn in die Hüfte.

»Hörst du auf!«, sagte er lachend, als er zusammenzuckte. Fast stießen wir mit einem anderen Paar zusammen. Verena und Onkel Alois.

»Dann pass zukünftig auf, was du redest«, warnte ich ihn, jedoch nicht ernsthaft böse.

Daraufhin sagte er erst einmal eine Weile nichts mehr.

Die Band spielte den nächsten Song, nur wenig schwungvoller als das vorherige Lied. *November Rain* von Guns N' Roses.

Ich warf einen Blick in Richtung Zenta. Verzückt bewegte sie sich mit geschlossenen Augen alleine auf der Tanzfläche. Die

Hochzeit machte ihr mindestens genauso viel Spaß wie ihrer Tochter. Die tanzte jetzt mit einem jungen Mann, der wohl gerade mal die Hälfte des Gewichtes seiner Tanzpartnerin auf die Waage brachte und den Kopf weit nach hinten legen musste, um ihr beim Reden in die Augen schauen zu können.

»Warum hast du eigentlich keine Freundin?«, wollte ich plötzlich wissen.

»Wie kommst du darauf, dass ich keine habe?«, fragte Max zurück.

Ich war für einen Moment irritiert. Das hätte ich doch mitbekommen, oder?

»Äh... ich meinte nur...«, begann ich.

»Also gut. Momentan habe ich keine Freundin. Maria und ich haben uns vor ein paar Monaten getrennt.«

»Maria?«

»Ja. Maria Herbach. Ihr wart zusammen auf dem Gymnasium.«

»Ach, Maria!« Ich erinnerte mich. Wenn auch nicht so gerne. Wir waren in der Schule oft verwechselt worden. Und wer wollte schon so aussehen wie jemand anderes? Ich jedenfalls nicht.

»Wir waren drei Jahre lang zusammen. Aber das hat dich in München ja nicht interessiert.«

»Das stimmt nicht!«, protestierte ich halbherzig.

Aber ich war die letzten Jahre tatsächlich so damit beschäftigt gewesen, mein Geschäft aufzubauen, dass mich die Angelegenheiten meiner niederbayerischen Verwandtschaft kaum beschäftigt hatten.

Vielleicht wäre ein Hinweis in den Postkarten und Weihnachtsgrüßen zu finden gewesen, die Max mir trotz unserer Streitereien pflichtbewusst regelmäßig schickte. Leider hatte ich sie immer nur überflogen, wie man eben Ansichtskarten der Verwandtschaft überfliegt. Außerdem hatte er eine solche Sauklaue, dass ich seine Schrift nur schwer entziffern konnte. Vielleicht hatte Maria auf einigen der Karten sogar mit unterschrieben, und ich hatte es gar nicht bemerkt?

Bei meinen wenigen Besuchen in Halling war mir Maria nie über den Weg gelaufen.

»Warum habt ihr euch getrennt?«

»Maria wollte ihr Leben nicht auf dem Hof verbringen. Sie hatte andere Pläne.« Er sagte es in einem so unbeteiligten Ton, als ob er mir von seinem Frühstück heute Morgen erzählen würde.

Hmm. Maria. Sie war eine sehr gute und ehrgeizige Schülerin gewesen. In diesem Punkt hatten wir uns deutlich voneinander unterschieden. Rückblickend hätte ich nichts dagegen gehabt, ihr in Sachen Ehrgeiz ähnlicher zu sein.

»Das tut mir leid.«

»Braucht es nicht.«

»Na gut. Dann tut es mir nicht leid.« Was der Wahrheit entsprach. Max verdiente eine andere Frau als diese eingebildete Maria.

Er lachte.

»Und was tut sich bei dir?«, fragte er.

»Ach, mal sehen«, ich zuckte unverbindlich mit den Schultern.

»Warum gibst du nicht auf, Hanna?«

Er schaute mir tief in die Augen.

»Vielleicht tu ich das sogar«, rutschte es mir heraus.

Das brachte ihn so aus dem Konzept, dass er stehenblieb.

»Du gibst auf?«

»Ich habe gesagt, vielleicht. Vielleicht aber auch nicht. Und jetzt tanz gefälligst weiter, oder wir gehen zurück zum Tisch.«

Irritiert setzte er sich wieder in Bewegung.

»Und warum bist du jetzt nicht mehr sicher?«

Ich zögerte. Sollte ich ihm sagen, was mich bewegte? Schließlich war er ja eigentlich mein Gegner in dieser ganzen Erbschaftsangelegenheit. Aber die romantische Hochzeit heute, die Musik und auch der Sekt machten mich rührselig und lösten meine Zunge.

»Vielleicht möchte ich doch aus Liebe einen Mann heiraten und nicht wegen des Geldes... Auch wenn es sich schon um eine stattliche Summe handelt«, setzte ich noch hinzu.

Bevor er darauf antworten konnte, beschloss die Band, endlich einen musikalischen Abstecher in die Gegenwart zu machen. Hubert von Goiserns *Brenna tuats guat* erklang, und dank der etwas deutlicheren Aussprache des Sängers konnte ich endlich auch mal den ganzen Text des Liedes verstehen. Max und ich hatten Mühe, in den schnellen Rhythmus zu finden. Genauso wie einige andere Tanzpaare. Aber es machte jede Menge Spaß, und bald wirbelten wir lachend über das Parkett, auch wenn die Schritte nicht immer so ganz zusammenpassten.

Als das Lied endete, waren wir beide atemlos. Wir grinsten uns an, und ich fiel ihm in einem plötzlichen Impuls um den Hals. Schon lange hatte ich nicht mehr so viel Spaß mit Max gehabt wie heute. Nach einem kurzen Zögern schlang er seine Arme um mich und drückte mich fest an seinen starken, vom Tanzen erhitzten Körper. Erstaunt stellte ich fest, dass ich mich geborgen fühlte wie schon lange nicht mehr. Doch der Augenblick war schnell vorüber, als plötzlich einige Leute aufgeregt riefen: »Die Braut wurde gestohlen!«

»Ich muss mal kurz raus«, sagte Max und vermied es, mich anzusehen. Er löste sich von mir und ließ mich auf der Tanzfläche stehen.

Innerhalb weniger Minuten waren vor allem die jüngeren Hochzeitsgäste verschwunden. Während der Bräutigam mit einigen seiner Kumpels an einem Tisch saß und sehnsuchtsvoll in Richtung Nebenraum schaute, in den seine Frau verschwunden war.

Dorthin wollte ich auch gerade gehen, als mich plötzlich jemand am Arm festhielt. Ich drehte mich um.

»Hanna, hast du meinen Brief bekommen?«, fragte Stefan. Er hatte ein rotes Gesicht und schwitzte heftig. Allerdings nicht vom Herumhopsen, sondern von der Arbeit.

Mist. Dabei hatte ich gedacht, ich könnte ihm heute aus dem Weg gehen.

»Ja. Hab ich.« Ich lächelte bemüht. »Bin leider noch nicht dazu gekommen, dir zu antworten«, sagte ich überflüssigerweise.

»Das habe ich schon gemerkt. Deswegen frage ich ja.«

Eigentlich müsste ich ihm jetzt sagen, dass er nicht in Frage kam. Aber irgendwie brachte ich es nicht übers Herz.

»Du Stefan, ich muss mir das alles erst durch den Kopf gehen lassen. So eine Heirat ist ja kein Pappenstiel.«

Er nickte.

»Natürlich. Das versteh ich schon. Aber ich dachte, das wäre doch was. Du und ich …« Als er plötzlich schüchtern lächelte, bemerkte ich sein Grübchen in der linken Wange. Dieses Grübchen hatte mir schon damals gefallen. Und jetzt wusste ich auch wieder, warum er der erste Junge war, der mich geküsst hatte. Er war damals richtig süß gewesen.

»Wir reden mal in den nächsten Tagen, okay?«

»Gut. Ich muss jetzt auch wieder weiterarbeiten.« Damit drehte er sich um und ging. Erleichtert schloss ich kurz die Augen und atmete tief ein. Jemand tippte mir auf die Schulter. Was wollte er denn noch?

»Ich freue mich sehr, dass du zur Hochzeit gekommen bist.« Die Stimme war rauchig und tief und gehörte eindeutig nicht Stefan, sondern der Zacherin.

»Danke für die Einladung!«, sagte ich höflich.

»Komm doch bitte mal mit, Hanna, ich möchte gerne mit dir sprechen!«

Ich folgte ihr in den Gastraum, der momentan so gut wie leer war. Wir setzten uns an einen Tisch am Fenster.

»Wie geht es deiner Mutter?«, fragte Zenta mich und schaute mir dabei tief in die Augen. Ihre Augen hatten mich schon als Kind fasziniert. Sie hatten unterschiedliche Farben. Das linke Auge war grün mit kleinen grauen Flecken, das andere hellgrau.

»Der geht es gut.«

»Sie war früher oft bei mir. Zusammen mit dir. Erinnerst du dich?«

Ich nickte. »Sie hat nochmal geheiratet und ein Mädchen bekommen.«

»Das weiß ich alles, Hanna. Ich wusste es schon vorher.«

»Vorher?«, fragte ich und ahnte, dass sie mit »vorher« vor dem Tod meines Vaters meinte.

»Hast du in den Karten gesehen, dass mein Vater so früh sterben wird?«, fragte ich atemlos.

»Über den Tod darf ich nicht sprechen. Aber über die Liebe. Ich habe ihr gesagt, dass sie noch einmal eine große Liebe finden wird.«

Und das war so. Dieter und Mama waren ein wundervolles Paar.

Plötzlich schoss mir ein Gedanke durch den Kopf.

»Kannst du mir auch die Karten legen?«

Sie lächelte.

»Auf diese Frage habe ich gewartet. Du willst wissen, ob du deinen Traummann heiraten wirst.«

»Ja, und ob...«, ich traute mich nicht weiterzusprechen.

»Und ob es einer der Männer ist, die sich auf dein Inserat gemeldet haben?«

Ich war baff. Woher wusste sie, dass ich das wissen wollte? Obwohl... wenn sie das mit dem Inserat und meinen Heiratsplänen wusste, wie so ziemlich jeder im Ort, konnte sie ja eins und eins zusammenzählen. Das war keine Hexerei.

Die Zacherin griff in ihre kleine Handtasche und holte einen Satz Tarotkarten heraus.

»Wir werden sehen...«, sagte sie, während sie das abgegriffene Blatt sorgfältig mischte.

Sie ließ mich abheben und legte dann die Karten nacheinander in einem großen Rechteck aus. Eine Weile lang schaute sie auf das Blatt und sagte nichts. Ich wurde unruhig. Was las sie denn nur?

Plötzlich hob sie den Kopf und schaute mich seltsam an.

»Du wirst einen Mann heiraten, der sich nicht auf dein Inserat gemeldet hat.«

»Nicht auf das Inserat...?«, fragte ich und spürte, wie mich schlagartig eine große Enttäuschung überkam. Alex würde damit wegfallen.

»Die Entscheidung für den richtigen Mann wird dir sehr schwer fallen. Und du kannst sie auch erst dann treffen, wenn...«, sie verstummte.

»Wenn was?«, drängte ich sie, mir mehr zu erzählen.

Doch sie schüttelte den Kopf.

»Das darf ich dir nicht sagen, Hanna«, meinte sie bedauernd.

Wie? Und das war es dann jetzt mit ihrer Wahrsagerei? Sie

konnte mir doch nicht einfach so vor den Latz knallen, dass der einzige Mann, der mich interessierte und in den ich verliebt war, nicht in Frage kam?! Und wo bitteschön sollte ich jetzt innerhalb dieser kurzen Zeit einen Mann finden, der sich nicht auf mein Inserat gemeldet hatte? Und der mich trotzdem heiraten wollte? Oder würde ich ohnehin gar nicht so schnell heiraten und mein Erbe verlieren?

»Du wirst dein Erbe bekommen, Hanna«, sagte sie mit einem Blick, den ich nicht deuten konnte, und schob ihre Karten zusammen.

In dem kleineren Saal, in den die Braut »verschleppt« worden war, ging es hoch her. Als ich den Raum betrat, kniete der Bräutigam in Schürze und Kopftuch mit einem Besen in der Hand auf einem Holzscheit vor seiner Natascha.

»... und ich verspreche dir auch, dass ich niemals meine Socken im Bett anlassen werde!«, schwor der frisch gebackene Bräutigam unter dem Gelächter der Hochzeitsgäste. »Niemals!«

»Aber ich darf meine Strümpfe anlassen?«, fragte Natascha mit schelmischem Blick.

»Ja. Aber nur die, an die ich jetzt denke. Du weißt schon...« Seine Wangen wurden rot.

Obwohl mir der rätselhafte Blick in meine Zukunft die Stimmung verdorben hatte, musste ich beim Anblick des knienden Benjamin und seiner grinsenden Frau wieder lachen. Und schon bald saß ich neben meinem Cousin am Tisch und stieß mit Wein auf das Brautpaar an.

Uff, war mir heiß. Und auch etwas schwindelig vom Wein. Nach dem Brautstehlen musste ich unbedingt frische Luft schnappen. Ein kleiner Spaziergang um das Wirtshaus herum würde mir gut tun. Da mich die Schuhe inzwischen schon mächtig marterten, zog ich sie aus. Die teuren Strümpfe würde ich danach wegwerfen müssen, aber das war mir gerade egal. Es tat einfach zu gut, dem engen Fußgefängnis für eine Weile entkommen zu sein.

»Hanna!«

Ich drehte mich verdutzt um. »Alex?«

Er war es tatsächlich! Mit einer kleinen Reisetasche kam er mir vom Parkplatz hinter dem Haus entgegen. Anscheinend war er heute mit dem Auto unterwegs, denn er hatte weder Helm noch Lederjacke dabei. Rasch versuchte ich, wieder in die Schuhe zu schlüpfen, was in dem eng geschnittenen Kleid gar nicht so einfach war.

»Was machst du denn hier?« Er schaute mich von oben bis unten neugierig an.

Mein Herz pochte plötzlich wild, und ich wäre ihm vor Freude am liebsten um den Hals gefallen. Und das tat ich dann auch. Weil ich das Gleichgewicht verlor.

»Hoppalla!«, rief ich und genoss es, ihm für einen Augenblick so nah zu sein.

»Warte...« Er hielt mich am Arm fest, während ich einen neuen Versuch startete, in den Schuh zu schlüpfen.

Alex war gekommen! Dass die Zacherin mir prophezeit hatte, er würde nicht mein zukünftiger Bräutigam sein, wollte ich nicht hinnehmen. Wer glaubte denn auch schon an diese Kartenlegerei? Ich jedenfalls nicht!

»Hast du eine Verabredung?«, fragte er betont lässig.

»Ich feiere eine Hochzeit.«

»Deine?«

»Natürlich nicht! Eine Verwandte heiratet heute. Ganz entfernt. Natascha und Benjamin.« Ich kicherte.

Meine Güte, dass mich der Alkohol auch immer so albern machen musste!

»Schade. Dann kann ich dich ja heute Abend nicht zum Essen einladen«, stellte er mit Bedauern fest.

»Sehr schade.«

»Nichts soll heute schade sein! Ist das ein Freund von dir, Hanna?«, fragte plötzlich die Zacherin neben uns und steckte sich eine Zigarette an. Wo war die denn so plötzlich hergekommen? »Dann ist er natürlich auch bei uns als Gast herzlich willkommen.«

»Aber das kann ich doch nicht annehmen. Ich…«, sagte Alex höflich.

»Warum nicht?«, unterbrach ich ihn. »Ich finde, das ist eine gute Idee!«, rief ich und warf der frisch gebackenen Schwiegermutter einen grinsenden Blick zu. Sie konnte ja nicht wissen, dass Alex der Mann war, in den ich verliebt war. Und den ich – ja, ich gebe es zu – gerne heiraten wollte.

»Ich habe doch gar kein Geschenk«, warf Alex noch ein. Doch ich nahm ihn am Arm und zog ihn in Richtung Gasthaus. Irgendwie wollte ich ihn von der Zacherin weghaben. Sie beäugte ihn schon so neugierig. Womöglich käme sie noch auf den Gedanken, ihm auch die Karten zu legen, und dann hätten wir den Salat.

»Die beiden freuen sich über ein bisserl Bargeld für ihre Hochzeitsreise. Und das wirst du sicher dabei haben.«

»Na gut. Dann bringe ich nur noch das Gepäck auf mein Zimmer.«

Schon ein paar Minuten später war er wieder zurück. Und hatte sich sogar umgezogen. Statt seines T-Shirts trug er zur dunklen

Jeans jetzt ein hellgraues Hemd. Da auch die meisten anderen Männer inzwischen ihre Anzugjacken ausgezogen hatten, würde er damit nicht weiter auffallen.

Während sich die Gäste im Nebenraum beim Brautstehlen aufgehalten hatten, war im Saal ein großes kaltes Buffet aufgebaut worden. Viele schauten uns neugierig an, als wir gemeinsam den Saal betraten.

Alex gratulierte dem Brautpaar und drückte Benjamin einen Schein in die Hand.

Dann setzten wir uns an den Tisch. Einige der Gäste waren schon gegangen. So auch meine Tischnachbarin, die nach dem Brautstehlen so einen sitzen gehabt hatte, dass sie nach Hause gebracht werden musste.

»Darf ich vorstellen: Das ist Alexander!«

»Freut mich sehr«, begrüßte Tante Luise ihn und reichte ihm die Hand.

»Gleichfalls.«

»Wir kennen uns schon«, sagte Max und schien nicht sonderlich begeistert über den Neuzugang am Tisch zu sein.

»Allerdings.«

Jetzt bekam ich Zweifel. Ob es wirklich so eine gute Idee gewesen war, Alex mit hierher zu nehmen?

»Das Buffet ist eröffnet!«, rief der Bräutigamvater laut. »Leute, greift nach Herzenslust zu!«

Die Stimmung beim Essen war nicht gerade euphorisch, aber Tante Luise schien Gefallen an Alex zu finden.

»Haben Sie sich auf das Heiratsinserat gemeldet?«, fragte sie neugierig.

Alex nickte höflich.

»Ach. Ich finde, ihr beide wärt ein schönes Paar.«

Das fand ich auch.

»Luise!«, mahnte ihr Mann. »Misch dich da nicht ein!«

»Aber es stimmt doch, oder?«, wandte sich Tante Luise an mich.

»Entschuldigt. Mir ist der Appetit vergangen.« Max stand auf und ging mit wütendem Blick hinaus.

»Sie müssen es meinem Sohn nachsehen, Alexander. Er hofft darauf, dass Hanna nicht heiraten wird. Eine ziemlich dumme Sache ist das alles, die mir gar nicht gefällt.« Sie seufzte. An ihren roten Bäckchen konnte ich erkennen, dass sie wohl auch schon ein Gläschen mehr als üblich intus hatte.

Die Unterhaltung verlief danach sehr stockend, und ich bereute inzwischen, dass ich Alex mitgenommen hatte. Viel schöner wäre es gewesen, wenn wir den Abend in einem netten kleinen Lokal alleine verbracht hätten. Gott sei Dank begann nach dem Essen die Band wieder zu spielen.

Seitdem Alex neben mir am Tisch saß, hatte mich kein anderer Mann mehr zum Tanz aufgefordert.

Während die meisten Leute jetzt auf der Tanzfläche waren oder an der Bar schnapselten, saßen Alex und ich alleine am Tisch.

»Ich freue mich sehr, dass du gekommen bist«, rutschte es mir plötzlich heraus.

Er schaute mich an. »Ja? Wirklich?«

Ich nickte. »Wirklich.«

»Ich bin nicht gerade in Übung, aber wenn du Lust hast...?«, fragte er plötzlich.

»Oh ja!«

Wir gingen auf die Tanzfläche.

Die Musiker spielten gerade *Unchained Melody*. Sofort musste ich an den Film *Ghost – Nachricht von Sam* denken. Das war einer meiner Lieblingsfilme, den ich bestimmt schon zwanzig Mal gesehen hatte. Und jedes Mal heulte ich, wenn Sam sich endgültig von seiner Molly verabschiedete.

Als Alex seine Hand an meine Hüften legte, war es, als ob ein leichter Stromstoß durch meinen Körper rauschen würde. Ich hob den Kopf und schaute ihn an. Er erwiderte meinen Blick.

»Du siehst phantastisch aus.«

Ich konnte nicht antworten, sondern lächelte nur. Und freute mich. Während des Liedes schwiegen wir beide. Doch in meinem Kopf ging es alles andere als ruhig zu. Ich hatte mich in diesen Mann verliebt. Und ich wollte ihn heiraten. Am besten natürlich noch innerhalb der Frist.

Da ich nicht mehr alle Zeit der Welt hatte, und Alex sehr zurückhaltend war, musste ich die Sache jetzt wohl selbst in die Hand nehmen. Inzwischen wunderte es mich nicht mehr, dass er noch keine Frau hatte, obwohl er wirklich ein außergewöhnliches Exemplar von einem Mann war. Womöglich kam er aus einem sehr kleinen Dorf und hatte auf seinem Bauernhof nicht gelernt, wie man mit einer Frau flirtete. Dem musste ich jetzt dringend irgendwie nachhelfen! Die erste Maßnahme, die mir in den Sinn kam, war einfach. Ich drückte mich näher an ihn. Und seufzte innerlich. Es fühlte sich so gut an. Ach, am liebsten hätte ich die ganze Nacht hindurch so getanzt. Wenn nur ... Ja, wenn nur die Schuhe nicht so mörderisch gedrückt hätten. Jetzt bekam ich zu spüren, dass meine Füße, was richtige High Heels anging, vor diesem Tag noch jungfräulich gewesen waren. Ich biss die Zähne zusammen. Diese roten Folterwerkzeuge würden mir diesen Augenblick nicht kaputtmachen!

Ich spürte, dass Alex mir ganz sanft über den Rücken streichelte, und schloss die Augen.

Langsam klang das Lied aus, und ich hoffte auf einen weiteren kuscheligen Song.

Doch die Musiker wollten wieder etwas Stimmung in die Bude bringen und rissen die überwiegend engumschlungenen Pärchen mit dem Rhythmus von Bruno Mars' *Marry You* gnadenlos auseinander.

Dabei stellte sich heraus, was ich ohnehin schon wusste: Ich war keine begnadete Tänzerin vor dem Herrn. Ganz im Gegensatz zu Alex. Gleich würde ich mich sauber blamieren. Na toll!

»Hey, ganz locker bleiben, Hanna!«, ermahnte er mich plötzlich.

Ich hörte auf, krampfhaft zu versuchen, in den Rhythmus zu finden, und überließ mich ganz seiner Führung. Und oh Wunder! Es klappte tatsächlich. Er wirbelte völlig im Einklang mit mir über die Tanzfläche, als ob wir beide nie etwas anderes gemacht hätten. Und was für ein passendes Lied. »I think I wanna marry you.« Genau das wollte ich auch! Immer wieder lächelte er mir zu, und ich schmolz mehr und mehr dahin. Meine Füße würde ich morgen allerdings nicht mehr gebrauchen können.

»Wo hast du nur so gut Tanzen gelernt?«, fragte ich bewundernd.

»Beim Jungbauernverein«, antwortete er und grinste schelmisch.

Plötzlich stand jemand direkt neben mir auf der Tanzfläche. Bevor wir ausweichen konnten, rumpelte ich auch schon mit Schwung dagegen.

»Huch!«, rief ich erschrocken aus, als es plötzlich eiskalt wurde in meinem Dekolleté.

»Oh entschuldige, Hanna!« Es war Verena, die mit einem jetzt fast leeren Cocktailglas neben uns stand und mich zerknirscht anschaute.

»Was machst du denn mitten auf der Tanzfläche?«, rief ich

laut, um die Musik zu übertönen. Am liebsten hätte ich noch »du blöde Kuh« an meine Frage gehängt.

Ärgerlich besah ich die Bescherung auf meinem Kleid. Milchig weißes, klebriges Zeug machte sich langsam auf den Weg nach unten – und leider nicht nur auf dem Kleid, sondern auch darunter. Ein widerliches Gefühl!

Dass es sich um Piña Colada handelte, brauchte Verena nicht zu sagen. Der Duft nach Ananas und Kokosnuss war unverkennbar.

Alex zog uns von der Tanzfläche weg, bevor wir mit weiteren Leuten zusammenstießen.

»Es tut mir leid«, entschuldigte Verena sich nochmal zerknirscht, »ich wollte eine Abkürzung zu meinem Tisch nehmen.«

Eine Abkürzung durch eine wild tanzende Menschenmenge? Ich sparte mir eine Antwort. Wie blöd bitteschön konnte man sein? Naja, von jemandem, der mit einem Mann wie Pit zusammen gewesen war, durfte man vielleicht nicht zu viel erwarten.

Mein Kleid war ruiniert und der Abend für mich gelaufen. Das würde sich auch nicht ändern, wenn ich meinem Wunsch nachgab und ihr den Hals umdrehte.

»Komm mit«, sagte Alex und schob mich hinaus.

kapitel 24

Prustend stellte ich das Wasser ab und trocknete mich mit einem großen weißen Handtuch ab. Ich stieg vorsichtig aus der Dusche und schaute zu meinen schmerzenden Füßen hinunter. Sie waren rot und geschwollen. An den Fußballen und an den Fersen hatte ich böse Blasen. Die Bestrafung für allzu eitle Frauen? Oder die schlechte Qualität der billigen Schuhe?

Sollte ich je wieder in einen Schuh mit mehr als fünf Zentimeter Absatz steigen, dann nur in wirklich guter Qualität!

Vorsichtig drückte ich das klebrige Piña-Colada-Kleid im Waschbecken aus und hängte es auf einen Kleiderbügel. Auch meinen schönen Body hatte es natürlich erwischt. Vorsichtig wusch ich das zarte Gewebe im Waschbecken und trocknete es mit dem Föhn auf leichtester Stufe.

»Ich hatte gar nicht damit gerechnet, dass du heute Nacht nur in ein Badetuch gehüllt auf meinem Bett sitzen würdest«, sagte Alex wenig später.

Er grinste und schenkte aus einer angebrochenen Flasche Wein, den ich auf dem Weg nach oben von einem Tisch im Saal gemopst hatte, in zwei Wassergläser ein.

»Und ich dachte, bei dir würde so was jeden Tag vorkommen.«

Er reichte mir das Glas und setzte sich neben mich.

»Klar. Auf meinem Bauernhof wimmelt es nur so von Frauen in Badetüchern.«

»Schwerenöter!«

Ich nahm einen großen Schluck Wein. Sollte ich jetzt nervös sein oder mich freuen, dass mein Plan, die Sache zwischen uns beiden deutlich zu beschleunigen, dank Verena so unerwartet schnell aufgegangen war? Besser hätte ich es ja gar nicht inszenieren können.

Und jetzt? Sollte ich ihn küssen?

»Du bist eine ungewöhnliche Frau, Hanna«, sagte er leise knöpfte langsam sein Hemd auf. Ich schluckte.

»Ungewöhnlich?« Meine Stimme krächzte, und ich räusperte mich.

»Eigentlich bin ich gar nicht ungewöhnlich. Wirklich nicht. Ich bin eher ... un-ungewöhnlich.«

Er lächelte. »Ich weiß gar nicht so recht, was ich mit dir anfangen soll.«

Er schlüpfte aus dem Hemd. Alex hatte einen schönen gebräunten Oberkörper. Er war zwar nicht ganz so muskulös wie Max, aber man erkannte, dass Alex körperlich aktiv war auf seinem Hof. Geld für ein Fitness-Studio gab er sicher keines aus. Im Gegensatz zu den ganzen Bürohengsten bekam er seine Muskeln quasi als Nebenprodukt zur Arbeit gratis dazu.

Die wenigen dunklen Brusthaare machten ihn ziemlich attraktiv – für meinen Geschmack.

»Och, ich hätte da schon ein paar gute Ideen«, rutschte es mir heraus.

»Ja? Welche denn?«

Er rückte näher an mich heran. Sollte ich es wagen? Ich zögerte. Nicht nur, weil ich von Haus aus keine Draufgängerin war. Eigentlich wollte ich, dass er den ersten Schritt machte. Dass er mich begehrte. Und dass er mir zeigte, wie sehr er mich begehrte.

Du wirst einen Mann heiraten, der sich nicht auf dein Inserat gemeldet hat, hörte ich plötzlich die Zacherin sagen. *Du kannst mich mal!,* antwortete ich ihr in Gedanken und gleich darauf lagen meine Lippen entschlossen auf seinen.

Es schien Alex nichts auszumachen, dass ich meine Ideen nicht zuerst verbal vorstellte, sondern direkt in die Tat umsetzte. Mit meinem ersten Vorschlag schien er einverstanden, wenn ich den heiß erwiderten Kuss richtig deutete. Nach einem ersten gegenseitigen Erkunden, küssten wir uns bald wild und hemmungslos.

Es gab ja Küsse, die waren angenehm und schön. So wie ein warmes Schaumbad mit einem guten Buch. Oder wie eine Schüssel Vanilleeis mit heißen Himbeeren, während man sich eine neue Folge von Grey's Anatomy anschaute.

Und dann gab es Küsse, die waren wie eine Fußmassage in einer Achterbahn mit einem Glas prickelndem Champagner. Genau so fühlte sich der Kuss mit Alex an. Absolutes Wohlgefühl traf auf Adrenalinexplosion. Ich hätte am liebsten nie wieder aufgehört.

Alex zog ungeduldig an meinem Handtuch, aber es war so eng um meinen Körper gewickelt, dass er es nicht losbekam.

»Heb mal deinen Po hoch«, bat er, und ich tat ihm den Gefallen allzu gerne.

Nachdem ich endlich nackt vor ihm lag, setzte er seine Küsse an anderen Stellen fort. Ich verging schier vor Lust. Wenn er jetzt aufgestanden und gegangen wäre, hätte ich mir wahrscheinlich die Kugel gegeben. Alex löste sich von mir und stand auf. Nein!

»Wage es nicht zu gehen!« Ich war bereit, aus dem Bett zu springen und ihn zurückzuzerren.

Er schaute mich kurz irritiert an. Dann lächelte er und öffnete seine Reisetasche.

»Wenn wir weitermachen wollen, brauchen wir das hier.« Er streckte mir ein kleines Päckchen entgegen.

Kondome! Natürlich!

Einen kleinen Augenblick lang hatte ich ein schlechtes Gewissen wegen meiner Gedankenlosigkeit. Es war doch Gedankenlosigkeit und nicht etwa – ähm – so ein klitzekleines bisschen Berechnung? Da ich schon lange Single und damit fremdsexlos war, nahm ich weder die Pille noch ein anderes Verhütungsmittel. Wozu auch?

So ein Baby mit Alex wäre… Stopp! Das ist absolut nicht die richtige Reihenfolge, Frau Gruber!, schalt ich mich selbst. Oh nein!

Heute ging es nur um Genuss. Dann erst war die Heirat an der Reihe, und über Kinder konnten wir uns später immer noch Gedanken machen.

Alex kam ins Bett zurück, und wir streichelten und küssten uns wieder, nicht mehr ganz so wild wie zuvor, dafür noch leidenschaftlicher und intensiver.

Plötzlich hielt er still. Er lag über mir und sah mich mit seinen dunklen Augen eindringlich an.

»Willst du mich?«, fragte er heiser. Was für eine dumme Frage! Mein Körper war mehr als bereit!

»Jaaa!«

Ein leises Brummen weckte mich auf. Für einen kurzen Moment musste ich mich orientieren, wo ich war. Doch der eng an meinen Rücken geschmiegte warme Körper brachte es mir sehr schnell in Erinnerung.

Ich lächelte glückselig. Alex und ich hatten miteinander geschlafen, und es war unglaublich schön gewesen. Und das lag sicher nicht nur daran, dass ich so lange enthaltsam gelebt hatte. Das Brummen hörte auf. Und jetzt erst realisierte ich, was es war. Mein Handy, das ich in der Kirche auf Vibrationsalarm gestellt hatte.

Vorsichtig, um ihn nicht zu wecken, löste ich mich von Alex und stand auf. Aua! Meine Füße! Ich unterdrückte ein Jammern, nahm meine Handtasche und humpelte leise ins Badezimmer.

Natürlich war der Anruf von Frank Cornelius gewesen. Ich wählte seine Nummer.

»Hallo, Bea?«, rief er laut ins Handy.

»Ja«, flüsterte ich.

»Ich versteh Sie nicht. Bea können Sie mich hören?«

»Ja«, kam es nur wenig lauter von mir. Doch es reichte wohl aus, dass er mich verstand.

»Die Fotos sind toll! Ich glaube, das Segelboot könnte ihr gefallen. Mich hat es auf jeden Fall schon überzeugt.«

»Das freut mich.« Und ich war tatsächlich sehr, sehr froh darüber.

»Sie hören sich so heiser an. Sind Sie krank?«

»Nein, ich ähm, bin nur…«

»Ach du meine Güte!«, unterbrach er mich. »Ich habe völlig vergessen, dass es in Deutschland mitten in der Nacht ist. Das tut mir leid, Bea! Wirklich!«

»Ach. Kein Problem!«, beruhigte ich sein schlechtes Gewissen. Ich war ja froh über die gute Nachricht.

»Hören Sie, Bettina und ich werden für eine Woche nicht erreichbar sein. Wir machen eine Flussfahrt auf dem Rio Negro.«

»Gut. Aber nicht verplappern. Nicht dass es Bettina am Ende doch noch rausfindet.«

»Ich bitte Sie! Natürlich nicht... Aber das Handy wird dort keinen Empfang haben.«

»Ich verstehe...«

»Warten Sie. Ich gebe Ihnen eine andere Nummer. Haben Sie etwas zum schreiben?«

»Äh ja...« Ich kramte rasch in meiner Tasche nach einem Stift. Da ich keinen Zettel dabei hatte, schrieb ich seinen Namen auf ein Papiertaschentuch und begann, die Nummer zu notieren. Bevor ich fertig war, brach die Verbindung jedoch plötzlich ab. Dabei wollte ich ihn ja noch fragen, ob der Auftrag jetzt definitiv fix war.

Ich versuchte noch ein paarmal, ihn zu erreichen, aber vergeblich. Ich warf das Taschentuch in den kleinen Abfalleimer. Eine unvollständige Telefonnummer war schließlich nutzlos.

Ein leises Geräusch erschreckte mich kurz. Doch gleich darauf wurde es wieder ruhig. Ich warf einen Blick in den Spiegel. Die zerzauste blonde Mähne, meine geschwollenen Lippen und ein Funkeln in den Augen, das es bei mir schon lange nicht mehr gegeben hatte, sagten deutlich, was ich in den letzten Stunden gemacht hatte. Ich schaute auf die Uhr auf meinem Handy. Es war kurz nach zwei. Ich sollte mich rasch wieder zu Alex legen und schlafen. Oder ihn vielleicht auf besondere Weise wecken und nicht schlafen? Ich lächelte beim Gedanken daran, wie ich ihn ganz schnell wach bekommen könnte.

Plötzlich wurde mir heiß. Allerdings nicht vor Erregung. Ich hatte vor lauter Alex völlig vergessen, dass ich bis zum Ablauf der Frist jeden Tag auf dem Hof übernachten musste! Ich hoffte nur, dass das nicht so streng ausgelegt werden würde wie bei Aschenputtel, die um Mitternacht daheim sein musste. Dabei wusste ich immer noch nicht, ob und wenn ja durch wen das eigentlich kontrolliert wurde. Trotzdem. Sicher war sicher. Ich musste mich sputen und sofort nach Hause.

Rasch schlüpfte ich in meinen Body. Das Kleid war klamm und kalt und fühlte sich am Körper schauderhaft an, aber es war mir trotzdem lieber, als mitten in der Nacht im weißen Hotel-Bademantel unterwegs zu sein.

Ich nahm meine Handtasche und die Schuhe und schlich mich zurück ins Schlafzimmer. Beim Anblick des tief schlafenden Alex lächelte ich zärtlich. Ich widerstand nur schweren Herzens der Versuchung, ihn sanft auf die Stirn zu küssen.

Vorsichtig öffnete ich die Zimmertür und wollte sie eben hinter mir schließen und zur Treppe gehen, da hörte ich von unten lautes Poltern und Gelächter. Ich schaute um die Ecke und warf einen vorsichtigen Blick nach unten. Das Brautpaar, das seine Hochzeitsnacht ebenfalls hier verbrachte, war lachend und singend auf dem Weg nach oben. Allerdings konnte der Bräutigam das nicht mehr ohne Hilfe.

Links und rechts stützten ihn zwei Männer, die ihn nun die Treppe hochzogen. »Ich mag nicht mehr weitergehen!«, lallte er laut, machte sich los und setzte sich auf die Treppe. »Ich bleib jetzt hier sitzen!«, sagte er trotzig und rülpste unüberhörbar.

»Jetzt komm schon, du Held! Deine Braut will ins Bett!« Erst jetzt erkannte ich an der Stimme, dass einer der Männer Max war.

Ich zuckte zurück. Oh nein! Ausgerechnet Max! Er durfte mich hier nicht sehen! Er würde sofort wissen, wo ich gewesen war. Und dass er das wusste, wollte ich in diesem Moment ganz und gar nicht. Auch wenn ich nicht wusste, warum ich das nicht wollte.

Ich tippelte auf schmerzenden Füßen zurück in Alex' Zimmer, der Gott sei Dank den Schlaf der Gerechten schlief.

Was sollte ich denn jetzt nur tun? Abwarten, bis die Männer

das Brautpaar abgeliefert hatten? Das konnte womöglich noch länger dauern.

Inzwischen war mir in dem nassen Kleid so kalt, dass ich zu zittern begann. Ich würde mir den Tod holen, wenn ich es nicht bald auszog.

Mein Blick fiel auf die Balkontür. Ich schlich mich hinaus und zog die Tür leise hinter mir zu. Das Zimmer lag im ersten Stock. Es war zwar nicht sonderlich hoch, aber hinunterzuspringen traute ich mich trotzdem nicht. Am Ende des Balkons entdeckte ich ein hölzernes Blumengitter. Würde das funktionieren? Hoffentlich, denn eine andere Fluchtmöglichkeit gab es im Moment definitiv nicht.

Der erste Versuch, über das Balkongeländer zu steigen scheiterte an meinem engen Kleid. So ging das nicht. Entschlossen öffnete ich mit vor Kälte zitternden Fingern die Knöpfe und zog das Kleid kurzentschlossen aus. Gleich fühlte ich mich wohler. Ich ließ es nach unten fallen und stieg in meinem Body vorsichtig über das Geländer.

Leider war das Holzgerüst nicht annähernd so stabil, wie es aussah. Auf dem halben Weg gab eine der Sprossen unter meinem Gewicht nach, und ich krachte hinunter. Unsanft landete ich auf meinem Hinterteil. Überall an meinem Körper spürte ich Kratzer, und meine Füße schmerzten noch mehr als zuvor.

»Hallo? Ist da jemand?«, rief vom zweiten Stock eine weibliche Stimme aus dem Fenster. Ich hielt kurz den Atem an. Gott sei Dank war es so dunkel. Aber ich musste schleunigst hier weg. Ich rappelte mich hoch, packte das Kleid und rannte los, um nicht entdeckt zu werden. Meine Füße spürte ich in diesem Moment nicht mehr.

Mein Herz klopfte wie wild, und ich fragte mich ernsthaft, was ich hier eigentlich tat. Ich musste den Verstand verloren haben, anders konnte ich mir meine dumme Aktion kaum erklären. Dabei hätte ich doch einfach an Max vorbeimarschieren können.

Jetzt zieh dein Kleid an, und mach, dass du nach Hause kommst!, schalt ich mich selbst. Hinter einem Kastanienbaum blieb ich stehen.

»Hanna? Hanna Gruber?«

Ich erschrak fast zu Tode.

Bitte, lieber Gott, mach, dass jemand anderes hinter mir steht als ich denke. Bitte, bitte!, sandte ich ein Stoßgebet zum Himmel und hielt mir das Kleid vor meinen Körper. Doch der liebe Gott schlief wohl um diese Zeit schon. Oder war mit anderen Dingen beschäftigt. Vielleicht war er auch zu einem Späßchen aufgelegt. Auf jeden Fall erhörte er mein Gebet nicht. Ich drehte mich langsam um.

»Herr ... Herr Pfarrrrerrr ...«, stotterte ich fassungslos, teils vor Schreck, teils vor Kälte. Was um Himmels willen tat der denn um diese Uhrzeit hier?

»Geht es dir gut?«, Pfarrer Brenner sah mich besorgt, aber auch etwas neugierig an.

Was er jetzt wohl von mir dachte? Eine Frau, die mitten in der Nacht nur mit einem sexy Body bekleidet und völlig zerzaust mit Kratzern am ganzen Körper auf der Straße unterwegs war. Das sah er bestimmt nicht alle Tage.

»Ja. Doch. Schon. Wobei – gut ist vielleicht nicht ganz das richtige Wort«, gab ich zu und grinste schief. Doch plötzlich begann ich zu weinen. Vor Schmerzen, vor Scham und weil an diesem Tag sehr viel passiert war. Zugegebenermaßen auch viel Schönes.

Die Tränen liefen nur so über meine Wangen. Dabei hasste ich es zu heulen. Ich hatte schon so lange nicht mehr richtig geweint, dass ich mich gar nicht mehr daran erinnern konnte.

Hilflos stand Pfarrer Brenner vor mir.

»Ich muss nach Hause«, schniefte ich.

»Aber so kannst du doch nicht gehen.«

»Aber mein Kleid ist so nass.« Damit er mir glaubte, hielt ich es ihm entgegen. Nicht um alles in der Welt würde ich es jetzt nochmal anziehen.

Plötzlich lächelte er. Ohne einen weiteren Kommentar schlüpfte er aus seiner Jacke und half mir hinein. Die Wärme tat mir gut, doch ich bibberte noch immer.

»Ich bringe dich nach Hause«, sagte er und legte beruhigend einen Arm um mich.

»Danke.« Ich schniefte erleichtert, setzte jedoch hinzu: »Ich will Sie aber nicht aufhalten.«

»Ach weißt du, derjenige, zu dem ich gerufen wurde, kann warten. Er ist schon vor einer Stunde verstorben. Da kommt es auf ein paar Minuten mehr auch nicht an.«

Ich schluckte. Das war wohl richtig. Und ich war froh, dass sich jemand um mich kümmerte.

Langsam, wegen meiner zerschundenen Füße, die sich jetzt mit aller Deutlichkeit zurückmeldeten, machten wir uns auf den glücklicherweise kurzen Weg zum Hof.

Doch wir waren nicht die einzigen Leute, die um diese Uhrzeit noch unterwegs waren.

»Herr Pfarrer Brenner!«, rief die Altmannseder Vroni plötzlich. Ihres Zeichens die größte Ratschkattl von Halling. Mindestens genauso schlimm wie die Krösa Maja bei Michel aus Lönneberga. Sie drehte eine nächtliche Gassirunde mit ihrem Dackel. Bei unserem Anblick schnappte sie ein paarmal hörbar nach Luft.

»Frau Altmannseder! Grüß Sie Gott!«, sagte Brenner fröhlich. Er tat völlig unbeeindruckt von ihrem Auftauchen, und auch ich versuchte unbeteiligt zu wirken. Was mir nicht gerade leicht fiel. Ausgerechnet sie musste uns über den Weg laufen.

»Aber Herr Pfarrer! Was machen Sie denn mit mit mit...« Sie blickte mich mit zusammengekniffenen Augen an und konnte vor Empörung gar nicht weitersprechen.

»Ein Notfall.«

»Aber...« So ganz wollte sie uns das nicht glauben. Und sicherlich würde morgen ganz Halling von der Geschichte erfahren. Doch Pfarrer Brenner blieb ruhig und schaute sie plötzlich eindringlich an.

»Lassen Sie die Sünden wieder einmal nicht zur Ruhe kommen, liebe Frau Altmannseder?«, fragte er in einem besorgten Ton, den ich ihm nicht so ganz abnahm.

Seine Frage schien sie aus dem Konzept zu bringen. Plötzlich hatte sie es eilig, mit ihrem Dackel nach Hause zu kommen.

Er schmunzelte. Und ich war sehr erleichtert.

»Vielen Dank, Herr Pfarrer. Das letzte Stück schaffe ich alleine«, sagte ich und wollte aus seiner Jacke schlüpfen.

»Nein, nein!«, rief er erschrocken. »Lass sie ruhig an, Hanna. Du kannst sie mir ja morgen vorbeibringen.«

Ich lächelte ihn dankbar an. »Das werde ich.«

Er verabschiedete sich und ging auf dem Weg, den wir gekommen waren, wieder zurück. Dann hielt er nochmal kurz inne und drehte sich zu mir um.

»Morgen bin ich ab 15 Uhr im Beichtstuhl. Nur für den Fall...« Er zwinkerte mir zu und ging.

kapitel 25

Mit dem ersten Licht des Tages starteten Andreas Pinter und seine Freundin Lisa Tinhof den Aufstieg. Die beiden waren gute Kletterer und erfahrene Bergsteiger. Während Andreas sogar schon eine Watzmannüberschreitung hinter sich hatte, war es für Lisa das erste Mal, dass sie den von Wolfgang Ambros besungenen Berg besteigen würde.

Nach etwa zwei Stunden machten die beiden eine Pause. Lisa hatte noch keinen Hunger. Doch Andreas schlug wie immer ordentlich zu und verschlang drei große Schinkenbrote und zwei Müsliriegel. Der schlanke junge Mann mit dem durchtrainierten Körper war immer hungrig.

»Hey! Heb mir ja noch was für später auf, du Vielfraß!«, mahnte ihn seine Freundin.

»Ja, klar!« Er schnappte sich einen Apfel und biss herzhaft hinein.

»Schau mal, dort liegt was«, sagte Lisa und deutete steil nach unten auf einen kleinen Felsen einige Meter weiter links.

»Da hat bestimmt wieder irgend so ein Idiot seinen Müll nicht mit nach Hause genommen.« Andreas ärgerte sich immer sehr darüber, wie achtlos viele Leute waren.

Inzwischen war Lisa aufgestanden und näherte sich neugierig der Felskante.

»Sei vorsichtig, Lisa!«, mahnte Andreas und stand ebenfalls auf.

»Das ist kein Müll. Kannst du mich mal festhalten, bitte?«

»Ach komm. Lass das!«

Doch wenn Lisa sich einmal etwas in den Kopf gesetzt hatte, konnte sie kaum jemand wieder davon abbringen. Andreas seufzte. Er nahm ihre Hand und hielt sie fest, während sie sich nach unten beugte.

»Ein Rucksack!«, rief sie und zog sich mitsamt ihrer Beute nach oben.

»Wäh. Der ist ja total verdreckt.« Andreas verzog das Gesicht.

»Jetzt hab dich nicht so.«

Doch tatsächlich war der Rucksack nicht nur dreckig, sondern zerschlissen und auch an einigen Stellen aufgerissen.

»Der ist ziemlich alt«, stellte Lisa fest und platzte fast vor Neugierde. Vorsichtig öffnete sie die brüchigen ledernen Riemen.

»Dir graust es wohl vor gar nichts?!« Andreas wandte sich ab. Er erwartete verschimmelte Essensreste, und das wollte er jetzt ganz bestimmt weder sehen noch riechen.

Lisa achtete gar nicht mehr auf ihren Freund. Der Rucksack roch zwar leicht modrig, doch sie empfand das nicht als sonderlich unangenehm. Als Erstes zog sie eine Sonnenbrille heraus, an der ein Bügel fehlte. Ein völlig verwittertes Päckchen Bison-Tabak folgte sowie ein abgebrochener Bleistift.

Da Lisa nichts sagte, drehte Andreas sich jetzt doch wieder zu ihr um. Gerade holte sie eine Brotzeitdose aus dem Rucksack.

»Lass die bloß zu!«, warnte er.

Lisa schüttelte sie vorsichtig. »Das klingt aber nicht nach Essen«, sagte sie. Und tatsächlich hörte man eher ein Klappern wie von einem kleinen Gegenstand und eine Art Rasseln.

»Woher willst du wissen, wie sich seit Jahren eingesperrtes Essen anhört?«, blaffte er sie an.

»Du bist vielleicht eine Memme. Ich mach das jetzt auf!«

Entschlossen öffnete Lisa die Dose. Andreas hielt sich vorsichtshalber die Nase zu. Doch das war völlig unnötig.

»Schau mal!«, rief sie aufgeregt. »Eine Kette, ein Taschenmesser und… ein Brief!«

Vorsichtig zog sie eine schwarz angelaufene Kette heraus, an der ein Onyx befestigt war. Ob sie aus Silber war? Andreas nahm das kleine Taschenmesser und griff nach dem zusammengefalteten Blatt Papier. Doch Lisa nahm es ihm weg.

»Nichts da!«

»Hey. Ich will doch nur mal sehen, was da drin steht.«

»Hier steht eine Adresse drauf. Das ist ein Brief. Den kannst du nicht so einfach lesen! Oder hast du noch nie was vom Briefgeheimnis gehört?«

Lisa war empört. Und Andreas verblüfft. Ausgerechnet seine neugierige Freundin wollte nicht wissen, was in dem Brief stand?

»Was willst du denn damit machen?«, fragte er.

»Was soll ich schon damit machen wollen? Wir schicken die Sachen an diese Adresse, sobald wir wieder zu Hause sind!«

»Aber da ist ja noch eine uralte Postleitzahl drauf!«

»Na und?«

kapitel 26

In dicken Wollsocken und ausgelatschten Filzpantoffeln, die ich im Schuhschrank gefunden hatte, schleppte ich mich auf meinen schmerzenden, pflasterverklebten Füßen in den Garten. Immer darauf bedacht, dass mein Blick nicht versehentlich beim Zwetschgenbaum landete.

Pauline und Benny spielten mit Fanny. Sie warfen abwechselnd ein Stöckchen und einen Tennisball. Fanny rannte aufgeregt hinterher und brachte die Sachen schwanzwedelnd wieder zurück.

»Da bist du ja!«, rief Daniela. »Guten Morgen!«

Sie hatte bereits Frühstück gemacht und den Tisch im Garten gedeckt.

»Morgen.«

Obwohl ich noch müde war und so ziemlich jeder Zentimeter meines Körpers schmerzte, fühlte ich mich so glücklich wie schon lange nicht mehr.

»Du grinst ja wie ein Honigkuchenpferd.« Daniela schaute mich neugierig an.

»Naja...« Ich setzte mich – und das Grinsen verschwand kurzzeitig aus meinem Gesicht. Aua! Mein Popo!

»Was ist denn los mit dir? Und was hast du da überall für Kratzer?« Daniela klang jetzt besorgt.

Weil ich wusste, dass sie keine Ruhe geben würde, bis sie nicht alles haarklein erfahren hatte, erzählte ich ihr, was gestern passiert war. Zuerst den schönen Teil mit Alex.

Mit offenem Mund hörte sie mir zu.

»Du hast mit ihm geschlafen?« Sie zwirbelte an ihren Haaren.

Ich nickte glücklich.

»Der ist aber ganz schön wild!«

»Nein, die Kratzer sind nicht von ihm.« Ich kicherte. Zumindest nicht viele.

»Beruhigend.« Sie grinste.

»Es war so... so eine Wahnsinnsnacht!«

»Das ist toll! Und jetzt?« Sie war ganz aufgeregt.

»Jetzt?« Jetzt wartete ich sehnsüchtig darauf, dass er sich endlich bei mir meldete.

Noch in der Nacht war ich drauf und dran gewesen, ihm eine SMS zu schicken. Aber jedes Mal, wenn ich angefangen hatte zu schreiben, löschte ich die Worte wieder. Es wäre viel zu viel zu erklären gewesen. Das wollte ich lieber persönlich tun. Und ihm dabei in seine dunklen Augen schauen, die mich so verrückt machten.

»Hallo! Daniela an Erde!« Sie wedelte mit ihrer Hand vor meinem Gesicht. »Bist du noch da?«

»Äh. Ja.« Zumindest körperlich war ich das.

»Und was wirst du jetzt tun? Er wird dich doch heiraten, oder?«

»Natürlich wird er das!«, rief ich und war mir meiner Sache völlig sicher. Er war so leidenschaftlich und trotzdem so zärtlich gewesen. Das konnte man doch nur sein, wenn man in jemanden verliebt war, oder? Außerdem hatte er sich ja schließlich auf mein Heiratsinserat gemeldet. Das *Irgendwann* sah ich nach den Vorkommnissen der letzten Nacht in ziemliche Nähe gerückt und ersetzte es insgeheim mit dem viel kürzeren Wort *Bald*.

Was machte ich mir überhaupt so viele Gedanken? Es würde alles gut gehen. Sagte mein Bauchgefühl. Und das hatte sich nur selten getäuscht. Wenn man von Simon mal absah. Aber damals war ich ja auch viel jünger gewesen.

»Und wo kommen jetzt die ganzen Kratzer her?« Daniela wollte auch noch den Rest der Geschichte wissen.

Als ich ihr von dem peinlichen Ende des Abends berichtete, konnte sie sich vor lauter Lachen kaum mehr halten.

»Deswegen schaust du heute aus, als ob dich jemand verprügelt hätte«, stellte sie fest, nachdem sie sich endlich wieder beruhigt hatte.

»Naja. Ich kann wohl von Glück sagen, dass ich mir nichts gebrochen habe.«

»Dann hättest du von deiner Unfallversicherung wenigstens Gipsgeld bekommen«, witzelte meine angestellte Freundin fröhlich.

»Ich bin zwar knapp bei Kasse, aber soo knapp dann auch wieder nicht.«

»Das war doch nur ein Spaß. Ich bin ja froh, dass dir nichts passiert ist… Aber so kannst du uns heute nicht zurück nach München fahren«, stellte Daniela plötzlich fest.

Das war mir auch schon durch den Kopf gegangen, und ich hatte bereits für Ersatz gesorgt.

»Deswegen habe ich Willy gefragt, ob er euch fährt.«

»Ach was. Wir nehmen einfach den Zug.«

»Nein. Nein! Er macht das gerne. Allerdings würde er lieber etwas früher losfahren, weil er am Abend ein Fußballspiel anschauen möchte.«

»Klar, kein Problem!«

Ich fand die frühere Abfahrt in diesem Fall auch gar nicht so schlimm, weil ich darauf hoffte, dass Alex mich heute noch sehen wollte. Beim Gedanken daran kribbelte es ganz wohlig in meinem Bauch.

»Wie weit bist du denn mit den Bürosachen gekommen?«, fragte ich, als mir plötzlich wieder einfiel, warum Daniela eigentlich hier war.

»Auf dem Schreibtisch liegt eine Mappe, da brauch ich noch ein paar Unterschriften. Ansonsten ist das meiste erledigt. Aber da sind noch so ein paar Sachen, da kenn ich mich gar nicht aus. Vielleicht fragst du da mal deinen Cousin.«

Ich umarmte Daniela.

»Du bist eine coole Breze. Erinnere mich daran, dass ich dir eine Gehaltserhöhung gebe, wenn ich das Geld habe.«

»Worauf du dich verlassen kannst...«, sagte sie breit grinsend.

Plötzlich hörten wir ein lautes Jaulen und das aufgeregte Rufen der Kinder. Es war sofort klar, dass etwas passiert sein musste.

»Benny!«, rief Daniela erschrocken. Sie sprang auf und rannte los, als ob sie den Weltrekord im 100-Meter-Lauf brechen wollte. Ich rappelte mich ebenfalls hoch und wackelte ihr so schnell ich konnte – und das war nicht sonderlich beeindruckend – hinterher.

»Hanna, schnell! Fanny...!«, rief Pauline heulend. Die Kinder sahen auf den Hund herunter, der in einer seltsam gebeugten Haltung auf der Wiese stand. Als Benny sich nähern wollte, knurrte Fanny ihn böse an.

»Benny! Geh von dem Hund weg!«, rief Daniela. Sie packte den Jungen und hob ihn weg. Dann drückte sie ihn fest an sich und küsste ihn vor Erleichterung ab.

»Sie hängt mit ihrem Bein fest!«, schrie Pauline. Auch sie durfte Fanny jetzt nicht zu nahe kommen.

»Geht alle weg von Fanny!« Ich erkannte, was passiert war. Fanny war mit der Vorderpfote in eine Schnappfalle geraten, die über eine Schnur an einem Haken im Boden befestigt war. Über die Frage, was die auf unserem Grundstück zu suchen hatte, würde ich mir später Gedanken machen. Jetzt musste ich Fanny schnellstens helfen! Nur wie? Wahrscheinlich würde sie mich zu Hackfleisch machen, wenn ich sie berührte. Aber etwas anderes blieb mir nicht übrig. Ich würde sie keine Minute mehr leiden lassen!

Pauline schluchzte. »Bitte tu doch was!«

»Ja. Aber sei jetzt ruhig!«

Ich wandte mich an den Hund.

»Fanny. Hör mir zu«, sagte ich so ruhig wie möglich und näherte mich ihr Zentimeter für Zentimeter. »Ich tu dir nichts! Ich will dir nur helfen.«

Sie knurrte und versuchte wieder, sich selbst zu befreien. Das hatte ein lautes, schmerzvolles Winseln zur Folge. Es brach mir fast das Herz. Ich schluckte. Mit ruhig und verständnisvoll kam ich hier nicht weiter. Ich musste meine Taktik ändern.

»Fanny, Platz! Und still!«, befahl ich in einem Ton, der einer Domina alle Ehre gemacht hätte. Und siehe da. Der Hund folgte und schaute mich an. Jetzt musste ich schnell machen. Ich griff zur Falle, die Gott sei Dank nicht sonderlich groß war, und zog sie mit einem Rutsch auseinander. Fanny jaulte und schnappte reflexartig nach meinen Händen. Doch ich war schneller, und sie biss glücklicherweise ins Leere.

Dann drehte sie sich weg und humpelte so schnell sie konnte auf drei Beinen weg in Richtung Haus.

Pauline lief ihr – jetzt vor Erleichterung heulend – hinterher.

»Faaaanniie!«

»Sei vorsichtig!«, rief ich.

Eine halbe Stunde später kam Doktor Fröschl und verarztete den Hund. Die Kinder und Daniela hatte ich rausgeschickt, weil Fanny in ihrer Anwesenheit so unruhig war.

»Gebrochen ist wohl nichts«, meinte er, als er die Pfote untersuchte. Glücklicherweise waren keine scharfen Zacken an der Falle gewesen. Fanny hatte sich allerdings die Haut aufgerissen beim Versuch sich zu befreien.

»Gutes Mädchen!« Er streichelte ihr ein paarmal über den Kopf, nachdem er die Wunde an der Pfote desinfiziert und verbunden hatte.

»Danke, dass Sie so schnell gekommen sind.«

»Kein Problem! Das ist ja schließlich meine Aufgabe.« Er lächelte.

»Denken Sie, das war derselbe, der die Rinder vergiftet hat?«, fragte ich und sprach endlich aus, was mich bedrückte.

Fröschl zuckte mit den Schultern.

»Ich weiß es nicht. Vielleicht liegt die Mausefalle schon länger dort, und Fanny ist eben nur zufällig reingetreten... andererseits...« Er kratzte sich gedankenverloren am Kopf.

»Ja?«

»Wer bindet eine Mausefalle in einer Wiese fest...?«

Eben. Die Gefahr, dass eine Maus sich mit der Falle aus dem Staub machen würde, war relativ gering.

»Was ist mit Fanny?« Willy kam in die Stube gepoltert. Er schaute äußerst grimmig. Ich hätte mich gefürchtet, wenn ich ihn nicht so gut gekannt hätte. Bei seinem Anblick wedelte Fanny mit dem Schwanz.

»Halb so schlimm, Willy«, beruhigte ich ihn, damit er sich nicht noch mehr reinsteigerte.

Er kniete sich vor den Hund und streichelte ihm liebevoll den

Kopf. Fanny leckte über sein Gesicht. Und ich hätte schwören mögen, dass sie die Aufmerksamkeit inzwischen in vollen Zügen genoss.

In wenigen Worten erklärte ich Willy, was passiert war.

»Ich werde morgen die Wiese absuchen«, sagte er entschieden.

»Ich helfe dir dabei!«

Als ich Doktor Fröschl zur Tür begleitete, schaute er mich besorgt an.

»Sie scheinen ja auch einige Blessuren zu haben.«

Ich grinste schief.

»Nur ein kleiner Sturz… und Blasen… vom Tanzen!«

»Soll ich mal einen Blick drauf werfen?«, fragte er fürsorglich.

Wie? Er war doch Tierarzt. Andererseits, warum nicht? Meine Füße schmerzten wirklich mörderisch. Vor allem der linke.

»Das wäre super!«

Ich setzte mich auf den Stuhl, zog meine Socken aus und streckte Doktor Fröschl meine Füße entgegen. Der nahm die Pflaster ab und zog dann scharf die Luft ein.

»Das muss ja ein wildes Tänzchen gewesen sein!«, stellte er fest und öffnete noch einmal seine Arzttasche.

Kurz nach Mittag lagen Fanny und ich auf dem Sofa. Sie hatte die rechte Vorderpfote eingebunden und ich den linken Fuß. Willy war inzwischen mit Daniela und den Kindern losgefahren. Die Jacke des Pfarrers hatte ich ihm mitgegeben samt einer guten Flasche Wein als Dank. Willy würde sie auf dem Weg nach München im Pfarrhaus abliefern. Und das mit dem Beichten würde ich später nachholen. Außerdem, angestellt hatte ich ja eigentlich gar nichts.

Ich hatte ein sehr ungutes Gefühl wegen der Falle und wünschte mir inständig, dass sie tatsächlich nur Mäusen gegolten hatte.

Von Alex hatte ich noch nichts gehört. Dass er jetzt noch schlief, war alles andere als wahrscheinlich. Mein euphorisches Gefühl von vorhin war etwas abgekühlt. Verdammt! Warum meldete er sich nicht bei mir?

Plötzlich hielt ich die Ungewissheit nicht mehr aus. Wer sagte denn eigentlich, dass der Mann sich nach so einer Nacht zuerst melden musste? Schließlich lebten und liebten wir schon längst im Zeitalter der Gleichberechtigung. Das galt auch für den Telefonanruf nach der ersten sexuellen Begegnung.

Ich nahm mein Handy und wählte seine Nummer.

Sofort war die Mailbox dran. Das Handy war also aus. Sicher gab es eine gute Erklärung dafür. Angefangen bei einem leeren Akku über ein plötzliches Funkloch beim Brunnenwirt bis hin zur Notwendigkeit seiner sofortigen Rückkehr nach Oberbayern auf seinen Hof. Trotzdem. Ich hätte jetzt so gerne seine Stimme gehört!

»Mist!«, sagte ich laut. Fanny hob den Kopf und schaute mich fragend an.

»Schon gut, Süße ... Sag mal, hast du auch so einen Hunger?«

»Wuff!«

Das war eine eindeutige Antwort. Wir humpelten gemeinsam in die Küche, und ich plünderte die Speisekammer: Käse, Geräuchertes, Brot und Butter, Essiggürkchen, ein riesiges Stück Nusskuchen, das von gestern noch übrig war, eine Tüte Chips, einen Apfel, Vanillepudding und Würstel für Fanny. Ich lud alles irgendwie Essbare auf ein großes Holztablett. Nur um kurz darauf festzustellen, dass ich es vermutlich nicht ohne größere Verluste ins Wohnzimmer transportieren können würde. Seufzend nahm ich die Leckereien wieder vom Tablett und brachte alles nach und nach ins Wohnzimmer. Fanny folgte mir wie ein Schatten.

»Bekommst du Besuch?«, fragte Max plötzlich hinter mir.

Ich erschrak fast zu Tode, und das Glas mit den Cornichons rutschte mir aus den Fingern. Genau auf meine rechte große Zehe! Fanny sprang zur Seite.

»Aua!«

Erstaunlicherweise blieb das Glas heil. Meine Zehe und der dicke Teppich, auf dem ich stand, hatten Schlimmeres verhindert.

»Das wollte ich nicht!«, sagte Max entschuldigend.

Ich zog vor Schmerzen die Luft ein und schloss gequält die Augen.

»Musst du mich immer so erschrecken?«, fragte ich mit zusammengebissenen Zähnen.

»Tut mir leid! Wirklich!« Erst jetzt schien er meinen eingebundenen Fuß und Fannys verletzte Pfote zu bemerken.

»Was ist denn mit euch passiert?« Sein Gesicht verzog sich plötzlich zu einem Grinsen.

»Macht ihr einen auf Partnerlook?«

»Wenn du lachst, kastrier ich dich!«, drohte ich ihm böse. Doch er schien sich um seinen zukünftigen Nachwuchs keine Gedanken zu machen und prustete laut los.

»Ihr seht aber... wirklich komisch...«

Ich schlug nach ihm, er duckte sich, und ich verlor das Gleichgewicht. Plötzlich spürte ich seine Arme unter meinen Kniekehlen, und ich schwebte in der Luft.

»Das kann man ja nicht mitanschauen.«

Er trug mich zum Sofa und legte mich einigermaßen sanft ab.

Mein Zeh pochte wie wild. Und mein Appetit von vorhin war wie weggeblasen.

»Zeig mal her.« Er rutschte ans Ende des Sofas und besah sich meinen geschundenen Fuß, der an der Ferse mit einem riesigen

Pflaster beklebt war. Der Zehennagel war inzwischen dunkel. Na toll! Der war hinüber. Es würde lange Wochen dauern, bis er herausgewachsen war. Ich verkniff es mir, etwas zu sagen.

»Das kommt davon, wenn man so enge hohe Schuhe trägt!«, schimpfte er.

»Das weiß ich selbst!« Aber er brauchte jetzt gar nicht so scheinheilig tun. Warum zogen wir denn diese Mörderschuhe überhaupt an? Wegen uns? Sicher nicht. Sonst würden wir ja überall damit rumlaufen. Ich kannte aber keine Frau, die freiwillig zum Putzen High Heels trug. Wir ertrugen die hohen Dinger doch bloß, um besser und schlanker auszusehen. Und für wen wollten wir besser und schlanker aussehen? Eben!

Ich zog meinen Fuß von ihm weg. Er schaute mich besorgt an.

»Du musst aufpassen. Ein alter Freund meiner Mutter ist wegen einer Blase gestorben.«

»Schmarrn!«

»Doch. Er hat sie sich auf einer Fußwallfahrt nach Altötting geholt.«

»Wegen einer Blase stirbt man doch nicht gleich!«

»Er bekam eine Blutvergiftung. Und wenn du mir nicht glaubst, kannst du ja meine Mutter fragen.«

Sein Blick sagte mir, dass er es völlig ernst meinte.

»Doktor Fröschl hat es sich schon angeschaut.« Jetzt war ich froh darüber.

»Der Tierarzt?« Max schaute mich verwundert an.

»Naja. Als er wegen Fanny hier war.«

»Was ist mit Fanny?«

Ich erzählte ihm die Geschichte mit der Falle. Er hörte mir aufmerksam zu.

»Das kann doch alles kein Zufall sein, oder?«, fragte ich ihn.

Er schüttelte den Kopf.

»Nein. Das ist kein Zufall. Eine Mausefalle auf einer großen Wiese auszulegen ist ungefähr so unnütz wie der Versuch, einen Bach mit einem Eimer zu leeren. Nein! Die Falle wurde bestimmt nicht wegen Mäusen ausgelegt.«

»Willy wird morgen die Wiese absuchen.«

»Das ist vernünftig. Und wenn ihr mich braucht, sagt Bescheid.«

»Danke!«

»Bitte!«

»Und... ähm Max, ich könnte dich vielleicht auch für etwas anderes brauchen.«

»Ja? Was denn?«

»Hättest du mal Zeit, dir ein paar Bürosachen anzuschauen? Da sind lauter so landwirtschaftliche Listen und so statistisches Zeugs und was weiß ich noch alles, und ich hab echt keinen Schimmer, was ich damit machen muss.«

Er sah mich amüsiert an.

»Na gut. Ausnahmsweise.«

»Danke!«

»Bitte.«

Irgendwie tat es mir gut, dass er mich ernst nahm und dass er mir helfen wollte, ohne Zicken zu machen.

»Und gewöhn dir an, die Haustür abzusperren«, ermahnte er mich. »Da kann jeder raus und rein wie er will.«

»So wie du?« Aber er hatte recht. Ich musste achtsamer sein. Irgend etwas ging hier nicht mit rechten Dingen zu. Gott sei Dank war bisher immer alles gut ausgegangen.

Oder waren es doch einfach nur ganz banale Zufälle? Möglich war ja vieles.

»Ist dir eigentlich schon aufgefallen, dass jedes Mal was passiert, wenn dieser Alex in Halling ist?«, fragte Max und schaute mich ernst an.

»Was meinst du damit?«, fragte ich, obwohl ich genau wusste, was er damit meinte.

»Nun ja. Als die Rinder vergiftet wurden, war er auch zuvor hier.«

»Jetzt mach aber mal halblang!«, rief ich. »Warum sollte Alex mir was Böses wollen?« So ein Unsinn!

»Das frag ich dich!« Er wurde lauter. »Wo ist er denn überhaupt, dein Wundertänzer?«

»Das geht dich gar nichts an!«

»Hast wohl nicht bei ihm landen können?« Sein Ton war hämisch.

»Und wie ich bei ihm gelandet bin. Und zwar in seinem Bett!«, rutschte es mir heraus. Gleich darauf hätte ich mir am liebsten die Zunge abgebissen.

Damit schien Max nicht gerechnet zu haben. Er stand auf und sah mich von oben herab an.

»Das geht aber ganz schön schnell bei dir!«

»Das geht dich gar nichts an!«, fauchte ich. Dabei war ich eher sauer auf mich selbst, weil ich mein Mundwerk einfach nicht besser unter Kontrolle hatte. Da hätte ich mir meinen Abstieg über das Blumengerüst gestern auch sparen können und gleich an ihm vorbeispazieren können.

»Du hast recht. Es geht mich nichts an. Absolut nichts! Aber vielleicht schaltest du mal dein Hirnkastl ein und überlegst, ob er nicht doch etwas mit den Vorkommnissen zu tun hat.«

»Ich sag dir, dass er es nicht war!«, protestierte ich laut.

»Und woher weißt du das?« Er konnte mit dem Level meiner Lautstärke durchaus mithalten.

»Weil... weil... weil ich es eben weiß. Du kannst ihn doch nur nicht leiden, weil er mich heiraten will!«

»So? Er will dich heiraten? Und warum glaub ich das nicht?«

Der kurze Waffenstillstand von vorhin war schon längst wieder Geschichte.

»Weil du ein selbstgefälliger Bauerntrampel bist!«

»So! Ich bin also ein Bauerntrampel?«

»Ja. Und ein ziemlich boshafter noch dazu!«

»Denkst du das wirklich von mir?«

»Ja!« Ich verschränkte die Arme und drehte mich weg.

Erstaunlich, dass der Mund manchmal andere Dinge sagte, als das Hirn dachte. Max war sicherlich kein Bauerntrampel. Und boshaft war er nur manchmal. Aber ich hätte ihn trotzdem am liebsten gerade erwürgt.

»Weißt du, was ich glaube?«

Ich reagierte nicht, sondern starrte auf das Sofakissen.

»Ich glaube, dass dir das Erbe total zu Kopf gestiegen ist. Inzwischen würdest du für das Geld alles machen.«

Ich drehte mich zu ihm und konnte es nicht fassen, dass er so von mir dachte.

»Das sagst ausgerechnet du? Wer von uns beiden ist denn derjenige, der nicht genug kriegt?«

Er ging zur Tür und drehte sich nochmal zu mir um.

»Im Gegensatz zu dir geht es mir wirklich um den Hof.«

Ich zuckte zusammen, als die Tür knallte. Danach saß ich lange bewegungslos auf dem Sofa und dachte über seine Worte nach. Das Geld war mir bestimmt nicht zu Kopf gestiegen. Ganz im Gegenteil. Ich würde notfalls sogar darauf verzichten, wenn Alex... Alex... Ich griff nach dem Handy. Keine Nachricht und kein verpasster Anruf von ihm.

Es klopfte. Vielleicht war er das ja! Ich rutschte auf dem Sofa hoch und zupfte rasch an meinen Haaren.

»Ja?«

Langsam öffnete sich die Tür, und ein mir unbekannter junger Mann trat herein, der einen modischen Trachtenanzug trug.

»San Sie de heiratswillige Blondine?«, fragte er in einem österreichischen Dialekt.

Das war der besagte Tropfen, der das Fass für heute zum Überlaufen brachte.

»Raus!«, rief ich.

»Aber i komm extra...!«

»Raus hab ich gesagt!«

Ich packte ein Wienerwürstchen und warf es in seine Richtung.

»Hey!«, rief er erschrocken.

Er konnte sich gerade noch ducken und verschwand dann Hals über Kopf nach draußen. Mit einer wild mit Wurst um sich schmeißenden Braut konnte er wohl nichts anfangen. Er war kaum weg, da hatte ich auch schon ein schlechtes Gewissen. Der arme Mann konnte ja nichts dafür. Was war denn nur los mit mir? So kannte ich mich gar nicht. Ich schloss kurz die Augen und atmete ein paarmal tief aus und ein. Dann stand ich auf und versperrte die Haustür.

Fanny war mir gefolgt und stupste mich an, als ich wieder im Wohnzimmer war.

»Was ist denn?«

Ihr sehnsüchtiger Blick war auf die Tüte mit Würstel gerichtet.

»Hier, meine Süße!« Ich fütterte sie. Dann begann ich, langsam alles zu verputzen, was auf dem Tisch war.

kapitel 27

Es dauerte nur wenige Tage, bis Fanny und ich wieder fit waren. Willy hatte auf der Wiese noch vier weitere Fallen gefunden. Wir überlegten hin und her, ob wir es der Polizei melden sollten. Wir ließen es schließlich bleiben. Die konnte ohnehin nichts machen. Wir mussten einfach die Augen offenhalten und den Täter in flagranti erwischen, falls er überhaupt noch einmal zuschlagen würde. Was ich nicht hoffte. Sicherheitshalber schauten wir jetzt öfter bei den Rindern vorbei. Und Fanny stand auch unter Beobachtung, soweit sie das zuließ.

Alex hatte sich nicht bei mir gemeldet, und sein Handy war immer aus. Ich konnte noch nicht mal eine Nachricht für ihn hinterlassen. Tapfer versuchte ich, die Enttäuschung darüber irgendwie zu unterdrücken. Aber es gelang mir nicht wirklich, denn ich konnte überhaupt nicht verstehen, was mit ihm los war. Es waren so wundervolle Stunden gewesen. Es konnte doch nicht sein, dass ich ihm völlig egal war? Vielleicht war ihm aber auch etwas passiert? Doch in den Zeitungen konnte ich nirgendwo etwas über einen Unfall lesen, der sich zwischen Passau und München ereignet hatte. Es blieb mir nur, auf ein Lebenszeichen von ihm zu warten. Sonst konnte ich nichts tun. Denn das Dumme war, dass ich weder seinen Familiennamen kannte, noch eine Ahnung hatte, wo er wohnte.

»Wie dämlich bin ich denn eigentlich?«, fragte ich Fanny an diesem Tag mindestens zum vierundzwanzigsten Mal.

Und tatsächlich konnte ich mich selbst nicht verstehen. Mit einem Mann zu schlafen, von dem ich nur den Vornamen kannte, war mehr als blauäugig gewesen. Ich konnte es nur damit entschuldigen, dass ich mich tatsächlich Hals über Kopf in ihn verliebt und ihm vertraut hatte. Und genau deswegen tat es auch so weh, dass er sich nicht meldete.

Um mich irgendwie abzulenken, arbeitete ich von früh bis tief in die Nacht auf dem Hof. Obwohl wir kaum ein Wort wechselten, kam Max und kümmerte sich um meine Bürosachen. Als ich ihm danken wollte, brummte er nur grantig und scheuchte mich aus dem Zimmer.

Wenn ich nicht auf dem Hof arbeitete, besprachen Daniela und ich via Skype die neuesten Aufträge und recherchierten ausgefallene Geschenke. Für Simons Frauen stellten wir eine lange Liste mit Vorschlägen zusammen. Doch ich war noch nicht zufrieden. Ich wollte etwas ganz Besonderes finden.

Frank Cornelius und seine Bettina waren noch immer auf ihrer Dschungelbootstour unterwegs. Er hatte sich noch nicht wieder gemeldet.

Inzwischen war es Ende Mai, und ich hatte nur noch gut vier Wochen bis zum Ablauf der Frist. Immer wieder stand ich kurz davor, alles hinzuschmeißen und nach München zurückzugehen. Einmal hatte ich sogar schon meine ganzen Sachen gepackt. Doch immer hielt mich etwas zurück. Die Hoffnung. Die Hoffnung, dass am Ende doch alles gut werden würde.

kapitel 28

Halling war viel zu klein für eine eigene Postfiliale. Aber es gab einen kleinen Postschalter im Supermarkt, um den sich die Verkäuferinnen kümmerten.

An einem Freitag vor den Pfingstfeiertagen hatte die junge Martina alle Hände voll zu tun. Eine Kollegin war dauerkrank, und die andere machte Urlaub auf Rügen. Und die neue Aushilfskraft stand auch mehr im Weg als Martina wirklich Arbeit abzunehmen. Immer wieder schaute die junge Verkäuferin verstohlen auf ihre Uhr. Es war fast Mittag. Bald würde Ferdinand kommen.

Ferdinand war der Postbote in Halling. Martina war schon lange in ihn verliebt. Trotzdem tat sie immer so, als ob er sie gar nicht interessieren würde. Sie hatte Angst, dass er sich sonst womöglich über sie lustig machen könnte. Dann würde ihr Traum zerplatzen wie eine Seifenblase. Und das wollte sie vermeiden.

Als er endlich das Geschäft betrat, überzog eine zarte Röte ihre Wangen. Gott sei Dank war genau jetzt ein wenig Ruhe in den Laden eingekehrt.

»Dieses Päckchen kann ich nicht zustellen. Die Leute wohnen da nicht mehr«, sagte Ferdinand und hielt ihr ein kleines Paket unter die Nase. »Und die Nachbarn sind im Urlaub. Sagt dir der Name was?«

Martina schaute auf die Adresse und schüttelte den Kopf.

»Nein. Gar nichts. Lass es doch zurückgehen«, schlug sie vor.

»Ha, ha. Guter Witz. Siehst du hier irgendwo einen Absender?« Ferdinand klang genervt, und Martina ärgerte sich über ihre Unachtsamkeit.

»Tut mir leid, das habe ich nicht bemerkt«, stotterte sie hilflos und wurde noch röter im Gesicht.

»Was mach ich denn jetzt damit?« Ferdinand kratzte sich nachdenklich am Kopf.

»Lass es doch hier. Wenn meine Kollegin aus dem Urlaub zurück ist, frag ich sie. Die ist schon so alt, dass sie bestimmt weiß, wer da früher gewohnt hat.«

Der Vorschlag war gut gemeint, auch wenn sich die Kollegin über die wenig schmeichelhafte Andeutung ihres Alters – sie war gerade mal fünfzig geworden – sicherlich nicht unbedingt gefreut hätte.

Da Ferdinand keine Lust hatte, überall rumzufragen, überließ er Martina das Päckchen gerne.

»Dafür hast du was gut«, sagte er und winkte ihr zum Abschied zu. Er hatte es eilig, nach Hause zu kommen. Er würde schnell ein paar Sachen zusammenpacken und dann nach München fahren. Zu seinem Freund. Von dem in Halling niemand wusste.

Martina sah ihm mit glänzenden Augen nach. Dann legte sie das Päckchen seufzend beiseite.

Kapitel 29

Ich rannte barfuß über die Wiese hinter dem Haus und schaute mich immer wieder angstvoll um. Tausende von Ratten und Mäusen verfolgten mich. Plötzlich sah ich meine Oma. Sie saß im Nachthemd auf einem dicken Ast des Zwetschgenbaums, von dem sie gefallen war. Der Baum trug große, dunkel schillernde Früchte. »Wo sind die Mausefallen?«, schrie ich laut und rannte auf sie zu. Die kleinen gierigen Nager kamen immer näher.

»Du wirst es nicht schaffen«, sagte Oma und schüttelte mit unbewegter Miene den Kopf.

Doch ich wollte nicht aufgeben und rannte noch schneller. Endlich war ich am Baum angelangt. Er war meine Rettung. Oben würden mir die Mäuse und Ratten nichts mehr anhaben können.

»Hilf mir!«, rief ich. Sie zögerte kurz und streckte mir dann die faltige weiße Hand entgegen. Doch als ich sie packte, um mich daran nach oben zu ziehen, kippte Oma plötzlich nach vorne und landete mit einem dumpfen Geräusch neben mir auf dem Boden.

Schweißgebadet und mit wild klopfendem Herzen schrak ich im Bett hoch. Was war das nur für ein gruseliger Albtraum gewesen? Ich knipste die Nachttischlampe an. Fanny, die neben mir auf dem Teppich geschlafen hatte, hob den Kopf.

»Schon gut, Süße. Schlaf weiter.«

Doch Fanny dachte nicht daran. Sie folgte mir nach unten in die Stube. Ich nahm eine Flasche mit Mineralwasser und trank in tiefen Zügen.

Wie zerschlagen setzte ich mich an den Tisch. So ein Traum konnte einen ganz schön aus der Fassung bringen. Ich schaute auf die Uhr. Es war kurz nach vier Uhr morgens, und an Schlaf war nicht mehr zu denken.

Um mich abzulenken holte ich mein Notebook. Mit schlechtem Gewissen öffnete ich mein E-Mail-Postfach und dachte an die Bewerber, denen ich immer noch nicht geantwortet hatte. Ich seufzte. Die Zeit lief mir davon. Was sollte ich denn nur tun? Alex ab- und die Bewerber anschreiben?

In diesem Moment fasste ich einen Entschluss. Wenn Alex sich nach dem Pfingstwochenende immer noch nicht gemeldet hatte, würde ich versuchen, ihn zu vergessen, und irgendeinen der anderen Männer heiraten. Vorausgesetzt, dass irgendeiner von denen mich überhaupt noch wollte. Der Einzige, der mir spontan einfiel, war Stefan.

Plötzlich schoss mir ein Gedanke durch den Kopf. Stefan! Er konnte mir helfen! Warum war ich nicht schon längst auf die Idee gekommen? Seitdem ich unter diesem Heiratsdruck stand, schien mein gesunder Menschenverstand Urlaub in Sibirien zu machen.

Meine Güte, war ich jetzt aufgeregt! Ich konnte es wieder einmal kaum erwarten, bis es endlich Morgen wurde.

Kapitel 30

»Nein! Das werde ich ganz sicher nicht tun!« Stefan schaute mich nur kurz an und räumte dann weiter Flaschen in die Kühlung.

»Bitte, Stefan! Ich brauch doch nur seinen Namen!«

»Du weißt, dass ich das nicht darf. Also nochmal nein!«

Er ließ nicht mit sich reden. Dabei hatte ich es mir so einfach vorgestellt.

»Bitte, Stefan.« Ich setzte mein charmantestes Lächeln auf.

»Wenn er dir seinen Namen nicht selbst gesagt hat, dann wird das schon seinen Grund haben.«

»Aber ich …«

Stefan schloss die Kühlung und schaute mich ernst an.

»Die Daten meiner Gäste sind vertraulich. Wenn ich sie weitergebe, mache ich mich strafbar.«

»Ach komm. Das ist doch nur eine Lappalie. Ich verrate auch nicht, dass ich sie von dir habe.« Er sollte sich nicht so anstellen! Bei meinen Recherchen für BeauCadeau hatte ich mir schon ganz andere Informationen besorgt.

Und er bräuchte doch nur einen einzigen Blick in seinen PC zu werfen, und schon wäre das Geheimnis um Alex' Nachnamen für mich gelöst.

»Nein!« Er verschränkte die Arme.

Mir kam plötzlich ein Verdacht.

»Du würdest mir seinen Namen auch nicht sagen, wenn du dürftest. Nicht wahr?«

Er stritt es noch nicht mal ab. »Stimmt!« Dann lächelte er, und sein Grübchen war zu sehen. »Weil ich immer noch hoffe, dass du mir vielleicht doch eine Chance gibst.«

Aha! So war das also! Wie sagte man so schön? Im Krieg und in der Liebe war alles erlaubt. Ob das auch immer zum Ziel führte, war allerdings eine andere Sache.

»Dann hoff mal schön weiter! Bis du schwarz wirst!«, sagte ich beleidigt, drehte mich um und verschwand.

Wenig später stand ich am Grab meiner Oma. Seit der Beerdigung war ich nicht mehr hier gewesen. Vielleicht hatte ich deswegen diesen Albtraum gehabt? Die Blumenkränze und -schalen waren inzwischen verschwunden, und die Grabstätte war neu bepflanzt worden. In den hellgrauen Grabstein war der Name sowie das Geburts- und Sterbedatum von Oma eingraviert. Sicher hatte sich meine Tante Luise um alles gekümmert. Ich hatte ein schlechtes Gewissen. Zumindest hätte ich ihr dabei helfen können. Ich würde ihr demnächst einen schönen Blumenstrauß als Dankeschön vorbeibringen und ein paar Rätselzeitschriften, die sie so gerne ausfüllte, wenn sie abends vor dem Haus saß.

Ich öffnete die kleine Laterne und zündete eine Kerze an, die ich am Friedhofseingang aus einem Grabkerzenautomaten gezogen hatte. Meine Erinnerungen führten mich kurz zu meinem Vater und zu meinem Opa, die hier ebenfalls lagen. Doch eigentlich war ich wegen meiner Oma hier. Ich hatte ein Hühnchen mit ihr zu rupfen.

Weißt du überhaupt, was du mir mit diesen Bedingungen alles an-

tust?, begann ich in Gedanken zu wettern. *Aber du warst ja immer schon gemein zu mir. Seit ich denken kann. Zu Max warst du nie so boshaft.* Ich lud den ganzen Frust der letzten Wochen bei ihr ab und merkte dabei gar nicht, wie ich immer wütender wurde. *Warum hast du nicht gleich Max zu deinem Erben gemacht?*

»Hanna! Wenn man dich anschaut, kriegt man ja gleich Angst.«

Ich erschrak. Ich hatte gar nicht bemerkt, dass sich jemand genähert hatte. Als ich mich umdrehte, schaute ich in das schmunzelnde Gesicht vom Pfarrer Brenner.

»Grüß Gott, Herr Pfarrer.« Seit unserem nächtlichen Spaziergang hatte ich ihn nicht mehr gesehen.

»Die Bedingungen des Erbes machen dir etwas zu schaffen, nicht wahr?«

Klar wusste auch er darüber Bescheid. So wie jeder in Halling und um Halling herum.

Ich nickte betreten. Es war mir schon etwas peinlich, dass man es mir so deutlich ansah, wie ich mich ärgerte.

»Weißt du, Hanna. Deine Oma mag zwar nicht zu den freundlichsten Zeitgenossen gezählt haben, aber wirklich böse war sie nicht.«

»Mich mochte sie nie«, sagte ich unglücklich. Ein dicker Kloß steckte in meinem Hals. Es war kein schönes Gefühl, von der eigenen Oma nicht gemocht zu werden. Und das schleppte ich schon mein ganzes Leben lang mit mir herum.

»Woher willst du das wissen?«, fragte er sanft.

Ich hob den Kopf und schaute ihm in die Augen.

»Das spürt man doch, wenn einen jemand nicht leiden kann.«

Er legte seine Hand auf meine Schulter.

»In Menschen gehen oft seltsame Dinge vor, und deswegen verhalten sie sich nicht immer so, wie man es sich vielleicht wünscht.

Aber glaub mir, es liegt nicht an dir, dass Berta so war, wie sie war.«

Bei diesen Worten schaute er mich eindringlich an. Und ich erkannte, dass er mehr wusste, als er mir sagen konnte. Natürlich. Sein Beruf machte ihn zu einem großen Geheimnisträger. Oma war sehr gläubig gewesen und hatte ihm im Beichtstuhl sicherlich einiges anvertraut.

Plötzlich wurden meine Gedanken Berta gegenüber ein wenig nachsichtiger. Vielleicht hatte sie in ihrer Kindheit etwas Schlimmes erlebt und war deswegen so kratzbürstig geworden? Womöglich hatte ihre dauerhaft schlechte Laune gar nichts mit mir zu tun gehabt? Ihren boshaften letzten Willen ließ ich dabei erst einmal großzügig außer Acht.

»Danke, Herr Pfarrer«, sagte ich aufrichtig. Das kurze Gespräch mit ihm hatte mir wirklich gut getan.

»Keine Ursache.«

Als wir gemeinsam den Friedhof verließen, kam uns eine alte Bekannte entgegen: die liebe Frau Altmannseder. Samt ihrem Dackel, der heute ein neckisches Strohhütchen auf dem Kopf trug. Armer Hund! Recht glücklich sah er damit nicht aus.

»Oh nein. Nicht schon wieder«, seufzte Pfarrer Brenner leise und verdrehte die Augen. Ich konnte mir kaum ein Lachen verkneifen. Dann zwinkerte er mir vergnügt zu. »Jetzt ärgern wir sie ein bisserl«, flüsterte er und hielt mir seinen Arm hin. Ich hängte mich bei ihm ein.

»Grüß Gott, Frau Altmannseder«, sagten wir unisono, als wir an ihr vorbeigingen.

Ihr Blick sprach Bände. Und wir beeilten uns davonzukommen.

Auf dem Rückweg nach Hause fuhr ich zum Supermarkt. Ich musste unbedingt für die Feiertage einkaufen. Auch wenn weder Pauline noch Daniela mit Benny kommen würden. Was mich etwas traurig machte. Denn morgen war mein Geburtstag. Der dreiunddreißigste. Und da hätte ich meine Lieben doch sehr gerne dabei gehabt. Aber Pauline und Mutter würden zusammen mit Dieter seine Verwandtschaft in Bremen besuchen. Und Daniela und Benny hatten sich einen bösen Darmvirus eingefangen.

Ich lud den Einkaufswagen so voll, als ob in Halling in nächster Zeit die Lebensmittel rationiert werden würden. Und da ich nicht vorhatte, an den Feiertagen für mich alleine aufwändig zu kochen, griff ich vor allem zu Obst, Schokolade, Keksen und Chips. Genau die richtigen Leckereien, um für eine ordentliche Dosis Glück zu sorgen.

Auf dem Weg zur Kasse wäre ich fast über einen Mann gestolpert, der am Boden kniete und Hygieneartikel in ein Regal räumte.

»Pit!«, rief ich überrascht, als ich ihn erkannte.

Was machte der denn hier? Und noch dazu in einem Kittel mit dem Schriftzug des Supermarktes? Arbeitete er etwa hier?

Es schien ihm ziemlich peinlich zu sein, mich hier zu treffen. Rasch stand er auf.

»Hallo«, begrüßte er mich leise und räusperte sich dann, sagte aber nichts weiter.

Ich wusste nicht, was ich mit ihm reden sollte, und schob meinen Wagen weiter zur Kasse. Doch mit einer plötzlichen, entschlossenen Bewegung hielt er mich zurück. Was hatte er vor? Mir kamen die vergifteten Highlands und die Mausefallen in den Sinn.

»Bitte warte, Hanna.«

Mein Puls beschleunigte sich. Er würde mir doch hier im Supermarkt nichts antun?

»Was willst du, Pit?«

»Es ist viel schwieriger, eine Arbeit zu finden, als ich dachte«, gestand er.

»Aber du scheinst doch etwas gefunden zu haben.«

Er schaute sich vorsichtig um, und seine Stimme wurde so leise, dass ich ihn kaum verstand.

»Ja. Aber das ist doch keine Arbeit für mich. Ich muss raus. Auf die Felder. Zu den Tieren...«

In diesem Moment war meine Angst verschwunden, und ich bekam Mitleid mit ihm. Egal, wie er sich mir gegenüber verhalten hatte, seine Arbeit hatte er immer gut gemacht.

»Aber was soll ich...«

»Bitte, Hanna«, unterbrach er mich »lass mich wieder auf dem Hof arbeiten.«

Es kostete ihn sichtlich Überwindung, mich darum zu bitten. Ich wusste nicht, was ich ihm antworten sollte. Spielte er mir hier etwas vor, damit er mir noch mehr schaden konnte? Oder hatte er nichts mit den Anschlägen zu tun und bereute sein Verhalten beim Picknick und vor dem Weinzelt wirklich?

Die Vorstellung, ihn jeden Tag auf dem Hof zu sehen, bereitete mir etwas Unbehagen. Auf der anderen Seite würden wir bald jemanden brauchen, der auf dem Hof mithalf. Spätestens, wenn es mit der Ernte losging. Und es war schwer, zuverlässige, gute Leute zu finden. Ich würde mich mit Willy beratschlagen.

»Komm nach den Feiertagen vorbei, dann reden wir in Ruhe darüber.« Es war eine vorsichtige Zusage, und Pit erkannte es auch als solche.

Ein zaghaftes Lächeln spielte um seine Lippen. Dann machte

er sich wieder an die Arbeit und griff nach dem nächsten Karton mit Slipeinlagen.

Als ich den großen Karton mit Lebensmitteln aus dem Kofferraum hob, hörte ich Fanny im Haus wild bellen.

»Ich komm ja schon!«, rief ich laut und steuerte auf die Haustür zu. Ich stellte die Sachen ab und sperrte die Tür auf. Kaum war sie offen, schoss Fanny heraus und sprang laut bellend an mir hoch. So aufgedreht war sie sonst nur bei Pauline.

»Ja, meine Süße. Ich bin ja schon wieder da. Und ich hab uns viele leckere Sachen mitgebracht.«

Als ich die Sachen ins Haus tragen wollte, bemerkte ich auf der Hausbank einen Strauß Blumen. Lachsfarbene Rosen. Nanu? Wo kamen die denn her?

Alex? Hoffnungsvoll schaute ich mich um. Doch niemand war zu sehen. Ich nahm den Blumenstrauß und sog mit geschlossenen Augen den süßlichen Duft der Blumen ein. Ich brachte die Rosen ins Haus und stellte sie in eine gläserne Vase.

»Was meinst du, Fanny, sind die Blumen von Alex?« Ich wünschte es mir so sehr! Fanny bellte aufgeregt.

»Schon gut, Fanny. Sei schön ruhig!«

Gedankenverloren kratzte ich meine Wangen. Und mein Dekolleté. Und meine Hände. Ich konnte plötzlich gar nicht mehr damit aufhören zu kratzen. Es juckte überall. Als ich meine Hände anschaute, erschrak ich. Sie waren ganz rot.

Ich rannte ins Badezimmer und schaute in den Spiegel. Auch mein Gesicht und mein Hals waren rot. Was war das denn? War ich allergisch auf die Blumen?

Der Juckreiz wurde immer stärker. Rasch ließ ich kaltes Wasser über die Hände laufen, und dann wusch ich sorgfältig mein Gesicht. Das Jucken hörte auf, doch die Haut war immer noch stark gerötet. Da ich nicht wusste, was mit mir los war, zog ich mich aus und sprang unter die Dusche. Lange ließ ich zuerst ganz heißes, dann lauwarmes Wasser über meinen Körper laufen.

Ich starrte auf die Blumen und entdeckte eine feine weiße Schicht Pulver darauf, die mir vorher nicht aufgefallen war. Vor allem die grünen Blätter waren damit überzogen. Meine Nackenhaare sträubten sich. Jemand hatte die Blumen absichtlich manipuliert! Schaudernd sah ich wieder auf meine Hände. Inzwischen sahen sie fast wieder normal aus, und auch mein Gesicht fühlte sich wieder gut an.

In meinen Augen brannten Tränen. Wer wollte mir nur etwas Böses? War es wirklich Alex? Zum ersten Mal erlaubte ich mir für einen Moment diesen Gedanken. Doch dann schüttelte ich den Kopf. Ein Mann, der im Bett so leidenschaftlich war, konnte so etwas nicht tun.

Ich stülpte eine Plastiktüte über die Blumen und trug sie hinaus. Entschlossen stopfte ich sie in die Mülltonne. Wer immer das auch war, er würde es noch bereuen! Ich würde mich von niemandem unterkriegen lassen!

Kapitel 31

Ich lag im Bett und schaute aus dem Fenster. Es regnete in Strömen, und in der Ferne war schwaches Donnergrollen zu hören. Das Wetter war so, wie ich mich fühlte und damit der richtige Auftakt für diesen Tag. Meinen Geburtstag. Den ich wohl ganz alleine verbringen würde. Willy hatte mich gestern Abend gefragt, ob es mir was ausmachen würde, wenn er die beiden Pfingstfeiertage mit dem Motorrad unterwegs war. Da er ohnehin so viel auf dem Hof arbeitete, konnte ich verstehen, dass er weg wollte. Sicher wusste er auch gar nichts von meinem Geburtstag.

Vielleicht hatte ja wenigstens Tante Luise Zeit, am Nachmittag auf eine Tasse Kaffee vorbeizukommen. Oder ich blieb heute einfach den ganzen Tag im Bett liegen. Ja. Das war ein guter Plan!

Ich drehte mich zur Seite und zog die Bettdecke über meinen Kopf. Sollten mich doch alle mal gernhaben.

Doch das schien Fanny nicht zu gefallen. Sie begann zu winseln. Ich steckte den Kopf hervor. Wenigstens irgendjemand, der mich sehen wollte. Oder einfach nur Hunger hatte?

»Ja. Ist ja schon gut, meine Süße. Ich steh ja schon auf.«

Nach einem ausgedehnten Frühstück zog ich eine Regenjacke und Gummistiefel an und machte mich mit Fanny auf den Weg zu den

Weiden. Die Rinder standen in kleinen Grüppchen zusammen, und alles schien in bester Ordnung zu sein.

Ich hatte eine große Tasche voller altbackener Semmeln und einige Karotten und Äpfel dabei. Schließlich war heute mein Geburtstag. Und wenn ich sonst schon keine Gäste hatte, die ich bewirten konnte, sollten wenigstens meine vierbeinigen Freunde etwas von diesem Tag haben.

Auch für Fanny würde ich später eine besondere Leckerei zubereiten: leicht angebratene Hühnerleber. Das mochte sie ganz besonders gerne.

Nach und nach kamen meine zotteligen Lieblinge an den Zaun und fraßen mir aus der Hand. Auch der kleine Ringo kam angelaufen. Doch ich wusste nicht so recht, ob er das mitgebrachte Futter schon essen durfte. Vorsichtshalber gab ich ihm und den anderen beiden Kälbern, die nur wenig älter waren als er, nichts davon. Ich musste mich unbedingt für die Zukunft ein bisserl schlauer machen.

Die Zukunft. Nie schien sie mir ungewisser zu sein als in diesem Moment. Wie würde sie in vier Wochen aussehen? Würde ich verheiratet sein? Hier auf dem Hof leben? Oder irgendwo auf dem Land in Oberbayern? Oder wäre ich wieder allein in meiner kleinen Wohnung in München?

In den letzten Jahren hatte ich so viel mit dem Aufbau meines Geschäftes zu tun gehabt, dass ich mir über meine persönliche Zukunft kaum Gedanken gemacht hatte. Langfristige Pläne hatte ich nicht.

Jetzt aber hing so viel von den Geschehnissen im nächsten Monat ab.

Ich gab Zeus den letzten Apfel und machte mich dann mit Fanny auf den Rückweg. Inzwischen hatte sich das Frühlingsgewitter verzogen, und durch die Wolken konnte man an einigen Stellen den blauen Himmel sehen. Die Luft roch erdig würzig, und es war so warm geworden, dass ich die Jacke auszog.

»Alles Gute zum Geburtstag, meine liebe Hanna«, gratulierte Tante Luise mir am Telefon. »Es tut mir leid, dass ich mich erst so spät melde, aber ich war den ganzen Tag so beschäftigt.«

»Macht doch nichts«, sagte ich tapfer. Inzwischen war es Abend geworden und meine Stimmung auf einem Tiefstand angekommen. Einzig meine Mutter und Pauline hatten sich von unterwegs aus gemeldet und mir gratuliert. Sonst schienen mich alle vergessen zu haben. Sogar Daniela! Es musste ihr wirklich sehr schlecht gehen, wenn sie noch nicht einmal anrufen konnte.

»Ich habe einen Kuchen für dich gebacken. Wenn du magst, kannst du ihn dir abholen. Leider kann ich gerade nicht weg hier...«

Toll. Jetzt musste ich mir sogar das einzige Geschenk, das ich bekommen würde, selbst abholen. Am liebsten hätte ich aufgelegt. Aber das tat ich natürlich nicht.

»Na gut. Wenn ich später nochmal mit Fanny eine Runde drehe, komm ich vorbei.«

»Später bin ich leider nicht mehr daheim. Kannst du nicht gleich kommen?«

»Na klar. Ganz wie du möchtest.« Gut, dass wir nicht per Videotelefon miteinander sprachen. Sonst wäre Tante Luise bei meinem grimmigen Anblick wohl die Lust vergangen, mir gleich zu begegnen. Klar war mein Geburtstag nicht so wichtig, aber es hätte mich doch gefreut, wenn ich ihn nicht ganz alleine hätte verbringen müssen.

»Tante Luise?« Ich klopfte am Küchenfenster. Aber sie antwortete nicht. Die Haustür war abgesperrt. Hatte sie nicht einmal zehn Minuten warten können?

Ärgerlich drehte ich mich um, um mich mit Fanny auf den Rückweg zu machen. Doch Fanny wollte nicht mit.

»Jetzt komm. Wir gehen heim!« Ich zog an der Leine. »Los!«

Schließlich setzte sie sich doch in Bewegung.

»Was willst du denn hier?«, fragte Max verwundert, der gerade aus der Scheune kam.

»Von dir nichts«, patzte ich zurück. Max wusste ganz genau, dass ich heute Geburtstag hatte, weil dieser Tag auf ein besonderes Datum fiel. Genau wie bei ihm. Ich hatte am 6. 6. und er am 8. 8. Geburtstag. Das konnte man einfach nicht vergessen. Er war früher immer auf meinen Kinderpartys gewesen. Damals. Als Papa noch gelebt hatte. Papa hatte sich an meinem Geburtstag immer arbeitsfrei genommen und eine Riesenparty organisiert. Es hatte immer eine besondere Überraschung für mich und meine kleinen Gäste gegeben. Einmal waren es vier Ponys, ein anderes Mal ein Flohzirkus oder eine Bootsfahrt auf der Donau. An meinem letzten gemeinsamen Geburtstag – also genau heute vor zwanzig Jahren – hatte er ein riesiges Lagerfeuer gemacht, um das wir abends saßen und Würstel und Stockbrote ins Feuer hielten. Damals war es mir fast schon ein wenig peinlich vor meinen Freunden gewesen, wie sehr er sich um uns gekümmert hatte.

Später dann in München waren meine Geburtstage nicht mehr sonderlich aufregend gewesen. Meist kam eine Freundin, oder Mama ging mit mir ins Kino oder Eis essen. Und Max hatte immer eine seiner Karten geschickt.

»Was solltest du auch von mir wollen...«, riss er mich aus meinen Erinnerungen.

»Tante Luise hat mich angerufen. Ich soll was abholen.«

»Sie ist in der Scheune.«

Also war sie doch noch nicht weg. Ich ging über den Hof und öffnete die Tür der Scheune.

»Überraschung!«, rief ein vielstimmiger Chor, und ich stand völlig überrumpelt in einem bunten Konfettiregen. Max war plötzlich hinter mir und schob mich in die Scheune, die mit Luftballons, Girlanden und vielen Blumen geschmückt war.

Tante Luise stand grinsend neben Onkel Alois und hatte eine Geburtstagstorte in der Hand.

Da waren sie alle. Meine Familie und meine besten Freunde! Mama, Dieter und Pauline, die noch immer Konfetti über meinem Kopf in die Luft warf. Daniela mit Benny, Willy, der mir zuzwinkerte.

»Alles Gute, altes Mädchen«, sagte Max und gab mir rasch einen Kuss auf die Wange.

»Danke...«, sagte ich gerührt.

Mann, hatten die mich alle geleimt! Aber wie konnte ich ihnen böse sein? So viele Jahre hatte niemand mehr für mich eine Überraschungsparty organisiert. Ich war wirklich überwältigt.

Auch Lene und Karl Huber waren gekommen, was mich besonders freute, und... und... ich traute kaum meinen Augen: Mike war auch da!

Tränen schossen in meine Augen. »Ihr seid ja... alle vogelwild...« Es gelang mir nicht weiterzusprechen. Und das brauchte es auch gar nicht. Nach der Reihe umarmten mich alle und gratulierten mir auf mehr oder weniger charmante Weise.

»Ich freue mich so, dass du gekommen bist, Mike...«

Mein bester Freund drückte mich ganz fest. »Daniela hätte meine letzten Haare wegskalpiert, wenn ich mich geweigert hätte.«

Ich kicherte. »Es ist so schön, dass du da bist...«

»Ich hoffe, du hast ein Zimmer für mich. Denn heimfahren tu ich heute sicher nicht mehr.«

»Das will ich dir aber auch geraten haben.«

Dass sogar Dieter mitgekommen war, wunderte mich besonders. Er machte sich gerne etwas über das Landleben und die rückständigen Provinzler lustig. Vor allem die Niederbayern lebten für ihn hinterm Mond.

»Du hast doch nichts dagegen, dass Pauline in den Pfingstferien bei dir bleibt? Dieter und ich sind auf dem Weg nach Südfrankreich, und sie will einfach nicht mit uns mit«, sagte meine Mutter, nachdem sie mir gratuliert hatte. Aha. Jetzt war mir klar, warum Dieter mit dabei war.

»Natürlich kann sie bleiben.«

»Ich konnte dich ja vorher nicht fragen, sonst hätte ich die Überraschungsparty verraten.«

»Klar. Das passt schon. Ich freue mich, wenn sie hier ist.«

Pauline jubelte laut, als sie das offizielle Okay für die Ferienzeit in Niederbayern erhielt.

Bald darauf saßen wir alle um einen großen Biertisch und ließen uns Erdäpfelkäs und ein pikantes Gulasch schmecken, das Willy und Max gemeinsam fabriziert hatten. Seit Stunden hatte es in einem Kessel über einem kleinen Lagerfeuer hinter dem Haus vor sich hin geköchelt. Dazu gab es Bauernbrot und ein gut gekühltes Fässchen Bier aus einer hiesigen Brauerei.

Noch vor einer halben Stunde hätte ich nicht zu träumen gewagt, dass sich dieser verkorkste Tag noch auf eine so wundervolle Weise ändern würde. Sonst hätte ich sicherlich etwas anderes angezogen als eine alte Jeans und einen dunkelblauen Pulli. Aber was bedeutete schon Kleidung, wenn man dafür so viele liebe Menschen um sich hatte?

Als Nachspeise gab es die traumhafte Windbeutel-Überraschungs-Torte von Tante Luise. Bevor diese jedoch angeschnitten wurde, musste ich die dreiunddreißig Kerzen darauf ausblasen.

»Du musst dir was wünschen. Was gaaaanz Cooles!«, rief Pauline aufgedreht.

»Und beim Wünschen schön die Augen zumachen!«, riet Lene. Das Bier hatte ihr eine hübsche Röte auf die Wangen gezaubert.

Alle sahen mich erwartungsvoll an. Also gut. Ich schloss die Augen. Und nun ging es darum, mir etwas zu wünschen. Puh. Was wollte ich denn? Plötzlich war mein Hirn wie leergefegt. Es gelang mir nicht, einen Wunsch zu formulieren. Was wünschte ich mir eigentlich wirklich? Alex als meinen Ehemann? Das Erbe? Oder mit BeauCadeau zu expandieren? Den Weltfrieden? Alles auf einmal?

»Das ist aber ein langer Wunsch von Hanna, Mami«, hörte ich Benny sagen.

»Jetzt mach mal! Wir müssen bald los«, drängte Dieter.

»So schwer kann das doch nicht sein! Wir wollen endlich Torte!« Das war Mike.

Da ich immer noch nicht wusste, was ich genau wollte und die anderen nicht mehr warten sollten, ließ ich es bei dem Wunsch bewenden, der mir jetzt gerade durch den Kopf ging.

Ich wünsche mir, Alex bald wiederzusehen, dachte ich und öffnete dann die Augen.

»Das muss ja ein komplizierter Wunsch gewesen sein«, brummte Max.

»Ich glaub, ich weiß, was es war!«, rief Daniela und zwinkerte mir vergnügt zu.

Sie saß neben Max, und in diesem Moment schoss mir durch den Kopf, dass die beiden eigentlich ein wundervolles Paar abgeben würden.

»Blasen!«, forderte Benny, dem das alles zu lange dauerte.

Ich holte ganz tief Luft und blies die Kerzen aus. Zumindest die meisten.

»Oh ... Schade ... fester blasen!«, kamen die Kommentare meiner Gäste.

Ich probierte es nochmal. Doch es gelang mir nicht, alle auszublasen. Benny half mir und pustete mit. Juhu! Die Kerzen waren aus. Doch nur für eine Sekunde. Dann brannten sie wieder. Alle lachten, und ich erkannte, dass sie mich mit Zauberkerzen ärgern wollten. Kurzerhand zog ich die widerspenstigen Dinger aus der Torte und steckte sie umgedreht in ein Bierglas, das fast leer war. Wieder lachten alle und applaudierten mir dazu.

Endlich konnten wir die Windbeutel-Überraschungstorte anschneiden. Sie schmeckte einfach phantastisch. Kleine – selbstverständlich selbst gemachte – Windbeutel waren auf einem Rührkuchenboden unter einer Sahnekuppel versteckt. In den Windbeuteln steckten ganz unterschiedliche Überraschungen, so dass man nie wusste, was einen geschmacklich erwartete. Dieses Mal hatte Tante Luise viererlei Füllungen gemacht: Schokocreme, Eierlikörsahne, Vanille-Schmand und als fruchtige Komponente glasierte, beschwipste Erdbeeren. Ein wahres Geschmacksfeuerwerk!

»Das Rezept brauch ich unbedingt für mein nächstes Buch«, rief Lene begeistert. Tante Luise freute sich sehr über die vielen Komplimente für ihre Torte. Sie hatte sich wirklich viel Arbeit gemacht und für die Kinder noch zusätzlich Auszogne und einen alkoholfreien Schoko-Nuss-Kuchen gebacken. Und überhaupt.

Dass sie sich diese Überraschungsparty für mich ausgedacht hatte fand ich einfach nur wundervoll! Sie war wirklich eine ganz besondere Tante. Ich umarmte sie und drückte sie fest.

Nachdem wir uns mit all den Schmankerln so richtig vollgeschlagen hatten, durfte ich meine Geschenke aufmachen.

»Das ist ja fast wie Weihnachten«, sagte ich begeistert.

Von Tante Luise und Onkel Alois bekam ich eine Schürze, mit einem lustigen Kuh-Motiv darauf. Lene und Karl schenkten mir einen Gutschein für ihren Biohofladen mit dem Zusatz, dass ich sie dort unbedingt bald besuchen musste.

Willy drückte mir eine Flasche Sekt und eine Pralinenschachtel in die Hand, und Mike lud mich zu einem Abendessen in ein Restaurant meiner Wahl in München ein.

Daniela hatte ein knallrotes, schulterfreies Kleid für mich gekauft.

»Damit mal etwas mehr Farbe in deinen Kleiderschrank kommt... Es müsste dir passen, und wenn nicht, dann ändere ich es dir ab«, sagte meine Freundin. Wahrscheinlich hatte sie das Kleid irgendwo günstig bekommen, trotzdem war ich total gerührt, da ich ja wusste, dass sie jeden Cent dreimal umdrehen musste. Ich drückte sie fest.

»Es ist toll! Wirklich! Danke, Daniela!«

»Für eine besondere Gelegenheit, die sich hoffentlich bald wieder ergibt«, flüsterte sie mir ins Ohr, und ich hoffte inständig, dass sie laut genug gesprochen hatte, dass Gott diesen Wunsch auch mitbekommen hatte.

Von Pauline bekam ich eine selbstgebastelte Kette, und meine Mama drückte mir ein Kuvert in die Hand – wie jedes Jahr.

»Von Dieter und mir. Kauf dir was Nettes«, sagte sie lächelnd – auch wie jedes Jahr.

»Hermine, kommst du? Wir müssen los«, drängte Dieter meine Mutter.

»Einen kleinen Moment noch, Schatz.« Sie zog mich etwas zur Seite. Das Lächeln, mit dem sie eben noch ihren Mann bedacht hatte, verschwand aus ihrem Gesicht.

»Glaub nicht, dass es mir inzwischen besser gefällt, dass du noch hier bist.«

»Aber Mama, ich ...« Sie ließ mich nicht ausreden.

»Geh zurück nach München, und vergiss das alles hier.«

Ich konnte meine Mutter nicht verstehen.

»Warum willst du nicht, dass ich Omas Erbe bekomme?«

»Weil es dich nicht glücklich machen würde.«

Sie schaute mir sorgenvoll in die Augen. Dann drückte sie mich kurz und verabschiedete sich von mir. Ich schaute ihr nach, wie sie mit Dieter aus der Scheune verschwand.

Hatte sie recht? Würde mich das Erbe wirklich nicht glücklich machen?

»Komm mal mit!«

Max riss mich buchstäblich aus meinen Gedanken, indem er mich an der Hand nahm und hinauszog.

»Wohin denn?«, fragte ich misstrauisch. Bei ihm konnte man irgendwie nie wissen, woran man war.

»Zu dir.«

»Zu mir? Aber was willst du dort?«

»Ich habe auch ein Geschenk für dich.«

Das machte mich nun doch neugierig. Wir spazierten den kurzen Weg schweigend nebeneinander her. Auf dem Hof angekommen gingen wir um das Haus herum in den großen Obstgarten. Vor zwei Tagen war Vollmond gewesen, und das Licht des Erdtrabanten erleuchtete den Garten auf eine fast gespenstische Weise.

Ich vermied den Blick auf den Zwetschgenbaum, vor lauter Angst, dort oben meine Oma im Nachthemd zu sehen. Der Albtraum von neulich hing mir immer noch ziemlich nach.

»Und wo ist jetzt mein Geschenk?«

»Dort!« Er deutete zwischen zwei Apfelbäume, und jetzt erst sah ich es.

»Eine Hängematte!«, rief ich erfreut. Als ich näher kam, sah ich, dass sie aus buntem Stoff gefertigt war und so groß, dass zwei Leute locker darin Platz fanden. Fast genau so eine Hängematte hatte ich als Kind gehabt. Max und ich hatten darin viel Zeit miteinander verbracht. Wir hatten Quartett gespielt oder uns über für Kinder äußerst wichtige Fragen des Lebens unterhalten, während wir uns den Bauch mit pflückfrischem Obst vollgeschlagen hatten. Ich drehte mich glücklich lächelnd zu ihm um.

»Gefällt sie dir?«

»Sie ist super! Vielen Dank, Max.«

Eine Woge spontaner Zuneigung überrollte mich, und rasch gab ich Max einen dicken Kuss auf die Wange. Da nahm er mich plötzlich in den Arm und drückte mich fest an sich. Es fühlte sich gut an, fast wie eine Zeitreise in meine Kindheit, als Max und ich noch die besten Freunde waren. Langsam löste er sich von mir und gab mir ebenfalls einen Kuss auf die Wange. Dann schaute er mich lächelnd an.

»Warum probierst du sie nicht gleich aus?«, fragte er leise.

Ja, warum eigentlich nicht? Ich schlüpfte aus den Schuhen und legte mich hinein. Max gab mir einen sanften Schubs, und ich schaukelte hin und her. Glücklich schaute ich in den funkelnden Sternenhimmel. Was für eine zauberhafte Nacht! Jetzt fehlte nur der richtige Mann, mit dem ich sie genießen konnte.

Ich dachte plötzlich an Alex, und die schöne Stimmung von

eben löste sich schlagartig in Luft auf. Ich rappelte mich hoch und stieg aus der Hängematte.

»Das war wirklich eine super Idee von dir, Max. Aber jetzt sollten wir besser zurückgehen.«

»Wenn du meinst...«

»Trotzdem... nochmal vielen Dank!«

»Schon gut. Sag mal, ist eigentlich nochmal etwas passiert auf dem Hof?«, fragte er unvermittelt.

Ich dachte sofort an die Rosen. Und schüttelte den Kopf.

»Nein. Nichts mehr.« Ich wollte es ihm nicht sagen. Warum auch immer. Vielleicht weil ich mir nicht hundertprozentig sicher war, ob Alex doch etwas damit zu tun hatte?

»Sehr gut. Aber falls nochmal was ist, sag mir bitte Bescheid.«

»Mach ich... Du äh, sag mal, wie findest du eigentlich Daniela?«, fragte ich ihn, um von dem unangenehmen Thema abzulenken.

»Daniela? Ganz nett, soweit ich das nach der kurzen Zeit beurteilen kann. Ich kenn sie ja erst seit heute. Warum?«

»Och... nur so.«

»Ach so, nur so?«

»Wenn ich ein Mann wäre, ich wäre ganz narrisch nach ihr. Sie ist echt toll.«

»So so.«

»Ja. Vielleicht könnten wir morgen alle was gemeinsam unternehmen. Benny ist ja auch ein ganz süßer Junge und...«

»Hanna?«, Max blieb stehen.

»Ja?« Ich ging weiter. Aber er folgte mir und hielt mich am Arm fest.

»Bilde dir bloß nicht ein, du kannst hier Kupplerin spielen! Hörst du?!« Sein Ton war plötzlich ziemlich scharf.

Oje. Das hatte ich nicht gerade geschickt angestellt. Ich musste sofort zurückrudern, sonst konnte ich es vergessen, die beiden jemals zusammenzubringen. Max würde sich von mir prinzipiell keine Frau aufschwatzen lassen und wahrscheinlich sogar Angelina Jolie oder Diane Kruger heimschicken, wenn ich sie ihm vorstellen würde. Naja, die beiden vielleicht nicht gerade, aber jede andere Frau vermutlich schon.

»Kupplerin? Schmarrn. Das hast du falsch verstanden.« Ich lachte bemüht munter.

»Na hoffentlich. Ich kann mir meine Frauen selber suchen.«

Seine Frauen? Fast hätte ich gelacht. Sehr viel getan hatte sich da aber in den letzten Jahren nicht. Bis auf Maria. Und dass er diese Streberin los war, fand ich sowieso besser.

Aber wie sollte ich es jetzt anstellen, dass er sich für Daniela interessierte? Die beiden wären wirklich ein tolles Paar. Oder? So ganz vorstellen, dass die beiden zusammen waren, konnte ich mir plötzlich doch nicht mehr. Aber wenn er mit Daniela beschäftigt wäre, würde ihn das bestimmt von mir und meinem Hochzeitsvorhaben abbringen. Nur wie konnte ich das Ruder jetzt noch herumreißen? Plötzlich kam mir eine Idee. Ich musste ihm nur einreden, dass ich sie absolut nicht für ihn geeignet hielt!

»Klar kannst du das selbst. Du hast mich eben auch völlig falsch verstanden. Erstens würde Daniela nie aufs Land ziehen. Zweitens steht sie mehr auf...«, ich überlegte krampfhaft, auf was Daniela stehen könnte, das er nicht war, »... deutlich jüngere Männer, als du es bist«, fiel mir glücklicherweise ein. Das stimmte zwar überhaupt nicht, aber es gefiel mir, dass er bei diesen Worten ein wenig zusammenzuckte.

»Und außerdem: Was sollte sie auch mit so einem Typen wie dir anfangen?«, setzte ich dem Ganzen noch die Krone auf.

»Wie meinst du das? Mit so einem Typen wie mir?« Seine grünen Augen blitzten gefährlich.

Ach du liebe Güte, jetzt hatte ich es übertrieben und mich in ein Gespräch verstrickt, das ich eigentlich gar nicht führen wollte.

»Lassen wir das doch. Komm, wir gehen …«

»Nein. Ich will jetzt wissen, was du damit meinst.«

Manchmal hatte ich das Gefühl, dass Max in der Pubertät steckengeblieben war, so launisch wie er immer war. Wäre er eine Frau, ich würde alles darauf verwetten, dass er unmittelbar vor dem Besuch der roten Tante stand.

»Hey. Du bist nicht gerade Prince Charming in Person.«

»Als ob du das beurteilen könntest!«

»Zu mir bist du es jedenfalls nicht!«

»Zu dir will ich es auch gar nicht sein!«

Ach was? Das war mir bisher aber noch gar nicht aufgefallen!

»Dann lass mich doch einfach in Ruhe!«, schnaubte ich.

»Das kannst du gerne haben!«

Er stapfte in Richtung Scheune davon. Ich folgte ihm langsam.

Die Gäste hatten sich schon gefragt, wo wir so lange gewesen waren. Natürlich wollte ich den anderen nicht die Stimmung verderben. Deswegen bemühte ich mich, mir unseren Streit von eben nicht anmerken zu lassen. Er sah das wohl ähnlich, und so verlief der restliche Abend – oder ich sollte wohl besser sagen – die restliche halbe Nacht – doch noch ziemlich unterhaltsam. Max setzte sich jedoch demonstrativ möglichst weit von Daniela entfernt an den Tisch und unterhielt sich hauptsächlich mit Karl und Mike.

Irgendwann war der kleine Benny auf dem Tisch eingeschlafen. Willy trug den Jungen zu mir nach Hause, begleitet von Daniela,

Pauline und Fanny. Tante Luise und Onkel Alois verabschiedeten sich ebenfalls ins Bett, und am Ende saßen nur noch Lene und Karl, Max, Mike und meine Wenigkeit am Tisch.

»Was ist eigentlich aus dem süßen Typen geworden, den ich bei dir kennengelernt habe?«, fragte Lene irgendwann neugierig.

»Welcher Typ?«, kam es gleichzeitig von den drei Männern.

Lene kicherte. Sie war schon etwas angeheitert. Im Gegensatz zu ihrem Mann, der den undankbaren Job hatte, sie heute Nacht noch nach Hause zu fahren.

»Na, dieser... Wie hieß er noch?«

»Alex«, half ich ihr auf die Sprünge. Ich freute mich, dass er auf sie so einen bleibenden Eindruck gemacht hatte.

»Ja, genau. Alex!«

»Was interessiert dich denn dieser Typ überhaupt?«, fragte Karl seine Frau misstrauisch.

»Er ist süß, und er wäre doch ein geeigneter Mann für Hanna!«

Ich merkte, dass ich ein bisserl rot wurde vor Verlegenheit.

»Von einem Alex hast du mir noch gar nichts erzählt«, beschwerte sich Mike und nahm einen tiefen Schluck Bier. Er, der während der Arbeit in der Bar so gut wie nie Alkohol anrührte, ließ es heute ordentlich krachen.

»Wann denn auch?«

»Stimmt. Beim letzten Mal hat uns dein Beauty-Doktor-Ex unseren Plausch-Abend versaut«, erinnerte er sich. Ich hoffte nur, dass meinem Freund jetzt nichts über BeauCadeau herausrutschte, angetrunken wie er war.

»Das holst du aber morgen nach, Schätzchen. Ich will alles wissen.«

»Wirst du ihn heiraten?« Auch Lene ließ nicht locker.

»Ach. Wer weiß das schon...«, versuchte ich es auf die unverbindliche Art. Ich wollte jetzt nicht mehr über das Thema sprechen.

Max wollte das scheinbar auch nicht. Er stand auf.

»Leute, ihr könnt gerne noch sitzen bleiben. Aber ich werde mich jetzt ins Bett verziehen.«

»Wir fahren jetzt auch«, sagte Karl und warf Lene einen deutlichen Blick zu. Doch statt zu protestieren, wie er es wohl erwartet hatte, lächelte sie ihn verliebt an und schmiegte sich an seine Seite.

»Gerne.«

Ich seufzte innerlich. Die beiden waren wirklich ein tolles Paar. Beneidenswert.

Bevor wir uns auf den Weg machten, halfen wir alle noch zusammen und brachten das restliche Geschirr und die Gläser in die Küche.

Dann schlenderten Mike und ich Arm in Arm nach Hause.

Alle freien Zimmer waren von meinen Gästen belegt. Bis auf das ehemalige Schlafzimmer von Oma. Ich wollte nicht, dass darin jemand schlief. Obwohl er protestierte, überließ ich Mike mein Bett und legte mich aufs Sofa ins Wohnzimmer. Und kaum hatte ich mich zugedeckt, war ich auch schon eingeschlafen.

kapitel 32

Mike und ich lagen gemütlich zusammengekuschelt in der Hängematte und erholten uns von einem opulenten späten Frühstück, bei dem wir die Reste des gestrigen Abends verputzt hatten. Ich trug das rote Kleid, das Daniela mir geschenkt und auf ihr Drängen anprobiert hatte. Es passte perfekt.

Nach dem Frühstück hatte Daniela meinen Wagen genommen und war mit den Kindern nach Passau ins Erlebnisbad gefahren. So hatte ich endlich Zeit und Ruhe, um Mike auf den neuesten Stand zu bringen.

Er hörte mir aufmerksam und geduldig zu, was sicherlich nicht leicht war. Denn als ich erst einmal angefangen hatte zu erzählen, sprudelte alles ungeordnet aus mir heraus.

»Tja. Und jetzt weiß ich überhaupt nicht mehr, was ich machen soll«, seufzte ich, als ich zum Schluss gekommen war.

»Es ist aber schon ziemlich crazy, dich mit einem Mann einzulassen, der dir noch nicht mal seinen vollen Namen gesagt hat.«

Jaja... Das brauchte er mir nicht zu sagen. Das wusste ich inzwischen selbst. Normalerweise war ich auch wirklich kein so naives Trutscherl.

»Ich kann gar nicht verstehen, dass ich mich so in ihm getäuscht habe.«

»Ich kenne den Typen zwar nicht, aber glaub mir, wenn er dir so wesentliche Dinge verschwiegen hat, dann stimmt was nicht mit ihm.«

»Verschwiegen hat er es ja eigentlich gar nicht. Ich habe ihn halt nie danach gefragt«, log ich Mike und mir selber was vor, denn Alex hatte mir ja tatsächlich nicht sagen wollen, wo sein Hof war. Doch irgendwie wollte ich Alex verteidigen. Vielleicht auch deswegen, weil ich selbst in Bezug auf meine Arbeit nicht ganz ehrlich zu ihm gewesen war.

»Er wirkte so… so richtig…« Tränen brannten plötzlich in meinen Augen. Blöde Flennerei! In letzter Zeit hatte ich wirklich nah am Wasser gebaut.

»Es treiben sich so viele Spinner auf dieser Welt herum. Und leider sieht man es den meisten nicht auf den ersten Blick an«, ermahnte mich Mike.

»Und was mach ich jetzt?«, schniefte ich und wischte die Tränen vorsorglich aus den Augen, bevor sie über meine Wangen kullern konnten.

»Hmmm… Dir schnell einen Mann suchen, den du heiraten kannst. Dein Erbe lässt du dir auf keinen Fall entgehen!«

Im Hof war plötzlich das Brummen eines Motorrades zu hören. Wahrscheinlich Willy, der das schöne Wetter ausnutzen wollte.

»Wenn es nur so einfach wäre, jemanden zu finden.«

Er grinste mich an.

»So richtig gesucht hast du ja noch gar nicht, oder?«

»Naja… wenn ich ehrlich bin nicht… Seit Alex…«, gab ich zu.

»Warum heiratest du eigentlich nicht Max?«, fragte Mike plötzlich.

»Max?« Ich lachte auf. »Entschuldige, Mike, aber Max ist mein Cousin!«

Mike zuckte mit den Schultern. »*So what?*«

»Ja und? Ich kann doch nicht meinen Cousin heiraten.«

»Hey. Das ist ja schließlich nicht verboten.«

»Verboten nicht... aber trotzdem. Nein... Außerdem würde ich Max nicht heiraten wollen und wenn er zehnmal nicht mit mir verwandt wäre.« Die Vorstellung von mir und Max vor dem Traualtar war völlig absurd. Obwohl – wenn ich ehrlich war, hatte ich mir als Kind manchmal vorgestellt, später einmal Max zu heiraten. Aber das war eher so gewesen, wie kleine Mädchen sich manchmal wünschen, den Papa zu heiraten, und in keiner Weise ernst zu nehmen.

»Zehnmal nicht?«, Mike lachte laut.

»Du weißt schon, was ich meine.« Ich stupste ihn in die Seite.

»Stopp! Du weißt genau, wie kitzlig ich bin!«

»Deswegen tu ich es ja.«

»Freches Huhn! Hör auf!«

Er packte meine Hände und hielt sie fest. Ich wehrte mich spielerisch. Die Hängematte schaukelte jetzt wild, und ich lachte vergnügt. Es tat so gut, mit ihm so ungezwungen herumzualbern. Es gab sie eben doch, die Freundschaft zwischen Mann und Frau ohne jegliche sexuellen Hintergedanken. Auch wenn das viele nicht glauben wollten.

»Wenn ich nicht schon verheiratet wäre, dann würde ich dich heiraten.«

»Das wäre die beste Idee überhaupt. Du müsstest nur vorher einen Landwirtschaftsschnellkurs besuchen«, kicherte ich.

»Ach, kein Problem. So ein wenig Kühe melken würde ich schon hinkriegen.«

Die Vorstellung, wie Mike am Euter einer unserer zotteligen Hochlandkühe zog, war zu komisch!

»Lach nicht. Ich kenn mich schließlich mit Getränken jeglicher Art aus.« Er zwinkerte mir zu. »Wir könnten ja hier eine Milch-Bar eröffnen.«

»Du hast echt super Ideen. Wie schade, dass wir das alles nicht machen können, weil du schon unter der Haube bist.«

»Ja. Und *wie* schade das ist!« Er zog einen Schmollmund.

»Wir hätten eine rauschende Hochzeit feiern und dann eine lange Hochzeitsreise nach New Orleans und auf die Bahamas machen können. Und danach dann eine tolle Scheidungsparty veranstalten.«

Plötzlich drückte er mich tief in die Hängematte und hielt meine Arme über den Kopf.

»Du denkst doch nicht, dass ich mich je wieder von dir scheiden lassen würde?«, fragte er aufgekratzt.

»Würdest du nicht?«

»Da wär ich ja verrückt...«

»Allerdings...«

Ich befreite meine rechte Hand, stupste ihn mit dem Zeigefinger in den Bauch, und wir lachten gemeinsam.

In diesem Moment sah ich ihn. Alex! In seiner Lederjacke, den Helm in der Hand. Er stand keine zehn Meter von uns entfernt und schaute mich mit starrem Gesicht an.

»Alex!«

»Hanna...?« Mike schaute mich verwundert an. Bemerkte dann jedoch Alex ebenfalls.

»Das ist Alex?«

Ich hörte ihm gar nicht zu. Oh mein Gott, was Alex sich jetzt wohl dachte?

Er drehte sich wortlos um und ging davon.

»Alex, warte!«, schrie ich, als er aus meinem Blickfeld verschwand. Ich versuchte aus der Hängematte zu kommen, aber durch das Gewicht von Mike, sank ich immer weiter nach hinten.

»Hilf mir doch!«, blaffte ich Mike ungeduldig an. Der schob mich schließlich aus der Hängematte, und ich rannte Alex barfuß hinterher.

»Bitte, warte doch!«

Als ich in den Hof kam, saß er schon auf seinem Motorrad und zog eben den Helm auf. Ich stellte mich vor ihn.

»Ich bin so froh, dass du da bist.« Mein Herz raste, teils vor Freude und teils vor Angst, dass er gleich wieder verschwinden würde.

»Ich habe gedacht, wir könnten heute einiges klären. Aber das ist jetzt wohl nicht mehr möglich.«

»Bitte, Alex, das ist nicht das, was du denkst...«

Er lachte bitter. Ich hätte auch gelacht, wenn mir das jemand in so einer Situation gesagt hätte. Oder geheult. Aber wie sollte man es denn sonst sagen, verflixt nochmal?

»Erspar mir bitte peinliche Erklärungen, Hanna. Das ist würdelos.«

»Würdelos? Nein... Ich... ich warte seit über zwei Wochen auf ein Lebenszeichen von dir. Und jetzt kommst du und siehst etwas, das gar nicht das ist, wonach es ausschaut.«

Er schaute mich von oben bis unten an. Und ich verfluchte dieses vermaledeite sexy rote Kleid, das ich trug.

»Vielleicht ist bei dir vieles nicht so, wie es aussieht.« Seine Lippen, die meine so leidenschaftlich geküsst hatten, verzogen sich zu einem bösen Lächeln.

»Was soll das denn bedeuten?«, fragte ich verwirrt.

»Ich weiß nicht, was du mit den Männern für Spielchen treibst.«

»Ich treibe keine Spielchen, Alex. Mike ist ein guter Freund... wir haben nur herumgeblödelt...Und außerdem kenne ich noch nicht mal deinen Familiennamen!«, setzte ich völlig aus dem Zusammenhang gerissen hinzu.

»Das spielt jetzt keine Rolle mehr, Hanna.«

»Doch. Und wie es das tut. Ich bitte dich, lass uns doch wenigstens in Ruhe darüber reden...«

»Sie ist wirklich nur eine gute Freundin«, mischte sich jetzt plötzlich Mike ein.

»Schon gut, mein Freund...« Alex startete das Motorrad. Er würde gleich wegfahren. Und ich hatte keine Ahnung, wie ich das verhindern sollte. Ich konnte mich ja schließlich nicht vor das Motorrad werfen. Warum war dieser Kerl nur so stur?

»Bitte Alex... Bleib.«

Er schaute mich mit einem Gesichtsausdruck an, den ich nicht deuten konnte.

»Ein Rat für die Zukunft, Hanna. Lass die Finger von verheirateten Männern.«

Dann gab er Gas und fuhr vom Hof. Weg aus meinem Leben. Es war, als ob mir jemand einen Pflock ins Herz getrieben hatte. So musste Scarlett sich gefühlt haben, als Rhett Butler sie verließ in jener Nacht, als Melli starb. Doch Scarlett hatte wenigstens Tara gehabt, das sie trösten konnte. Und ich? Ich hatte ein verflixtes Erbe am Hals, das mir nur Unglück brachte.

Mein Wunsch von letzter Nacht hatte sich erfüllt. Ich hatte Alex wirklich sehr schnell wiedergesehen. Aber mit welchem Ausgang? Ob es daran lag, dass ich die Kerzen nicht ordnungsgemäß ausgeblasen, sondern in Bier ertränkt hatte?

»Ich kenne den Mann«, sagte Mike nachdenklich. »Ich weiß nur nicht, woher.«

Noch nicht einmal das konnte mich aufmuntern. Er war weg, ob ich nun seinen Namen kannte oder nicht.

»Und er muss mich auch kennen, sonst hätte er nicht gesagt, du sollst die Finger von verheiraten Männern lassen.«

»Weißt du was, Mike? Das ist mir gerade so was von egal!«

»Hey. Du brauchst jetzt nicht auf mich sauer zu sein. Ich kann nichts dafür!«, protestierte mein Freund.

»Bin ich doch gar nicht«, sagte ich und stapfte unglücklich ins Haus.

kapitel 33

Am Abend fuhren Daniela und Benny mit Mike gemeinsam zurück nach München.

Daniela hatte ich vor ihrer Abfahrt nichts von Alex' Auftauchen und Verschwinden erzählt. Ich konnte einfach nicht darüber reden. Noch nicht.

Um mich abzulenken, überredete ich Pauline, mit mir nach Passau zu fahren und ins Kino zu gehen. Doch ich hätte ihr nicht die Wahl des Filmes überlassen sollen. Wir schauten *The lucky one* und ich heulte wie ein Schlosshund. Eine hilfsbereite ältere Dame aus der Sitzreihe hinter uns erbarmte sich meiner und schenkte mir ein Päckchen Papiertaschentücher. Damit rettete sie nicht nur mich, sondern vor allem die übrigen Zuschauer vor meinem lauten Schniefen.

»Ooooh Mann, du warst voll peinlich!«, beschwerte sich Pauline nach dem Film.

»Tut mir leid«, sagte ich zerknirscht und hätte am liebsten schon wieder losgeheult.

»Ich will zu Fanny!«

»Ich dachte, wir wollten noch einen Burger essen?«

»Schon wieder was essen? Wir hatten doch einen großen Eimer Popcorn und vor dem Kino eine riesige Pizza.«

»Na und?« Ich hatte doch so Hunger.

»Wenn du Liebeskummer hast, hilft es bestimmt nichts, wenn du auch noch fett wirst.«

»Wieso Liebeskummer...?« Wie kam sie denn darauf?

Pauline verdrehte genervt die Augen. »Glaubst du ich bin blööhöd?«

»Nur eine Tüte Pommes!«, bettelte ich.

»Nichts da. Wir fahren jetzt heim!«, übernahm Pauline das Kommando.

Die nächsten beiden Tage verbrachte ich in einer Art körperlichen und geistigen Starre in meiner Hängematte. Da ich an gar nichts dachte, schaffte ich es sogar, so wenig wie möglich über Alex nachzudenken.

»Hanna, Telefon!«, rief Pauline, lief zu mir und hielt mir das Handy entgegen.

»Jetzt nicht«, sagte ich müde. Es konnte ziemlich anstrengend sein, nichts zu tun.

»Daniela ist dran. Es ist wichtig!«

Sie ließ nicht locker, und schließlich ging ich ans Telefon.

»Ja?«

»Hallo Hanna. Sag mal, hast du von Frank Cornelius schon wieder gehört?«

»Nein. Wahrscheinlich ist der immer noch im Dschungel unterwegs. Warum?«

»Wir müssen heute definitiv den Auftrag für das Segelboot erteilen, sonst geht es an einen anderen Interessenten. Ich hab die Leute schon so lange hingehalten, die brauchen jetzt eine verbindliche Ansage von uns.«

Ich betrachtete meine Beine, die in einer abgeschnittenen Jeans steckten. Jetzt waren sie leicht gebräunt und wirklich hübsch. Vielleicht das Hübscheste überhaupt an mir. Ich wackelte mit den großen Zehen. Vielleicht sollte ich mir einen Nagellack kaufen.

»Hanna?«

»Ja?«

»Ist was mit dir?«, fragte sie.

»Nein, gar nichts.«

»Gut... Was soll ich denn jetzt machen wegen dem Segelboot?«

Ich überlegte kurz. Cornelius hatte ja quasi schon zugesagt.

»Mach es fix.«

»Wirklich? Aber was tun wir, wenn er sich dann doch für etwas anderes entscheidet?«

»Macht er bestimmt nicht. Es sind nur noch gut drei Wochen bis zum Geburtstag. Momentan haben wir sowieso keine Alternative.«

»Also gut... Dann mach ich das. Puh. Meine erste Bestellung in so einer Größenordnung.«

Ich sah sie buchstäblich vor mir, wie sie aufgeregt an ihren Haaren zwirbelte.

»Toll. Ich muss jetzt los, Daniela. Hier wartet jede Menge Arbeit auf mich.« Zum Beispiel aus der Gefriertruhe ein Eis holen.

»Okay... Oh, warte, nur noch kurz. Du hattest mich doch gebeten, wegen dieser einen Sache zu recherchieren. Stell dir vor, ich habe da eine Spur gefunden.«

Im Moment wusste ich zwar nicht, was sie damit meinte, aber ich hatte auch keine Lust nachzufragen. Mein Eishunger war einfach zu groß.

»Schön. Du machst das super, Daniela. Bis bald.«

Ich krabbelte aus meinem schwingenden Sofa. Doch da stand plötzlich Pit vor mir.

»Hallo, Hanna«, begrüßte er mich etwas verlegen.

»Hallo Pit.« Der kam mir jetzt so richtig ungelegen.

»Ich sollte doch kommen, damit wir reden können. Wegen der Arbeit...« Stimmt. Ich hatte völlig vergessen, das mit Willy zu besprechen. Im Moment war er auf dem Feld und ziemlich beschäftigt.

»Ach, weißt du was, Pit. Morgen kannst du wieder anfangen hier«, sagte ich, ohne noch weiter darüber nachzudenken. Wenn Pit wieder hier war, brauchte ich auch kein schlechtes Gewissen zu haben, wenn ich mir eine kleine Auszeit nahm.

»Wirklich?« Er schien nicht mit so einer schnellen Zusage gerechnet zu haben.

»Ja. Klar. Also dann, bis morgen.« Ich ging zum Haus.

»Danke!«, rief er mir hinterher.

»Schon gut...!«

»Ich habe das Gefühl, ich lebe mit einem fressenden Zombie zusammen«, schimpfte Pauline beim Abendessen.

Ich warf meine Gabel in die Schüssel, in der die letzten Reste knuspriger Bratkartoffeln in einer Ketchup-Pfütze badeten.

»Warum motzt du mich eigentlich ständig so an?«, fragte ich genervt. »Ich tu dir doch nichts.«

»Eben genau deswegen. Du tust überhaupt nichts mehr.«

»Du bist ja sowieso immer mit Fanny unterwegs.« Als sie ihren Namen hörte, wedelte Fanny freudig mit dem Schwanz.

Ich stand auf und holte mir aus dem Kühlschrank einen Becher Vanillepudding und einen Löffel. Noch immer hungrig schaufelte ich die süße Nachspeise in mich hinein.

Im Geiste machte ich eine Einkaufsliste. Die Süßigkeiten wurden knapp, und dann brauchten wir noch Brot und Butter. Und natürlich Käse und Chips.

»Ich fahr dann in den Supermarkt. Kommst du mit?«

»Schon wieder einkaufen?«

»Wir wollen ja schließlich was essen, oder?«, blaffte ich sie an.

»Vor allem du willst essen!«

Pauline stand abrupt auf und ging hinaus. Fanny schaute zwischen der Tür und mir hin und her.

»Los, geh schon mit Pauline.« Sie trottete folgsam nach draußen.

Ich trug das Geschirr in die Küche und räumte es in den Geschirrspüler.

Ich hatte meine Gedanken ausschließlich um das Thema Essen kreisen lassen und damit Alex und das Erbe erfolgreich verdrängt.

Gut so. Und auch jetzt würde ich nicht darüber nachdenken, sondern vielleicht einen Kuchen backen? Oder bei Tante Luise ein paar Erdbeeren im Garten stibitzen?

Mein Firmenhandy meldete sich plötzlich. Ich zögerte kurz. Doch dann sah ich, dass Cornelius am Telefon war und ging ran.

»Hallo!«, meldete ich mich.

»Bea! Gut dass ich Sie gleich erreiche.«

»Wie geht es denn? Hatten Sie eine tolle Zeit auf dem Rio Negro?«

»Hören Sie mir bloß damit auf! Eine Katastrophe war das.«

»Was ist denn passiert?« Langsam meldeten sich meine Lebensgeister neugierig zurück. Es gab doch noch eine Welt außerhalb meiner Küche.

»Dieses Boot war eine klapprige, schwimmende Todesfalle. Nach ein paar Tagen kamen wir dann auch noch in ein Unwetter, aber unser verrückter Bootsführer wollte nicht ankern. Oder konnte es nicht. Auf jeden Fall kenterte das Schiff, und wir mussten mit kleinen Kanus gerettet werden.«

»Haben Sie sich verletzt?«

»Nur ein paar Schürf- und kleinere Bisswunden von irgendwelchen Tieren.«

Oh Gott! Gab es in den südamerikanischen Flüssen nicht auch Krokodile und Piranhas? Oder schlimmer noch, diese kleinen Parasiten, die in die verschiedensten Körperöffnungen schlüpften und dort... Himmel! Bei dieser Vorstellung schüttelte es mich.

»Das hört sich ja ziemlich... abenteuerlich an.«

»Auf solche Abenteuer verzichte ich in Zukunft gerne. Bettina hatte sich danach auch noch einen bösen Darmvirus eingefangen und lag tagelang mit hohem Fieber und Durchfall in einer kleinen Krankenstation mitten im Dschungel.«

»Geht es ihr wieder besser?«, fragte ich besorgt.

»Ja. Jetzt schon. Morgen fliegen wir zurück.«

»Gott sei Dank!«

»Hören Sie, Bea. Das mit dem Segelboot können wir vergessen. Bettina hat geschworen, nie wieder einen Fuß auf irgendein Boot zu setzen.«

»Kein Segelboot?«, schlagartig fühlten sich meine Beine wie Wackelpudding an. Ich spürte, wie jegliche Farbe mein Gesicht verließ.

»Nein. Aber die Zeit drängt! Welche Vorschläge haben Sie noch auf Lager?«

Die Bratkartoffeln und der Pudding in meinem Magen schienen plötzlich eine Rauferei zu beginnen. Einer wollte wohl den anderen hinauswerfen.

»Bea?«

Erstaunlicherweise schien der Schock mein Gehirn freizublasen, und ich konnte endlich wieder klar denken.

»Bea? Hören Sie mich?«

»Herr Corneli…? allo… i… ka.. ni… hör..! Hall…!«, rief ich und sprach die Wörter nur abgehackt aus.

»Bea? Ich versteh Sie kaum mehr.«

»allooo!«

Dann legte ich auf und schloss die Augen, um mich kurz zu sammeln. Als gleich darauf das Handy wieder klingelte, drückte ich das Gespräch einfach weg und schaltete das Gerät aus.

Einen Sekundenbruchteil später wählte ich auf dem anderen Handy die Nummer von Daniela.

»Daniela, hast du den Auftrag schon durchgegeben?«, fragte ich ohne Begrüßung und tigerte dabei nervös in der Stube auf und ab.

»Hallo, Hanna! Ja! Alles fix und in trockenen Tüchern!«, rief sie, und ich konnte die Begeisterung über den Deal in ihrer Stimme hören. Bitte, bitte, lieber Gott, mach, dass das nicht wahr ist, flehte ich inbrünstig, ohne jedoch wirklich Hoffnung zu haben, dass mein Anliegen erfolgreich erhört werden würde.

»Und stell dir vor, ich konnte sogar noch zwei Prozent Rabatt aushandeln. Das sind bei einer Million immerhin…«

»Du musst das rückgängig machen. Sofort. Cornelius will das Boot nicht.«

»Das ist jetzt kein guter Scherz, Hanna.«

»Nein. Auch kein guter Witz oder ein gutes Späßchen. Es ist mein völliger Ernst.« Meine Stimme überschlug sich fast bei den letzten Worten.

Danach herrschte Stille in der Leitung. Absolute Stille.

»Daniela?«, fragte ich schließlich nach.

»Hanna, wir können diesen Auftrag nicht mehr rückgängig machen.«

»Das muss aber gehen. Wir haben das Geld nicht.«

»Jetzt hör mir mal zu. Die Firma hat heute dem anderen Interessenten abgesagt. Einem, der aus einem europäischen Königshaus stammt. Wir haben das Boot nur bekommen, weil ich denen den Namen von Cornelius auf den Tisch gelegt habe. Anscheinend haben sie mehr Vertrauen in sein Unternehmen als in die adeligen Finanzen. Wenn wir diesen Vertrag rückgängig machen, können die nicht einfach wieder zum Prinzen laufen und sagen: Hey, du kannst das Segelboot jetzt doch haben. Verstehst du das? Das würde ihre Reputation völlig ruinieren. Von unserer mag ich gar nicht erst reden.«

Ja. Ich verstand es. Aber es gab trotzdem keine Alternative für uns.

»Es muss aber sein, Daniela.«

»Kannst du den Cornelius nicht doch überreden, dass er…«

»Nein! Er will es auf keinen Fall!«

»Verdammt! Dann stecken wir jetzt ziemlich in der Scheiße.« Dass ausgerechnet Daniela so ein Wort benutzte, zeigte mir, dass wir uns tatsächlich mitten in einer Katastrophe befanden.

»Versuch es wenigstens«, bat ich schwach und ließ mich auf den Stuhl fallen.

»Hanna, hör zu. Lass uns ein paar Tage darüber nachdenken. Vielleicht finden wir eine andere Lösung.«

»Was für eine Lösung sollte das bitte sein?«, fragte ich, fast schon etwas hysterisch. Mal eben einen anderen Interessenten zu finden für ein 1-Million-Euro-Segelboot war nicht gerade so, als ob man Tickets für ein WM-Finalspiel Deutschland gegen England bei Ebay versteigerte!

»Ich weiß nicht… Aber lass mir noch ein paar Tage Zeit, bevor ich anrufe… Darauf kommt es jetzt auch nicht mehr an.«

Da hatte sie wohl recht. Darauf kam es jetzt sicherlich nicht mehr an. Ich strich meine Haare aus dem Gesicht.

»Na gut. Warten wir noch eine Woche. Aber wir brauchen auf jeden Fall noch andere Vorschläge für Bettina. Und das am besten schon gestern.«

»Okay. Ich mach mich an die Arbeit. Kommst du die Woche mal ins Büro?«

»Ja. Das werde ich.«

Ich hatte mein Geschäft lange genug schleifen lassen. Mein privates Gefühlstamtam hin oder her – ich musste mich jetzt wieder auf die Geschäftsfrau besinnen, die ich vor dem Tod meiner Oma gewesen war. Cornelius hatte mich wachgerüttelt, wenn auch auf ziemlich drastische Weise.

»Daniela?«

»Ja?«

»Es wird alles gut, oder?«

Die Antwort kam mit einigen Sekunden Verzögerung.

»Klar. Es wird alles gut!«

»Danke!«

Wir verabschiedeten uns.

»Ich komm doch mit in den Supermarkt«, verkündete Pauline, die plötzlich hinter mir stand.

»Dafür habe ich jetzt keine Zeit. Ich habe jede Menge zu tun.«

Sie schaute mich misstrauisch an. »Aber nicht in der Hängematte, oder?«

Auch wenn mein Leben momentan eine einzige Katastrophe war, musste ich bei ihren Worten plötzlich lachen.

»Nein. Nicht in der Hängematte!«

Wie sie so dastand, ein schlaksiges Wesen mit Wuschelkopf – noch keine Frau und auch kein Kind mehr – schien sie mir in diesem Moment ein vages Versprechen dafür zu sein, dass doch noch alles irgendwie gutgehen würde.

kapitel 34

Für die nächsten Tage hatte ich einen detaillierten Schlachtplan ausgearbeitet.

Auch wenn es mir im Nachhinein völlig unüberlegt vorkam, dass ich Pit einfach wieder so eingestellt hatte, war ich nun froh, dass er Willy zur Hand ging. Der hatte versprochen, ein besonderes Auge auf ihn zu werfen. So hatte ich Zeit, mich um BeauCadeau zu kümmern.

Gemeinsam mit Daniela fand ich noch einen Alternativvorschlag für Bettina, mit dem ich allerdings noch immer nicht ganz glücklich war: Eine alte Bibel aus einem Privatnachlass. Das Einzelstück war von einem unbekannten Mönch im Mittelalter abgeschrieben und wunderschön illustriert worden. Das besondere daran waren die unzähligen in den goldenen Einband eigelassenen Edelsteine und Diamanten. Es wurde vermutet, dass dieses kostbare Stück einst das Geschenk eines hochrangigen Kirchenmitglieds für seine heimliche Geliebte gewesen war.

Doch ob Frank Cornelius diese Liebesgabe auch gefiel? Es war wirklich schwer einzuschätzen. Ich versuchte, mit ihm Kontakt aufzunehmen, doch da er sich auf der Rückreise befand, erreichte ich nur seine Mailbox. Ich schickte ihm Fotos per E-Mail und hoffte, dass er sich bald melden würde.

Für unser Problem mit dem Segelboot hatten wir natürlich noch keine Lösung gefunden. Jedes Mal, wenn ich daran dachte – und das war oft – zog sich mein Magen zusammen. Nach den Fressattacken der letzten Tage hatte ich es jetzt mit einer ausgewachsenen Appetitlosigkeit zu tun. Die jedoch nicht unbedingt schlecht für meine Figur war. Glücklicherweise hatte alles immer zwei Seiten. Und laut Karl Valentin noch eine dritte Seite, nämlich eine komische. Doch die konnte ich momentan nicht entdecken.

Die andere Sache, die ich jetzt sehr ernsthaft anging, war mein Hochzeitsprojekt. Mehr denn je war ich jetzt auf das Geld aus dem Erbe angewiesen. Im Notfall – und es sah ganz danach aus, dass er eintreten würde – müsste ich den Hof belasten, um das Geld für das Segelboot zu bekommen.

Meinen Traummann Alex hatte ich mir inzwischen abgeschminkt. Die Karten der Zacher Zenz hatten also recht gehabt. Ich würde keinen Mann heiraten, der sich auf mein Inserat gemeldet hatte. Dumm nur, dass sonst kein anderer zur Verfügung stand. Andererseits – ich glaubte ja nicht wirklich an diese Kartenlegerei und war überzeugt, dass die Sache mit Alex nur Zufall gewesen war. In Ermangelung weiterer Männer und vor allem in Ermangelung dringend nötiger Zeit, in der ich einen anderen Mann überhaupt hätte suchen können, setzte ich mich an meinen PC und ging endlich aufmerksam die E-Mails der Männer durch, die sich auf mein Inserat gemeldet hatten.

Zunächst kam mir natürlich Stefan in den Sinn. Aber ich war immer noch sauer auf ihn, dass er mir die Daten von Alex nicht verraten hatte. Wenn ich recht überlegte, war eigentlich Stefan schuld, dass Alex mich nicht mehr sehen wollte. Denn wenn er mir damals seinen Nachnamen verraten hätte, hätte ich versuchen können, Alex zu finden, bevor er mich fand – mit einem Mann in der Hängematte. Nein! Stefan war definitiv gestrichen!

Ich saß bis tief in die Nacht am Rechner, bis ich schließlich drei Kandidaten gefunden hatte, die ich anschrieb. Einer der Männer war schon einmal hier gewesen. Meine Wahl fiel allerdings nicht auf den Möchtegern-Toyboy Kevin, der immer noch nicht aufgegeben hatte, sondern auf diesen sympathischen Knuddelbär René Voiling. Er hatte mir damals so einen hübschen Strauß Tulpen mitgebracht.

Der nächste Mann war ein bereits zweimal geschiedener Landwirt aus dem Rottal. Auf eine dritte Scheidung würde es bei ihm jetzt auch nicht mehr ankommen.

Und dann schrieb ich noch einen fünfundzwanzigjährigen Schweinebauern an. Ja, ich weiß. Der Altersunterschied war schon sehr groß. Aber er war mit deutlichem Abstand der hübscheste von allen. Und warum sollte ich mir nicht auch etwas fürs Auge gönnen, wenn ich schon mal die Gelegenheit dazu hatte? Außerdem würde er womöglich nicht sehr darunter leiden, wenn wir uns nach der Hochzeit wieder trennten. Sicher fand der Schönling ziemlich schnell eine Trösterin.

Nachdem ich die letzte Mail abgeschickt hatte, machte ich mich müde auf den Weg ins Schlafzimmer.

Plötzlich kam mir Fanny im Flur entgegengeschossen und bellte aufgeregt. Im ersten Moment dachte ich schon, sie würde mich anfallen. Doch sie rannte an mir vorbei nach unten zur Haustür.

»Was ist denn los mit dir?«, fragte ich, als sie mit den Vorderpfoten an der Haustür kratzte und sich nicht mehr beruhigte. Zur Antwort knurrte sie nur böse.

Irgendjemand oder irgendwas musste da draußen sein und

ihr absolut nicht gefallen. Ich bekam eine Gänsehaut und richtig Angst. Glücklicherweise war Pauline nicht wach geworden. Sie hatte wirklich einen gesegneten Schlaf.

Als es plötzlich wild an der Tür klopfte, wäre ich vor Schreck fast an die Decke gesprungen.

»Hannerl! Mach auf! Hannerl!« Gott sei Dank, es war Willy. Zumindest war es seine Stimme.

Rasch drehte ich mit zitternden Fingern den Schlüssel um und öffnete die Tür. Bevor ich sie zurückhalten konnte, schoss Fanny in die Nacht davon.

»Um Himmels willen, was ist denn los?«, fragte ich ängstlich und registrierte nur am Rande, dass Willy einen gestreiften Pyjama trug, der aussah wie ein Sträflingsanzug.

»Keine Ahnung. Ich konnte nicht schlafen und wollte mir draußen ein Pfeifchen anzünden. Da sah ich plötzlich jemanden um den Hof schleichen.«

»Was?« Aus der Gänsehaut von vorhin wurden Wimmerl in der gefühlten Größe von Johannisbeeren.

»Zuerst dachte ich, du bist es.«

»Warum sollte ich mich in der Nacht um den Hof schleichen?«

Er zuckte mit den Schultern.

»Ja, was weiß denn ich? Du warst es ja dann auch gar nicht.«

»Nein, ich war es nicht. Ich war ja hier.«

»Natürlich warst du hier!«

»Warum hast du denn dann gedacht, dass ich mich um den Hof schleiche?«

»Ich weiß doch auch nicht, warum ich das zuerst gedacht habe.«

Wir führten ein völlig sinnloses Gespräch. Oder vielleicht hatte es doch einen Sinn? Nämlich den, den Schrecken und die Angst mit Sinnlosigkeit zu verscheuchen.

»Auf jeden Fall muss es jemand anderes gewesen sein!«, brachte ich die Diskussion vorerst zum Abschluss.

»Hast du eine Taschenlampe hier?«, fragte Willy.

»Du willst da wirklich nochmal raus?«

Er nickte entschlossen.

Wir suchten den ganzen Hof und die Umgebung ab. Doch wir wurden erst mit Hilfe von Fanny fündig, die uns hinter die Scheune führte. Dort stand ein geöffneter Eimer mit gelber Farbe. Ein benutzter Pinsel lag einige Meter weiter entfernt am Boden. Und schließlich entdeckten wir ein großes gelbes V. Es war an die Bretterwand der Scheune gemalt.

»Was soll das denn bedeuten?«, rätselte ich verwirrt.

»Keine Ahnung.«

»Du hast den Schmierer unterbrochen, sonst könnten wir jetzt seine Botschaft lesen«, sinnierte ich und schaute mich um, ob sonst noch irgendwo ein Buchstabe zu finden war. Aber es blieb bei dem einen V.

»Sollen wir die Polizei anrufen?«

Ich überlegte kurz und schüttelte dann den Kopf. »Was sollte das bringen?«

»Naja... irgendjemand versucht, dich fertig zu machen. Oder denkst du, dass es ein Verehrer war, der *Verliebt in Hanna* auf das Tor schreiben wollte?«

»Es wär auf jeden Fall die schönste Erklärung dafür.« Aber ich glaubte selber nicht daran.

Fanny stand ganz dicht an mich gedrängt, und ich streichelte sie automatisch. Sie hob den Kopf und sah mich mit ihren treuen Augen so unglücklich an, dass ich das Gefühl hatte, sie wolle sich dafür entschuldigen, dass sie den Übeltäter nicht gefangen hatte.

Für mich stand es außer Frage, dass derjenige, der die Fallen gelegt hatte, auch für die heutige Aktion verantwortlich war. Fanny hatte ihn bestimmt am Geruch erkannt. Und weil der Geruch für sie mit den Fallen und den Schmerzen, die sie ihr verursacht hatten, verknüpft war, hatte sie so heftig reagiert.

»Denkst du, es war Pit?«, sprach ich endlich meine Befürchtung aus.

»Ehrlich gesagt, nein. Er war ja in den letzten Tagen hier, und Fanny war völlig normal. Nein. Pit war es nicht.«

Er war sich ziemlich sicher. Und ich eigentlich auch. Pit könnte womöglich uns überlisten, aber nicht Fanny.

Plötzlich überkam mich eine große Müdigkeit. Ich wollte nur noch schlafen und nicht mehr nachdenken müssen.

Kapitel 35

»Ich hab dir doch gesagt, du sollst mir sofort Bescheid sagen, wenn wieder etwas passiert auf dem Hof!« Max war ziemlich wütend, als er erst zwei Tage später von Willy erfuhr, was passiert war.

»Glaubst du, ich klingle dich mitten in der Nacht aus dem Bett?«

»Die Tageszeit ist mir völlig egal. Das nächste Mal holst du mich, hast du verstanden?« Er packte mich am Arm und schaute mich eindringlich an.

»Aua. Geht's vielleicht noch fester?«, beschwerte ich mich.

Er ließ mich sofort los.

»Tut mir leid. Aber es ärgert mich einfach, wenn ich sowas nur durch Zufall erfahre.«

»Okay. Nächstes Mal sag ich es dir gleich.«

Ich ging in die Küche und setzte Kaffee auf. Max folgte mir. Er war immer noch verärgert.

»War das der einzige Vorfall, von dem ich nichts weiß?«

Ich verdrehte die Augen. Auf der einen Seite war ich ja froh, dass er sich um mich sorgte, aber andererseits brauchte er sich nicht gleich so aufzuspielen.

»Jetzt sag schon, ich merke doch, dass du mir was verschweigst.«

Er würde sicher keine Ruhe geben, bis ich es ihm sagte.

»Es gab noch was…«, begann ich und ahnte, dass er gleich explodieren würde.

»Aha! Ich höre?« Er verschränkte die Arme und schaute mich mit verkniffener Miene an.

Ich erzählte ihm von dem Rosenstrauß. Und dem Juckreiz. Und er explodierte – wie erwartet. Ich ließ ihn erst einmal Dampf ablassen, bis er etwas ruhiger wurde.

»Jetzt reg dich nicht so auf. Willy und ich kommen schon klar hier mit allem.«

»Ich reg mich aber auf. Wer weiß, was noch alles passieren wird!«

»Das weiß ich auch nicht. Und es macht mir auch ein bisserl Angst«, gestand ich.

Plötzlich schossen mir Tränen in die Augen. Dass mich jemand fertigmachen wollte, setzte mir wirklich zu. Ohne dass ich etwas dagegen tun konnte, begann ich zu heulen wie ein kleines Kind. Ich konnte mich überhaupt nicht mehr beruhigen.

»Hey. Schon gut… Hanna… Komm!« Max legte einen Arm um mich und führte mich hinaus in den Garten zur Hängematte. Er legte sich mit mir hinein, und ich kuschelte mich ganz fest an seine Brust.

»Ich hab doch keinem was getan«, schluchzte ich unglücklich.

»Nein. Du kannst nichts dafür… und ich werde auf dich aufpassen.«

Er streichelte sanft über meine Haare und redete leise auf mich ein. Das leichte Schaukeln der Hängematte, seine vertraute Stimme und die Kraft, die von seinem Körper ausging, beruhigten mich endlich. Langsam löste ich mich von ihm und setzte mich auf. Mit einem Schlag war es mir schrecklich peinlich, dass ich mich vor ihm so hatte gehen lassen.

»Tut mir leid«, sagte ich und wischte verlegen die Tränen aus dem Gesicht.

»Was tut dir denn leid? Dass du mein Hemd nassgeheult hast?«, fragte er und grinste.

Ich stieg aus der Hängematte.

»Nein, ich ...«

»Hey, schon gut.«

»Tja, ich ...« Ich wusste gar nicht, was ich jetzt sagen sollte.

»Versprich mir einfach, dass du mich das nächste Mal sofort holst, wenn hier was passiert oder wenn dir etwas seltsam vorkommt.«

»Aber du kannst ja auch nichts dagegen tun«, meinte ich, »außerdem ist es meine Sache und nicht deine«, setzte ich hinzu, weil ich jetzt nicht mehr darüber reden wollte und weil mich seine Fürsorge plötzlich fast erdrückte.

»Es ist nicht nur deine Sache, Hanna. Schließlich geht mich der Hof genauso viel an wie dich!«, sagte er in sehr energischem Ton.

Ich verschränkte die Arme vor der Brust.

»Ach? Du bist dir ja ganz schön sicher, dass du das Erbe bekommst!«

»Ziemlich.« Er grinste plötzlich.

Dieses Gespräch hatten wir schon geführt, und ich wollte es nicht schon wieder tun. Heute ließ ich mich nicht mehr von ihm provozieren, dazu fehlte mir jetzt die Kraft.

»Wir werden es am Ende ja sehen«, sagte ich einfach.

Ich ließ ihn stehen und ging hinein ins Badezimmer, um mein verheultes Gesicht wieder zur restaurieren. Schließlich würde ich bald Besuch bekommen.

Als ich in die Küche kam, war er immer noch da.

»Musst du nicht irgendwas arbeiten?«, fragte ich, während ich Geschirr aus dem Schrank holte und es auf ein Tablett stellte.

»Gleich ...«

Ich öffnete eine Kuchenhaube und schnitt den saftigen Nusskuchen mit Schokoüberzug an, den ich nach Tante Luises Rezept gemacht, aber ein bisserl abgewandelt hatte.

»Sag mal, wieso hast du dich eigentlich so aufgebrezelt?«, fragte Max plötzlich.

Ach! Das fiel ihm aber früh auf! Er war seit fast einer Stunde bei mir und hatte wohl gerade erst bemerkt, dass ich heute einen Jeansrock und ein blau-weiß gestreiftes T-Shirt trug, das ich mir von Pauline ausgeliehen hatte. Darüber eine rote Bluse und eine modische lange Kette. Außerdem war ich nach der Heulattacke wieder frisch geschminkt und trug meine Haare offen.

»Ich bekomme Besuch.«

»Dieser Alex?«, blaffte Max.

Schön wär's. »Nein. Nicht dieser Alex. Und jetzt würde ich hier gerne noch alles in Ruhe vorbereiten.«

»Du wirfst mich raus?« Er schnappte sich ein Stück Kuchen und biss ab.

»Ich habe jetzt einfach nur keine Zeit mehr für dich«, sagte ich bemüht ruhig. »Und ich verspreche dir, dich zu holen, wenn hier wieder was passiert.«

Da er sich nicht von selbst in Bewegung setzte, schob ich ihn entschlossen in Richtung Tür.

»Der Kuchen ist übrigens gut«, sagte er mit vollem Mund.

»Wenn etwas übrig bleibt, bringe ich ihn dir heute Abend noch vorbei ... oder morgen früh«, setzte ich hinzu, da ich nicht wusste, ob ich am Abend überhaupt da sein würde.

»Und jetzt raus mit dir!«

Endlich war Max weg, und ich wurde einigermaßen nervös. Gleich würde mein erster Kandidat kommen: der geschiedene Landwirt. Pauline war mit Willy unterwegs. Ich hatte ihn nicht lange überreden müssen, mit meiner Schwester einen Tagesausflug in die Westernstadt Pullman City im nahen Bayerischen Wald zu machen. Pauline war Feuer und Flamme gewesen. Vor allem als sie erfuhr, dass man dorthin auch Hunde mitnehmen durfte.

Ich deckte den Tisch im Garten und stellte einen Sonnenschirm auf. Doch mein Besucher verspätete sich. Dafür hatte ich Verständnis, mir passierte das ja auch ständig. Nach fast einer Stunde schlich sich jedoch langsam ein Gefühl von Ärger ein. Wenn er sich noch mehr verspätete, würde er den ganzen Zeitplan für diesen Tag durcheinander bringen. Er war schließlich nicht der einzige Mann, den ich mir heute anschauen wollte.

Der Schokoladenüberzug auf dem Kuchen war inzwischen geschmolzen. Ich nahm den Kuchenteller und ging ins Haus, um ihn noch eine Weile in den Kühlschrank zu stellen.

Wo der Mann nur blieb? Vielleicht war ihm etwas dazwischengekommen, und er hatte eine Mail geschickt? Doch mein Handy zeigte keine Nachricht an.

Nach fast zwei Stunden klingelte endlich das Telefon. In wenigen Worten erklärte er mir, dass er doch nicht kommen würde, und sagte ganz offen, dass er noch andere Frauen kontaktiert hatte. Eine dieser Frauen interessierte ihn mehr als ich.

Na wunderbar. Und das hatte er am Tag vorher noch nicht gewusst? Oder heute Vormittag? Oder vor einer Stunde? Nicht ärgern, Hanna, sagte ich mir, das gibt nur unschöne Falten. Und die konnte ich jetzt nicht auch noch gebrauchen. Ich schaute auf die Uhr. Bis der Schweinebauer kam, hatte ich noch etwas Zeit. Ich nutzte die Pause, um mit Daniela zu telefonieren.

Wir vereinbarten, dass ich morgen nach München ins Büro kommen würde, um verschiedenes zu klären und auch die endgültige Vorschlagsliste für Simon zu erstellen. Im Gegensatz zu früher war dieser Mann momentan mein geringstes Problem.

Der Schweinebauer kam zu früh, und ich beendete das Telefonat rasch. Als er aus seinem alten, hellblauen Ford Focus Kombi stieg, bekam ich fast Schnappatmung. Dass er gut aussah, hatte ich ja auf dem Foto schon gesehen. Aber in echt sah er einfach umwerfend aus, wie ein Fotomodell! Sein fein modelliertes Gesicht, das mich etwas an den jungen Patrick Swayze erinnerte, wurde von hellbraunen, leicht lockigen Haaren eingerahmt. Er war groß, vielleicht 1,85, und um seinen Körper hätten ihn die griechischen Götter beneidet. Ich korrigierte meinen ersten Eindruck. Dieser Mann war kein Fotomodell, sondern ein Modell für einen antiken Bildhauer. Dabei schien er nicht eitel zu sein. Seine Garderobe bestand aus einer einfachen Jeans, einem schlichten weißen T-Shirt und Turnschuhen.

Kurz stand er da und schaute sich um. Als er mich entdeckte, strich er sich nervös durch die Haare. Meine Hände wurden feucht. Wahrscheinlich würde ich kein Wort herausbringen, wenn er vor mir stand. Schlagartig wurde mir mein Alter bewusst und mit erschreckender Deutlichkeit auch sämtliche Problemzonen, die es an meinem Körper gab. Und das waren nicht wenige! Ich schluckte.

Er lächelte und ging auf mich zu. Besser gesagt: Er stapfte. Seine Hände hingen dabei schlapp an den Seiten herab. Seine linkischen Bewegungen entzauberten seine Schönheit innerhalb einer Sekunde. Wie konnte das nur sein?

Als er vor mir stand und mir seine Hand entgegenstreckte, war er immer noch schön, aber der Zauber des ersten Moments war verpufft. Es war, als ob man ein leckeres Stück Torte vor sich hatte und beim ersten Bissen feststellte, dass der Zucker vergessen worden war.

»Hallo Marco«, begrüßte ich ihn freundlich. »Hast du gut hergefunden?« Meine Nervosität hatte sich in Luft aufgelöst.

»Ja«, sagte er und lächelte schüchtern.

»Wie wär's mit Kaffee und Kuchen?«

»Au ja. Ich habe ganz schön Hunger.«

Damit hatte er nicht untertrieben. Er stopfte den Nusskuchen in sich hinein, als wäre er seit Wochen auf Kohlehydrat-Entzug gewesen.

Ich beobachtete ihn. Er hatte noch etwas sehr Jugendliches an sich. Dabei schien er nicht dumm zu sein, nur etwas einfach gestrickt. Ich fragte ihn ein wenig aus. Langsam taute er auf und erzählte von sich. Er kam aus einem kleinen Dorf im Bayerischen Wald, war der zweitjüngste Sohn von neun Geschwistern und hatte schon sehr früh auf dem Hof seiner Eltern mithelfen müssen.

»Sind deine Geschwister auch so hübsch wie du?«, rutschte es mir plötzlich heraus.

Er lachte und schnappte sich noch ein weiteres Stück Kuchen. Bei so vielen Geschwistern war er wahrscheinlich sein Leben lang immer zu kurz gekommen und langte deswegen so ordentlich zu.

»Vater sagt immer, ich bin der Hässlichste von allen.«

Ich verschluckte mich fast an meinem Kaffee. Der Hässlichste? Entweder war sein Vater blind, oder diese Familie war optisch wirklich ganz außergewöhnlich.

»Ein Familienfoto hast du nicht zufällig dabei?«, fragte ich neugierig.

Er lächelte mich an. »Nein. Leider nicht.«

Schade. Das hätte mich jetzt wirklich interessiert.

Nach dem Essen zeigte ich ihm meinen Hof und die Gegend. Er war sehr neugierig, und ich merkte schnell, dass er sich in der Landwirtschaft gut auskannte. Ich konnte spüren, dass er tatsächlich ernsthaft daran dachte einzuheiraten. Er schien mich zu mögen, und auch ich fand ihn sehr... naja, nett. Sicher würde ich ihn zu einer raschen Hochzeit überreden können.

Doch bei dem Gedanken, mich danach gleich wieder von Marco scheiden zu lassen, bekam ich plötzlich Gewissensbisse. Es kam mir vor, als würde ich planen ein Kind zu adoptieren, das ich kurz darauf wieder ins Heim zurückschicken wollte. Trotzdem hielt ich mir die Möglichkeit offen, falls mein nächster Kandidat, Teddybär René, mich nicht rechtzeitig ehelichen wollte. Bevor Marco sich verabschiedete, vereinbarten wir, am Wochenende mal gemeinsam auszugehen.

»Ich freu mich sehr«, sagte er und gab mir nach kurzem Zögern einen feuchten Kuss auf die Wange.

Kaum war Marco weg, fuhr auch schon René auf den Hof. Dieses Mal hatte er einen Strauß Margeriten dabei, mit denen er wieder bei mir punktete. Er war noch größer, als ich ihn in Erinnerung hatte, und bewegte sich trotz seines Gewichts alles andere als schwerfällig. Er hatte eine wesentlich selbstbewusstere Ausstrahlung als Marco.

René schien überglücklich, dass ich ihn doch noch einmal eingeladen hatte. Er war ein sehr angenehmer Mann, und wir fanden sofort tausend Dinge, über die wir reden konnten. Das heikle Thema Hochzeit umgingen wir beide vorerst geflissentlich.

Ehrlich gesagt traute ich mich nicht, ihn darauf anzusprechen. Eigentlich hatte ich vorgehabt, den Männern erst kurz vor der

Heirat reinen Wein wegen der Scheidung einzuschenken. Oder am besten erst danach. Doch bei René wollte ich nicht verschweigen, warum diese Hochzeit so schnell stattfinden musste.

Nachdem ich ihm alles erzählt hatte, schaute er mich lange an.

»Das ist sehr schade«, sagte er schließlich. »Und du willst dich auf jeden Fall gleich wieder scheiden lassen?«

Ich nickte und fühlte mich in diesem Moment ziemlich mies. Doch es wäre nicht fair gewesen, ihm etwas vorzuspielen. Er war mir total sympathisch, aber meine große Liebe würde er niemals werden. Und verheiratet bleiben wollte ich nur mit dem Mann, den ich wirklich liebte.

»Dann tut es mir leid, Hanna. Ich würde dir gerne helfen, dein Erbe zu bekommen, aber wenn ich heirate, dann soll es fürs Leben sein. Ich möchte nur einmal im Leben heiraten und mit meiner Frau eine Familie gründen.« Er schaute mich bedauernd an.

»Das verstehe ich natürlich.«

»Aber es war schön, dich kennengelernt zu haben.« Er stand auf und verabschiedete sich. Ich schaute ihm nach, wie er aufrecht zu seinem Wagen ging und wegfuhr.

Somit blieb als Heiratskandidat doch nur noch der Schweinebauer Marco.

kapitel 36

»Und du hast dich wirklich entschieden?«, fragte Daniela aufgeregt.

»Ja. Es bleibt mir nichts anderes übrig. Marco weiß es zwar noch nicht, aber wenn ich am Wochenende mit ihm ausgehe, dann will ich ihm einen Heiratsantrag machen.«

Ich kam mir selber etwas seltsam vor, als ich das sagte, und Daniela kicherte.

»Und wie schaut er eigentlich aus?«, wollte sie wissen.

»Ich zeig ihn dir.« Ich rief am Rechner seine E-Mail auf und zeigte ihr das Foto, das er mir geschickt hatte.

»Ddd…das ist der Schweinebauer?«, fragte Daniela baff. »Wow. Der ist ja der absolute Wahnsinn!«

Ich lächelte. Es ging ihr genau wie mir, als ich sein Foto zum ersten Mal gesehen hatte.

»Und der will dich wirklich heiraten?«, rutschte ihr heraus.

Ich lachte. »Ich glaube schon.« Eigentlich war ich mir sogar ziemlich sicher.

»Wahnsinn!« Sie kriegte sich kaum wieder ein.

Ich versuchte gar nicht erst, ihr zu erklären, dass er in Wirklichkeit eine völlig andere Wirkung hatte. Sie würde es mir nicht glauben. Und vielleicht war das ja auch nur bei mir der Fall.

»Nach der Hochzeit kann ich den Kredit für das Segelboot aufnehmen.«

»Puh!«, sagte sie erleichtert. »Bin ich froh, dass ich nicht anrufen muss.«

»Wann ist die Rechnung fällig?«

»Eigentlich schon in den nächsten Tagen. Aber ich habe ein Zahlungsziel bis zwei Tage vor Ankunft im Hamburger Hafen ausgehandelt.«

Ich schaute sie kopfschüttelnd an. »Wie machst du das nur immer?«

Sie zuckte mit den Schultern. »Keine Ahnung. Aber es funktioniert!« Sie grinste. »Sobald wir das Schiff haben, werde ich mich diskret nach einem Käufer umsehen. Womöglich werden wir beim Verkauf aber etwas Verlust machen.«

»Das muss ich in Kauf nehmen. Aber jetzt warten wir mal ab. Ich bin mir sicher, du wirst jemanden finden, der gut dafür bezahlt.« Die Perspektive, Marco zu heiraten und das Erbe anzutreten, milderte den finanziellen Druck, der auf mir lastete, merklich. Mein Magen entspannte sich etwas.

»Ist die Liste für Simon jetzt fertig?«, fragte ich.

»Ja. Aber er will sich nächste Woche nochmal mit mir treffen und alles persönlich besprechen.«

»Der macht es aber kompliziert.«

»Ja. Und er versucht, mich anzubaggern«, gestand sie.

»Was? Dieser Mann ist echt zum … Naja, ich sag besser nichts dazu.«

In diesem Moment war ich zum ersten Mal wirklich glücklich darüber, dass Simon mich damals verlassen hatte.

»An mir beißt er sich sowieso die Zähne aus. Ich steh nicht so auf blondierte Männer«, sagte sie, und wir lachten.

Dann fiel mir ein, dass ich dringend noch etwas zu erledigen hatte.

»Ich versuche mal, Frank Cornelius zu erreichen.«

Ich nahm das Handy und wählte seine Nummer. Es klingelte zweimal, dann nahm er ab, sagte jedoch nichts.

»Hallo. Hier ist Bea... Hallo?«

Gleich darauf wurde aufgelegt. Ein ungutes Gefühl beschlich mich. Entweder hatte er nicht reden können, oder es war jemand anderes rangegangen. Was sollte ich jetzt machen? Nochmal anrufen? Oder besser abwarten, bis er sich selber meldete? Ich entschied mich, nicht noch einmal anzurufen, und musste auch nicht lange warten. Ein paar Minuten später klingelte das Handy.

»Hallo?«, meldete ich mich sicherheitshalber ganz unverbindlich.

»Bea? Haben Sie vorhin schon mal angerufen?«, fragte ein nervös klingender Frank Cornelius.

»Ja.« Seine Frage bedeutete, dass er vorhin nicht selbst am Apparat gewesen war.

»Hmm... Dann ist Bettina drangegangen. Haben Sie irgendwas gesagt?«

»Nein. Nur ›Hallo‹ und ›Hier ist Bea‹, dann wurde auch schon aufgelegt.«

»Okay... Wir müssen uns dringend unterhalten. Am besten heute.«

»Heute ist gut. Vielleicht in einer Stunde in der Himbeere?«

»Gut. Bis dann.«

Ich legte auf. Der Tonfall seiner Stimme hatte mir überhaupt nicht gefallen. Hoffentlich verlor ich diesen Auftrag nicht.

Hastig nutzten wir die Zeit bis zum Treffen, um noch zwei weitere Geschenkvorschläge aus dem Hut zu zaubern: eine kleine Karibikinsel samt Bungalow, die allerdings das Budget ein wenig überstieg, und eine weitgehend gut erhaltene Burg in Südtirol. Beides war nicht sonderlich originell, aber vielleicht hatten wir Glück und trafen seinen Geschmack.

»Die Vorschläge sind in Ordnung, aber noch immer nicht das, was ich mir vorstelle.« Seine Stimme klar vorwurfsvoll, und ich konnte es ihm nicht verdenken. Jetzt musste ich alles auf eine Karte setzen.

»Ich habe noch eine Idee im Kopf. Aber ich muss mir dafür erst nochmal ein genaueres Bild von Ihrer Frau machen. Ich muss sie sehen.«

»Welche Idee?«, fragte er nach.

Tja. Welche Idee? Wenn ich das nur wüsste. Aber ich musste ihm jetzt glaubhaft machen, dass ich einer Sache auf der Spur war. Nur so konnte ich noch Zeit herausschinden. Eine innere Stimme sagte mir, dass ich sie kennenlernen musste, um herauszufinden, womit ihr Mann ihr wirklich eine Freude machen konnte. Diese Ahnung gab mir eine gewisse Sicherheit. Außerdem hatte ich als Bea noch nie versagt. Und würde es auch in diesem Fall nicht tun. Ich setzte mich noch etwas gerader hin.

»Das kann ich noch nicht sagen. Aber ich verspreche Ihnen, dass ich alles tun werde, damit Ihre Frau das Geburtstagsgeschenk nie vergessen wird.«

Er schaute mich durch die Sonnenbrille eine Weile an. Ich hielt seinem Blick stand. Dann nickte er.

»Am besten gehen Sie ins Fitness-Studio. Dort ist sie regelmäßig zweimal in der Woche. Am Montagnachmittag und am Donnerstagabend. Da fallen Sie am wenigsten auf.«

»Gut.« Ich stand auf. »Dann werde ich am Montag dort sein. Und machen Sie sich keine Gedanken. Sie weiß nicht, wer ich bin, und wird es auch nie erfahren.«

Kapitel 37

Ich war früh aufgestanden, um einen längst fälligen gründlichen Hausputz zu machen. Pauline half mir widerwillig dabei. Um für die nötige Motivation zu sorgen, legte ich laute Musik auf. Den Staubwedel zu den Klängen von Gossip oder den Ärzten zu schwingen machte beinahe Spaß.

Ich dachte über den kommenden Abend nach. Marco und ich würden in Passau ausgehen. Er schien sich wirklich sehr darauf zu freuen. Seit unserer Begegnung hatte er täglich E-Mails geschickt und mir kleine Geschichten von seinen Schweinen, Eltern und Geschwistern – in genau dieser Reihenfolge – erzählt. Während ich seine E-Mails las, stellte ich überrascht fest, dass er sich schriftlich viel besser ausdrücken konnte als mündlich. Es war sogar richtig unterhaltsam, seine Nachrichten zu lesen.

Am Nachmittag blitzte und blinkte das Haus, und ich war zufrieden. Ein aufwändiger Hausputz kostete mich zwar zuerst immer große Überwindung, aber nach getaner Arbeit fühlte ich mich wunderbar.

Danach lag ich gemütlich in der Badewanne und dachte über die Hochzeit selbst nach. Zum ersten Mal. Es würde eine einfache Zeremonie auf dem Standesamt sein. Hinterher könnten wir in Passau essen gehen und dann... Dann stand die Hochzeitsnacht an. Besser, ich dachte darüber jetzt nicht nach. Himmel! Es war alles so verzwickt. Sollte ich es Marco vorher doch noch sagen oder gleich nach der Trauung? Oder ein paar Wochen warten und dann einen Streit provozieren, der zu einer Trennung führte? Irgendwie gefiel mir keine dieser Varianten.

Vielleicht würde ich heute Abend eine Antwort finden, nachdem er meinen Heiratsantrag angenommen hatte. Ich zweifelte nicht daran, dass er ihn annehmen würde. Mir war klar, dass ich nicht seine große Liebe war. Aber ich hatte den Eindruck, dass er unbedingt raus wollte aus seinem Elternhaus, um auf eigenen Beinen zu stehen. Ich servierte ihm quasi einen Top-Bauernhof auf dem Silbertablett. Womöglich sah er sogar eine Chance, hier in Zukunft ebenfalls seine geliebten Ferkel großzuziehen. Das war zumindest meine Theorie. Ob sie stimmte, würde ich heute Abend herausfinden.

Was würde ich auf der Hochzeit überhaupt tragen? Ein richtiges Hochzeitskleid wäre wohl eher eine Farce. Hm... Trotz allem wollte ich eine schöne Braut sein, wenn ich schon mal heiratete. Plötzlich kam mir ein Gedanke.

Ich stieg aus der Wanne, trocknete mich ab, wickelte ein Handtuch um meine nassen Haare und schlüpfte in einen Bademantel.

Kurz darauf war ich auf dem Dachboden und öffnete den uralten Kleiderschrank, der im hintersten Eck des riesigen Raumes stand. Darin hatten Tante Luise und ich nach dem Tod von Oma einige besondere Kleidungsstücke verstaut.

Geschützt in durchsichtigen Plastikhüllen hingen hier außerdem einige alte Anzüge meines Großvaters und vermutlich sogar meines Urgroßvaters und einige weitere auf altmodische Art sehr schöne Gewänder. Und – trara – die Hochzeitskleider der Gruber-Frauen! Sorgsam holte ich die Kleider samt ihren Hüllen heraus und nahm sie mit nach unten in mein Zimmer.

»Was hast du denn da?«, fragte Pauline neugierig und schleckte an einem Schokoladeneis. »Sind das Brautkleider?«

Ich nickte lächelnd. »Ja!«

»Coool.«

»Fass bitte nichts an mit deinen Schokoladenhänden!«

»Ich bin doch kein Kindergartenkind mehr«, maulte Pauline.

Ich holte meine schönste weiße Spitzenunterwäsche aus der Wäscheschublade und zog sie an. Wenn ich schon in diese Kleider schlüpfte, dann musste auch das Darunter stimmen.

Dann befreite ich das erste Kleid aus der Hülle. Ich kannte es von Fotos. Es war das Hochzeitskleid meiner Mutter. Vorsichtig schlüpfte ich hinein. Es war ein richtiges Prinzessinnenkleid aus Satin mit viel Schnickschnack und Rüschen. Der Duft eines blumigen Parfüms setzte sich nur schwach gegen den modrigen Geruch durch, den das Kleid im Laufe der Jahre auf dem Dachboden angenommen hatte.

»Machst du mal zu?«, bat ich Pauline, die inzwischen mit ihrem Eis fertig war. Sie wischte sich die Finger an ihrer Jeans ab und zog den Reißverschluss an meinem Rücken hoch. Es passte. Und zwar wie angegossen – es war mir sogar ein kleines bisserl zu weit. Ich konnte es kaum fassen. Denn seit ich mich erinnern konnte – und das war immerhin schon eine ganze Weile –, war meine Mutter immer sehr schlank gewesen. Sie trieb regelmäßig Sport und achtete akribisch auf ihr Gewicht.

Irgendwie freute es mich, dass sie auch einmal meine Figur gehabt hatte. Denn oft genug hatte ich mir wenig schmeichelhafte Bemerkungen zu meinen überflüssigen Pfunden von ihr anhören müssen.

»Willst du das zur Hochzeit anziehen?«, fragte Pauline mit leichtem Entsetzen in der Stimme. »Das ist ja grääässlich ...«

Ich schmunzelte. Für den heutigen Geschmack war es das wohl. Ich schaute in den Spiegel. Es war ein seltsamer Anblick, mich mit einem Handtuch um den Kopf gewickelt in einem Hochzeitskleid zu sehen. In dem Kleid meiner Mutter.

Plötzlich war mir mein Vater ganz nah. Er hatte dieses Kleid damals berührt, als er meine Mutter zum Traualtar geführt hatte, als er sie umarmt, als er mit ihr getanzt hatte. Und vielleicht hatte er es meiner Mutter in der Hochzeitsnacht auch eigenhändig ausgezogen. Vorsichtig strich ich über den glatten Satinstoff. Es war das Kleid der Liebe meiner Eltern. Und das sollte es auch bleiben.

»Bitte mach es wieder auf«, sagte ich heiser und mit brennenden Augen.

»Gott sei Dank, ich dachte schon, du willst es wirklich anziehen.«

Ich schlüpfte aus dem Kleid und verpackte es wieder sorgsam. Ich schaffte es plötzlich nicht mehr, auch in das Brautkleid meiner Oma zu schlüpfen, und brachte beide wieder zurück auf den Dachboden.

Vor lauter Hochzeitskleidern hatte ich völlig die Zeit vergessen. Ich schaute auf die Uhr und erschrak. In einer halben Stunde würde Marco kommen, und ich rannte immer noch im Bademantel und mit feuchten Haaren herum.

Rasch flitzte ich ins Bad und föhnte meine Haare. Sie waren noch nicht mal zur Hälfte trocken, da klopfte Pauline an der Tür. Ich schaltete den Föhn ab.

»Ja?«

»Da ist jemand für dich!«

»Marco?«

»Wenn Marco der schönste Mann ist, den ich außer Robert Pattinson je gesehen habe, dann ja.«

Er war schon wieder zu früh gekommen. Ob das ein generelles Problem von ihm war? Ich kicherte.

»Ja. Das kann nur er sein. Biete ihm was zu trinken an, ich beeil mich«, rief ich durch die Tür.

»Musst du nicht!«, rief sie zurück.

Lächelnd schüttelte ich den Kopf und föhnte mich rasch fertig. Ich schminkte mich nur sehr wenig. Irgendwie hatte ich das Gefühl, dass Marco das gar nicht so wichtig war.

Dann flitzte ich ins Schlafzimmer und riss die Schranktür auf. Was zog man denn heutzutage zu einer Verabredung mit einem fünfundzwanzigjähren Mann an, dem man einen Heiratsantrag machen wollte? Ich griff nach dem roten Kleid. Beim letzten Mal hatte es mir zwar wenig Glück gebracht, aber das konnte es ja heute wieder gutmachen. Inzwischen war ich ziemlich aufgeregt.

Als ich in die Stube kam, war Pauline allein. Sie stand am Fenster und schaute hinaus.

»Wo ist denn Marco?«, fragte ich verwundert.

»Draußen. Er redet mit Max.« Sie wandte den Blick nicht von ihm ab.

Ich stürzte sofort ans Fenster. Tatsächlich. Die beiden standen neben Marcos Wagen und unterhielten sich. Ein ungutes Gefühl machte sich in meinem Magen breit. Ich musste hinaus. Sofort. Doch bevor ich mich umdrehte, sah ich, wie Max dem schönen jungen Mann freundschaftlich auf die Schulter klopfte. Gleich darauf stieg Marco in den Wagen. Er würde doch nicht wegfahren?

Rasch eilte ich hinaus. Doch ich konnte nur noch kurz das Heck sehen, dann bog der Wagen ab und war verschwunden.

»Marco!«, rief ich laut hinterher, obwohl es völlig sinnlos war.

»Servus, Hanna!«, rief Max winkend und schlenderte auf mich zu.

»Wo fährt Marco denn hin?«, fragte ich.

»Zurück nach Hause.«

»Wie bitte?«

»Ich sagte, zurück nach …!«

»Das hab ich schon verstanden«, unterbrach ich ihn scharf. »Aber warum fährt er nach Hause?«

»Weil ich es ihm gesagt habe.«

Wütend packte ich ihn am Arm. »Was genau hast du ihm gesagt?«, fragte ich drohend, und meine Augen waren nur noch schmale Schlitze.

»Wenn ich es dir sage, wirst du dich wahrscheinlich mächtig aufregen!«

»Ich werde mich so oder so mächtig aufregen. Also sprich!«

Max trat einen Schritt zurück, so als ob er einen Sicherheitsabstand zwischen uns bringen wollte.

»Naja … ich habe ihm erzählt, dass der Hof ziemlich verschuldet ist, und ihn gefragt, ob er genug Kapital hat, um ihn vor der Zwangsversteigerung zu retten.«

Es verschlug mir komplett die Sprache. Und das kam nicht oft vor. Ich versuchte zu verstehen, was es bedeutete, dass der einzige noch in Frage kommende Heiratskandidat weg war. Es gab nur ein Wort dafür: Katastrophe!

Damit hatte Max mir finanziell das Genick gebrochen. Ich spürte, wie jegliche Farbe aus meinem Gesicht wich und meine Beine zitterten. Dann wurde es dunkel um mich herum.

Langsam kam ich wieder zu mir. Ich lag mit hochgelagerten Füßen auf dem Sofa im Wohnzimmer und spürte einen kühlen

Waschlappen auf meiner Stirn. Als ich die Augen öffnete, sahen mich Max und Pauline sorgenvoll an.

»Hanna!... Gott sei Dank!«, sagte der Mensch, der eben mein Leben zerstört hatte.

»Verschwinde!« Ich sagte es leise, aber in einem Ton, der ihn zurückweichen ließ.

»Bitte hör mir zu, ich muss dir etwas Wichtiges sagen«, bat er, und ich merkte ihm an, dass er tatsächlich ein schlechtes Gewissen hatte.

»Geh!«

»Ich will dir aber...«

Ich setzte mich auf, und dabei rutschte der Waschlappen herunter. Immerhin hatte der Ärger meinen Kreislauf wieder in Schwung gebracht.

»Geh! Ich will dich nie, nie wieder sehen!«

»Ich sehe, es geht dir wieder besser. Ich komme dann morgen vorbei und...«

»Raus!«, schrie ich, und er erkannte, dass es für ihn wirklich am besten war jetzt zu gehen.

kapitel 38

Nachdem Max verschwunden war, wollte Pauline unbedingt wissen, was los war. Zuerst versuchte ich sie abzuwimmeln, schließlich musste ich meine kleine Schwester nicht mit meinen Problemen belasten.

»Schon gut, Pauline«, sagte ich mit bemüht fester Stimme.
»Quatsch mit Soße. Nix ist gut. Sag mir jetzt sofort, was los ist!«
»Hör mal, du bist noch viel zu jung…«
»Ooooh meiin Goooottt. Ihr Erwachsenen… echt ey. Glaubt ihr denn wirklich, wir könnten uns zu reifen Menschen entwickeln, wenn ihr uns ständig von allem, was blöd ist, verschont? Ich will nicht in Watte gepackt werden. Und schon gar nicht, wenn ich sehe, dass es dir schlecht geht. Konflikte und Probleme gehören zu unserer Entwicklung dazu!«

Ich war baff, solche Worte aus dem Mund einer Dreizehnjährigen zu hören.

Und womöglich hatte sie recht. Natürlich mussten Kinder nicht alles wissen, aber trotzdem sollte man ihnen nicht vorspielen, dass alles in Ordnung war, wenn das nicht stimmte. Das spürten sie. Womöglich verunsicherte man sie dadurch und schadete ihnen viel mehr, als man es mit der Wahrheit tun würde.

»Na gut…«, sagte ich und erzählte ihr die ganze Geschichte.

Pauline hörte aufmerksam zu. Als ich fertig war, holte sie einen karierten Block und einen Stift.

»Okay. Das ist blöd gelaufen. Jetzt machen wir eine Liste.«

»Eine Liste?«

»Ja. Es gibt immer irgendeine andere Lösung.«

»Du hast recht«, stimmte ich ihr zu, »es gibt immer eine andere Lösung.«

Es war unglaublich. Meine kleine Schwester hatte mich soeben aus einer tiefen Verzweiflung gezogen. Vielleicht sollte sie später einmal Psychologin werden? Sie schien sich gut in andere Menschen hineinversetzen zu können.

Eine halbe Stunde später hatten wir tatsächlich eine Lösung parat.

Ich trug immer noch das rote Kleid, als ich in den Wagen stieg. Inzwischen war es schon dunkel geworden. Fanny rannte mir hinterher und wollte unbedingt mit. Und das, obwohl Pauline nicht mitfahren würde. Ich fühlte mich geschmeichelt, dass sie mich heute Pauline vorgezogen hätte.

»Nein, Fanny, du bleibst hier«, sagte ich trotzdem. »Los, geh zu Pauline.«

Doch Fanny gehorchte nicht. Na gut. Vielleicht war es ja nicht verkehrt, sie mitzunehmen. Ich ließ sie in den Wagen springen und fuhr los. Im Rückspiegel sah ich meine Schwester, die unter der Hoflampe stand und beide Daumen nach oben hielt. Neben ihr Willy, den ich gebeten hatte, auf sie aufzupassen.

Als ich auf dem Parkplatz beim Brunnenwirt ankam, sah ich, dass im Biergarten noch ziemlich viel Betrieb war. Kein Wunder, es war eine laue Frühsommernacht.

»Du wartest jetzt besser im Wagen«, sagte ich zu meiner Begleiterin, und Fanny machte es sich auf dem Rücksitz bequem.

In der Gaststube selbst waren keine Gäste. Stefan stand an der Theke und ließ routiniert Bier aus dem Zapfhahn in die Gläser laufen.

»Servus, Stefan«, grüßte ich ihn.

»Hanna!« Er lächelte erfreut.

»Hast du Zeit? Ich würde gerne mit dir reden.«

»Das ist jetzt grad nicht so günstig. Draußen ist die Hölle los, und ich hab nur eine Bedienung heute«, sagte er, während er mit wenigen Handgriffen eine Weinflasche entkorkte.

»Es ist aber wirklich sehr wichtig. Und es dauert auch nicht lange.«

Stefan überlegte kurz. Dann stellte er die Getränke auf ein Tablett, platzierte sie für die Bedienung auf die Theke und wischte sich an einem Tuch die Hände trocken.

»Na gut. Aber wirklich nur ein paar Minuten.«

Wir setzten uns an einen kleinen Tisch in der Ecke des Gastzimmers. Ich redete gar nicht lange um den heißen Brei herum.

»Du weißt, dass ich heiraten muss, damit ich das Erbe bekomme.«

Er nickte. »Klar.«

Eigentlich hatte ich ihn ja als Kandidaten aus dem Rennen genommen, weil er mir den Namen von Alex verschwiegen hatte. Aber jetzt war er wirklich meine letzte Hoffnung geworden, und Pauline hatte nicht locker gelassen.

»Ich mache dir einen Vorschlag: Wir beide heiraten und lassen uns nach kurzer Zeit wieder scheiden. Du bekommst 50 000 Euro dafür, und jeder kann danach wieder seiner Wege gehen.«

Ich fand, das war ein fairer Vorschlag. Sicherlich musste er viele Halbe Bier ausschenken und Sülzen und Wurstsalate machen, damit ihm am Ende so viel Geld übrig blieb.

Er schien ein bisschen überrumpelt zu sein. Er wischte sich mit einem Taschentuch über die schwitzende Stirn. Plötzlich lächelte er.

»Na gut. Einverstanden.«

Einverstanden? Puh ... Ich hatte nicht gedacht, dass es so einfach gehen würde, und machte innerlich einen Luftsprung – so hoch, dass ich mir den Kopf an der Decke angestoßen hätte – wenn ich tatsächlich gesprungen wäre.

»Aber ich habe eine Bedingung«, fügte er plötzlich noch dazu, und ich blieb auf halbem Weg in der Luft hängen.

»Äh, ja?«

»Wir werden ein halbes Jahr warten, bis wir die Scheidung einreichen.«

Ich plumpste zu Boden. Was? Also, das hatten Pauline und ich uns aber so nicht ausgedacht.

»Ach komm, Stefan. Bis die Scheidung durch ist, dauert es ohnehin eine Weile«, versuchte ich ihn von dieser Idee abzubringen.

»Entweder ein halbes Jahr Ehe oder wir lassen es bleiben«, sagte er bestimmt und stand auf. »Du kannst es dir überlegen.«

Doch da gab es nicht viel zu überlegen. Es blieb mir nichts anderes übrig, als seine Bedingungen zu akzeptieren.

»Na gut«, sagte ich. Er lächelte plötzlich breit und hielt mir seine Hand entgegen. Ich schlug ein. Obwohl mir das halbe Jahr etwas zu schaffen machte, atmete ich erleichtert auf. Ich hatte es doch noch geschafft, einen Mann zum Heiraten zu finden. Max würde platzen, dachte ich zufrieden und sah sein wütendes Gesicht schon vor mir.

»Du musst mir aber versprechen, dass du es dir von Max nicht ausreden lässt«, stellte auch ich jetzt noch eine Bedingung.

»Von Max? Auf keinen Fall! Komm, darauf trinken wir einen Schnaps!«, sagte mein Zukünftiger.

Den konnte ich jetzt tatsächlich gut gebrauchen.

Als ich wieder zum Wagen ging, waren aus dem einen Himbeergeist insgesamt drei geworden. Autofahren wollte ich jetzt nicht mehr, auch wenn der Weg noch so kurz war. Ich würde mit Fanny zu Fuß nach Hause gehen und den Wagen morgen abholen.

Ich öffnete die Autotür. Noch bevor ich sie an die Leine nehmen konnte, sprang Fanny heraus und rannte bellend auf einen der Tische im Biergarten zu.

»Fanny! Platz!«, rief ich energisch hinterher, aber der Hund war nicht zu bremsen. Einige Leute schrien erschrocken, andere sprangen ängstlich auf, und eine Mutter hob rasch ihre kleine Tochter auf den Arm. Ich hetzte hinter meinem Hund her.

Fanny stand jetzt vor einem Tisch und bellte böse die Gäste an.

»Kannst du nicht auf deinen Köter aufpassen?«, rief eine der Frauen am Tisch. Bevor ich sie sah, hatte ich sie auch schon an ihrer Stimme erkannt: Verena.

Ich hielt Fanny am Halsband fest und hängte sie an die Hundeleine.

»Aus jetzt!«, rief ich energisch, und endlich hörte sie auf zu bellen. Dafür knurrte sie leise.

»Es tut mir leid, das hat sie noch nie gemacht«, entschuldigte ich mich. Es war mir total peinlich, wie der Hund sich gerade aufführte.

»Man sollte die Polizei rufen«, beschwerte sich die Mutter, die immer noch ängstlich ihre kleine Tochter an sich drückte.

»Alle möglichen Deppen müssen Hunde haben und sind zu blöd, damit umzugehen«, keifte ein älterer Mann.

Ich war inzwischen knallrot im Gesicht geworden. Am besten sollte ich jetzt schleunigst verschwinden. Und mit Fanny würde ich daheim ein ernstes Wörtchen reden müssen. Ich kam mir vor wie eine Mutter, die auf dem Spielplatz miterleben musste, wie ihr geliebter Sprössling einem anderen Kind mit Absicht eine Sandschaufel über den Kopf zog.

»Hanna. Komm, ich begleite dich zum Wagen«, sagte mein Verlobter, der plötzlich neben mir stand, ruhig. Und zu seiner Bedienung rief er. »Gabi, bring mal eine Runde Obstler für unsere Gäste auf den Schrecken. Und den Kindern ein Eis.«

Dann hakte er mich unter und ging mit mir und meinem missratenen Ungetüm zum Parkplatz.

»Es tut mir schrecklich leid, Stefan, norlman...normalerweise mache ich sowas nie.« Die Wirkung des Schnapses hatte inzwischen ihren Höhepunkt erreicht.

»Ich hab dich auch noch nie bellen gehört, Hanna«, Stefan grinste und zeigte dabei sein Grübchen.

»Bellen? Nein, ich mein doch...« Oh Gott. Ich strich mir fahrig durch die Haare. Dieser Teufelsschnaps hatte es in sich.

»Ich glaube, es ist keine gute Idee, wenn du noch fährst«, sagte er fürsorglich.

»Ich wollte sowoso zu Fuß gehen.« Buchstaben konnten nach Alkoholkonsum mitunter sehr zickig sein.

Plötzlich packte er mich und zog mich an sich. Und bevor ich überhaupt wusste, wie mir geschah, gab er mir einen Kuss.

Tags darauf trafen Stefan und ich uns noch einmal, um ein wenig ausführlicher über die geplante Hochzeit zu sprechen. Ich hatte noch zehn Tage Zeit, bis ich offiziell unter der Haube sein musste. Da ich am Montag nach München fahren würde, um Bettina Cornelius im Fitness-Center zu beobachten, vereinbarten Stefan und ich, am Tag darauf gemeinsam in die Gemeindeverwaltung zu gehen, um dort den Termin für die Hochzeit zu vereinbaren.

Als wir uns verabschiedeten, versuchte er schon wieder, mich zu küssen. Diesmal wich ich ihm geschickt aus. Da ich ihn nicht verärgern wollte, bevor der Standesbeamte alles besiegelt hatte, verschwieg ich ihm vorerst, dass es nach der Hochzeit keine weiteren Küsse und schon gar keine Hochzeitsnacht geben würde. Notfalls müsste ich in der nächsten Zeit ein Pflaster über meine Oberlippe kleben und Herpes vortäuschen. Ich fand das weder berechnend noch boshaft. Schließlich wusste Stefan ganz genau, dass ich diese Ehe nur einging, um an das Erbe zu kommen. Und er bekam dafür auch noch eine ganze Menge Geld. Wenn man es genau überlegte, war eigentlich er derjenige, der die Situation jetzt ein bisserl ausnutzen wollte. Da durfte ich mir auch so ein kleines Pflasterchen aufkleben.

Der Sonntag war auch der Tag des Abschieds von Pauline. Die Ferien waren vorüber, und Mutter und Dieter holten sie auf der Rückfahrt aus Südfrankreich ab.

Da ich keine Lust auf eine Diskussion mit Mama hatte, versuchte ich, keine Sekunde mit ihr alleine zu sein. Doch sie waren ohnehin schon sehr in Eile, wieder zurück nach München zu kommen.

Kaum waren sie abgefahren, kam Max auf den Hof geradelt. Eigentlich hatte ich ihm ja gesagt, dass ich ihn nie wieder sehen wollte. Aber es war zu verlockend, ihm unter die Nase zu reiben, dass ich Stefan heiraten würde.

»Servus, Hanna!«, begrüßte er mich freundlich, als ob nichts gewesen wäre.

»Hallo, Max!«, grüßte ich zuckersüß zurück und lächelte breit. Das schien ihn etwas zu verunsichern. Wahrscheinlich hatte er erwartet, dass ich ihn mit der Mistgabel vom Hof jagen würde.

»Du, es tut mir wirklich total leid wegen gestern... Geht es dir wieder besser?«, fragte er scheinheilig.

Von wegen, es tat ihm total leid! Das glaubte er doch selber nicht!

»Nicht nur besser, sondern hervorragend«, flötete ich.

»Hör mal, ich möchte, dass du verstehst...«

»Du brauchst mir überhaupt nichts zu erklären, Max. Ich verstehe dich bestens.«

»Dieser junge Hüpfer wäre doch überhaupt nichts für dich gewesen...«

»Da hast du recht. Stefan ist ein viel besserer Ehemann für mich.«

Ich registrierte zufrieden, wie ihm bei diesen Worten die Kinnlade herunterklappte.

»Stefan?«

»Ja. Wir haben schon alles abgesprochen und werden am nächsten Freitag heiraten. Ich hätte dich ja gerne gefragt, ob du mein Trauzeuge sein magst, aber vermutlich liegt dir das nicht so, oder?«

Er sah aus wie ein begossener Pudel. Ach, es tat gut, ihn so zu sehen!

»Du wirst Stefan nicht heiraten!«, sagte er plötzlich bestimmt.

Aber das brachte mich nicht aus der Ruhe. Er mochte einen naiven, jungen Mann wie Marco verjagen können, aber Stefan war ein gestandenes Mannsbild und ließ sich von Max nicht sagen, was er zu tun und zu lassen hatte.

»Oh doch, das werde ich«, flötete ich vergnügt. »So, und jetzt ist es Zeit für mein Beautyprogramm. Ich will ja schließlich gut aussehen in meinem Brautkleid.«

Ohne mich noch einmal umzudrehen ging ich ins Haus. Und um jeglichen Eventualitäten vorzubeugen, versperrte ich sorgfältig die Tür.

kapitel 39

Mit einer kleinen Sporttasche in der Hand betrat ich am nächsten Tag das exklusive Fitness-Studio in der Münchner Innenstadt. Da man hier nur als VIP oder auf besondere Empfehlung reinkam, hatte Cornelius' Sekretärin mich unter dem Namen Britt Lambert angemeldet. Beim Bezahlen der Tageskarte musste ich schlucken. Der Betrag war so hoch, dass eine fünfköpfige Familie locker eine Woche lang davon hätte leben können. Cornelius hatte die Kosten leider nicht übernommen. Hoffentlich würde das Finanzamt diesen Betrag als Geschäftsausgabe anerkennen.

Ich schaute auf meine Armbanduhr. Kurz vor vierzehn Uhr. Sie müsste eigentlich schon hier sein.

Auf dem Weg zum Umkleideraum sah ich mich neugierig um. Nicht wenige Frauen hatten mehr Make-up aufgelegt als ich zur Hochzeit von Natascha und Benjamin, und alle trainierten in sichtlich teuren Sportklamotten. Ich schämte mich fast ein wenig für meine einfache graue Jogginghose und das schwarze T-Shirt.

Als ich meine Turnschuhe anzog, öffnete sich die Tür und Bettina Cornelius kam herein, gefolgt von einer etwas jünger aussehenden Frau. Ihre Freundin, wie ich gleich erfahren sollte. Ich tat völlig unbeteiligt, band meine Schnürsenkel und machte mir einen festen Pferdeschwanz.

»Denkst du wirklich, das Training ist schon etwas für dich?«, fragte die Freundin, anscheinend nicht zum ersten Mal an diesem Tag. Sicher spielte sie damit auf die Viruserkrankung in Südamerika an.

»Ja, Petra!«, kam es etwas genervt von Bettina. »Wie oft denn noch? Es geht mir wieder gut! Ich muss mich endlich mal wieder auspowern.«

Ich ließ mir Zeit, meine Straßenkleider in den Spind zu räumen. Als die beiden Frauen umgezogen waren, folgte ich ihnen unauffällig nach draußen.

Zuerst ging es auf die Crosstrainer. Ich ergatterte ein Gerät in ihrer Nähe und konnte unauffällig ihrer Unterhaltung zuhören. Um nicht als Anfängerin aufzufallen, begann ich sofort, fest zu trainieren.

Zunächst war die Unterhaltung nicht sonderlich hilfreich für mich. Petra beschwerte sich über ihre boshafte Schwiegermutter, die ihr ständig vorwarf, sich nicht genug um den Haushalt zu kümmern.

Bettina lachte. »Hast du ihr immer noch nicht gesagt, dass du schon längst eine Haushälterin beschäftigt hast?«, fragte sie grinsend.

Die Freundin schüttelte den Kopf. »Um Himmels willen, nein! Dann müsste ich mir ja auch noch anhören, wie ich das schwer verdiente Geld ihres Sohnes aus dem Fenster schmeiße…«

Probleme mit Schwiegermüttern kannte ich bisher nur vom Hörensagen. Das Singledasein hatte durchaus auch seine Vorteile, wenn man es von allen Seiten betrachtete.

Während sich die beiden unterhielten, stellte ich überrascht fest, dass sie nicht aus der Puste kamen. Im Gegensatz zu mir. Ich bekam schon nach wenigen Minuten kaum noch Luft. Das Display des Crosstrainers meldete, dass mein Puls bereits auf über 140 Schläge angestiegen war, und ich spürte, wie rot mein Kopf von der ungewohnten Anstrengung geworden war. Ich musste künftig definitiv mehr für meine Kondition tun. Die Spaziergänge mit Fanny reichten offensichtlich nicht aus.

Ich verlangsamte mein Tempo, damit ich noch einige Minuten durchhielt. Dabei beobachtete und belauschte ich die beiden Frauen weiter. Ihre Unterhaltung drehte sich nur um Belanglosigkeiten. Es gab nichts, das mir half, Bettina Cornelius besser einzuschätzen. Doch dann machte sie eine Bemerkung, die mich aufhorchen ließ.

»Manchmal frage ich mich, ob er mich noch so liebt wie am Anfang...«

Petra sah sie erstaunt an. »Wie kommst du denn darauf? Dieser Mann vergöttert dich.«

»Ja. Das tut er, aber weißt du...«, begann sie.

»Was?«

Ich vergaß fast, meine Beine zu bewegen, so sehr konzentrierte ich mich auf das Gespräch.

»Ach... nichts... Wann kommt Peter denn jetzt von seiner Geschäftsreise zurück?«, lenkte sie vom Thema ab.

Schade. Das hätte jetzt vielleicht interessant werden können. Wie sie nur darauf kam, dass ihr Mann sie weniger lieben könnte? In Erwartung, dass ich doch noch etwas erfahren würde, hielt ich tapfer durch, bis die beiden sich endlich genug aufgewärmt hatten. Gott sei Dank hatte ich das überstanden!

Aber ich hatte mich zu früh gefreut oder meine körperlichen Kräfte deutlich überschätzt. Als ich vom Crosstrainer stieg, gaben plötzlich meine Beine nach. Ich knickte ein und landete bäuchlings auf dem Teppichboden. Na toll!

»Hast du dich verletzt?« Bettina kniete neben mir und schaute mich besorgt an.

Ich schüttelte den Kopf und rappelte mich mühsam wieder auf. »Nein«, sagte ich keuchend. »Alles gut.« Mehr brachte ich nicht heraus.

Jetzt stand ich direkt vor ihr und sah, dass die außergewöhnliche Schönheit ihrer Gesichtszüge von keinerlei Make-up hervorgehoben wurde. Sie war wirklich eine beeindruckende Frau, und ich konnte immer mehr verstehen, warum ihr Mann so verrückt nach ihr war. Wäre ich ihr Mann, wäre ich auch verrückt nach ihr. Und nicht nur wegen ihres Aussehens. Mit ihrer Ausstrahlung zog sie einen unwillkürlich in ihren Bann.

Sie reichte mir lächelnd eine Flasche Wasser. »Ich hab noch nicht davon getrunken.«

»Danke!« Ich nahm einen tiefen Schluck. Tat das gut. Wie hatte ich nur vergessen können, mir Wasser mitzubringen?

»Bist du das erste Mal hier?«, fragte sie interessiert.

Ich nickte. Langsam kam ich wieder etwas zu Atem.

»Ja. Ich habe wohl ein wenig übertrieben«, gestand ich und war froh, wieder einen ganzen Satz sagen zu können.

»Das kenne ich von mir. Aber anders macht es keinen Spaß, nicht war?«

»Absolut nicht!«, stimmte ich ihr zu.

Wir lächelten uns an.

»Ich besorg dir eine neue Flasche Wasser.«

»Ach. Musst du nicht«, winkte sie ab.

»Oh doch!«

»Gleich fängt unser Yoga-Kurs an. Hast du Lust mitzukommen?«

Eigentlich hatte ich mich zwar völlig unauffällig verhalten wollen, aber dazu war es jetzt zu spät. Egal, Bettina würde mich ohnehin nach diesem Tag nie wiedersehen, und wenn ich direkten Kontakt zu ihr hatte, konnte ich sie vielleicht tatsächlich etwas näher kennenlernen.

»Sehr gerne, Bettina!«, sagte ich und bemerkte sofort meinen Fehler.

»Du kennst mich?«, fragte sie.

Jetzt musste ich schnell die Kurve kriegen.

»Wer kennt dich nicht?«, sagte ich und lächelte.

»Alle kennen sie«, bestätigte ihre Freundin »Aber mich nicht. Ich heiße Petra«, ergänzte sie, und wir schüttelten uns die Hand.

»Britt«, stellte ich mich vor, und es gefiel mir gar nicht, dass ich wieder einmal lügen musste.

Ich ließ an der Theke eine Flasche Wasser auf meinen Namen schreiben. Ich vermutete, dass sie mehr kostete, als ein Zehnjähriger monatlich als Taschengeld bekam. Ich folgte den beiden Frauen mit dem kostbaren Getränk in einen kleineren Sportraum. Dort saßen bereits einige Leute auf Sportmatten und warteten geduldig auf den Yogalehrer, der gleich nach uns den Raum betrat.

Da ich vor Jahren auf Drängen meiner Mutter mit ihr einige Kurse belegt hatte, blamierte ich mich hier nicht völlig. Als ich merkte, wie gut es mir tat, nahm ich mir fest vor, wieder regelmäßig Yoga zu machen, sobald das ganze Hochzeitstamtam vorüber war.

»Ich glaub, ich mache noch bei Zumba mit. Habt ihr auch Lust?«, fragte Bettina, während wir unsere Matten wegräumten.

Die Frau war wohl ein Sportaholic. Aber ohne Grund hatte man mit knapp vierzig eben auch nicht so eine phantastische Figur.

»Ich mach lieber noch ein paar Kraftübungen«, erklärte Petra. »Treffen wir uns hinterher in der Sauna?«

»Klar!«

»Ich komm zum Zumba mit. Das wollte ich schon immer mal ausprobieren«, sagte ich, und weil ich mich von Anfang an als Newcomerin geoutet hatte, durfte ich mich offiziell auch ein wenig blöd anstellen dabei.

»Schön, das wird dir gefallen, Britt!«

Super! Somit war ich mit Bettina alleine, und mit etwas Glück würde ich irgendetwas in Erfahrung bringen, das mir weiterhalf.

Doch von wegen! Es gab kaum Gelegenheit, ein Wort zu wechseln. Zu südamerikanischen Klängen von Shakira und Co. versuchte ich, in die rhythmische Choreografie zu finden. Es war nicht ganz einfach, trotzdem machte es mir richtig Spaß. Doch bis zum Schluss hielt ich das Tempo nicht durch. Ich winkte Bettina zu und verzog mich nach draußen. Es dauerte eine Weile, bis sich mein Puls langsam wieder normalisierte. Ich nahm eine lange lauwarme Dusche, trocknete mich ab und machte mich eingewickelt in ein Badetuch auf den Weg in den Saunabereich.

Ich war alles andere als eine passionierte Saunagängerin. Das letzte Mal war Jahre her. Und in einer gemischten Sauna war ich noch nie gewesen. Ich versuchte, mir nicht anmerken zu lassen, dass ich mich nicht sonderlich wohl fühlte.

Ich öffnete die Tür und betrat die Saunakabine. Sofort schlug mir die Hitze entgegen, und ein Duft nach Holz und irgendwelchen Kräutern zog in meine Nase.

Meine Herren, war das heiß hier! Puh! Lange würde ich das sicher nicht aushalten. Ich legte mein Handtuch auf die mittlere Bankreihe und setzte mich kerzengerade und mit eingezogenem Bauch darauf. Gegenüber auf der obersten Holzstufe lag ein grauhaariger Mann, und ich konnte sehen, wie ihm das Wasser nur so über den Körper lief.

»Du bist ja schon hier«, sagte Bettina, die mit Petra jetzt die Kabine betrat.

»Ja. Muss mich doch ein bisschen aufwärmen«, versuchte ich zu witzeln. Sie lächelten.

Der Grauhaarige hatte inzwischen wohl genug Wasser gelassen – durch die Haut natürlich! Er setzte sich auf, wartete kurz und verließ dann mit einem Gruß die Sauna. Am liebsten wäre ich ihm gefolgt.

»Hat sie nicht eine traumhafte Figur?«, seufzte Petra an mich gewandt und meinte damit natürlich Bettina.

»Allerdings«, pflichtete ich ihr bei und zog meinen Bauch noch stärker ein.

»Meine beiden kleinen Monster haben mich ruiniert«, brummte Petra und umfasste eine kleine Speckrolle an ihrem Bäuchlein. Gott, immer diese Gespräche über die Figur! Dabei war ich hier die Dickste.

»Ich hätte gerne ein paar Röllchen um den Bauch, wenn ich dafür deine kleinen Monster haben könnte.« Es sollte sich wie ein Spaß anhören, aber Bettinas Augen waren eine Sekunde lang von Traurigkeit überschattet.

»Das glaubst du doch selbst nicht!« Petra lachte auf. »Du und Kinder? Das kann ich mir überhaupt nicht vorstellen!«

»Hast du Kinder, Britt?«, fragte Bettina, ohne auf Petra einzugehen.

»Nein«, antwortete ich und legte eine Hand auf meinen Bauch, »auch wenn es so ausschaut.« Hier half nur die Flucht nach vorne.

»Unsinn. Du hast halt eine weibliche Figur.«

Eine freundliche Umschreibung für *ein wenig pummelig*.

Bettina Cornelius erstaunte mich. Sie war richtig nett und absolut offen. Damit hatte ich nicht gerechnet.

»Naja... in letzter Zeit habe ich einfach zu wenig Sport gemacht.«

»Willst du mal Kinder?«, mischte sich Petra ein.

»Ja!«, kam es wie aus der Pistole geschossen, und in diesem Moment wurde mir klar, dass ich wirklich unbedingt eine Familie wollte. Allerdings nicht mit Stefan.

»Ich habe zwei Stiefsöhne aus der ersten Ehe meines Mannes. Aber die sind schon erwachsen und studieren beide«, sagte Bettina. »Wir sehen sie leider nicht sehr oft.«

Ach. Das wusste ich ja gar nicht! Diese Information hatte mir Cornelius verschwiegen. Oder besser gesagt, ich hatte ziemlich schlecht recherchiert.

»Wolltest du keine eigenen Kinder?«, rutschte es mir heraus.

Sie schaute mich plötzlich etwas misstrauisch an. Vielleicht fragte sie sich in diesem Moment, warum ich das wissen wollte. Sicherlich war sie in Anbetracht ihrer früheren Berühmtheit vorsichtig gegenüber Fremden. Andererseits fragten die beiden Frauen auch mir fast ein Loch in den Bauch.

Ähnliches schien Bettina auch durch den Kopf zu gehen. Plötzlich lächelte sie mit einem leichten Anflug von Wehmut im Blick.

»Zuerst nicht. Und mein Mann war sehr froh darüber... Bist du verheiratet?«, beendete sie plötzlich das Kinderthema.

»Ich heirate am Freitag«, erzählte ich, damit die beiden sahen, dass auch ich Persönliches preisgab.

»Wow!«, rief Petra.

»Herzlichen Glückwunsch!«, sagte Bettina.

Ich hatte Mühe, bei ihren Worten erfreut zu lächeln. Die Hochzeit war in meinem Fall tatsächlich kein Grund zum Lächeln. Trotzdem war es etwas anderes, das mir so abrupt die Fröhlichkeit verschlagen hatte: Ich hatte endlich den sehnlichsten Wunsch von Bettina Cornelius herausgefunden. Und ich würde ihn nicht erfüllen können.

Es würde egal sein, was Frank ihr schenkte. Sie würde sich für alles bedanken und vorgeben, sich mächtig zu freuen. Aber letztlich waren ihr Schmuck, Antiquitäten, Häuser, Jachten oder gar Inseln egal.

»Tut mir leid, aber ich muss jetzt raus«, sagte ich und wedelte mir mit der Hand Luft zu, was natürlich nicht wirklich half.

»Mir reicht es auch für heute«, sagte Petra, und auch Bettina erhob sich langsam.

Nach einer kurzen kalten Dusche tauchten wir in ein Bassin mit eiskaltem Wasser. Ich zuckte nicht einmal mit der Wimper, so sehr war ich mit Bettina beschäftigt. Der Gewissenskonflikt, in dem ich mich befand, war gewaltig.

Im Ruheraum tat ich so, als ob ich eingeschlafen wäre, damit ich mich nicht mehr unterhalten musste. Ein paar Minuten, nachdem die beiden aufgestanden waren, ging ich in die Dusche, wo ich ziemlich herumtrödelte. Als ich in den Umkleideraum kam, waren die beiden schon draußen. Ich zog mich an und band meine Haare zu einem einfachen Pferdeschwanz. Dann nahm ich meine Tasche und ging in Richtung Theke, um das Wasser zu bezahlen. Bettina und Petra saßen an einem kleinen Tisch und tranken Kaffee.

»Sechs fünfzig«, verlangte die Bedienung, und ich war positiv überrascht über den unerwartet günstigen Preis.

Als ich mich wieder umdrehte, erstarrte ich. Bettina umarmte sehr innig einen Mann. Und dieser Mann war nicht Frank Cornelius. Es war der Mensch, den ich hier als Allerletztes erwartet hätte: Alex!

Tausend Gedanken schossen gleichzeitig durch meinen Kopf

und machten es unmöglich, auch nur einen davon zu Ende zu denken. Ich begann zu zittern und wäre am liebsten zurück in die Umkleidekabine geflüchtet.

Bettina und Alex hatten sich inzwischen voneinander gelöst, und jetzt hatte Alex auch mich entdeckt. Es schien ihm ähnlich zu gehen wie mir. Er starrte mich an. In diesem Moment wurde mir wieder schmerzlich bewusst, wie gut aussehend er doch war. Allerdings verbarg sich hinter dieser schönen Fassade ein Mensch, der offensichtlich ein falsches Spiel spielte.

»Alex, das ist Britt. Wir haben uns heute kennengelernt«, stellte Bettina uns vor.

»Freut mich... Britt«, kam es gepresst aus seinem Mund.

Mir war übel. Ich vermied es, ihn anzuschauen.

»Mich auch. Muss leider jetzt los«, murmelte ich und deutete auf meine Uhr.

»Natürlich. Die Hochzeitsvorbereitungen! Ich hoffe, wir sehen uns hier bald wieder«, sagte Bettina strahlend. Sicher war Alex der Grund für ihre tolle Laune.

»Alles Gute!«, rief auch Petra mir hinterher.

Ich brummte eine unverbindliche Antwort und verließ fluchtartig das Fitness-Studio.

Kapitel 40

Die unerwartete Begegnung mit Alex hatte mich aus der Bahn geworfen. In meinem Auto brauchte ich erst einmal eine Weile, bis ich mich wieder einigermaßen unter Kontrolle hatte. Ich war völlig verwirrt. Was hatte Alex mit Bettina zu tun? War er etwa ihr Geliebter? Aber woher konnten sich die beiden überhaupt kennen? War er gar kein Landwirt, sondern hauptberuflich Casanova? Womöglich las er sich regelmäßig die Kontaktanzeigen durch und suchte sich so seine Opfer aus. Dabei war er auch auf mich gekommen. Bei seinem Aussehen war es sicher kein Problem, die jeweilige Frau ins Bett zu bekommen. Bei mir hatte es ja auch geklappt, dachte ich bitter. Aber was wollte er mit einer verheirateten Frau? Sicher der Jagdtrieb! Bei Bettina ging es ihm wahrscheinlich nicht ums Geld, sondern um den Reiz. So ein Schweinehund!

Das Handy riss mich aus meinen Gedanken. Frank Cornelius war am Apparat und wollte wissen, wie die Begegnung mit seiner Frau verlaufen war.

»Wissen Sie jetzt endlich, welche Idee als Geschenk passt?« Er klang ungeduldig. Und ich konnte ihn verstehen.

»Ich weiß das richtige Geschenk. Ist es möglich, dass wir uns jetzt sehen?«, fragte ich, plötzlich ganz ruhig. Ich hatte meine Entscheidung getroffen.

»Sie wünscht sich *was*?«, fragte Cornelius eine halbe Stunde später auf einer Parkbank im Englischen Garten.

»Sie wünscht sich ein Kind«, wiederholte ich ruhig. Es war mir klar, dass ich damit meine Provision vergessen konnte. Zehn Prozent des Budgets für ein Baby waren nicht errechenbar.

»Aber wieso ein Kind… Ich meine, sie wollte doch nie eines…« Er schien völlig aus der Fassung geraten zu sein.

»Ich kann Ihnen nicht sagen, warum. Aber es ist so.«

»Das ist doch kein Geschenk zum Geburtstag!«, rief er plötzlich aufgebracht.

»Es tut mir leid, Herr Cornelius. Ich weiß kein besseres für Ihre Frau.« Dann stand ich auf.

»Aber das geht so nicht!«, protestierte er.

»Tut mir leid«, wiederholte ich müde.

Ich wollte weg, aber es brannte mir noch etwas auf der Seele. Ich wusste nicht, ob und wie ich es ihm sagen sollte. Aber Alex durfte diese wunderbare Ehe nicht kaputtmachen! Dafür würde ich sorgen.

»Es gibt einen Mann, der Ihre Frau anmacht. Er war heute im Fitness-Studio. Lassen Sie das nicht zu.«

Damit ging ich rasch weg.

Im Büro bei Daniela heulte ich mich zunächst einmal richtig aus. Und in diesem Fall durfte ich das. Ich hatte mich in einen Mann verliebt, der es nicht wert war. Ich hatte einhunderttausend Euro Provision in den Sand gesetzt, saß auf Schulden für ein Segelboot im Wert von einer Million Euro fest und würde einen Mann heiraten, den ich nicht liebte. Gab es bessere Gründe?

Alex versuchte ein paarmal, mich zu erreichen, aber ich ging nicht ans Handy und löschte seine Nachrichten, ohne sie gelesen oder abgehört zu haben. Mit diesem Mann wollte ich nie wieder etwas zu tun haben!

»Hanna. Bitte sieh jetzt nicht zu schwarz. Du bekommst das Erbe, und damit können wir erst einmal das Segelboot bezahlen«, versuchte Daniela, mich zu trösten.

Natürlich war das Erbe in finanzieller Hinsicht eine große Erleichterung. Aber trotzdem ...

»Es geht doch nicht nur darum«, schniefte ich unglücklich.

»Das weiß ich doch. Aber wegen diesem einen Mann brauchst du doch nicht ...«

»Wegen diesem *einen* Mann?«, fiel ich ihr ins Wort. Ich lachte bitter. »Es geht doch nicht nur um Alex. Anscheinend glauben alle Männer, dass sie mich wie einen Spielball benutzen können. Mein eigener Cousin gönnt mir das Erbe nicht, und Stefan setzt mich unter Druck. Und angefangen hat alles mit der Welt größtem Egoisten Simon. Seither ziehen sich die Idioten wie ein Fluch durch mein Leben!«, schimpfte ich, und es tat gut, meine Wut rauszulassen.

»Um Himmels willen! Simon! Ich hab ja gleich den Termin mit ihm!«, rief Daniela plötzlich und sprang auf.

»Am liebsten würde ich diesem Mistkerl einen Denkzettel verpassen, den er so schnell nicht vergisst!« Inzwischen war ich so aufgebracht wie eine Löwin, der man ein saftiges Steak vor die Nase gehalten und dann wieder weggenommen hat.

»Mensch, Hanna! Das ist es! Das ist es!« Daniela zwirbelte wie wild an ihren Haaren und grinste mich dabei an, als ob sie eben eine Million im Lotto gewonnen hätte.

Ohne dass sie es mir sagen musste, wusste ich plötzlich, was ihr eben durch den Kopf gegangen war. Und jetzt zog auch über mein Gesicht ein breites Lächeln. Man konnte eine Million auch woanders gewinnen als im Lotto.

Es war fast wie ein Déjà-vu, nur dass ich diesmal Fanny nicht dabei hatte. Ich betrat eilig Mikes Bar. Meinem Freund war die Überraschung ins Gesicht geschrieben.

»Hanna. Was machst du denn hier?«, fragte Mike erstaunt.

Ich beugte mich über den Tresen und gab ihm links und rechts ein Küsschen auf die Wangen.

»Ich bin als Bea hier«, flüsterte ich ihm ins Ohr.

»Dort drüben sitzt dein Ex!«, warnte er mich leise.

»Ich weiß. Und falls es etwas laut werden sollte, denk dir nichts.«

»Was hast du vor?«, fragte er neugierig.

»Wirst du schon sehen. Wie schau ich aus?«

Er betrachtete mich von oben bis unten. Da ich mit dieser Begegnung heute nicht gerechnet hatte, trug ich nur eine Jeans und eine leichte beige Sommerbluse darüber. Die einfache Kleidung hatten wir im Eiltempo mit etwas Lippenstift und farbigem Modeschmuck aufgepeppt. Meine offenen Haare hatten sich meiner Stimmung angepasst und bildeten eine wilde Mähne.

»Zum Anbeißen und auch etwas gefährlich!«, sagte er und zwinkerte mir zu.

»Das ist gut!«

Simon saß wieder mit dem Rücken zu mir an dem Tisch ganz außen. Ich ging auf ihn zu.

»Ist hier noch ein Platz frei?«

Er drehte sich um und schaute mich überrascht an. Ohne eine Antwort abzuwarten setzte ich mich ihm gegenüber.

Das falsche Blond seiner Haare hatte er durch ein sattes Rotbraun ersetzt, das nicht weniger kitschig an ihm aussah.

»Hanna! Erstaunlich, dass wir uns hier schon wieder begegnen.«

»Nicht wahr!« Ich lächelte ihn an.

»Nur leider habe ich gleich eine Verabredung...«, sagte er bedauernd.

»Ich weiß.«

Das irritierte ihn.

»Wie? Du weißt...?«

Ich nickte.

»Ich weiß, dass du eine Verabredung mit Bea hast.«

Falls er erschrak, verbarg er es geschickt hinter einer lächelnden Miene. Schauspielern konnte er schon immer gut.

»Darf ich fragen, wie du zu dieser Information gekommen bist?«, fragte er, und sein Blick wurde stechend.

»Ich weiß es, weil ich Bea bin!« Ich hielt seinem Blick stand.

»Du?... Ich verstehe...« Zumindest lächelte er nicht mehr. Da er alles andere, aber nicht dumm war, wusste er jetzt auch unsere erste Begegnung hier richtig einzuschätzen.

»Es hat mich kaum überrascht, dass du Geschenke für zwei Frauen brauchst, Simon.«

»Ich darf doch davon ausgehen, dass du Geschäftsfrau genug bist, diese Information diskret zu behandeln?«

Er bekam Angst. Und ich freute mich darüber. Denn das bedeutete, dass mein Vorhaben gelingen konnte.

»Ich war bisher noch nie indiskret.«

»Und du wirst es auch diesmal nicht sein!« Der Ton seiner Stimme war eisig.

»Ja. Das habe ich vor... Allerdings plagt mich bei diesem Auftrag ein wenig das schlechte Gewissen... Ich weiß, dieses Gefühl ist dir unbekannt. Aber deine junge Ehefrau scheint ein sehr zart besaitetes Persönchen zu sein. Und sie hängt sehr an dir.« Ich kam mir vor wie eine Katze, die mit einer Maus spielte. Oder vielleicht eher mit einer Ratte.

»Du hast es immer noch nicht verkraftet, dass ich dich damals nicht mehr wollte!« Er konnte sogar in dieser Situation gemein sein.

»Du meinst, dass du mich nicht mehr wolltest, als all das Geld aus meinem Erbe aufgebraucht war? Ach, das habe ich schon lange verschmerzt.«

»Was willst du?«

»Nichts. Ich bin rein beruflich hier, um dir Vorschläge für Geschenke zu machen.«

Er sah mich misstrauisch an. »Und welche Vorschläge?«

Ich holte eine Mappe aus meiner Tasche und öffnete sie.

»Das hier ist eine goldene Armbanduhr aus dem Nachlass von Romy Schneider«, erklärte ich und zeigte ihm ein Foto des Schmuckstücks.

»Hübsch, nicht wahr?«

»Ja. Hübsch.« Sein Gesicht war nur noch eine Maske. Er wusste, dass ihn etwas erwartete, das ihm gar nicht gefallen würde.

»Und das andere Geschenk ist ein Luxus-Segelboot.«

Ich blätterte um zu den Fotos des Bootes.

Er schaute gar nicht mehr auf die Mappe, sondern starrte mich böse an.

»Wie viel wird mich deine Diskretion kosten?«, fragte er.

»Bei der Uhr liegen wir ziemlich genau im vorgegebenen Budget von zehntausend. Nur beim Segelboot sind wir etwas drüber.«

»Wie viel?«

»Es kostet eine Million.«

»Was?« Er sprang erregt auf.

Ich freute mich, dass ich ihn endlich einmal so richtig aus der Reserve gelockt hatte.

»Bist du völlig übergeschnappt?«

Als ihm bewusst wurde, wo er sich befand, setzte er sich rasch wieder hin.

»Der Preis ist absolut in Ordnung für dieses Luxus-Objekt. Und weil ich dich nie im Leben ausnutzen würde, verlange ich noch nicht mal einen Cent Provision von dir. Es ist quasi ein reiner Freundschaftsdienst. Um der alten Zeiten willen.«

Seine Augen verengten sich zu schmalen Schlitzen, und seine operierten Nasenflügel hätten sich vor Wut aufgebläht – wenn sie gekonnt hätten.

»Treib es nicht zu bunt!«, sagte er leise.

»Welche deiner Frauen du mit welchem Geschenk bedenkst, liegt natürlich bei dir. Ich weiß ja nicht, wie du die Prioritäten derzeit setzt. Aber sicherlich freuen sich beide sehr, dass sie so einen großzügigen und aufmerksamen Ehemann oder Liebhaber haben.«

Ich hatte den Eindruck, dass er mir in diesem Moment am liebsten an die Gurgel gegangen wäre. Aber dann entspannten sich seine Züge plötzlich. Anscheinend hatte er realisiert, dass ihm keine Gefahr mehr drohte, wenn er sich auf meinen Vorschlag einließ. Und das Geld würde er verschmerzen.

»Du hast dich sehr verändert in den letzten Jahren«, stellte Simon fest.

»Ja. Gott sei Dank habe ich das.«

Wobei sich die größten Veränderungen wohl erst in den letzten Wochen beziehungsweise Tagen ergeben hatten, fügte ich für mich hinzu. Ich stand auf.

»Ach ja. Das Angebot gilt nur bis morgen. Ich hoffe, du bist entscheidungsfreudig?«

»Ja!« sagte er nur.

Ich lächelte zufrieden und ging.

Kapitel 41

Wegen einer Fahrplanänderung der Bahn kam Rosi Fischer einen Tag später aus ihrem Rügen-Urlaub zurück als geplant. Sie war heute die Erste und sperrte das Geschäft am Hintereingang auf. Rosi war froh, wieder in ihren geliebten Supermarkt zu kommen, in dem sie schon mehr als die Hälfte ihres Lebens beschäftigt war. Der Urlaub mit ihrem Mann war wieder einmal eine einzige Katastrophe gewesen. Ständig hatte Robert irgendetwas zu meckern gehabt. Rosi schämte sich dafür, wie er sich aufführte. Für sie waren die gemeinsamen Urlaube immer die schlimmste Zeit des Jahres. Insgeheim hatte sie gehofft, dass Robert in diesem Jahr darauf verzichten würde, weil die Kinder zum ersten Mal nicht mehr mitfahren wollten. Aber das Gegenteil war der Fall. Statt zwei Wochen hatte er sogar drei gebucht!

Doch jetzt wollte sie nicht mehr daran denken. Die wohltuende Routine ihrer geliebten Arbeit hatte sie wieder. Sie stellte ihre Handtasche im kleinen Personalraum ab und zog sich die Schürze mit dem Schriftzug des Einkaufsmarktes an. Dann betrat sie den Laden. Hier war sie in ihrer Welt und begann sofort mit ihrer Arbeit.

»Du bist ja schon hier!«, rief Martina und zog sich rasch um. Sie war froh, dass ihre Kollegin endlich wieder zurück war. Die letzten Wochen mehr oder weniger alleine im Laden waren anstrengend gewesen.

»Ja. Und ich hab uns auch noch einen selbst gebackenen Kuchen mitgebracht«, sagte Rosi strahlend.

»Den mit Eierlikör?«

»Genau den!«

Martina freute sich jetzt schon auf die Kaffeepause. Aber nun mussten sie sich beeilen, denn in wenigen Minuten würden sie den Laden für die Kunden aufsperren. Martina machte sich auf den Weg zum Lagerraum, um das Obst und Gemüse zu holen.

»Sag mal, da liegt ein Päckchen auf dem Fensterbrett. Warum ist das nicht zugestellt?«, rief Rosi ihr hinterher.

Martina blieb stehen und drehte sich um. Richtig! Das Päckchen! Ob Rosi die Person, an die es adressiert war, von früher kannte?

»Ferdinand konnte mit dem Empfänger nichts anfangen. Und es stand kein Absender drauf, so dass wir es nicht wieder zurückgehen lassen konnten«, erklärte sie ihrer älteren Kollegin.

»Das glaub ich, dass der Ferdi die nicht kennt«, sagte Rosi und lachte. »Aber ich weiß, wer das ist!«

»Das ist ja super!« Martina freute sich. Sie konnte Ferdinand – die Abkürzung Ferdi fand sie einfach nur peinlich – heute Mittag die gute Nachricht überbringen. Er würde bestimmt froh darüber sein. Und vielleicht... vielleicht würde er sie sogar zum Dank auf einen Kaffee einladen? Martina war ganz aufgeregt.

»Hörst du mir überhaupt zu?«, fragte Rosi laut und wedelte mit der Hand vor ihrem Gesicht.

»Was?« Martina hatte tatsächlich nicht aufgepasst, was ihre Kollegin eben gesagt hatte.

»Ich bringe es heute in der Mittagspause hin.«

Wohin nochmal? Martina ärgerte sich, dass sie wieder mal nicht richtig zugehört hatte. Aber das war ja eigentlich auch egal. Das Päckchen konnte zugestellt werden, und das war die Hauptsache.

kapitel 42

Ich lag immer noch im Bett und schaute lustlos aus dem Fenster. Es war ein strahlend schöner Tag, trotzdem würde ich ihn am liebsten im Bett verbringen. Ich war müde und fühlte mich wie zerschlagen. Fanny schien Verständnis dafür zu haben, denn sie war vorhin aus dem Schlafzimmer verschwunden, und seither hatte ich nichts mehr von ihr gehört.

Eigentlich durfte ich nicht so niedergeschlagen sein. Ich hatte das große Problem mit dem Segelboot gelöst und Simon dabei noch eine Lektion erteilt. Zumindest hoffte ich das.

Außerdem hatte ich einen Mann gefunden, der mich nicht nur rechtzeitig heiraten würde, sondern auch mit der dazugehörigen Scheidung einverstanden war. Ich würde das Geld und den Hof bekommen, und meine finanziellen Probleme hatten sich damit in Luft aufgelöst. Warum konnte ich mich nicht einfach ein wenig freuen?

Lag es daran, dass ich immer noch nicht wusste, was ich eigentlich nach der Hochzeit machen würde? Sollte ich meine Zelte in München abbrechen und mein Leben hier auf dem Hof ganz neu aufbauen? Oder sollte ich meine Firma weiter behalten und Beau-Cadeau von hier aus betreuen mit Daniela im Münchener Büro? Wollte ich überhaupt noch weiterhin die Wünsche anderer Frauen ergründen, um damit ein Geschäft zu machen?

Oder hatte meine schlechte Laune vor allem damit zu tun, dass ich keine Ahnung hatte, was Alex für ein Spiel trieb. Was mich – wenn ich ehrlich war – rasend machte. Ich hatte das Gefühl, so richtig ausgenutzt und verschaukelt worden zu sein. Das war umso schlimmer, weil ich mich tatsächlich in ihn verliebt hatte.

Der Ärger über Alex gab mir den nötigen Elan, um aufzustehen. Zumindest dachte ich das. Doch als ich mich aus dem Bett schwingen wollte, waren meine Schenkel schwer wie Blei. Und jetzt erkannte ich auch, warum ich mich so zerschlagen fühlte. Ich hatte einen ausgewachsenen Muskelkater, vor allem in den Waden und Oberschenkeln. Stöhnend stand ich auf und schlurfte langsam ins Badezimmer.

Als ich gerade unter die Dusche gehen wollte, klingelte es an der Haustür. So schnell es mir in meinem angeschlagenen Zustand möglich war, schlüpfte ich in den Bademantel, ging in mein Zimmer und öffnete das Fenster.

Unten stand Stefan! Er klingelte nochmal. Oje! Ich hatte ganz vergessen, dass wir heute gemeinsam zur Gemeindeverwaltung gehen wollten wegen der Hochzeit.

»Stefan! Hiiier!«, rief ich.

Er schaute nach oben.

»Guten Morgen, Hanna! Hast du verschlafen?«

»Mehr oder weniger.«

»Wie lange brauchst du denn?«, fragte er freundlich. Es gefiel mir, dass er nicht ärgerlich auf mich war.

»Eine halbe Stunde?«

»Gut. Dann fahr ich noch schnell zum Metzger wegen der Bestellung fürs Wochenende und hol dich danach ab.«

»Danke!« Kompliziert schien Stefan jedenfalls nicht zu sein.

Als wir später vor dem Standesbeamten saßen, klebte ein kleines Pflaster über meiner Oberlippe. Es störte mich zwar etwas beim Sprechen, zeigte aber zu hundert Prozent Wirkung. Stefan war sogar einen Schritt zurückgetreten, als ich ihm auf Nachfrage erzählte, dass ich Herpes an der Lippe hatte. Gut so. Vielleicht würden die Bläschen ja ungewöhnlich hartnäckig sein und die nächsten sechs Monate auf meinen Lippen verrückt spielen? Ein genialer Gedanke!

Der Standesbeamte erklärte uns, dass unsere Unterlagen vollständig waren und wir theoretisch schon heute heiraten könnten.

Heute schon? Eine verlockende Idee – doch nur für einen Moment. Irgendwie wollte ich meinen Hochzeitstag noch ein bisserl hinauszögern. Und auch wenn es nur eine Vernunftehe oder besser gesagt eine hmmm... naja... Scheinehe war, wollte ich doch ein passendes Kleid tragen.

Auch Stefan kam eine sofortige Hochzeit nicht so ganz gelegen. Für den Mittag hatte sich eine große Reisegruppe aus der Steiermark im Wirtshaus angesagt. Er musste noch an die hundertfünfzig Knödel machen und die Soße für den Sauerbraten, der unter der Aufsicht seiner Küchenhilfe bereits im Ofen vor sich hin schmorte.

Vor dem Standesamt verabschiedeten wir uns.

»Also dann bis Freitag«, sagte er.

»Ja. Bis Freitag.« Ich trat auf ihn zu und wollte ihn umarmen, aber Stefan ergriff eilig die Flucht. Mühevoll unterdrückte ich ein Lachen. Mein Plan funktionierte wunderbar.

Auf dem Nachhauseweg zupfte ich das Pflaster weg. Ich war in wesentlich besserer Laune als am Morgen. Allerdings nicht besonders lange. Als ich auf den Hof fuhr, sah ich den Wagen einer Bio-Metzgerei aus Passau, der vor dem Haus parkte. Willy und ein älterer Mann mit Halbglatze standen daneben. Fanny lag im Schatten unter der Hausbank und hielt ein Nickerchen.

Ich stieg aus dem Wagen und ging auf die beiden zu.

»Grüß Gott, Frau Gruber.« Der Mann streckte mir seine Hand hin, und ich schüttelte sie.

»Grüß Gott.«

»Rudi wird heut abgeholt«, erklärte Willy, und ich brauchte nicht lange zu überlegen, was das bedeutete.

Tränen brannten in meinen Augen, die ich zu unterdrücken versuchte. Natürlich waren unsere Hochlandrinder nicht nur dafür da, dass sie auf den Weiden ein sorgloses Leben führten. Wir züchteten die Tiere, um das hochwertige Fleisch zu verkaufen. Es war das erste Mal, seit ich wieder in Halling war, dass eines der Tiere abgeholt wurde.

»Er hatte fast drei wunderschöne Jahre hier«, sagte Willy, als der Wagen aus dem Hof fuhr. Auch ihm fiel es sichtlich schwer.

Ich nickte, konnte aber nichts mehr sagen. Es tat mir unendlich leid, aber ich war vernünftig genug einzusehen, dass das der Gang der Dinge bei uns war. Pit kam mit dem Traktor vom Feld.

»Die Frühkartoffeln sind bald soweit«, informierte er mich.

»Jetzt schon?«, fragte ich nach, obwohl es mir eigentlich egal war. Rudi ging mir nicht aus dem Kopf.

»Ja. In ein paar Tagen können wir mit der Ernte beginnen.«

»Sehr schön«, sagte ich und ging auf die Haustür zu. Da fuhr schon wieder ein Wagen in den Hof. Was war denn heute hier los?

Eine Frau stieg aus, die ich aus dem Supermarkt kannte. Sie hatte mir schon als Kind Bonbons und Eis verkauft. Rosi Fischer hieß sie, wenn mich nicht alles täuschte. Pit machte sich rasch aus dem Staub. Anscheinend hatte er keine Lust, mit seiner ehemaligen, wenn auch nur kurzfristigen Kollegin aus dem Supermarkt zu plaudern. Frau Fischer hatte ein Päckchen in der Hand. Sie kam auf mich zu, und wir begrüßten uns.

»Hanna? Du bist doch die Tochter von der Hermine, nicht wahr?«, fragte sie.

Ich nickte. »Ja.«

»Ich habe hier ein Päckchen für sie.«

»Wer schickt denn hierher Post für meine Mutter?«, fragte ich verwundert.

»Die Sache ist ein bisserl seltsam. Das Päckchen ist noch an die Adresse deiner Großeltern gerichtet.«

»Aber die sind doch schon längst tot.«

Ich schaute verdutzt auf den Aufkleber: Hermine Gratzl. Das war der Mädchenname meiner Mama, den sie seit Jahrzehnten nicht mehr trug! Aber das Päckchen sah neu aus, und auch die Anschrift war klar und leserlich und schien erst vor Kurzem darauf geschrieben worden zu sein. Das war ja wirklich seltsam.

»Ja sowas...«

Auch Willy war inzwischen neugierig geworden und kam zu uns herüber.

»Könntest du mir die Adresse von Hermine geben, dann leite ich es weiter?«, bat Frau Fischer.

»Sie können es gerne hier lassen, dann gebe ich es ihr«, bot ich an.

Sie druckste ein wenig herum. Doch dann reichte sie mir das Päckchen.

»Na gut. Ich weiß ja, dass du ihre Tochter bist. Du gibst es ihr sicher, nicht wahr?«

»Ja freilich. Sie können sich darauf verlassen.«

Was sollte ich denn schon damit machen?

»Schau, da ist ja noch die alte Postleitzahl drauf«, sagte Willy. Tatsächlich. Jetzt war ich aber schon sehr neugierig geworden.

Rosi Fischer verabschiedete sich, und ich trug das Päckchen in die Stube. Inzwischen war Fanny wach geworden und folgte mir gähnend. Ich griff nach dem Telefon und wählte die Nummer meiner Mutter.

»Hallo, Mama.«

»Hanna... Ich bin grad auf dem Weg zum Gericht.«

»Schon gut, ich möchte dich gar nicht aufhalten. Aber hier ist ein Päckchen angekommen, das ist noch an deinen Mädchennamen und die alte Anschrift adressiert... Soll ich es dir schicken?«

»Ach, das ist bestimmt irgendwas wegen einem Klassentreffen oder so... Schau doch einfach rein, und ruf mich heute Abend an.«

»Soll ich...«

»Sei mir nicht böse, Hanna, aber ich bin spät dran...«, unterbrach sie mich.

»Schon gut. Dann mach ich es auf und melde mich später.«

Als ich den Deckel des Päckchens öffnete, spürte ich plötzlich ein seltsames Kribbeln im Nacken. Ich rechnete fast damit, dass etwas aus dem Paket herausspringen würde. Doch ich war umsonst einen Schritt nach hinten getreten. Kein Springteufel kam mir entgegengeflogen.

Eingebettet in Zeitungspapier lagen eine Brotbox, eine zerkratzte Sonnenbrille, an der ein Bügel fehlte, und darüber ein zusammengefalteter Zettel. Wie seltsam! Ich nahm den Zettel und faltete ihn auf:

Diese Dinge haben wir in einem alten Rucksack am Watzmann gefunden. LG, Lisa und Andi.

Lisa und Andi? Wer war das denn? Und was hatte Mama mit einem Rucksack zu tun, den irgendjemand am Watzmann gefunden hatte? Hatte sie den irgendwann einmal dort verloren?

Ich nahm die Butterbrotdose. Plötzlich begannen meine Hände zu zittern. Etwas hielt mich davon ab, sie zu öffnen, und ich legte sie wieder zurück. Ich würde das ganze Päckchen einfach bei nächster Gelegenheit nach München bringen, und meine Mutter konnte selbst nachschauen, was da drin war. Jetzt würde ich erst einmal nach Passau fahren, um mir ein hübsches Kleid zu kaufen. Jawohl! Ich schloss den Deckel und stellte das Päckchen auf meinen Schreibtisch im Büro.

Nachdem ich noch eine kleine Runde mit Fanny gegangen war, duschte ich mich und stieg in abgeschnittenen alten Jeans und einem weißen Top in den Wagen. Es war brütend heiß geworden. Auf dem Weg nach Passau fand ich es auf einmal schade, dass ich alleine unterwegs war. Wie schön wäre es gewesen, eine Freundin dabeizuhaben! Aber Daniela konnte nicht ständig zwischen München und Niederbayern hin und her pendeln. Am Freitag würde sie ohnehin herkommen, um meine Trauzeugin zu sein. Plötzlich musste ich an Lene denken. Mit ihr würde es sicherlich Spaß machen, ein Kleid zu kaufen.

Rasch fuhr ich an den Straßenrand und wählte ihre Nummer.

»Hallo, Lene, hier ist Hanna.«

»Hanna! Wie schön von dir zu hören. Alles klar bei dir?«

»Ja, danke. Du, ich weiß, es ist ziemlich kurzfristig, aber du hast nicht zufällig Lust und gerade Zeit, mit mir in Passau ein Kleid für meine Hochzeit auszusuchen?«

»Es klappt also mit der Hochzeit? Wie toll!«

Wenn sie das sagte, hörte es sich nach etwas ganz Besonderem an. Dabei war es ja nur eine Art Fake-Hochzeit.

»Ja ... ist alles etwas verrückt ...«, sagte ich deswegen mit eher nüchterner Stimme.

»Ich würde gerne mit dir kommen, aber eigentlich habe ich versprochen, dass ich Karl ...«

»Schon gut. Das war auch nur so eine spontane Idee gerade«, unterbrach ich sie. Ich wollte ihr keine Umstände machen.

»Ach was ... Warte mal kurz.«

Anscheinend hielt sie jetzt die Sprechmuschel des Hörers zu. Auch wenn ich nicht jedes Wort verstand, hörte ich dumpf, wie sie mit Karl eine kurze Diskussion führte.

»Alles klar«, meldete sie sich dann zurück. »Treffen wir uns in Passau?«

»Ich kann dich gerne auch abholen«, bot ich an. »Ich bin ganz in deiner Nähe.

»Toll. Dann zieh ich mich schnell um. Bis gleich.«

Die Hubers hatten einen sehr modernen und gleichzeitig idyllisch gelegenen Hof. Als ich aus dem Auto stieg, kam Karl mir mit einem älteren, noch sehr gut aussehenden Mann entgegen. Er stellte ihn mir als Lenes Vater Bertl Koller vor.

»Lene kommt gleich«, informierte Karl mich. »Möchtest du noch was trinken?«

»Nein danke«, lehnte ich freundlich ab.

Herr Koller verschwand in den Stall, und ich schaute mich ein wenig um.

»Bin schon da!«, rief Lene und kam eilig aus der Haustür. Sie trug ein hübsches hellblaues Kleid, und ihre vollen rotbraunen Haare hingen offen über ihren Rücken. Jetzt ärgerte ich mich, dass ich mich so leger angezogen hatte. Na toll. Ich sah aus wie Aschenputtel neben Schneewittchen.

Lene reichte ihrem Mann den Empfänger eines Babyphones. »Maxl schläft noch tief und fest.«

»Sehr gut. Viel Spaß euch beiden!«, sagte Karl und steckte sich das Gerät an seinen Hosenbund. »Vielleicht findest du für dich ja auch was Hübsches, Schatz!«

»Mal schauen. Heute geht es um Hanna!«, sagte sie lächelnd.

Als ich den bewundernden Blick sah, den Karl seiner Frau hinterherwarf, als sie zu mir in den Wagen stieg, spürte ich einen kleinen Stich in der Magengegend.

Während der Fahrt nach Passau erklärte ich Lene kurz die Lage.

»Du heiratest nicht diesen Alex?«, fragte sie verblüfft. Natürlich war sie überhaupt nicht auf dem Laufenden.

»Nein.« Mehr sagte ich dazu nicht. Lene war taktvoll genug, um nicht nachzufragen.

»Du findest es schlimm, oder? Ich meine, dass ich nur wegen dem Erbe heirate?«, fragte ich sie plötzlich.

Sie lächelte. »Nein. Ich kann das schon verstehen. Schlimm finde ich, dass deine Oma dir das aufgebürdet hat…«

Puh, es tat gut, das zu hören. »Danke!«

»… und dass du nicht rechtzeitig den Mann gefunden hast, den du aus Liebe heiraten willst.«

Ich schluckte. Eigentlich hatte ich ja gedacht, dass ich ihn gefunden hätte. Aber das war reines Wunschdenken gewesen.

»Ach, was soll's.« Ich zuckte mit den Schultern. »Heutzutage werden so viele Ehen geschieden, da kommt es auf die eine mehr auch nicht an. Und Stefan ist sicher kein Unmensch.«

Die Marseillaise erklang. Ich warf kurz einen Blick auf das Display. Frank Cornelius. Dafür hatte ich jetzt keinen Nerv.

»Soll ich für dich rangehen?«, fragte Lene hilfsbereit. Ich schüttelte den Kopf.

»Nein danke. Das ist jetzt nicht wichtig«, sagte ich und schaltete das Handy ab.

Etwas später schlenderten wir durch die belebte Fußgängerzone in Passau.

»Tut mir leid, wenn ich so langsam gehe, aber ich habe es gestern ein bisserl übertrieben mit Sport und habe heute einen ziemlichen Muskelkater«, entschuldigte ich mich bei Lene für meinen langsamen Gang.

»Ach, das macht nichts. So lange wir es noch vor Ladenschluss in das Geschäft schaffen.«

»Ich versuche mein Bestes«, versprach ich.

Bei dem herrlichen Sommerwetter waren viele Menschen unterwegs. Ein junger Straßenmusikant unterhielt einige Passanten mit einer sehr eigenwilligen Interpretation von *Don't Cry for Me, Argentina* und begleitete sich selbst auf einem Hackbrett. Es gefiel mir, was er da zum Besten gab. Ich holte aus meiner Tasche eine Zwei-Euro-Münze und warf sie in den kleinen Plastikblumentopf, den er vor sich aufgestellt hatte. Auch Lene warf einige Münzen hinein. Obwohl er total in seine Musik vertieft schien, nickte er uns zu.

Wir bogen in eine ruhigere Seitenstraße ein.

»Da hinten gibt es eine kleine Boutique. Die haben zwar keine so große Auswahl, dafür aber ganz besondere Stücke«, erklärte Lene. »Ich habe hier schon oft was gefunden. Und glaub mir, das ist bei meiner Oberweite nicht immer einfach.«

Ich lachte und fand es erfrischend, wie ungeniert sie mit diesem Thema umging.

Tatsächlich fand ich in dem Laden sogar zwei Kleider, die mir sehr gut gefielen. Es waren zwar keine Brautkleider, und sie waren auch nicht weiß, aber für eine standesamtliche Trauung waren sie auf jeden Fall geeignet.

Das eine war ein hellgraues kurzärmeliges Etuikleid mit schwarzen Spitzenverzierungen an den Schultern. Und das andere ein eher verspieltes Sommerkleid mit V-Ausschnitt und angedeuteter Wickeloptik. Es hatte einen warmen Bronzeton, der wunderbar mit meinen dunklen Augen harmonierte, wie die Verkäuferin nicht müde wurde zu betonen.

Ich stand in dem bronzenen Kleid vor dem Spiegel und hielt mir das graue Gewand vor den Körper.

»Was meinst du denn, Lene?«, fragte ich unsicher. »Soll ich das nehmen... oder lieber das andere?« Ich nahm das graue Kleid weg. Mir gefielen beide gut.

»Hmm... Schwer zu sagen!«

»Ich finde das, was du gerade anhast, steht dir ganz wunderbar!«, kam es plötzlich von hinten.

Wir drehten uns um. Max stand da und grinste.

»Was machst du denn hier?«, fragte ich völlig verblüfft.

Ich hatte doch niemandem gesagt, dass ich nach Passau fahren würde.

»Max?«, rief auch Lene überrascht.

»Ich habe in Passau einiges zu erledigen, und da habe ich ganz zufällig...«

»Denkst du, ich glaub noch an den Osterhasen?«, unterbrach ich ihn. »Von wegen zufällig!«

»Nun ja...« Er grinste, beließ es aber dabei.

Da ich Max nicht zutraute, dass er heimlich Frauenkleider kaufte, und er auch nicht so verwirrt war, dass er zufällig in eine kleine Damenboutique in einer Seitengasse geraten war, konnte es nur einen geben, der ihm gezwitschert hatte, wo wir waren: sein

Freund Karl. Auch Lene schien das in diesem Moment klar zu werden, und sie setzte einen strengen Blick auf.

»Warum müssen Männer nur immer solche Klatschweiber sein?«, fragte sie, ohne auf eine zufriedenstellende Antwort zu hoffen.

»Hey, das hat sich ganz zufällig ergeben. Karl und ich haben telefoniert, weil ich ...«

»Spar dir die erlogenen Worte, mein lieber Cousin, sonst musst du sie nur wieder beichten. Also, was tust du hier? Willst du alle Kleider in Größe vierzig aufkaufen, damit ich keines mehr bekomme?«

Der Verkäuferin schien diese Idee zu gefallen, wie ihr Blick andeutete.

»Warum regst du dich denn immer gleich so auf, Hanna?«, fragte er und tat dabei so, als ob ich eine hysterische Ziege wäre, die ihm völlig grundlos böse Unterstellungen machte.

Ich atmete tief ein. »Ich reg mich nicht auf. Ich will nur in Ruhe einkaufen. Kannst du jetzt bitte gehen? Du hast doch sicherlich genug Arbeit auf deinem Hof!«

Er setzte sich auf einen Stuhl, der so fragil ausschaute, dass ich Angst hatte, er würde unter seinem Gewicht zusammenbrechen, und schlug lässig seine langen Beine übereinander. Der Stuhl hielt stand. Leider!

»Ich bleib hier ganz still sitzen und mach keinen Mucks mehr.« Er lächelte.

Er lächelte! Und das gefiel mir gar nicht. Normalerweise müsste er stinksauer sein, weil er mir am Ende das Erbe doch nicht wegschnappen konnte. Sicherlich hatte er irgendetwas vor. Nur was?

»Wenn du es nicht lassen kannst!«

Ich drehte mich wieder zum Spiegel und sah darin, wie Lene

fragend zwischen uns hin und her schaute. Was sie sich wohl dachte? Wir benahmen uns wie die kleinen Kinder. Obwohl… Das stimmte nicht ganz. Als Kinder hatten wir uns nicht so kindisch benommen.

»Ich nehme das hier«, sagte ich und hielt der Verkäuferin das graue Etuikleid entgegen. Ich hätte lieber das andere gehabt, aber Max sollte auch nicht recht haben!

»Schön!« Die Verkäuferin nahm das Kleid und ging damit zur Kasse.

Ich verschwand in der Umkleidekabine.

»Schade!« rief Max mir hinterher. »Das andere steht dir viel besser!«

Ich zog den Vorhang ein Stück zur Seite und streckte ihm die Zunge heraus. Das war zwar wieder kindisch, tat aber trotzdem gut. Lene lachte.

Als wir später in einem Straßencafé saßen, tauchte er schon wieder auf, kaum dass wir unsere Bestellung aufgegeben hatten. »Einen Espresso, bitte!«, rief er der jungen Bedienung hinterher.

»Sag mal, merkst du nicht, dass du störst?«, fragte ich völlig genervt.

»Ich gehe ja gleich«, meinte er gut gelaunt. »Ich trinke nur schnell meinen Espresso, dann bin ich auch schon weg.«

»Okay.«

Ich hoffte, dass die Bedienung schnell kommen würde. Lene erzählte inzwischen einige Geschichten über ihren Sohn und lenkte uns damit ein wenig ab. Doch in mir brodelte es. Max verhielt sich total ungewöhnlich. So lange am Stück so gut gelaunt kannte ich ihn nur aus unserer Kindheit. Er hatte bestimmt irgendetwas vor. Plötzlich hielt ich es nicht mehr aus.

»Hast du dich jetzt doch damit abgefunden, dass ich Stefan am Freitag heiraten werde?«

Die Bedienung kam mit unserer Bestellung, und Max lächelte ihr freundlich zu.

»Danke! Damit brauche ich mich nicht abzufinden, weil Stefan und du nicht heiraten werdet«, sagte er gelassen.

Lene schaute mich besorgt an. Sie hatte wohl Angst, dass ich ihm hier vor allen Leuten an die Gurgel gehen würde. Ich versuchte ruhig zu bleiben. Er bluffte doch! Ich war erst heute Vormittag mit Stefan auf dem Standesamt gewesen. Seitdem hatte Max ihn sicher nicht umgestimmt. Oder etwa doch?

Ich holte mein privates Handy aus der Tasche und wählte die Nummer meines Zukünftigen.

»Ja hallo, Stefan, ich bin's. Ich wollte nur fragen, wie es dir geht«, flötete ich ins Telefon.

»Hanna! Hier ist alles gut. Und bei dir?« Er schien sich über meinen Anruf zu freuen.

»Auch alles gut. Ich freue mich auf Freitag.« Was nicht völlig gelogen war.

»Ja. Ich mich auch. Jetzt muss ich hier weitermachen. Bis dann.«

»Bis dann!«

Ich schaute grinsend zu Max.

»Stefan freut sich schon sehr auf die Hochzeit!«

»Der weiß ja auch noch nicht, dass er dich nicht heiraten wird.« Max grinste zurück.

Ich rückte ganz nah an ihn heran.

»Wage es ja nicht, ihn irgendwie von mir fernzuhalten«, giftete ich ihn an.

»Du solltest es mal mit einer Anti-Aggressions-Therapie versuchen«, riet er.

»Und du… du…« Mist. Mir fiel nichts ein.

Lene hielt sich inzwischen den Bauch vor Lachen.

»Ich glaub, ich geh jetzt lieber«, sagte Max und stand auf.

»Ja! Tu das!«, stimmte ich mit knirschenden Zähnen zu.

Er zog seine Geldbörse aus der Hosentasche und hielt Ausschau nach der Bedienung.

»Ich zahl schon. Aber bitte geh!«

»Oh danke, Hanna! Aber übernimm dich finanziell nicht zu sehr. Bald ist das Geld von der Oma für dich weg.«

Bevor ich darauf antworten konnte, war er lachend in der Menschenmenge verschwunden.

Lene versuchte, ein ernstes Gesicht zu machen, aber das misslang ihr gründlich. Sie prustete los. Und plötzlich musste ich mitlachen.

kapitel 43

Ich wälzte mich die halbe Nacht von einer Seite auf die andere. Ständig ging mir die Frage im Kopf herum, was Max wohl ausgeheckt hatte. Es war etwas im Busch. Das spürte ich so deutlich wie die vermaledeite Mücke, die sich in meinem Zimmer einquartiert hatte und sich, kaum machte ich das Licht aus, auf mich stürzte.

Ich schaltete das Licht wieder an und schaute mich um. Doch das Biest blieb ruhig. Und lachte mich wahrscheinlich aus. Ich knipste das Licht wieder aus und wartete. Keine Minute später hörte ich sie wieder um meinen Kopf surren. Ich wartete ab, bis ich spürte, dass sie sich auf meine Stirn gesetzt hatte. Na warte, du kleines Miststück, dachte ich, gleich geht's dir an den Kragen. Ich holte aus und schlug mir mit der flachen Hand fest auf meine Stirn. Batsch! Juhu! Ich hatte sie! Ich ging ins Badezimmer und wusch den roten Fleck auf meiner Stirn weg. Dieser gierige Sauger hatte mich doch tatsächlich schon angezapft!

Um keine weiteren stechwütigen Gäste ins Zimmer zu bekommen schloss ich das Fenster. Doch in der Hitze war es so kaum auszuhalten. Also stand ich wieder auf und öffnete es. Inzwischen fühlte ich mich total zerschlagen. Die Biester ließen mich einfach nicht zur Ruhe kommen. Überall an meinem Körper juckte es, und hinter meinem Ohr hatte ich eine richtige kleine Beule. Sofort morgen früh würde ich ein Fliegengitter am Fenster anbringen!

»Verdammt!«, schimpfte ich und quälte mich endgültig aus dem Bett. Ich schnappte mein Kissen und eine Decke und ging nach unten ins Wohnzimmer. Ich legte mich aufs Sofa und schaltete den Fernseher an. Auf einem Privatsender lief eine Dokusoap, die mich innerhalb weniger Minuten in den Schlaf beförderte.

Allerdings nicht lange. Ich wachte sehr zeitig auf und sinnierte über mein Leben, die Männer und das Erbe. Mein Hirn kam einfach nicht zur Ruhe. Schließlich hielt ich es nicht mehr aus. Ich musste mich ablenken. Ich ging ins Büro, um ein wenig zu arbeiten. Als ich mich setzte, fiel mein Blick wieder auf das rätselhafte Päckchen. Gestern Abend hatte ich völlig vergessen, meine Mutter deswegen nochmal anzurufen. Aber sie schien sich auch nicht sonderlich dafür zu interessieren, sonst hätte sie sich bestimmt selbst gemeldet.

Wieder bekam ich ein seltsames Prickeln im Nacken. Ich öffnete das Päckchen und holte die Brotzeitdose wieder heraus. Vielleicht sollte ich sie doch aufmachen? Mutter hatte mir ja quasi den Auftrag dazu erteilt. Ohne nochmal weiter darüber nachzudenken, hob ich den Deckel ab. Die Dose war mit ein wenig Zeitungspapier ausgepolstert, von derselben nur wenige Wochen alten Ausgabe, mit der schon das Päckchen selbst gefüllt war. Zwischen dem Papier lagen ein Taschenmesser, ein abgebrochener Bleistift und eine angelaufene silberne Kette mit einem schwarzen Anhänger. Ich holte die Sachen heraus und legte alles auf den Schreibtisch. Unten lag noch ein zusammengefaltetes Blatt Papier mit dem Mädchennamen und der alten Adresse meiner Mutter.

Eine seltsame Scheu überkam mich, das Blatt aufzufalten und den Brief, um den es sich vermutlich hier handelte, zu lesen.

Lange starrte ich auf das Papier, bis ich es schließlich auseinanderfaltete.

kapitel 44

Noch nie hatte ich für die Fahrt nach München so lange gebraucht wie heute. Zweimal musste ich auf Rastplätzen anhalten, weil ich völlig neben mir stand und mich kaum auf den Verkehr konzentrieren konnte. Einmal hatte ich sogar schon angesetzt zu überholen, als ich in der letzten Sekunde bemerkte, dass links neben mir bereits ein Fahrzeug fuhr.

Der Fahrer hinter mir hatte wild gehupt und aufgeblendet. Daraufhin drosselte ich das Tempo drastisch. Fanny lag auf dem Rücksitz und gab keinen Mucks von sich.

Der Inhalt des Briefes hatte mir den Boden unter den Füßen weggezogen. Ich war in einem Zustand, den ich nicht beschreiben konnte. Ich hatte bis jetzt keine einzige Träne geweint. Dazu war ich viel zu schockiert.

Nach langen drei Stunden fuhr ich den Wagen endlich in die Einfahrt zum Haus meiner Mutter. Fanny hob den Kopf und winselte.

»Brave Süße«, sagte ich und stieg langsam aus. »Komm mit.«

In meiner Tasche hatte ich das Päckchen und vor allem den Brief. Ich hoffte, dass meine Mutter entweder hier oder in ihrem Büro ganz in der Nähe war und keinen Gerichtstermin hatte. Ich musste sie sehen. Und zwar sofort!

Fanny trabte neben mir zur Haustür. Sie schaute immer wieder zu mir nach oben und stupste mich an der Hand. Ich wusste, dass sie spürte, wie sehr ich mitgenommen war. Und ich wusste auch, dass sie mich trösten wollte. Ich war froh, dass sie dabei war, und streichelte über ihren Kopf. Dann drückte ich meinen Finger auf die Türglocke.

Mutter war tatsächlich daheim und öffnete die Tür.

»Hanna! Was machst du denn hier?«, fragte sie überrascht.

»Ich muss mit dir reden!«

»Also, was ist los?«, fragte sie, nachdem sie mir ein Glas Wasser eingeschenkt hatte. Sie saß auf dem Sofa im Wohnzimmer und schaute mich besorgt an. Ich suchte nach den richtigen Worten und ging unruhig auf und ab. Doch es gab keine richtigen Worte. Ich holte das Päckchen aus der Tasche und stellte es vor ihre Nase.

»Ich möchte, dass du mir das erklärst«, sagte ich plötzlich.

»Ist das dieses Päckchen, wegen dem du mich gestern angerufen hast?«

Ich nickte.

Sie öffnete es und starrte hinein. Als sie die Kette und das Messer sah, wurde sie schlagartig bleich im Gesicht. Sie griff vorsichtig nach dem Schmuckstück und zog es langsam und mit zitternden Fingern heraus.

»Bitte lass mich einen Moment allein!«, sagte sie, und das war keine Bitte.

Meine Mutter verlor nur selten die Fassung, eigentlich nie, doch jetzt war so ein Moment. Auch wenn mir unendlich viele Fragen auf der Zunge und vor allem auf dem Herzen lagen, erhob ich mich und ging hinaus in den Garten. Fanny folgte mir. Ich wusste, was meine Mutter jetzt lesen würde. Ich hätte den Brief auswendig aufsagen können. Die Worte, die darin standen, hatten sich für immer in mein Gedächtnis eingebrannt:

Ich habe Mist gebaut, Minni, und wahrscheinlich bist du ziemlich wütend auf mich.
Als du mir erzählt hast, dass du schwanger bist, fühlte sich das an, als ob du mir mein Leben und meine Freiheit wegnehmen wolltest. Deswegen bin ich weg. Ich wollte reisen, die Welt ansehen, mich nicht an die Kette legen lassen. Wie absurd und dumm von mir! Jetzt sitze ich hier, gefangen in meiner Freiheit, und wünsche mir nur eines: Bei dir zu sein! Du bist meine Freiheit und jetzt mehr noch mein Leben, als ich es mir hätte vorstellen können. Du trägst mein Kind in dir. Unsere gemeinsame Ewigkeit.
Ich habe Angst. Eine verdammte Angst, dass ich es nicht schaffe. Dass ich nie mehr in deinen wundervollen Augen ertrinken kann. Und ich nie das erste Lächeln meiner Tochter oder meines Sohnes erleben werde.
Minni, du wirst eine phantastische Mutter sein. Erzähl unserem Kind von mir, und dass ich es schon jetzt so sehr liebe, dass mein Herz dabei brennt. Und erzähle ihm von unserer Liebe!
Ich hoffe, dass du diesen Brief nie lesen musst, denn wenn ich es schaffe, zu dir zu kommen, werde ich dir immer zeigen, wie sehr ich dich liebe.
Dein Wolfgang

Und dann als Zusatz in einer total krakeligen Schrift:

Ich schaffe es nicht, Minni. Schenk unserem Kind die Kette und meine Liebe. Mein einziges Erbe… Love you!

Es war die längste halbe Stunde, die ich je in meinem Leben gewartet hatte, bis sie mich wieder hinein rief. Der Brief lag geöffnet auf dem Tisch. Ihre Augen waren rot und geschwollen. Sie hatte geweint, und es war, als ob eine andere Frau im Raum wäre. Noch nie hatte ich diesen Blick in ihren Augen gesehen. Noch nicht einmal damals, als mein Vater, ... nein, als Lorenz gestorben war, der Mann, den ich für meinen Vater gehalten hatte. Und der es auch immer für mich gewesen war und sein würde.

Mutter stand wie ein Häufchen Elend da und verschränkte die Hände so fest ineinander, dass die Knöchel weiß hervortraten.

Sie würde mir jetzt noch nichts sagen können. Ich spürte es. Sie war zu erschüttert. Aber sie konnte etwas anderes tun.

»Zeig mir ein Foto«, bat ich sie leise. Sie nickte und ging aus dem Zimmer. Ein paar Minuten später kam sie zurück. Sie setzte sich neben mich und reichte mir ein Bild, das schon ziemlich zerdrückt war. Es sah fast so aus, als ob sie es zerknüllt und danach wieder glattgestrichen hatte. Ich nahm das Foto mit zitternden Fingern und betrachtete zum ersten Mal das Gesicht meines Vaters.

Ein gut aussehender junger Mann mit längeren hellbraunen Haaren und braunen Augen lächelte mir entgegen. Also hatte ich diese dunkle Farbe nicht nur von meiner Mutter geerbt, wie ich bisher immer gedacht hatte. Sein Gesicht war markant und hatte fast ein wenig arrogant wirkende Züge – und trotzdem vermeinte ich eine große Sensibilität darin zu entdecken.

»Es war sein zwanzigster Geburtstag, kurz vor dem Abi.« Die Stimme meiner Mutter war brüchig.

Ich legte einen Arm um sie und bemerkte erst jetzt, wie schmal sie in den letzten Wochen geworden war. Und schlagartig ging mir durch den Kopf, dass das mit dem Erbe meiner Oma und meinem

Vater zu tun hatte. Oder besser gesagt, mit meinen beiden Vätern. Wahrscheinlich war mit dem Erbe bei ihr eine alte Wunde wieder aufgebrochen.

»Du wirst es mir vielleicht nicht glauben, aber bisher war ich immer davon ausgegangen, dass Wolfgang noch irgendwo auf dieser Welt lebt.«

»Dass er noch lebt?«, fragte ich ungläubig.

Sie nickte. Und dann setzten wir uns, und sie erzählte mir ihre Geschichte.

»Wir hatten uns ein halbes Jahr vor dem Abi bei der Geburtstagsfeier eines Freundes kennengelernt. Es war Liebe auf den ersten Blick gewesen, wie man so schön sagt. Wolfgang lebte noch bei seinen Eltern in Passau. Zumindest mehr oder weniger. Die meiste Zeit war er irgendwo bei seinen Freunden. Trotzdem war er sehr ehrgeizig und hatte sich gründlich auf das Abi vorbereitet. Weißt du, er wollte unbedingt Germanistik und Philosophie studieren und Schriftsteller werden«, sie lächelte wehmütig bei diesen Worten.

»›Minni, du wirst sehen, ich werde mal ein ganz Großer‹, hat er immer gesagt, und ich war mir sicher, dass er das wirklich werden würde. Er war so voller Energie, dass... Ich weiß nicht, wie ich es beschreiben soll, aber mein Leben wurde durch ihn bunter, die Musik melodischer, und sogar das Essen schmeckte besser... Alles wurde intensiver und schöner durch ihn... Nach dem Abi wollten wir zuerst durch die Welt reisen und dann gemeinsam nach München gehen und dort studieren.«

Sie unterbrach ihre Geschichte, erhob sich und ging auf und ab.

»Und dann wurdest du schwanger«, sagte ich leise.

Sie nickte. »Ich war so glücklich und erzählte es ihm sofort...

Ich dachte, er würde sich ebenso freuen wie ich. Aber er schaute mich nur an und... und schüttelte den Kopf... ›Was ist mit unseren Reisen? Unseren Träumen?‹, fragte er. Ich versuchte ihm zu erklären, dass wir das auch noch später machen könnten, aber ich hatte nicht bedacht, wie wichtig ihm seine Freiheit war... Er küsste mich noch nicht einmal, als er an diesem Abend ging. Und danach hörte ich nichts mehr von ihm.«

Es fiel ihr schwer, die Fassung nicht zu verlieren.

»Aber hast du denn nicht nach ihm gesucht?«, fragte ich ziemlich aufgewühlt.

»Nein. Ich dachte wirklich, dass er in ein anderes Land gegangen war, um dort seine Träume zu verwirklich. Ohne dass er mich mit dir als Klotz am Bein hatte. Auch seine Eltern dachten das anfangs. Später habe ich den Kontakt zu ihnen abgebrochen. Sie wissen nichts von dir.«

»Warum?«

Sie lächelte traurig. »Ich war so verletzt, dass er einfach gegangen war. So unendlich verletzt und wütend, dass er mich im Stich gelassen hatte. Er, meine große Liebe!«

Ich sah ihr an, wie furchtbar schwer es ihr fiel, das zu sagen. Sie brauchte einige Sekunden, bis sie weitererzählen konnte.

»Der einzige Mensch, dem ich mich anvertrauen konnte, war Lorenz. Wir waren immer schon gute Freunde gewesen, und ich wusste, dass ich mich auf sein Schweigen verlassen konnte. Nachdem ich ihm alles erzählt hatte, gestand er mir, dass er mich schon seit langem liebte, und machte mir einen Vorschlag: Er würde sich als dein Vater ausgeben und mich heiraten.«

»Aber warum hast du dich darauf eingelassen? Du hast ihn doch nicht geliebt, oder?« Es tat mir weh, diese Frage zu stellen.

»Es war keine Liebe, aber ich mochte ihn sehr. Er wusste das und nahm es als Preis in Kauf. Und als ich sah, wie liebevoll er sich um dich kümmerte, wurde aus meiner Zuneigung eine Form von Liebe. Ich schätzte ihn sehr.«

Jetzt wurde mir schlagartig vieles klar. »Oma wusste es, nicht wahr?«

Mutter nickte. »Ja. Lorenz hatte es ihr als Einziger gesagt. Es war ein großer Fehler, und er bereute es hinterher sehr. Sie wollte unbedingt verhindern, dass wir heiraten. Erst als Lorenz ihr drohte, den Hof zu verlassen, riss sie sich zusammen.«

Erschöpft ließ Mutter sich in einen Sessel fallen. Es gab noch so viele Fragen, auf die ich eine Antwort suchte. Aber jetzt musste ich ihr erst ein wenig Ruhe gönnen. Ich stand auf. Doch eines musste ich jetzt noch wissen.

»Hättest du es mir jemals gesagt?«

Sie schüttelte den Kopf. »Ich musste es Lorenz versprechen.«

Sie sagte es so bestimmt, dass kein Zweifel blieb, auch wenn ich mir eine andere Antwort gewünscht hätte.

»Kann ich dich alleine lassen?«, fragte ich, weil ich mir Sorgen um sie machte.

»Ja. Ich brauche jetzt ein wenig Zeit für mich... Hanna, nimm die Kette. Mehr brauche ich dir nicht zu sagen, denn du hast den Brief gelesen.«

Ich griff nach dem Schmuckstück und umschloss es vorsichtig mit meiner Hand. Dann ging ich zu meiner Mutter, kniete mich neben den Sessel und umarmte sie lange.

kapitel 45

Ich hatte es eilig, den Brunnenwirt zu verlassen. Stefan folgte mir und hielt mich auf.

»Hanna. Warte doch...«

Eben hatte ich ihm mitgeteilt, dass unsere Hochzeit nicht stattfinden würde, ohne ihm dafür einen Grund zu nennen.

»Bitte, Stefan, ich kann es dir jetzt nicht erklären...«, sagte ich erschöpft.

»Musst du auch nicht... Aber du sollst eines wissen. Ich würde dich auch ohne dieses Erbe heiraten.«

Seine ohnehin schon geröteten Wangen wurden bei diesen Worten dunkelrot.

Ich versuchte zu lächeln. »Danke, Stefan...«

Ich ging zum Parkplatz und stieg ins Auto. Fanny hatte ich vorher schon nach Hause gebracht. Sie war heute genug unterwegs gewesen.

Ich war froh, dass ich das Gespräch mit Stefan hinter mir hatte. Doch die Hochzeit abzusagen war ein Kinderspiel gegen das, was mir jetzt bevorstand.

Die Haustür stand offen, und ich hörte Musik aus der Küche.

»Darf ich reinkommen?«

»Hanna!«, rief Tante Luise. Oder einfach nur Luise, ohne Tante, nachdem, was ich jetzt wusste. »Da musst du doch nicht fragen!«

Sie walkte einen Batzen Teig auf der großen hölzernen Arbeitsplatte in der Mitte des Raumes.

»Ich muss mit Max sprechen. Ist er da?«, fragte ich und versuchte gute Laune vorzuspielen. Sie schien es mir abzunehmen.

»Der ist gerade eben zum Baumarkt. Müsste aber bald wieder da sein. Magst du einen Kaffee?«

Kaffee wäre jetzt sicher nicht verkehrt.

»Gerne.«

Sie wusch sich die Hände, drehte das Radio aus und schenkte aus einer gläsernen Kanne ein.

»Den habe ich vorhin frisch aufgebrüht.«

Sie wusste, dass ich ihn immer schwarz trank, und reichte mir den Kaffeebecher.

»Danke.«

Ich nahm die Tasse in die Hand und atmete das milde Aroma ein, das mich sofort belebte. Die Küche von Tante… von Luise war ein Ort, an dem ich mich schon immer wohl gefühlt hatte. Und auch jetzt merkte ich, wie die Anspannung der letzten Stunden ein wenig nachließ. Der lichtdurchflutete Raum war groß und mit hellen Möbeln eingerichtet, die ländlich, aber nicht zu rustikal wirkten. An den Fenstern hingen sonnengelbe Vorhänge, und in der Mitte des Fensterbretts standen Töpfchen mit Kräutern, die vor allem der Dekoration dienten, da es auf dem Hof ein großes Gewächshaus für Gemüse, Salat und alle möglichen Kräuter gab.

»Heute gibt es Zwetschgenstrudel, nach dem Rezept deiner Oma«, erklärte Luise und machte sich wieder an die Arbeit.

Meiner Oma?… Tja. Inzwischen wusste ich, warum Berta mich nie leiden mochte. Irgendwie war es eine Erleichterung, dass ihre Antipathie mir gegenüber in der fehlenden biologischen Vaterschaft ihres Sohnes und nicht an mir persönlich lag. Ich ging sogar davon aus, dass sie mich gemocht hätte, wenn ich die echte Tochter ihres Sohnes gewesen wäre. Zumindest wünschte ich es mir.

»Mit eingeweckten Zwetschgen?«, fragte ich höflich, weil ich merkte, dass Luise auf meine Reaktion wartete.

»Ja. So wie sie ihn immer gemacht hat. Es sind die letzten Gläser vom vergangenen Jahr«, erklärte Luise und nickte in Richtung der zwei großen Weckgläser auf der Anrichte. »Da war sie noch am Leben.«

Es war tatsächlich ein besonderes Rezept, bei dem es sich eigentlich um einen Zwetschgen-Rahmstrudel handelte. Nur eben nicht mit frischen, sondern mit eingelegten Früchten.

»Soll ich dir helfen?«, fragte ich plötzlich. Irgendwie hatte ich das Bedürfnis, etwas zu tun, bei dem ich nicht nachdenken musste.

»Gerne... du kannst ein paar Äpfel schälen. Du weißt ja...«

»... dass Max keine Zwetschgen mag«, beendete ich den Satz für sie, und wir lächelten uns wissend an.

Luise füllte für ihren Sohn immer einen Strudelteig mit hauchdünn geschnittenen Äpfeln und setzte ihn in die Mitte der Bratraine. Während Luise den Teig auswalkte und ihn dann vorsichtig so dünn auseinanderzog, dass man dadurch fast die Zeitung hätte lesen können, schnippelte ich die Äpfel in eine Schüssel.

»Freust du dich auf deine Hochzeit mit Stefan?«, fragte sie mich plötzlich.

Ich hielt kurz inne und war versucht, ihr mein Herz auszuschütten. Aber dann ließ ich es. Ich wollte jetzt nicht darüber reden müssen. Außerdem sollte Max es zuerst erfahren.

»Naja«, sagte ich deswegen unverbindlich.

Luise schaute mich an. »Stefan ist nicht verkehrt.«

Mehr sagte sie nicht. Natürlich ahnte auch sie, dass die Ehe – wenn sie denn am Freitag geschlossen werden würde – nicht von Dauer sein würde.

»Was ich die ganze Zeit vergessen habe, Tante Luise«, sagte ich, und das Wort Tante rutschte mir mit der Macht der Gewohnheit heraus, »herzlichen Dank für die tolle Überraschungsparty zu meinem Geburtstag. Das war wirklich total lieb von dir.«

»Schön, dass es dir gefallen hat, Hanna. Aber das war Max' Idee, und er hat sich bis auf den Kuchen um alles gekümmert.«

»Max hat das gemacht?«, fragte ich völlig perplex.

»Ich dachte, du wusstest das«, sagte sie.

»Nein. Das wusste ich nicht.« Nach dem ganzen Streit in der letzten Zeit hätte ich nicht damit gerechnet, dass Max mir so eine Freude bereiten wollte.

Wir arbeiteten schweigend weiter. Sie verrührte süße Sahne, Zucker, frisches Vanillemark, zwei Eier, etwas Milch und sauren Rahm und goss die Mischung über die gefüllten Strudelblätter. Dann setzte sie ein paar Butterflöckchen und den restlichen sauren Rahm darauf – schließlich konnte das Ganze immer noch ein paar mehr Kalorien vertragen – und schob die Bratreine in den Backofen. In diesem Moment fuhr ein Auto in den Hof.

»Oh. Jetzt ist der Max da«, sagte Luise und lächelte. Dann tat sie etwas, das mir schließlich doch für einen Moment die Tränen in die Augen trieb. Sie streichelte mit ihrem Handrücken über meine Wangen und sagte leise: »Bestimmt wird alles gut!«

»Ja«, sagte ich nur und schluckte. Rasch drehte ich mich um und ging nach draußen.

»Max!« Er war auf dem Weg in die Scheune.

Überrascht drehte er sich um. »Hanna?« Er blieb stehen.

»Ich muss mit dir sprechen.«

»Wenn du mich bitten willst, dass ich das Hochzeitsauto fahre, dann kann ich dir nur wieder sagen, dass die Hochzeit nicht stattfinden wird.« Er sah mich provozierend lächelnd an.

»Du hast recht. Wird sie nicht.«

Er lächelte immer noch und schien auf etwas zu warten.

»Können wir irgendwo in Ruhe reden?«, fragte ich.

»Du meinst das im Ernst?«, fragte er, und sein Lächeln verschwand.

»Ja.«

»Stefan hat kalte Füße bekommen?«

»Hat er nicht. Wo können wir reden?« Ich versuchte immer noch, ganz ruhig zu bleiben, aber langsam kroch mir der Ärger im Nacken hoch.

Er ging zur Scheune, und ich folgte ihm.

»Jetzt bin ich aber gespannt«, sagte er und schaute mich neugierig an.

»Der Hof gehört dir!«

»Das sag ich doch schon die ganze Zeit«, sagte er grinsend.

»Ich meine, ich werde nicht mehr darum kämpfen. Nicht mehr heiraten. Er gehört heute schon dir.« Und hat dir immer schon gehört, setzte ich in Gedanken dazu.

Natürlich hätte ich die Sache mit meinem Vater verschweigen und Stefan heiraten können, um das Erbe anzutreten. Aber ich hätte mir im Spiegel nicht mehr ins Gesicht schauen können. Max war Bertas einziger richtiger Enkel und somit der rechtmäßige Erbe. Warum sie das nicht gleich im Testament geregelt hatte, konnte ich mir nur dadurch erklären, dass sie mich und vor allem wohl meine Mutter damit über ihren Tod hinaus ärgern wollte.

»Warum gibst du auf?«, fragte er und schien richtig enttäuscht zu sein.

Was war denn das jetzt? Ich hatte gedacht, er würde sich freuen!

»Das ist es doch, was du wollest!«, fauchte ich ihn an. Ich war plötzlich wütend geworden.

»Nein! Das wollte ich nicht!«

Ich stemmte die Hände in die Hüften und schaute ihn an.

»Wer bitte versucht denn seit der Testamentseröffnung alles, damit ich von hier verschwinde? Hast du vielleicht einen Zwillingsbruder, von dem ich nichts weiß?«

»Ich habe nie versucht, dich von hier zu vertreiben. Und jetzt sag mir sofort den Grund, warum du so plötzlich deine Meinung geändert hast!«, forderte Max mich auf, ohne auf meine Frage einzugehen.

»Das geht dich gar nichts an!«, giftete ich, obwohl ich ihm genau das eigentlich erklären wollte. »Und dass du es weißt, ich habe mir etwas Geld von Omas Konto genommen für meine Firma in München. Ich werde dir aber alles auf Heller und Pfennig wieder zurückzahlen. Ich brauche nur ein wenig Zeit!«

Und ein kleines Finanzwunder – setzte ich in Gedanken hinzu. Vielleicht konnte ich mich ja irgendwie unter den Euro-Rettungsschirm schummeln?

»Für welche Firma?«, fragte er verblüfft.

Stimmt. Verdammt, jetzt hatte ich mich auch noch verplappert. Doch das war jetzt auch schon egal, und mehr würde er jetzt auch nicht mehr erfahren.

»Das spielt jetzt keine Rolle. Du kriegst dein Geld.«

Er packte mich plötzlich am Arm. »Hanna. Schau mich an und sag mir jetzt sofort, warum du auf das Erbe verzichtest!«

Ich schüttelte seinen Arm ab. »Erst wenn du mir sagst, warum du jetzt so tust, als ob du es gar nicht möchtest.«

Ich war wirklich irritiert. Eigentlich hatte ich mich innerlich gegen seine Selbstgefälligkeit und seinen Spott gewappnet. Und jetzt so etwas?

»Dir ist es jetzt also wirklich ernst damit, das Erbe nicht anzunehmen?«, fragte er, als ob er noch immer damit rechnete, dass mein Verzicht bloß ein Trick war.

»Soll ich es mir auf dir Stirn tätowieren lassen?« Irgendwie tat es mir gut, mich mit ihm so zu fetzen.

Er lachte plötzlich. »Es reicht, wenn du ein Schild hochhältst!«

»*Max bekommt das Erbe und Hanna geht leer aus* oder wie?«

»Hanna geht nicht leer aus!«

»Stimmt. Fanny werde ich behalten!«, sagte ich und verschränkte entschlossen die Arme vor meiner Brust.

»Ich hatte nie vor, das Erbe anzunehmen«, sagte er plötzlich sehr ernst.

Hatte er gerade gesagt, dass er das Erbe nie angenommen hätte?

»Bin ich jetzt im falschen Film oder wie?« Ich verstand überhaupt nichts mehr. »Du hast jeden Mann verprellt, den ich heiraten wollte!«

»Ja. Weil ich nicht wollte, dass du nur wegen des Erbes irgendeinen dahergelaufenen Typen heiratest.«

»Weil du nicht wolltest, dass ich das Erbe bekomme.«

»Ich hätte es dir am Ende sowieso überlassen.« Er lächelte bei diesen Worten.

»Was?« War das Max, der da vor mir stand? Oder hatte ein Alien von ihm Besitz ergriffen?

»Ich fand die Bedingungen im Testament von Anfang an einfach nur gemein.«

Ich starrte ihn mit offenem Mund an. »Aber warum hast du dich dann nicht auf meinen Deal eingelassen, dass wir uns das Erbe teilen?«, fragte ich fassungslos.

»Ach komm. So einfach wollte ich es dir auch nicht machen. Es hat mich interessiert, wie du dich schlagen würdest. Außerdem wärst du nicht drei Monate auf dem Hof geblieben, wenn wir das gleich geklärt hätten.«

»Aber du wolltest sogar Stefan die Hochzeit ausreden!«

»Das wäre nicht nötig gewesen, ich hätte es dir einen Tag vor der Hochzeit gesagt. Denkst du wirklich, ich hätte dich einfach so einen Mann heiraten lassen, den du nicht liebst? Ich hab mir allerdings schon Sorgen gemacht, dass du mittendrin heiraten würdest, ohne dass ich es rechtzeitig verhindern könnte. Zugetraut hätte ich es dir!«

Ich war hin- und hergerissen zwischen dem Wunsch, ihm an die Gurgel zu gehen, und dem Drang wahlweise laut loszulachen oder zu heulen. Er hatte mich die ganze Zeit nur ärgern wollen! Ich wollte am liebsten gar nicht mehr darüber nachdenken, was ich alles getan hatte, um das Erbe zu bekommen. Und jetzt bekäme ich es einfach so – und ich konnte es nicht mehr annehmen. So verrückt war die Welt. Oder war ich es?

»Hanna?«

»Ja?«

»Warum wolltest du auf das Erbe verzichten?«

Jetzt war die Stunde der Wahrheit gekommen. Und es fiel mir unendlich schwer, dieses Geheimnis zu lüften, von dem so lange Zeit nur ganz wenige Menschen gewusst hatten. Und das ich selbst erst seit wenigen Stunden kannte.

»Es gibt einen Grund, warum Berta mich nie mochte... Das Erbe steht nur dir alleine zu. Ich kann es nicht annehmen. Mein Vater... also Lorenz, war nicht mein richtiger Vater.«

Er schaute mich an, und ich sah in seinen Augen, dass diese Nachricht für ihn keine Überraschung war. Und das war eine weitere Überraschung für mich.

»Du hast es gewusst?«, fragte ich ihn fast tonlos.

Er zögerte kurz und nickte dann.

»Seit wann?«

»Hanna, hör mir zu... Ich muss dir da etwas erklären.«

»Wie lange weißt du es schon?«

»Es... es war an deinem zwölften Geburtstag. Ich hatte zufällig einen Streit zwischen Oma und Onkel Lorenz mitbekommen.«

Das konnte jetzt nicht wahr sein, oder?

»Du weißt es schon so lange und hast es mir nie gesagt? Du warst damals mein allerbester Freund!«, rief ich empört. Dass meine Mutter es mir nicht gesagt hatte, tat schon weh genug, aber dass Max es mir verschwiegen hatte, konnte ich ihm nicht verzeihen.

»Ich wollte es dir sagen, aber ich wusste nicht, wie... und dann...«

»Wer weiß es noch?«, unterbrach ich ihn.

»Ich habe es niemandem erzählt. Wirklich! Ich bin froh, dass du es jetzt weißt. Es gibt viel, über das wir reden müssen, Hanna.«

Ich wich zurück. »Wir müssen gar nichts. Ich fahre nach Hause und packe. Und dann verschwinde ich von hier.«

»Nein, das wirst du nicht...«

»Und ob. Ich habe genug von Menschen, die mir etwas vormachen. Mein ganzes Leben lang haben mich alle nur belogen!«

»Hanna, bitte! Es gibt noch so viel zu klären...« Er versuchte mich festzuhalten.

»Lass mich! Und wage es nicht, wieder irgendwie rumzutricksen!«

Ich drehte ihm den Rücken zu und ging aus der Scheune. Keine Sekunde zu früh, denn so konnte er die Tränen nicht sehen, die jetzt ungehindert über meine Wangen kullerten.

Kapitel 46

Ich packte den Wagen so voll, dass hinten nur noch wenig Platz für Fanny blieb. Trotzdem passte nicht alles hinein, was ich mit nach München nehmen wollte. Ich würde zweimal fahren müssen. Inzwischen war es dunkel geworden. Da ich keine Kraft hatte, heute noch irgendwem etwas zu erklären, würde ich Willy später eine SMS schicken, dass ich dringend nach München musste. Jetzt war es auch nicht mehr notwendig, die Nacht auf dem Hof zu verbringen. Wer immer das kontrollierte, konnte mir den Buckel runterrutschen.

Als ich losfahren wollte, merkte ich, wie erschöpft ich war. Sicher war es nicht verkehrt, eine heiße Dusche zu nehmen und einen Kaffee zu trinken, bevor ich mich ans Steuer setzte. Eine Dreiviertelstunde später war ich frisch geduscht und durch das Koffein wieder einigermaßen fit. Ich sperrte das Haus ab und ging in der Dunkelheit zum Wagen.

»Komm, Süße! Steig ein!«, rief ich nach Fanny. Doch der Hund begann plötzlich zu bellen.

»Was ist denn? Jetzt komm schon, ich will los!«

Doch sie hörte nicht auf mich und rannte wie der Blitz in Richtung Obstgarten.

»Komm zurück!«

Sie ließ sich nicht aufhalten.

»Aua! Geh weg, du Mistvieh!«, hörte ich plötzlich eine schrille Frauenstimme, die mir auf unangenehme Weise sehr vertraut war.

Ich rannte zum Obstgarten. Verena stand ängstlich mit dem Rücken an einen Apfelbaum gedrängt. Vor ihr stand Fanny und knurrte sie böse an.

»Fanny, sitz!«, befahl ich streng, und sie gehorchte, wenn auch zögernd.

»Diesen Köter sollte man einschläfern!«, forderte Verena ängstlich.

»Was hast du hier zu suchen?«

»Ich... ich wollte zu Pit«.

»Mitten in der Nacht? Lüg mich nicht an!«

»Tu endlich deinen Hund weg.«

»Das werde ich nicht. Ich werde ganz was anderes machen, nämlich die Polizei anrufen.«

»Spinnst du? Die Polizei?«, schrie sie aufgebracht, und es tat fast weh in den Ohren.

»Du bist diejenige, die sich hier ständig rumschleicht, Fallen legt und meine Rinder vergiften wollte.«

»Bist du deppert? Wovon redest du überhaupt?« Sie wollte sich davonmachen, aber Fanny knurrte sie böse an.

»Und die vergifteten Blumen hast du auch vor die Haustür gelegt!«

Ich war mir sicher, dass sie es war, und ärgerte mich, dass ich nicht schon früher darauf gekommen war. Fanny wusste es schon lange, ich hatte nur nicht auf sie gehört.

»Warum sollte ich irgendwelche Rosen vergiften?«

»Ich habe nicht gesagt, dass es Rosen waren.«

»Ich dachte nur...«

»Was hattest du heute vor?«

Sie versuchte, eine kleine Tasche hinter dem Baum zu verstecken.

»Nichts… gar nichts…«

Ich riss ihr die Tasche aus der Hand und fand eine Rolle mit dünnem Draht.

»Was wolltest du damit machen?«

»Nichts!«

»Fanny gefällt es gar nicht, wenn du mich anlügst.«

Als ob er es verstanden hätte, begann der Hund wieder böse zu knurren.

Plötzlich schlug Verena die Hände vors Gesicht und begann zu heulen. Das hörte sich mit ihrer hohen Stimme schauderhaft an. Sie sollte sich im Fegefeuer als Seelenquälerin bewerben, dachte ich grimmig. Da könnte sie mit dieser Stimme sicher eine tolle Karriere machen.

»Sei still!«, rief ich, und sie hörte tatsächlich auf.

»Du bist doch selbst schuld daran«, begann sie plötzlich und schaute mich hasserfüllt an.

»Ich bin schuld?«

»Ja! Immer schon hast du mir die Jungs vor der Nase weggeschnappt.«

Wie bitte? Ich hatte was getan?

»Du hast schon ganz richtig gehört. Wochenlang habe ich Stefan damals kleine Zettelchen geschrieben und ihm Bonbons auf seinen Stuhl gelegt. Und dann?«

»Und dann?«, fragte ich, weil ich jetzt selbst neugierig war, was für einen Unsinn sie mir da auftischen wollte.

»Dann habt ihr euch hinter der Turnhalle geküsst!«

Naja, geküsst war jetzt doch etwas übertrieben. Es war eher ein Busserl gewesen.

»Verena, ich wusste doch gar nicht, dass du auf Stefan…«
Doch sie ließ mich gar nicht ausreden.

»Und Max hat mich sogar ausgelacht, als ich ihm ein gehäkeltes rotes Herz geschenkt habe.«

»Und da bin ich jetzt auch schuld oder wie?«

»Ja, freilich!«

»Du spinnst doch, Verena. Max ist mein Cousin!« Ähm… zumindest war er es damals. Also, er war es zwar auch damals nicht gewesen, aber wir dachten, dass er es war. Also zumindest die Leute, die nicht wussten, dass Lorenz nicht mein Vater war.

»Na und! Trotzdem wollte er immer nur was mit dir unternehmen.«

»Vielleicht stand er einfach nicht auf gehäkelte rote Herzchen?«

»Ich hatte mir schon überlegt, meine Haare blond zu färben, damit er mich endlich mal zur Kenntnis nehmen würde!«

»Wieso blond?«, fragte ich irritiert.

»Er hat sich immer nur welche ausgesucht, die dir ähnlich gesehen haben!«

Ich lachte laut auf. »Du bist doch nicht mehr ganz dicht!«

»Und dann hast du Pit geküsst.«

»Eher er mich!«

»Du nimmst mir immer die Jungs weg! Ich will keine abgelegten Männer von dir.«

Ich konnte es nicht glauben. Hier stand eine zutiefst verletzte, rachsüchtige Frau, die mir die Schuld daran gab, dass es mit den Männern in ihrem Leben bisher nicht geklappt hatte. Natürlich war es für sie einfacher, die Schuld bei mir als bei sich selbst zu suchen. Seltsamerweise tat sie mir plötzlich leid. Außerdem war ich so erschöpft von diesem Tag, dass ich keine Kraft mehr hatte, mich mit ihr auseinanderzusetzen.

»Was war das für ein Zeugs auf den Rosen?«, fragte ich müde.

»Juckpulver«, antwortete sie kleinlaut.

Juckpulver? Wenigstens war es keine giftige Substanz gewesen. Ich nahm Fanny am Halsband und hielt sie fest.

»Geh nach Hause, Verena!«

»Aber der Hund...«

»Ich halte sie, bis du weg bist.«

»Ja, und die Polizei?«

»Die wird heute nicht mehr kommen...«

Endlich schien sie zu realisieren, dass ihr nichts passieren würde, und sie verschwand in der Dunkelheit. Ich starrte ihr hinterher.

»Hat Verena etwas angestellt?«, hörte ich Pit plötzlich fragen.

Ich drehte mich um und fragte mich, wo er jetzt so spät noch herkam.

»Zumindest wollte sie das«, antwortete ich.

Er schaute mich betreten an. »Ich hatte mir schon gedacht, dass sie es war. Aber ich wollte sie irgendwie nicht hinhängen. Tut mir wirklich leid«, sagte er mit betretener Stimme.

»Schon gut... Aber was willst du um diese Zeit noch hier?«

»Hanna, ich muss dir auch etwas gestehen... Äh... Die Durchsage im Weinzelt... Das habe ich angezettelt. Weil ich mich so über dich geärgert hatte. Dabei war es ja meine Schuld. Wenn du mich jetzt rauswerfen willst, dann kann ich das verstehen.«

Ich schaute ihn an und bemerkte, dass es ihm wirklich ernst war. Jetzt hatten sich alle Fragen für mich gelöst. Max hatte wirklich nichts damit zu tun gehabt.

»Nein. Ich schmeiß dich nicht raus, Pit.«

Dann ging ich langsam zu meinem Wagen und machte mich auf den Weg nach München.

kapitel 47

Es war mitten in der Nacht, als ich in meiner kleinen Wohnung ankam, die in den letzten drei Monaten ein ziemlich verwaistes Dasein geführt hatte. Ich war nur selten hier gewesen. Und wenn, dann nur kurz, um etwas zu holen oder nach der Post zu schauen. Eine Nachbarin hatte sich freundlicherweise um die wenigen Zimmerpflanzen gekümmert und ab und zu gelüftet.

Fanny schnüffelte an den Möbeln und schaute sich neugierig um. Ob sie spürte, dass das hier jetzt ihr neues Zuhause sein würde? Ich würde viel mit ihr nach draußen gehen müssen, damit sie genug Auslauf bekäme. Aber ich hatte ja noch Pauline. Und wie ich meine kleine Schwester kannte, würde sie oft hier sein, so dass ich mir keine allzu großen Sorgen um den Hund machen musste. Über die Option, Fanny in Halling zu lassen, wollte ich gar nicht nachdenken. Das käme nicht in Frage. Fanny gehörte jetzt zu meinem Leben. Egal wo das stattfinden würde.

Ich fiel völlig erschöpft ins Bett und war wie versteinert. Zu viel war passiert an diesem Tag. Ich konnte jetzt nicht mehr über meine beiden Väter nachdenken. Trotzdem war ich mir sehr bewusst, welche Konsequenzen ich aus all dem, was ich heute erfahren hatte, würde ziehen müssen. Finanziell gesehen stand ich jetzt um einiges schlimmer da als an dem Tag, an dem ich vom

Tod meiner Oma erfahren hatte. Ich musste schnellstmöglich Geld auftreiben, um Max den Betrag zu ersetzen, den ich von Omas Konto für die Steuerschulden genommen hatte. Doch wie ich das schaffen sollte, war mir in diesem Moment schleierhaft. Überhaupt Max. Sein Verhalten war ein völliges Rätsel für mich. Und ich musste morgen mit Luise sprechen und ihr alles erklären und außerdem... Es gab so viel zu regeln und zu besprechen. Ich fühlte mich wie vor einem riesigen Gebirge, das ich überschreiten musste. Doch die Erschöpfung verschaffte mir erst einmal eine Verschnaufpause und trug mich in einen tiefen, traumlosen Schlaf.

Als ich am nächsten Tag aufwachte, fand ich einen Gast in meinem Bett. Fanny hatte sich an das Fußende geschlichen, was sie bisher noch nie getan hatte. Blinzelnd schaute ich auf die Uhr. Es war kurz nach acht! Als mir wieder einfiel, was gestern alles auf mich eingeprasselt war, wäre ich am liebsten im Bett geblieben. Aber Fanny sprang schon neben mich und stupste mich an.

»Klar, Süße, ich komm schon!«

Ich stand auf, schlüpfte in eine Hose und ein T-Shirt und ging rasch eine Runde mit ihr um den Block. Die frische Luft tat mir gut, und ich fühlte mich etwas besser. Auf dem Rückweg nahm ich frische Brezeln mit.

Obwohl ich zuerst dachte, ich bekäme keinen Bissen hinunter, langte ich beim Frühstück ordentlich zu. Danach ging ich unter die Dusche und ließ das Wasser so lange und so heiß auf mich herabprasseln, wie ich es aushalten konnte. Dann stellte ich auf lauwarm und schließlich auf kalt.

Mein Körper prickelte und war krebsrot, als ich mich abtrocknete. Dann föhnte ich mich und schlüpfte in ein einfaches dunkelblaues Sommerkleid, das ich schon länger nicht mehr getragen hatte und das vermutlich etwas aus der Mode gekommen war. Aber wen interessierte das schon? Mein Blick fiel auf die Kette von Wolfgang, die auf der Kommode lag. Es fiel mir noch schwer, an ihn als meinen Vater zu denken. Ich war für einen kurzen Moment versucht, sie anzulegen. Doch ich war noch nicht bereit dafür. Zuerst musste ich noch einiges in meinem Leben regeln.

Mein Firmenhandy klingelte. Ich holte es aus meiner Tasche und schaute aufs Display: Frank Cornelius. Obwohl ich mich vor dem Gespräch fürchtete, wusste ich, dass ich es ihm schuldig war, ranzugehen.

»Hier BeauCadeau«, meldete ich mich mit fester Stimme.

»Bea! Na endlich gehen Sie dran.«

»Tut mir leid, Herr Cornelius, aber ich hatte...«

»Hören Sie. Ich muss Sie sprechen! Augenblicklich«, unterbrach er mich.

»Ich kann verstehen, dass Sie ziemlich sauer auf mich sind«, gestand ich, »und es tut mir unendlich leid, dass ich Ihnen nicht geholfen habe.«

»Können Sie jetzt zu mir ins Büro kommen?«, fragte er ohne auf mich einzugehen.

»Ja.«

Es war das Mindeste, dass er mich von Angesicht zu Angesicht zur Schnecke machen konnte. Er hatte sich auf mich verlassen, und ich hatte versagt. Ich legte auf.

»Du bleibst schön hier. Ich bin bald wieder zurück, Fanny.«

Die Sekretärin führte mich in das Allerheiligste von Frank Cornelius, doch ich hatte kaum einen Blick dafür, wie edel, geschmackvoll und zweifellos teuer sein Büro eingerichtet war.

Frank saß an seinem Schreibtisch, und neben ihm stand seine Frau Bettina. Sie trug wie ich ein blaues Kleid. Allerdings entsprach ihres der neuesten Mode und sah an ihr um einiges schöner aus als meins an mir. Ich hatte geahnt, dass sie ebenfalls hier sein würde.

War es wirklich erst zwei Tage her, seit ich sie im Fitness-Club kennengelernt hatte? Es kam mir vor wie eine Ewigkeit.

»Hallo, Bea«, begrüßte Frank mich.

»Hallo, Britt«, kam es von Bettina.

»Guten Tag«, sagte ich kleinlaut.

»Setzen Sie sich doch«, bot er mir einen Platz in einem bequem aussehenden, cremefarbenen Ledersessel an.

Ich wäre zwar am liebsten stehen geblieben, doch ich setzte mich brav hin.

»Kaffee? Oder lieber Tee?«, fragte Bettina.

Ein Schnaps wäre mir jetzt am liebsten gewesen.

»Nein, danke«, lehnte ich beides höflich ab. Und bevor ich es mir anders überlegen konnte, sprudelte es auch schon aus mir heraus.

»Ich weiß. Ich habe versprochen, dass ich das beste Geschenk für Ihre Frau finden würde, das man für eine Million bekommen kann. Und ich kann Ihnen gar nicht sagen, wie leid es mir tut, dass ich es nicht geschafft habe.«

So. Und jetzt konnten die beiden auf mich losschimpfen.

»Eine Million wolltest du für mich ausgeben?«, Bettina warf einen amüsierten Blick auf ihren Mann.

»Nun ja ... mindestens«, sagte er und lächelte etwas schräg.

»Oh Gott. Das hätte ich jetzt gar nicht sagen dürfen«, stammelte ich und ahnte, dass ich mit meinem Gerede alles nur noch schlimmer machen würde.

»Bea ...«, setzte Cornelius an.

»Ich heiße Hanna! Hanna Gruber.« Ich war erleichtert, dass ich endlich meinen Namen preisgeben konnte.

Die beiden lächelten.

»Ich weiß«, sagte Bettina.

»Woher?« Jetzt war ich völlig irritiert. Von Alex konnte sie meinen Namen doch nicht erfahren haben, oder?

»Ich glaube, wir dürfen sie nicht mehr länger auf die Folter spannen, Frank.«

»Nein. Bitte spannen Sie mich nicht mehr länger auf, sondern beginnen Sie mit dem Auspeitschen, damit ich es endlich hinter mir habe«, sagte ich mit einem letzten Rest Galgenhumor.

Die beiden lachten laut auf.

»Entschuldigen Sie, Hanna.« Cornelius räusperte sich amüsiert.

»Du hast zwar am Montag noch ein ziemliches Durcheinander ausgelöst, aber letztlich war es das beste Durcheinander, das Frank und ich jemals hatten«, sagte Bettina lächelnd.

»Wieso habe ich ein Durcheinander ausgelöst?«

»Nachdem Sie mir gesagt hatten, dass ein anderer Mann meine Frau anbaggert, bin ich schnurstracks zum Fitness-Club gefahren und habe Bettina zur Rede gestellt.«

Oh, oh! Das wird Alex aber nicht gefallen haben!

»Er hat mich fast geschüttelt und wollte unbedingt wissen, wer dieser Mann war. Ich wusste überhaupt nicht, was er wollte. So eifersüchtig hatte ich ihn noch nie erlebt.«

»Entschuldige, Liebling, ich war außer mir«, sagte Frank zerknirscht.

»Schon gut ... Auf jeden Fall konnte ich ihm nichts sagen, weil es ja keinen anderen Mann gibt. Da schnappte er sich Alex und nahm ihn in die Mangel, um etwas rauszufinden.«

Er fragte Alex? Was? Wieso fragte er Alex?

»Aber mein lieber Schwager drehte plötzlich den Spieß um und warf mir vor, dass ich eine Affäre mit einer Prostituierten hätte, die sich Bea nennt.«

Schwager? Prostituierte? Mir schwirrte der Kopf.

»Damit bestätigte mein Bruder, was ich die ganze Zeit befürchtet hatte.«

Jetzt machte es endlich pling. »Alex ist dein Bruder?«, fragte ich und war fassungslos.

Bettina nickte lächelnd.

»Ja, ich hatte ihn vor ein paar Wochen gebeten, ein Auge auf meinen Mann zu werfen, weil Frank sich so seltsam verhielt. Immer wieder ertappte ich ihn dabei, wie er heimlich telefonierte, und dann fand ich in seinem Kalender auch noch eine Notiz: *Treffen mit Bea!* Entschuldige, Hanna, aber ich dachte, Bea wäre eine Nutte.«

»Als ob ich zu einer Prostituierten gehen würde!« Frank schüttelte den Kopf.

»Aber ... aber ...« Ich wusste nicht, sollte ich lachen oder weinen?

Alex war der Bruder von Bettina und hatte mich heimlich beobachtet? Und er dachte, ich sei eine Nutte? Was käme denn noch alles an Überraschungen? Vielleicht wusste ich ja immer noch nicht alles? Und war in Wahrheit die Tochter von Angela Merkel, die Wolfgang, der eigentlich ein amerikanischer Geheimagent war, damals auf seiner Wanderung am Watzmann getroffen hatte. Wolfgang hatte Angela verführt, und sie wurde schwanger. Der Geheimdienst hatte mich ihr sofort nach der Entbindung weggenommen und mich Berta, die für den Mossad arbeitete, vor die Haustür gelegt. Die hatte meiner angeblichen Mutter Hermine K.-O.-Tropfen eingeflößt und ihr hinterher eingeredet, dass ich ihr Kind sei. Wahrscheinlich war ich überhaupt nicht ich?!

»Hanna, ist alles okay?«, fragte Bettina, da ich nichts sagte.

Ich nickte. Frank erklärte weiter.

»Er ist mir damals gefolgt in die Himbeere und hat Sie gesehen. Doch als er Ihnen hinterher wollte, verlor er Sie im Münchner Verkehr.«

Vielleicht war auch Alex ein Geheimagent, der mich beobachtete, weil ich die Tochter von Angela Merkel war?

»Doch als er uns zum Flughafen gebracht hatte, bist du ihm wieder aufgefallen. Und dann hat er sich an deine Fersen geheftet und ist dir bis nach Niederbayern gefolgt«, erklärte Bettina weiter.

Den Rest konnte ich mir selbst zusammenreimen. Wenn ich jetzt mal davon ausging, dass ich nicht die Tochter von Frau Merkel und Alex kein Geheimagent war. Er war nicht wegen meines Inserats gekommen, sondern er war mir nach Halling gefolgt. Und hatte sich in mein Leben gedrängt, um herauszufinden, was ich mit dem Mann seiner Schwester zu schaffen hatte.

Bis dahin konnte ich es sogar verstehen. Aber dass er so weit gegangen war, auch noch mit mir ins Bett zu springen? Hatte er das getan, weil er dachte, ich sei eine Prostituierte? Ich spürte, wie meine Wangen sich langsam aber sicher röteten.

»Hanna, hören Sie. Bettina und ich haben uns endlich ausgesprochen. Sie war noch nicht einmal böse, dass ich jemanden beauftragt hatte, ein Geschenk für sie zu finden.«

»Aber ich habe versagt«, murmelte ich. Und zwar auf ganzer Linie.

»Nein«, sagte Bettina sanft und lächelte. »Du hast ihm genau das gesagt, was ich mir von Herzen wünsche. Ich hätte mich nicht getraut, es zu tun. Was im Nachhinein gesehen ziemlich dumm von mir war.«

»Ja. Jeder von uns beiden dachte, der andere will kein Kind mehr.«

Cornelius schob einen Scheck über den Schreibtisch.

»Hier ist die versprochene Provision. Vermutlich werden wir mehr als eine Million ausgeben, bis unser Kind selbst seine Brötchen verdient. Und ob dieses Kind jemals zur Welt kommen wird, steht sowieso noch in den Sternen. Aber ich werde mein Bestes dafür tun.« Er zwinkerte seiner Frau vergnügt zu.

Ich starrte auf den Scheck. Einhunderttausend Euro! Ich war sprachlos.

Es klopfte an der Tür.

»Herein!«

»Chef, ihr Termin im Besprechungszimmer ist schon etwas ungeduldig.«

»Gut, ich muss los.« Er stand auf, und ich tat es ihm nach.

Er streckte mir die Hand entgegen.

»Ich danke Ihnen, Bea... äh, Hanna!«

»Ich danke Ihnen, Herr Cornelius.«

»Und wir werden die Identität von Bea natürlich für uns behalten«, setzte er noch abschließend hinzu.

»Versprochen!«, sagte auch Bettina.

Als wir hinausgingen, drückte sie mir einen Zettel in die Hand.

»Die private Telefonnummer meines Bruders. Falls du es dir mit deiner Hochzeit am Freitag doch noch anders überlegst.«

»Das habe ich schon«, rutschte es mir heraus, und sie lächelte.

kapitel 48

Als ich mein Büro betrat, war ich voller zaghaftem Optimismus. Das Geld von Cornelius machte es mir möglich, meine Schulden zu bezahlen und noch ein kleines Polster aufzubauen. Damit war meine Existenz zumindest eine Weile lang nicht mehr gefährdet. Daniela war überglücklich, als ich es ihr erzählte. Sie wusste allerdings noch nichts von dem restlichen Dilemma.

Und es fiel mir schwer, es zu erzählen. Aber nachdem ich einmal losgelegt hatte, merkte ich, dass es mich erleichterte, ihr mein Herz auszuschütten. Diesmal vergaß sie sogar, an ihren Haaren zu zwirbeln, so gebannt hörte sie mir zu.

»Es tut mir so leid für dich, Hanna«, sagte sie, und ihre Augen schimmerten feucht.

»Ach, ich kann jetzt sowieso nichts mehr ändern und...«

»Grüß Gott!«, sagte Daniela zu jemandem hinter mir.

Ich drehte mich um.

»Alex!« Wie war der denn hierher gekommen?

»Das ist Alex?« Daniela zwirbelte wild an ihren Haaren.

»Ja. Hallo. Der bin ich.« Er lächelte kurz in ihre Richtung.

»Hast du mich wieder verfolgt?«, rutschte es mir heraus.

»Eine andere Möglichkeit gibt es ja nicht, wenn man mehr über dich erfahren möchte.«

»Ach ja?«

»Hanna, können wir reden?«, fragte er und wirkte dabei etwas angespannt.

»Ja. Das können wir.«

»Soll ich kurz rausgehen?... Ich meine, natürlich soll ich das«, stotterte Daniela plötzlich. »Ich glaube, ich geh mal eine rauchen...«

»Aber du rauchst doch gar nicht!«, bemerkte ich überrascht.

»Ach, weißt du... so mal eine...«

Sie stand hastig auf und verließ das Büro. Was war denn in Daniela gefahren? So kannte ich sie gar nicht.

»Macht ihr das Büro zu zweit?«, fragte er neugierig.

»Eigentlich ist BeauCadeau mein Baby. Aber ohne Daniela würde das sicher nicht so gut laufen.«

»Nachdem ich jetzt weiß, was du machst, finde ich das eigentlich ziemlich spannend.«

»Danke... Aber setz dich doch. Möchtest du etwas zu trin...«

»Nein, ich möchte nichts.«

Aber er setzte sich.

»Bettina hat gesagt, du heiratest nicht. Stimmt das?«

Ich nickte.

»Hör mal, Hanna. Ich weiß gar nicht, wie ich das alles erklären soll. Ich dachte, du hast was mit Frank, und Bettina wollte unbedingt, dass ich herausfinde...«

»Das hat mir deine Schwester schon alles erklärt.«

»Als du dann plötzlich im Fitness-Club warst und dich als Britt ausgegeben hast, bekam ich Angst, dass du etwas gegen Bettina im Schilde führst.«

»Das hast du wirklich von mir gedacht?«, fragte ich, und es verletzte mich ein wenig, dass er mir so etwas zutraute.

»Versetz dich doch mal in meine Lage«, sagte er.

»Dachtest du, ich bin eine Prostituierte, als du mit mir geschlafen hast?« Diese Frage brannte mir auf der Seele.

»Wie kommst du denn jetzt darauf?«

»Sag es mir!«

»Ich wusste am Anfang überhaupt nicht, was ich von dir halten sollte. Ja... Vielleicht dachte ich das, als ich dich beim ersten Treffen mit Frank gesehen hatte. Aber dann, in Halling, da hattest du mit einer Hure so wenig gemeinsam wie ein Vegetarier mit einer Fleischfachverkäuferin...«

Das war doch mal ein Vergleich! Hmm. Ich wusste nur nicht, ob es als Kompliment gemeint war.

»Eine Frau wie dich hatte ich noch nie kennengelernt. Und diese Geschichte mit der Hochzeit und dem Erbe war auf eine verrückte Art so realistisch, dass ich plötzlich dachte, das mit dir und Frank müsse doch harmlos sein...«

»Warum hast du mich nicht einfach gefragt?«

»Weil du mir jedes Mal ausgewichen bist, wenn ich dich auf deine Arbeit angesprochen habe. Das hat mich dann auch wieder misstrauisch gemacht. Aber trotzdem habe ich gemerkt, dass ich...« Er hörte plötzlich auf zu sprechen.

»Was hast du gemerkt?«

»Dass ich mich sehr zu dir hingezogen fühlte. Und nein, ich habe nicht gedacht, dass du eine Hure bist, als wir miteinander geschlafen haben.«

Meinte er etwa damit... »Ich war dir nicht gut genug im Bett?«, sprach ich meine Gedanken laut zu Ende.

Er lächelte.

»Doch. Das warst du. Aber eine Professionelle hätte sicher an ein Kondom gedacht.«

Oh.

»Es war wundervoll mit dir, Hanna. Aber danach habe ich gehört, wie du heimlich im Bad mit Frank telefoniert hast. Du hast gesagt, er solle ja vorsichtig sein, dass Bettina nichts merkt. Dann hast du dich aus dem Zimmer geschlichen... und naja, da dachte ich dann schon...«

»Aber das war doch alles rein geschäftlich!«, rief ich empört.

»Ja, jetzt bin ich auch schlauer!«

Durfte ich ihm deswegen böse sein? Eigentlich war ich doch selbst schuld an der ganzen Misere. Hätte ich ihm früher gesagt, was ich mache, dann wäre alles gar nicht so weit gekommen. In diesem Moment fragte ich mich ganz ernsthaft, ob ich wirklich weiterhin einen Job machen wollte, den ich vor meinen Mitmenschen verheimlichen musste. Was sollten meine Kinder denn später einmal in der Schule über mich erzählen? Müsste ich sie wegen meiner Arbeit zum Lügen animieren? Gut, dieses Thema stand noch nicht sonderlich dringend an und konnte für den Moment vernachlässigt werden.

»Was machen wir denn jetzt?«, fragte ich und schaute ihn fragend an.

»Jetzt stelle ich mich erst einmal ganz offiziell vor. Mein Name ist Alexander Zabel...«

Natürlich! Betty Zabel war ja der Name, unter dem Bettina früher bekannt war.

»...und ich leite eine Werbeagentur hier in München. Ich habe von der Arbeit eines Landwirts keinen blassen Schimmer. Ich bin seit vier Jahren geschieden, habe keine Kinder und...«

»Entschuldigung. Hanna, wir müssen unbedingt reden!«

Ich hob den Kopf. Max!? »Wie kommst du denn hierher?«

»Deine Mutter und Pauline haben es mir verraten.«

Na wunderbar. Jetzt könnten wir hier bald einen Tag der offenen Tür veranstalten.

»Hör mal, ich führe hier gerade ein Gespräch mit Hanna...« protestierte Alex.

»Das kann sicher warten. Bitte, Hanna, nur kurz. Es ist wirklich wichtig. Und ich muss auch bald wieder zurück. Morgen kommen die polnischen Helfer für die Gurkenernte, und es ist noch viel vorzubereiten.«

»Moment...« Ich strich mir über die Schläfen. Wem sollte ich denn nun als Erstes zuhören?

»Alex... könntest du uns bitte kurz alleine lassen?«, bat ich schließlich.

Das schien ihn nicht zu freuen. »Na gut«, sagte er trotzdem, »melde dich später, dann reden wir heute Abend über alles.«

Ich nickte.

Die beiden Männer schauten sich nicht gerade freundlich an, als Alex das Büro verließ.

»Danke«, sagte Max und ging auf mich zu. Mir fiel jetzt erst auf, dass seine Haare über den Sommer etwas länger geworden waren, was ihm sehr gut stand.

Er hielt ein großes Kuvert in der Hand, das er nervös zu einer Rolle zusammendrehte.

»Was willst du, Max?«

»Ich muss dir einiges erklären... Das bin ich dir schuldig. Weißt du, Hanna. Als ich es damals erfuhr... das mit deinem Vater, da erschrak ich natürlich im ersten Moment. Aber dann... dann freute ich mich.«

»Du hast dich darüber gefreut?«, fragte ich ungläubig.

»Ja. Denn das bedeutete, dass wir nicht Cousin und Cousine waren.«

Er schaute mich mit einem intensiven Blick an, und jetzt löste sich auch das letzte Rätsel für mich.

»Du...« Ich schluckte.

»Ja... Ich war schon damals in dich verschossen. Frag mich nicht, warum, denn du warst manchmal eine ziemlich anstrengende Göre.« Er grinste und versuchte die Situation zu überspielen, wurde aber gleich wieder ernst. »Ich wollte es dir sagen, das mit deinem Vater. Aber ich traute mich nicht, wegen der Familie. Du weißt ja, wie Oma war...«

»Oh ja!«

»Und dann kam dieser Idiot Stefan und hat dich hinter der Turnhalle geküsst...«

Anscheinend hatten wir damals mehr Zuschauer, als wir ahnten.

»...und ich merkte, wenn ich nicht bald alles auf den Tisch legen würde, dann war es vielleicht zu spät. Ich wollte es dir sagen, kurz nach deinem dreizehnten Geburtstag. Aber dann passierte das mit Onkel Lorenz... Wie hätte ich es dir antun können, dir danach die Wahrheit zu sagen? Du hast damals genug gelitten. Es war zu spät. Und dann seid ihr weg nach München.«

Meine Augen brannten bei seinen Worten. Ich war nicht fähig, ein Wort zu sprechen.

»Ich möchte, dass du weißt, wie schwer es mir gefallen ist, dich die ganzen Jahre anzulügen. Hanna... Hier...«, er reichte mir das Kuvert. »Das sind die Papiere, die dir den Hof und das Geld übertragen. Auch wenn du nicht seine biologische Tochter warst, so hast du Lorenz alles bedeutet. Er war dein Vater. Es ist nur in seinem Sinne, wenn du alles bekommst. Ich habe das auch mit meinen Eltern besprochen. Sie wissen Bescheid und sind beide ebenfalls meiner Meinung.«

»Aber...«, protestierte ich schwach.

»Wenn du das Erbe nicht annimmst, dann verschenke ich den Hof an Pit«, drohte er, nur halb im Scherz.

Das musste nun auch nicht sein. Ich nahm das Kuvert.

»Ich wünsche dir alles Gute, Hanna«, sagte er leise. Dann drehte er sich um und ging.

Ich starrte lange auf den Umschlag, ohne einen einzigen klaren Gedanken fassen zu können.

»Hanna?«, fragte Daniela vorsichtig. »Alles gut bei dir?«

»Naja...« Gut war anders. Tausend Gedanken und Bilder schossen gerade wild durch meinen Kopf.

»Was wollte Max denn von dir?«, fragte sie neugierig.

Ich hielt ihr das Kuvert entgegen.

»Er hat mir das Erbe von Berta geschenkt«, erklärte ich heiser.

»Oh. Aber das ist doch wundervoll!«

Darüber musste ich später erst einmal nachdenken. Im Moment fühlte ich mich alles andere als wundervoll.

»Alex hat mir draußen seine Nummer gegeben, und ich soll dich erinnern, dass du ihn unbedingt anrufst wegen heute Abend.«

»Kannst du das bitte für mich machen?«, bat ich sie, weil ich momentan selbst nicht dazu fähig war, ein Telefonat zur führen.

»Klar!«

»Ich muss jetzt in meine Wohnung. Fanny wird schon auf mich warten.«

»Moment bitte noch kurz. Ich habe endlich etwas herausgefunden in dieser einen Sache«, sagte sie und lächelte.

»In welcher Sache?« fragte ich irritiert.

»Na wegen Willy! Hast du das vergessen?«

Das hatte ich tatsächlich! Es war schon Wochen her, seit ich sie darum gebeten hatte, etwas über seine verschollene Frau herauszufinden.

»Und du hast wirklich was gefunden?«, fragte ich und war jetzt fast ein wenig aufgeregt.

»Du kennst mich doch. Ich finde immer alles.«

»Das stimmt!«

Kapitel 49

Fanny erwartete mich schon ganz ungeduldig, als ich daheim ankam.

»Ja, gleich gehen wir Gassi, meine Süße«, begrüßte ich sie und streichelte über ihr weiches Fell.

Inzwischen hatte sich das schöne Wetter verzogen, und dunkle Wolken kündigten baldigen Regen an. Ich öffnete den Einbauschrank im Flur und suchte nach einem Regenschirm. Da fiel mein Blick auf eine alte Schuhschachtel, die am Boden des Schrankes stand. Ich nahm sie heraus und öffnete den Deckel. Die Schachtel war bis obenhin gefüllt mit alten Postkarten und Briefen, die ich im Laufe meines Lebens bekommen hatte. Ganz obenauf lag eine Karte mit einem Weihnachtsmotiv. Ich nahm sie heraus. Sie war von Max. Wie die meisten übrigen auch.

Bevor ich sie las, ging ich noch rasch mit Fanny eine Runde. Dann setzte ich mich mit der Schachtel auf mein Bett und begann nach und nach alle Karten zu lesen. Es war nicht ganz einfach, denn Max hatte wirklich eine ziemliche Sauklaue. Das war auch ein Grund gewesen, warum ich die Karten eigentlich immer nur kurz überflogen und nie richtig gelesen hatte.

Er hatte zu allen möglichen Anlässen geschrieben. Zu meinen Geburtstagen, zu Weihnachten, Ostern und zum bestandenen

Abi. Er hatte Urlaubsgrüße von den Reisen geschickt, die er in den letzten Jahren gemacht hatte. Ab und zu waren auch kleine Geschenke dabei gewesen: Bücher, CDs oder witzige Kalender.

Nach dem, was ich heute von ihm erfahren hatte, erkannte ich jetzt, dass es sich um lauter kleine, versteckte Liebesbriefe gehandelt hatte. Er hatte mir Botschaften geschickt, die ich nicht verstanden hatte. Und auch nicht verstehen hatte können.

Max hatte sich immer um mich gesorgt, mich aufgemuntert – zum Beispiel als ich wegen meines Blinddarms im Krankenhaus gelegen hatte. Mit den Karten hatte er mir zeigen wollen, dass er an mich dachte und wie wichtig ich für ihn war. Doch ich hatte es nicht erkannt.

Inzwischen war mir auch klar geworden, dass es richtig gewesen war, mir zu verschweigen, dass Lorenz nicht mein Vater war. Ich hätte ihn damals dafür gehasst, weil er mir damit meinen Vater ein zweites Mal genommen hätte.

Ich blickte auf die Uhr. Es war spät geworden. Bald musste ich mich fertig machen für das Treffen mit Alex.

Ausnahmsweise war ich heute zu früh dran, als ich die Bar betrat. Ein weiteres Mal hatte ich Fanny heute alleine in der Wohnung lassen müssen. Eine gut gefüllte Bar am Abend war nicht der richtige Ort für einen Hund.

Es war schon viel los im Laden, aber ich bekam einen guten Platz an der Theke. Mike freute sich sehr, mich zu sehen, und drückte mich fest an sich.

»Endlich sehe ich dich hier mal wieder nach Sunset«, meinte er lächelnd.

»Ja. Ich darf die Nacht wieder verbringen, wo immer ich will.«
»Du siehst toll aus. Das Kleid steht dir!«

»Danke.« Ich trug das graue Kleid, das ich mir für die Hochzeit mit Stefan gekauft hatte. Es hatte einen gewissen Symbolcharakter, deswegen hatte ich es für diese Begegnung ausgesucht.

»Und wer ist der Glückliche, mit dem du dich heute triffst?«

»Alex!« Ich lächelte.

»Echt? Dann hat sich inzwischen doch noch alles geklärt?«, fragte er amüsiert.

»Ja. Es hat sich geklärt.«

»Ich versuche immer noch herauszufinden, woher ich ihn kenne. Es macht mich ganz verrückt, dass mir das nicht einfällt.«

In dieser Frage konnte ich meinen Freund endlich erlösen. »Vielleicht hast du ihn ja schon mal in Begleitung seiner Schwester gesehen? Betty Zabel, die jetzige Bettina Cornelius.«

»Mensch! Na klar! Alex Zabel ist das! Er hat diese große Werbeagentur. Dass ich da nicht selbst drauf gekommen bin!«

»Bei den vielen Gesichtern, die du täglich siehst, ist das doch kein Wunder.«

In diesem Moment kam der Mann ins Lokal, über den wir uns gerade unterhielten. Er sah wirklich verdammt gut aus in seiner lässigen Jeans und dem schwarzen T-Shirt. Nicht wenige Frauen starrten ihn ungeniert an.

»Viel Glück, Darling!«, flüsterte Mike mir zu und kümmerte sich dann wieder um die anderen Gäste. Ja, Glück konnte ich gebrauchen.

»Hanna!« Alex lächelte mich an und gab mir zur Begrüßung links und rechts einen Kuss auf die Wange.

Als ich den Duft seines Rasierwassers einatmete, wurde ich schlagartig an die Nacht beim Brunnenwirt erinnert. Ich schluckte.

»Schön, dass du da bist«, sagte ich, und wir blickten uns an.

Er lächelte, und plötzlich beugte er seinen Kopf und gab mir einen kurzen, aber intensiven Kuss auf den Mund. Ich löste mich von ihm und schaute etwas verlegen zur Seite. Der Kuss war schön gewesen – aber mehr nicht. Er hatte keine Achterbahnfahrt mehr in Gang gesetzt.

»Nehmen wir den Tisch da hinten?«, fragte er und deutete auf einen der wenigen freien Tische.

Ich schüttelte den Kopf.

»Nein. Bleiben wir lieber hier stehen.«

»Wie du möchtest... Ich bestelle uns gleich einmal...«

»Nein«, unterbrach ich ihn. »Ich möchte nichts. Danke.«

Jetzt schaute er mich verwundert an.

»Nicht?«

»Alex, ich bin froh, dass du heute gekommen bist, aber...«

»Hm. Ich weiß nicht, ob der Anfang dieses Gespräches mir wirklich gefällt«, unterbrach er mich und schaute mich fragend an.

Ich versuchte zu lächeln. Vermutlich würde ihm der Mittelteil und das Ende des Gespräches noch weniger gefallen. Vielleicht sollte ich mich einfach so kurz wie möglich fassen und gar nicht lange um den heißen Brei herum reden.

»Alex. Mir ist heute etwas klar geworden. Das mit uns beiden... kann nichts werden.«

»Weil?«

»Ich weiß, es gab viele Missverständnisse auf beiden Seiten, und wir hätten beide reden müssen.«

»Allerdings.«

»Aber wenn wir uns nicht zufällig in diesem Fitness-Studio begegnet wären, hätte ich dich womöglich nie wiedergesehen. Du hättest es zugelassen, dass ich heirate. Egal ob nun für kurz oder für immer... Irgendwie zeigt mir das, dass ich dir nicht wirklich so viel bedeuten kann. Und das ist für mich keine gute Basis für eine glückliche Beziehung.«

»Du weißt doch, dass ich dachte...«

Ich fiel ihm ins Wort. »Wenn ich dir wirklich wichtig gewesen wäre, hättest du die Karten auf den Tisch gelegt und mir gesagt, wer du bist. Und wir hätten darüber reden können.«

»Aber du hast mir doch auch nicht gesagt, dass du Bea bist«, warf er ein.

»Ich dachte, du bist ein Landwirt, der einfach nur auf der Suche nach einer Frau ist. Wie hätte ich ahnen können, dass mein Beruf für dich eine Rolle spielte?«

»Ich wollte ja mit dir reden, aber dann habe ich dich in dieser Hängematte gesehen mit...« Er blickte zu Mike an der Bar »... ihm.«

»Wenn man jemanden wirklich liebt, dann versucht man, ihn von der Hochzeit mit jemand anderem abzuhalten. Findest du nicht?«

Er überlegte einige Sekunden. »Vielleicht hast du recht, Hanna«, gab er schließlich zu.

Wir schauten uns an, und ich verspürte einen winzigen Hauch von Wehmut. Ich war wirklich in ihn verliebt gewesen. Aber für das, was ich mir wünschte von einer Liebe, war es zu wenig. Womöglich war ich auch deshalb so schnell in ihn verschossen gewesen, weil er mir für mein Hochzeitsdilemma als sehr attraktive Lösung erschienen war. Aber egal was es war, heute waren bei unserer Begegnung alle Schmetterlinge davongeflogen. Plötzlich lächelte er und öffnete seine Arme. Ich ließ mich umarmen, und wir drückten uns freundschaftlich.

In diesem Moment sah ich Simon die Bar betreten. Zusammen mit seiner jungen Ehefrau. Als er mich erkannte, schien er kurz zu erstarren. Dann drehte er demonstrativ den Kopf mit frisch schwarz gefärbten Haaren zur Seite und steuerte mit seiner Frau ans andere Ende des Lokals. Ich lächelte. Und löste mich dann von Alex. Ich spürte, dass meine Entscheidung richtig war, denn meine Verliebtheit war endgültig verschwunden. Und auch bei ihm konnte es nicht so weit her gewesen sein, sonst hätte er wenigstens jetzt um mich gekämpft. Es war gut so, wie es war.

»Darf ich dich noch um einen Gefallen bitten?«, fragte ich ihn, bevor ich ging.

»Versuch es einfach.«

»Ich werde BeauCadeau aufgeben. Aber erst dann, wenn ich für Daniela eine wirklich gute Stelle gefunden habe. Du könntest sie nicht zufällig mal bei dir vorsprechen lassen?«

Er setzte eine geschäftsmäßige Miene auf.

»Ich nehme nur ausgezeichnete Leute«, sagte er.

»Dann ist Daniela für dich genau die Richtige.«

»Okay. Sie soll mit meiner Sekretärin einen Termin vereinbaren. Ich werde sie mal genau unter die Lupe nehmen.«

Kapitel 50

Auf der Fahrt nach Niederbayern war der Wagen wieder ziemlich vollgestopft mit meinen Sachen. Fanny saß auf dem Rücksitz und schaute hellwach aus dem Fenster. Sie ahnte bestimmt, dass es wieder nach Hause ging. Heim nach Halling. Ich drehte das Radio laut auf, als Stefan Dettl sein Lied *Summer of Love* sang, und wünschte mir, dass dieser Sommer auch für mich ein Sommer der Liebe werden würde.

Bevor ich nach Halling fuhr, machte ich einen Abstecher nach Passau. Ich hatte noch etwas Wichtiges zu erledigen.

»Ich war vor ein paar Tagen hier und habe ein Kleid anprobiert, und das möchte ich gerne kaufen«, erklärte ich der Verkäuferin in der kleinen Boutique. Sie erkannte mich sofort wieder.

»Tut mir leid, aber das Kleid wurde noch am selben Tag verkauft«, sagte sie bedauernd.

»Wirklich?« Ach wie schade. Dabei wollte ich es unbedingt heute anziehen. Auch dieses Kleid hatte Symbolcharakter.

»Haben Sie es vielleicht eine Nummer größer?«

Sie schüttelte bedauernd den Kopf.

»Nur noch in 38.«

»Na gut... dann geben Sie mal her.«

Fanny konnte es kaum erwarten, aus dem Auto zu springen und in den Obstgarten zu rennen. Dort tollte sie vergnügt herum. Sie schien glücklich zu sein, dass sie wieder daheim war. Und ich war es auch.

»Hannerl«, rief Willy, der aus dem Geräteschuppen kam. »Da bist du ja wieder! Kannst du mir mal sagen, was jetzt mit dem Hof passiert? Überall hört man die wildesten Gerüchte.«

»Ich erkläre es dir heute Abend in Ruhe. Es ist alles gut... aber ich hab was für dich«, sagte ich und nahm ein Kuvert vom Beifahrersitz.

»Was denn?«, fragte er neugierig.

Ich konnte es gar nicht abwarten, sein Gesicht zu sehen, wenn ich ihm gleich sagen würde, was sich in dem Umschlag befand.

»Es ist eine Nachricht an dich.«

»Von wem?«

»Von Lan.«

Es dauerte einen Moment, bis er realisierte, was ich gerade gesagt hatte.

»Von Lan?«, fragte er leise und schaute plötzlich ziemlich erschrocken aus der Wäsche.

»Ja. Auf einem Datenstick.« Ich grinste breit. »Hier! Du kannst sie dir auf dem PC im Büro anschauen.« Ich reichte ihm das Kuvert.

»Sie lebt, oder?«

»Natürlich lebt sie. Denkst du, ich habe Nachrichten aus dem Jenseits?« Ich lachte.

Plötzlich steckte er das Kuvert in seine Tasche und packte mich. Er hob er mich hoch und drehte sich mit mir wild im Kreis.

»Du bist unglaublich, Hannerl!«, rief er, und nachdem er mich wieder hinuntergelassen hatte, sah ich Tränen in seinen Augen.

»Daniela hat sie gefunden. Bei ihr kannst du dich bedanken.«

»Das werde ich. Aber du hast die Sache in die Hand genommen, nachdem ich dir davon erzählt habe. Und deshalb danke ich dir.«

Plötzlich drehte er sich um und ging ohne ein weiteres Wort ins Haus.

Ich wusste, was er auf dem Datenträger sehen würde. Es würde ihn bestimmt traurig machen. Aber trotzdem würde die Freude, dass Lan noch lebte, überwiegen.

»Fanny!«, rief ich meinen Hund. »Komm rein, es gibt Futter!«

Und dann würde ich mich umziehen und zu Max fahren.

Ich stand mit eingezogenem Bauch vor dem Spiegel in meinem Schlafzimmer und versuchte verzweifelt, den Reißverschluss am Rücken zuzuziehen.

»Verdammt. Im Geschäft ging es doch auch!«, rief ich ungeduldig und renkte mir fast die Arme aus. Doch endlich klappte es. Gut, dass ich durch all die Aufregung in den letzten Tagen nur sehr wenig gegessen hatte. Das Kleid saß zwar eng wie eine Wurstpelle um meine Taille und Hüften, aber es ging mir gar nicht darum, dass es perfekt aussah.

Ich warf noch einen kritischen Blick in den Spiegel und war einigermaßen zufrieden, wenn ich mich nur auf meinen Kopf konzentrierte. Die Haare waren offen und schimmerten in einem hellen Goldton. Meine dunklen Augen leuchteten vor Aufregung.

Rasch schlüpfte ich in die Schuhe und ging nach unten.

»Fanny, du bleibst schön daheim.«

Sie schien nichts dagegen zu haben. Müde gähnend lief sie in

Richtung Wohnzimmer. Die letzten Tage waren auch für sie aufregend genug gewesen.

Bevor ich mich auf den Weg machte, ging ich in den Obstgarten und schritt auf den Baum zu, den ich in den letzten Wochen stets gemieden hatte.

Der Zwetschgenbaum trug in diesem Jahr viele Früchte, die jedoch noch nicht reif waren.

»Berta. Ich weiß, dass du mich nicht leiden konntest. Aber wie wär's, wenn wir heute Frieden schließen?«, fragte ich leise. »Ich glaube, du hast uns lange genug dafür bestraft, dass das Leben bei dir nicht so gelaufen ist, wie du es dir vorgestellt hattest. Okay, ich bin nicht wirklich deine Enkeltochter, aber das ist egal, weil Lorenz mich liebte und ich ihn. Ich bin seine Tochter, und er ist mein Vater! Ob dir das nun gefällt oder nicht! Und wenn das auch dort oben« – ich schaute hinauf in den blauen Himmel – »nicht in deinen Dickkopf geht, dann tut es mir leid.«

Ich wartete kurz ab, aber es geschah nichts. Keine unreife Pflaume plumpste auf meinen Kopf, und auch kein plötzlicher Windstoß fuhr durch die Blätter am Baum.

»Was hältst du von einem Deal? Wenn heute alles gut geht, dann geh ich davon aus, dass du mir geholfen hast. Und dann sind wir beide irgendwie quitt.«

Ich legte meine Hand kurz an den Baumstamm und schloss für einen Moment die Augen. Dann machte ich mich auf den Weg zum Wagen.

»Hannerl!«

»Ja?« Ich drehte mich um.

Willy kam auf mich zu. Er war ziemlich blass um die Nase.

»Ich trau mich nicht alleine... Könntest du bitte...« Er sprach nicht weiter. Ich konnte ihn verstehen. Und auch wenn ich es nicht mehr erwarten konnte, zu Max zu kommen, wollte ich Willy in dieser Situation nicht auf den Abend vertrösten.

»Ich komm mit«, sagte ich und ging mit ihm ins Büro.

Willy saß auf dem Stuhl und startete mit zitternden Fingern die Videobotschaft. Ich stand hinter ihm – sitzen ging nicht gut in dem engen Kleid – und hatte meine Hand auf seine Schulter gelegt.

Ich spürte, wie ein Ruck durch seinen Körper ging, als er Lan sah. Auch an ihr war natürlich das Alter nicht spurlos vorübergegangen. Die adrett geschnittenen dunklen Haare waren von weißen Strähnen durchzogen. Doch sie schaute sehr lebendig und gleichzeitig auch nervös in die Kamera.

»Willy. Ich bin so glücklich, dass du nach mir gesucht hast.« Ihr Deutsch war erstaunlich gut. Aber wahrscheinlich hatte sie den Text aufgeschrieben und abgelesen. »Und ich bin so froh, dass es dir gut geht. Aber ich habe auch Angst, dass du mich hassen wirst. Deswegen habe ich mich damals nicht mehr bei dir gemeldet... Als ich bei meiner Mutter hier ankam, stellte ich fest, dass ich schwanger war. Ich freute mich so und wollte bald zu dir zurück. Aber dann gab es einen Unfall, und ich verlor das Baby.«

Willy saß bewegungslos da und hörte mit starrem Gesicht zu.

»Und dann bekam ich Fieber und wurde krank. Die Ärzte sagten, ich kann keine Kinder mehr bekommen. Doch du wolltest immer Kinder. Und deswegen gab ich dir deine Freiheit für eine andere Frau. Bitte hasse mich nicht, Willy. Ich hoffe, du hast dein Glück gefunden und eine Familie bekommen.«

Dann sagte sie noch ein paar Worte des Abschieds, und das Video war zu Ende.

Willy begann plötzlich zu schluchzen, und ich drückte ihn fest.

Wir sprachen beide kein Wort. Denn es gab nichts dazu zu sagen. Nach einer Weile beruhigte er sich, und seine Tränen versiegten. Er putzte sich geräuschvoll die Nase. Dann schaute er mich an, und ein zaghaftes Lächeln erschien auf seinem Gesicht.

»Denkst du, dass du eine Weile lang ohne mich auf dem Hof auskommen wirst?«, fragte er.

Ich nickte.

»Na klar. Das krieg ich schon hin.«

»Gut, denn ich muss da unbedingt etwas mit meiner Frau klären.«

Ein paar Minuten später verließ ich ihn und ging zu meinem Wagen. In diesem Moment fuhr ein Auto in den Hof. Das Auto meiner Mutter. Und neben ihr auf dem Beifahrersitz saß meine kleine Schwester Pauline.

Oh nein! Ich musste doch jetzt unbedingt zu Max! Am liebsten wäre ich einfach in den Wagen gesprungen und losgefahren. Doch ich konnte sie jetzt nicht hier stehen lassen.

»Wo ist denn Fanny?«, fragte Pauline statt einer Begrüßung, und ich schickte sie ins Haus.

»Mama. Was machst du denn hier?«

»Hanna. Ich muss unbedingt mit dir reden.« Sie schaute mich kritisch von oben bis unten an.

»Was willst du denn in diesem engen Kleid? Das sieht ja schrecklich aus.«

»Das erkläre ich dir später. Können wir nicht heute Abend reden?«

Sie schüttelte den Kopf und griff nach meiner Hand.

»Es tut mir alles so leid, Hanna. Wir hätten es dir von Anfang an sagen müssen.«

»Ja. Das wäre sicherlich besser gewesen.«

»Ich muss zu Wolfgangs Mutter fahren und ihr Bescheid geben, was passiert ist. Bitte komm mit mir mit. Ich brauche dich zur Unterstützung.«

Sie schaute mich mit einem flehenden Blick an. Ich kannte diesen Blick in abgeschwächter Form. Damit hatte sie mich als Kind immer dazu gebracht, Oma aus dem Weg zu gehen und besonders brav zu sein. Inzwischen war mir klar geworden, dass meine Mutter damals alles versucht hatte, damit ich für Oma so unsichtbar wie möglich war.

»Mama. Ich werde ganz bestimmt bald zu Wolfgangs Mutter fahren.« Zu meiner richtigen Oma. Ich schluckte. »Aber nicht heute. Das ist ganz allein deine Aufgabe. Dein Geheimnis hat mir und einigen anderen Menschen das Leben nicht gerade einfach gemacht. Heute möchte ich das in Ordnung bringen. Ich denke, ich habe ein Recht dazu.«

Sie schaute mich betroffen an. Doch dann lächelte sie plötzlich.

»Ja. Du hast recht. Wenn du etwas in Ordnung bringen kannst, dann tu es.«

»Du schaffst das auch alleine«, ermutigte ich sie und umarmte sie.

Dann ging ich zum Wagen und stieg ein.

»Und du willst es dir wirklich nicht anders überlegen und dich vielleicht doch noch umziehen?« Mama konnte es einfach nicht lassen.

»Nein«, antwortete ich, obwohl ich Angst hatte, dass die Nähte beim Sitzen gleich aufplatzen würden.

»Wie du meinst.« Auch sie stieg in ihr Auto.

Ich schloss die Fahrertür und drehte den Zündschlüssel um. Das Auto gab keinen Mucks von sich.

»Himmel nochmal!«, rief ich und schlug mit der Hand auf den Lenker. Hatte sich denn heute alles gegen mich verschworen? Ich probierte es nochmal. Nichts. Wütend stieg ich aus. Mutter war inzwischen vom Hof gefahren. Was sollte ich denn jetzt machen? Für einen Spaziergang war die Strecke bis zu den Gurkenfeldern ein bisserl zu weit. Außerdem hatte ich es jetzt wirklich eilig.

Plötzlich kam mir eine Idee.

Kapitel 51

Ich saß auf dem kleinen alten Traktor und fuhr den Feldweg entlang. Es war ein herrlicher Tag heute. Die Sonne schien von einem fast wolkenlosen blauen Himmel. Links und rechts am Weg blühten blaue Kornblumen und roter und rosafarbener Klatschmohn. Was war das für eine wundervolle Gegend, in der ich leben durfte! Meine Heimat!

Endlich entdeckte ich ihn. Max stand neben seinem Wagen am Rand eines der riesigen Gurkenfelder, über den langsam ein Gurkenflieger mit Arbeitern fuhr. Ich wusste, dass es schwierig war, für diese Arbeit einheimische Helfer zu finden, deshalb kamen die meisten Erntehelfer aus Osteuropa.

Max telefonierte. Als er den Traktor hörte, drehte er sich um. Er schien völlig überrascht zu sein, als ich neben ihm anhielt.

»Hanna!«, rief er aus.

»Kannst du noch zwei Hände zum Gurkenpflücken brauchen?«, fragte ich.

Er vergaß scheinbar, dass er noch mitten in einem Gespräch war, und steckte das Handy in die Hosentasche.

»Hast du nicht gerade mit jemandem telefoniert?«

»Oh!«, rief er und holte das Handy wieder raus. »Jetzt ist er weg. Macht nichts. Das erledige ich später.«

Es amüsierte mich, dass er ein wenig fahrig wirkte. Ich versuchte, vom Traktor zu steigen, aber das war überhaupt nicht einfach in dem verdammten Kleid. Vielleicht hätte ich doch besser auf meine Mutter hören sollen.

»Kannst du mir mal helfen?«, bat ich schließlich.

»Natürlich.« Er reichte mir die Hand und half mir nach unten.

Als er mich berührte, jagte ein Stromstoß durch meinen Körper. Ich bekam plötzlich wildes Herzklopfen.

»Und was ist jetzt? Kannst du mich brauchen?«, fragte ich fast ein wenig atemlos.

»In diesem Kleid? Lieber nicht. Da würden die Arbeiter vor Lachen vom Gurkenflieger fallen«, sagte er schmunzelnd. Doch gleich darauf runzelte er die Stirn.

»Wieso hast du überhaupt das Kleid an, das kann doch gar nicht sein... Und warum ist es heute so eng?«

Ich freute mich total, dass er sich an das Kleid erinnerte. »Es hat dir doch so gefallen. Deswegen wollte ich es anziehen. Aber leider war die richtige Größe schon weg.«

»Klar. Weil ich das Kleid gekauft habe.«

»Du?«

»Ja. Du hast darin ziemlich gut ausgesehen. Ich hatte vor, es dir zu schenken, an dem Tag, an dem ich dir alles erklärt hätte...«

Ich schluckte. Dieser Mann war einfach immer für eine Überraschung gut.

Plötzlich fühlte ich mich befangen. Ich wollte ihm so viel sagen, aber ich wusste nicht, wie ich anfangen sollte.

»Möchtest du ein bisserl gehen?«, fragte Max, der wohl merkte, dass ich mich unsicher fühlte.

Ich nickte. »Ja.«

»Wenn du meine Hilfe auf dem Hof brauchst, dann weißt du, dass du dich einfach nur melden brauchst, oder?«, bot er an.

»Danke... Ich äh... Max... Ich, ich muss dir auch was erklären...«

»Ja?

Ich holte tief Luft. »Weißt du, als Kind hatte ich immer das Gefühl, dass etwas nicht ganz richtig mit mir war. Ich weiß nicht, wie ich es erklären soll, aber ich dachte immer, ich müsse ganz besonders brav sein, damit Mama und Oma mit mir zufrieden sind. Jetzt weiß ich natürlich, warum das so war.«

»Oma war nie mit etwas zufrieden«, bemerkte Max und lächelte verständnisvoll.

»Vor allem nicht mit mir. Nur bei Papa konnte ich so sein, wie ich war. Wenn ich mit ihm zusammen war, dann fühlte ich mich wohl. Und mit dir auch. Da war immer alles gut. Bis du dann irgendwann anfingst, mich dumm anzureden und mich auszuschließen.«

»Ich wusste plötzlich nicht mehr, wie ich mit dir umgehen sollte, nachdem ich erfahren hatte, dass mein Onkel nicht dein Vater war.«

»Das hab ich ja alles verstanden. Aber ich...«

Er seufzte und unterbrach mich. »Ich weiß schon, du willst mir sagen, dass ich mich da in etwas verrannt habe und dass wir gute Freunde bleiben können.« Er grinste schief.

»Dann hätte ich mich bestimmt nicht in dieses Kleid reingequetscht«, sagte ich leise.

Er schaute mich belustigt an.

»Stimmt... Und was willst du mir jetzt damit sagen?«

»Ich... ich... naja, dass ich schon damals die Frau beneidet habe, die dich einmal als Mann bekommen würde. Zumindest so lange, bis du mich vor deinen Freunden eine greisliche Plunzn genannt hast.«

»Aber das war doch nicht so gemeint.«

»Aber du hast es gesagt.«

»Moment, hast du eben gesagt, dass du die Frau beneidet hast, die ich mal heiraten würde?« Er grinste breit.

»Ja ...«

»Das gefällt mir... Und weiter?«

»Also damals, wenn ich mir im Fernsehen Sissy angeschaut habe, hab ich mir oft gedacht, wenn die Sissy ihren Cousin Franzl hatte heiraten dürfen, dann müsste das doch eigentlich auch bei anderen Leuten möglich sein.«

»Naja, eigentlich ist es ja auch möglich, wenn auch nicht unbedingt sehr üblich«, sagte er, und seine Stimme war jetzt etwas leiser.

»Ja. Aber als du mich dann so schikaniert hast, war mir das dann wieder egal. Ich war mir nämlich sicher, dass du mich nicht mehr leiden mochtest.«

Er fasste nach meiner Hand und blieb stehen.

»Gibt es auch irgendeine Kurzfassung von dem, was du mir sagen möchtest?«

»Meinst du die kürzeste Kurzfassung?«

»Genau die.«

Ich holte tief Luft, legte meine Hände etwas fahrig um seinen Nacken und stellte mich auf die Zehenspitzen. Mein Herz schlug, als würde es gleich zerspringen. Es war ein total verrücktes Gefühl. Aufregender noch als jede Achterbahnfahrt. Ich hob meinen Kopf. Er lächelte mich mit seinen grünen Augen etwas ungläubig, aber auch erwartungsvoll an. Plötzlich ließ ich ihn los und ging einen Schritt zurück.

»Ich trau mich nicht«, sagte ich kleinlaut.

»Hey! Kneifen gilt jetzt nicht mehr!«, sagte er mit rauer Stimme. Er zog mich an sich und beugte seinen Kopf zu mir. Und dann küsste er mich. Es fühlte sich unglaublich an, ihm so nah zu sein. Seine weichen Lippen zu spüren und seinen Duft einzuatmen. Der Duft, der zu Max gehörte und der mir so vertraut war. Der Duft nach Sommer und Sonne. Ich hielt mich an seinem starken Körper fest und genoss diesen gleichzeitig zärtlichen und doch so leidenschaftlichen Kuss, der irgendwie war wie Luises Überraschungstorte. Die immer phantastisch schmeckte, auch wenn man vorher nicht wusste, was genau einen erwartete. So stellte ich mir auch das Leben mit Max vor. Vertraut und doch immer wieder neu und voller Überraschungen.

Als unsere Münder sich nach einer Weile voneinander lösten, hatte ich total weiche Knie. Er schaute mich eindringlich an, als ob er es immer noch nicht glauben konnte, dass ich in seinen Armen lag.

»Passiert das jetzt wirklich?«, fragte er und streichelte sanft über mein Gesicht.

Ich nickte. »Sieht ganz danach aus.«

»Und, war's schlimm?« Er lächelte zärtlich.

Ich lächelte ebenfalls. »Schrecklich schlimm.«

»Das beruhigt mich.« Plötzlich grinste er frech.

»Ich finde es total süß, dass du dich für mich in dieses Kleid gezwängt hast, aber ich kann es kaum erwarten, dir das enge Ding später auszuziehen.«

Bei diesen Worten spielte alles in mir verrückt, und ich hörte plötzlich in meinem Kopf das Lied der Klaus Lage Band *Tausendmal berührt – tausendmal ist nix passiert... Tausend und eine Nacht, und es hat Zoom gemacht...* Nichts hätte besser beschreiben können, was eben in mir vorging.

Hier war er, der Mann, mit dem ich mein Leben verbringen wollte. Das war mir endgültig klar geworden, als ich gestern seine Briefe und Karten gelesen hatte. Ich wusste jetzt, dass er mich schon lange so sehr liebte, dass er aus Rücksicht auf mich und die Familie sogar sein eigenes Glück zurückgestellt hatte. Und ich spürte, wie sich meine Gefühle für ihn endlich aus dem Korsett befreiten, in dem sie jahrelang eingesperrt gewesen waren. Vielleicht würde es noch eine Weile dauern, bis ich aussprechen konnte, dass ich ihn liebte. Aber ich wusste, dass er mich in diesem Moment auch ohne Worte verstand.

Ich hob meinen Kopf kurz zum Himmel. *Danke, Berta!* sagte ich in Gedanken und fühlte mich endlich mit ihr versöhnt.

Jetzt musste ich aber noch etwas loswerden.

»Max... es gibt noch etwas, worüber wir reden müssen. Ich nehme das Erbe von Berta nur an, wenn ich dir die Hälfte davon schenken darf. Und da besteh ich drauf!«

Er grinste. »Du bist ein Sturkopf. Aber ich denke, da finden wir eine Lösung.«

Er nahm mein Gesicht zwischen seine Hände.

»Gibt es noch etwas?«, fragte er leise.

»Eine ganze Menge«, murmelte ich.

»Können wir das vielleicht wieder zusammenfassen?«

»Ganz bestimmt«, antwortete ich und schaute ihn verliebt an, als er sich über mich beugte, um mich wieder zu küssen. Und ich hatte endlich das Gefühl, das gefunden zu haben, wonach ich mich ein Leben lang gesehnt hatte.

Kapitel 52

Drei Frauen aus drei Generationen standen gemeinsam am Fuße des Watzmann und hielten Blumen in der Hand.

Hanna, die jüngere der Frauen, trug eine silberne Kette mit einem schwarzen Anhänger um den Hals. Sie warf einen besorgten Blick auf die älteste des Trios: Irmgard Sagmeister. Die Vierundachtzigjährige war die Mutter des Mannes, der hier am Watzmann vor knapp vierunddreißig Jahren zu Tode gekommen war. Was damals genau passiert war, würde jedoch für die drei Frauen immer ein Geheimnis bleiben, da man Wolfgang Sagmeister nie gefunden hatte.

Hanna griff nach der Hand ihrer Großmutter, die sie erst seit wenigen Tagen kannte und die sie inzwischen sehr ins Herz geschlossen hatte. Irmgard war das Gegenteil von Berta Gruber. Sie war liebevoll und herzlich und freute sich unendlich, dass sie mit Hanna noch ein weiteres Enkelkind bekommen hatte. Und dass ihr Sohn damit nicht ganz für sie verloren war.

Die mittlere der Frauen nahm einen Brief aus ihrer Tasche und legte ihn in eine kleine Mulde. Darüber häufte sie Steine. Hermine hinterließ einen ganz persönlichen Abschiedsgruß an ihre große Jugendliebe, in dem sie ihr all das geschrieben hatte, was ihr auf der Seele lag.

Dann legten die drei Frauen die Blumen neben die Steine und gingen nach einer Weile gemeinsam weg.

epilog

Bei unserem Kuss auf dem Gurkenfeld hatten Max und ich eine heimliche Beobachterin: die Altmannseder Vroni samt Dackel. Sie hatte natürlich nichts Besseres zu tun gehabt, als die Nachricht sofort in Halling zu verbreiten. Einer der ersten Leute, die daraufhin zu uns auf den Hof kamen, um zu gratulieren, war Pfarrer Brenner. Er wusste durch die Beichte der betroffenen Schäfchen natürlich schon lange um das Geheimnis und war froh, dass endlich alles aufgeklärt war.

Die Zacher Zenz kam ebenfalls vorbei, und ich musste anerkennen, dass sie mit ihrem Blick in die Karten und damit in meine Zukunft in jeder Hinsicht recht behalten hatte. Als sie mich fragte, ob sie noch einmal die Karten für mich legen sollte, lehnte ich höflich, aber entschieden ab. Ich wollte mich lieber unvoreingenommen vom Leben und der Liebe überraschen lassen.

Willy machte sich nur zwei Wochen nachdem er das Video gesehen hatte auf den Weg nach Vietnam zu seiner Lan. Und konnte sie nach langen Gesprächen schließlich überreden, mit ihm gemeinsam die restlichen Jahre in Niederbayern zu verbringen.

Pit blieb uns auf dem Hof als fleißiger Mitarbeiter erhalten. Er hatte vergeblich versucht, doch noch mal bei Verena zu landen.

Ich hoffte sehr, dass die verbissene Frau irgendwann einen Mann kennenlernen würde, mit dem ich bisher noch nichts zu tun gehabt hatte. Und da gab es ja Gott sei Dank um die dreieinhalb Milliarden auf dieser Erde, unter denen genügend Singles im heiratsfähigen Alter waren.

Pauline war absolut nicht traurig, dass ich von München ganz nach Niederbayern zog. So hatte sie hier ihr privates Wochenend- und Ferienparadies – zumindest bis die Jungs in ihrem Alter für sie spannender wurden als die Ausflüge nach Halling.

Nach einem Vorstellungsgespräch bei Alex weigerte Daniela sich ganz überraschend, die Stelle, die er ihr anbot, anzunehmen. Sie überredete mich, ihr BeauCadeau zu überlassen, und ich unterstützte sie mit einem großzügigen Startkapital, das sie sich redlich verdient hatte. Auf Vermittlung von Bettina Cornelius nahm sie jetzt auch Geschäftsfrauen als Auftraggeber an und baute so BeauCadeau erfolgreich weiter aus. Alex schien ihre Eigenständigkeit zu imponieren, und ich erfuhr von Mike, dass sich die beiden ab und zu in seiner Bar trafen. Es dauerte jedoch eine Weile, bis Daniela selbst mir davon erzählte.

Simon wurde wider Erwarten ein treuer Kunde bei BeauCadeau und sorgte für ordentliche Provisionen.

Bettina Cornelius wurde nach einigen Monaten schwanger, und das Ehepaar war überglücklich. Damit hatte ich auch diesen Auftrag noch erfolgreich abgeschlossen.

Nachdem sich für meine Mutter das Geheimnis um das Verschwinden von Wolfgang gelöst hatte, wurde sie zunehmend lockerer. Es entwickelte sich eine neue Art von Mutter-Tochter-Beziehung zwischen uns, die uns beiden gut tat.

Max machte mir bald einen Heiratsantrag – und zwar in unserer Hängematte. Und ich willigte verliebt ein.

Aus Tante Luise würde somit bald Schwiegermutter Luise werden, und ich hätte mir keine bessere wünschen können.

Von ihr erfuhr ich auch, wer die Person war, die kontrolliert hatte, ob ich auch jeden Tag auf dem Hof übernachtet hatte. Und ich war ziemlich erstaunt, dass es sich dabei um Onkel Alois handelte, oder korrekt gesagt um meinen zukünftigen Schwiegervater.

Max bat Karl Huber, sein Trauzeuge zu sein, und Lene half mir tatkräftig bei den Hochzeitsvorbereitungen. Meine Trauzeugin war Daniela.

Natürlich trug ich zur standesamtlichen Trauung das Kleid, das Max mir gekauft hatte.

Zur kirchlichen Hochzeit zwei Wochen später kam ich wieder mal ein paar Minuten zu spät. Diesmal war Fanny schuld daran, die mich unbedingt begleiten wollte. Es brach mir fast das Herz, dass sie nicht mitdurfte. Doch Pfarrer Brenner blieb in diesem Fall unerbittlich.

Dafür gab es jede Menge neuer Verwandtschaft, die diesen besonderen Tag mit mir teilte. Mein richtiger Vater Wolfgang hatte vier Geschwister gehabt, die alle noch lebten und jede Menge Kinder hatten. Insgesamt elf Cousins und Cousinen samt Anhang waren zur Hochzeit gekommen.

Die Hochzeitsfeier fand im Brunnenwirt statt, und Stefan ließ es sich nicht nehmen, uns eine große Hochzeitstorte zu schenken.

Nach dem offiziellen Hochzeitstanz am Abend stahlen Max und ich uns heimlich davon und machten uns auf zum Flughafen. Nur unsere Eltern wussten davon. Und noch nicht einmal die kannten das Ziel unserer Hochzeitsreise.

Begriffserklärungen aus dem Bairischen:

Auszogne – Schmalzgebäck, Krapfen (S. 236)

Erdäpfelkäs – Kartoffelkäse: pikanter Brotaufstrich (S. 239)

greisliche Plunzn – unschöne dicke Person (S. 26)

Ratschkattl – sehr geschwätzige Frau (S. 196)

Sacherl – kleines bäuerliches Anwesen (S. 61)

Schmarrn – Unsinn, auch Mehlspeise (S. 70)

Trutscherl – sehr naiver Mensch, meist weiblich (S. 245)

Wimmerl – Pickel (S. 269)

Zwiderwurzn – missgelaunte, oft auch boshafte Frau (S. 23)

rezepte

Kochen – auch nach Rezepten – ist immer eine sehr individuelle Angelegenheit. Deswegen scheuen Sie sich nicht, nach Ihren Erfahrungen und nach Ihrem Geschmack (kleine) Änderungen vorzunehmen.

Erdäpfelkäse
(Erdäpfelkäse)

Zutaten:

Gut 1 kg Kartoffeln
200 g Sahneschmelzkäse
100 g saure Sahne
200 g süße Sahne
reichlich frischer Schnittlauch
Salz, Pfeffer und etwas gemahlener Kümmel

Zubereitung:

Kartoffeln mit der Schale in Salzwasser oder im Kartoffeldämpfer weich kochen, schälen und noch heiß durch eine Kartoffelpresse drücken. Mit den anderen Zutaten vermischen und mit den Gewürzen abschmecken.

Schmeckt toll auf Bauernbrot oder Baguette und ist auch zum Grillen eine leckere Sättigungsbeilage.

tante luises überraschungstorte

(Tante Luises Überraschungstorte)

Boden:

3 Eier
150 g weiche Butter
150 g Zucker
200 g Mehl
1 TL Backpulver

Eier, Butter und Zucker verrühren, dann Mehl und Backpulver dazu. In einer großen Springform ca. ½ Stunde bei 175 Grad backen. Abkühlen lassen.

Windbeutel:

250 ml Wasser
125 g Butter
1 Prise Salz
150 g Mehl
4 Eier

Das Wasser mit der Butter und dem Salz aufkochen, kurz vom Herd ziehen, sofort das Mehl dazugeben und so lange rühren, bis der Teig sich leicht vom Boden löst.

Die Masse etwas abkühlen lassen. Dann nacheinander die Eier unterziehen und gut durchrühren.

Auf ein mit Backpapier ausgelegtes Backblech kleine Häufchen (am besten geht das mit der Spritztülle) geben und bei knapp 200 Grad ca. 35–40 Minuten backen.

Sofort aufschneiden und abkühlen lassen.

Füllungen:

Bei den Füllungen sind der Phantasie keine Grenzen gesetzt. Hier kann man sich nach Geschmack und vorhandenen Zutaten austoben. Dies hier sollen nur einige Vorschläge sein.

Eierlikörsahnecreme:
100 g Frischkäse
100 g Schmand
3–4 EL Zucker
1 kl. Fläschchen Eierlikör (ca. 100 ml)
200 g Sahne
2 EL Zucker
Sahnesteif

Frischkäse, Schmand und Eierlikör mit 3–4 Esslöffeln Zucker verrühren. Die Sahne mit 2 Esslöffeln Zucker und etwas Sahnesteif aufschlagen und vorsichtig unterheben.
(Der Eierlikör kann auch durch Mandel-, Haselnusslikör, Kokoslikör oder andere Geschmacksrichtungen ersetzt werden. Hiervon jedoch eventuell etwas weniger nehmen.)

Vanille-Sahne-Schmand:

100 g Schmand mit Zucker nach Geschmack (ca. 1–2 Esslöffel) und Mark von 1/3 Vanilleschote verrühren. 200 ml Sahne, etwas Zucker und Sahnesteif schlagen, die Schmandcreme unter die Sahne heben.

Fruchtige Füllungen:

Erdbeeren in kleine Stücke schneiden, zuckern und in etwas Rum oder Wodka ein paar Stunden einlegen. Abtropfen lassen und in die Windbeutel füllen. Selbstverständlich auch ohne Alkohol möglich.

Geeignet sind auch andere Beeren, Kirschen, Bananen, Ananas, Pfirsiche oder Rumtopffrüchte.

Lecker sind auch Sahne-Kreationen mit Zitronen- oder Orangengeschmack oder mit kaltem Espresso oder Kakaopulver und etwas scharfem Chili für den besonderen Kick. Eine weitere tolle Variante ist »karibisch« mit Kokoslikörcreme und exotischen Früchten.

Wenn man mehrere unterschiedliche Füllungen macht, die Mengen anpassen, damit nicht zu viel übrig bleibt, bzw. die übrig gebliebenen Windbeutel damit füllen.

Sahne-Quark für den Überzug der Torte:

250 g Magerquark
4 EL Zucker
3 Blatt Gelatine
500 ml Schlagsahne
etwas Zucker
1 Päckchen Sahnesteif

Quark mit dem Zucker gut verrühren. Gelatine nach Packungsanleitung auflösen und unter den Quark ziehen. Sahne mit Zucker und Sahnesteif sehr steif schlagen und unter die Quarkmischung ziehen.

So bastelt man die Torte zusammen:

Tortenboden mit etwas Sahne-Quark bestreichen (am besten im Tortenring) und die unterschiedlich gefüllten Windbeutel dicht nebeneinander daraufsetzen.

Restlichen Sahne-Quark in die Zwischenräume und auf den Windbeuteln verstreichen. Oben dürfen die Kuppeln der Windbeutel noch ganz leicht zu sehen sein.

Ab in den Kühlschrank und ein paar Stunden gut kühlen lassen. Und dann überraschen Sie Ihre Gäste damit.

(Wenn es einmal schnell gehen muss mit der Überraschungstorte, kann man auch einen fertigen Biskuitboden und fertige Windbeutel nehmen.)

Willys Kesselgulasch

(Willys Kesselgulasch)

(Für 3–4 Personen)

Kann natürlich auch in einem normalen Topf auf dem Herd gekocht werden.

Zutaten:

1 kg Rindfleisch in größeren Würfeln
1 kg Zwiebeln, gehackt
½ kleine Sellerieknolle
2 Paprikaschoten (gelb und rot), gewürfelt
1 kl. Chilischote, fein gehackt
2–3 Zehen Knoblauch
¾ Flasche Rotwein
500 g passierte Tomaten oder geschälte Tomaten (Dose)
2 Lorbeerblätter
4 TL Paprikapulver edelsüß
1 TL Paprikapulver scharf
Salz, Pfeffer, Zucker, evtl. gem. Kümmel
Schmand, gehackte Petersilie

Zubereitung:

Fleischwürfel in einem sehr großen Topf mit heißem Öl gut anbraten. Mit Salz, Pfeffer und 1 Teelöffel süßem Paprikapulver würzen. Gehackte Zwiebeln, Sellerie, Paprika, Chilischote und Knoblauch dazugeben und mit anbraten. Weitere 3 Teelöffel süßes und 1 Teelöffel scharfes Paprikapulver sowie die Lorbeerblätter dazugeben. Mit dem Rotwein aufgießen und die Tomaten dazugeben. Auf kleiner Hitze so lange köcheln lassen, bis das Fleisch sehr weich geworden ist. Das dauert ca. 1 1/2 bis 2 Stunden. Evtl. noch mit etwas Wasser aufgießen. Mit etwas Zucker, Salz, Kümmel- und Paprikapulver abschmecken und nochmal kurz ziehen lassen.

Auf dem Teller mit einem Klacks Schmand servieren und etwas fein gehackte Petersilie darüberstreuen. Dazu passt frisches Brot oder Baguette, Nudeln, Kartoffeln oder Reis.

Auch sehr lecker schmeckt das Kesselgulasch, wenn man es mit einem großen Schuss süßer Sahne verfeinert und mit einem Semmelknödel serviert.

bertas zwetschgen-apfel-rahmstrudel
(Bertas Zwetschgen-Apfel-Rahmstrudel)

Zutaten:

Teig und Füllung:
400 g gesiebtes Mehl
1 Prise Salz
1 Ei
1 EL Sonnenblumenöl
ca. 1/8 l lauwarmes Wasser
Äpfel, geschält und in feine Scheiben geschnitten
Zwetschgen, entsteint (auch eingelegte oder vollständig aufgetaute TK-Zwetschgen sind geeignet)
Zucker, Zimt und etwas Rum für die Früchte
200 ml süße Sahne
200 g saure Sahne
1 EL Zucker

Guss:
2 Eier
200 ml süße Sahne
½ Becher saure Sahne
80 g Zucker

1 Päckchen Vanillezucker oder Mark einer halben
frischen Vanilleschote
250 ml Milch

Zubereitung:

Für den Teig das Mehl mit dem Salz, dem Ei, dem Sonnenblumenöl und dem lauwarmen Wasser zu einem glatten Teig kneten. Kurz ruhen lassen.

Inzwischen die Äpfel schälen, in feine Scheiben schneiden und mit etwas Zucker und Zimt vermischen. Zwetschgen entsteinen und ebenfalls mit Zucker und Zimt bestäuben. Nach Geschmack auch mit etwas Rum beträufeln.

Den Teig in drei gleichmäßig große Stücke teilen und jeweils sehr dünn ausrollen. Am besten noch zusätzlich mit der Hand vorsichtig auseinanderziehen.

Süße und saure Sahne mit 1 Esslöffel Zucker mischen und auf die Teigfläche streichen. Dann je nach Geschmack mit Äpfeln und/oder Zwetschgen belegen und vorsichtig zu drei Strudelrollen drehen. Nebeneinander in eine gebutterte Bratreine legen.

Die Zutaten für den Guss gut vermischen und in einem Topf unter Rühren langsam etwas erwärmen. Nicht aufkochen! Warm über die drei Strudelrollen gießen. Noch ein paar Butterflöckchen und die restliche saure Sahne (1/2 Becher) daraufsetzen und bei ca. 180 Grad in den vorgeheizten Ofen geben.

Wenn der Strudel oben schön knusprig goldbraun ist (nach ca. 1 Stunde), herausholen und etwas abkühlen lassen.

Mit etwas Puderzucker bestreuen und noch lauwarm mit Vanilleeis servieren.

Tante Luises Schoko-Nuss-Kuchen

(Tante Luises Schoko-Nuss-Kuchen)
(von Hanna ein bisserl abgewandelt)

Zutaten:

150 g weiche Butter
3 große Eier
150 g brauner Zucker
1 Päckchen Vanillezucker
150 g Vollkornmehl
1 TL Backpulver
1 TL Zimt
2 EL Milch
100 g gemahlene Haselnüsse
oder Mandeln
½ Tafel grob gehackte Schokolade

Zubereitung:

Butter mit Eiern, Zucker und Vanillezucker gut verrühren. Vollkornmehl, Backpulver, Milch und Zimt dazugeben und unterrühren. Nüsse/Mandeln dazu und ganz am Schluss die Schokostücke unterheben.

In eine Kastenform oder kleine Gugelhupf-Form geben. Im vorgeheizten Backofen bei ca. 175 Grad gut eine Stunde backen.

Entweder mit Schokoglasur oder mit Puderzucker-Rum-Glasur überziehen.

viel spass beim nachkochen und an guadn!

Danksagung

»Im normalen Leben wird einem oft gar nicht bewusst, dass der Mensch überhaupt unendlich viel mehr empfängt, als er gibt, und dass Dankbarkeit das Leben erst reich macht.«
Dietrich Bonhoeffer

In diesem Sinne möchte ich mich als Erstes bei Christina Gattys bedanken. Sie ist die weltbeste Agentin und hat in jeder Lebenslage immer ein offenes Ohr für mich. Und ganz nebenbei fungiert sie auch noch sehr erfolgreich als mein spezieller Diätcoach!

Mein von Herzen kommender Dank gilt jedem einzelnen Mitarbeiter des Teams von Blanvalet. Ihr seid alle großartig, und es ist wirklich ein großes Geschenk, dass ich mit euch zusammenarbeiten darf!

Ein besonderes Dankeschön geht dabei an die Verlagsleiterin Nicola Bartels und an Andrea Vetterle, die sich als meine Lektorin mit Herzblut und unglaublichem Engagement für meine Geschichten einsetzt.

Vielen Dank an Vertrieb, Presse und Werbung, insbesondere

Bernhard Fetsch und Verena Christoph, Dr. Berit Böhm, Inge Kunzelmann und Sebastian Rothfuss sowie Hendrik Balck und Claudia Winklmeier.

Sabine Cramer hat das Buch ganz wunderbar redaktionell bearbeitet, und die Zusammenarbeit hat sehr viel Spaß gemacht.

Ganz zauberhaft ist das Cover geworden, das wieder Johannes Wiebel entworfen hat.

Danke, Liz, für die interessanten Schilderungen über Bauernhöfe und auch für unsere jahrzehntelange Freundschaft. Danke, Carolin, für landwirtschaftliche Informationen und natürlich auch wieder fürs Testlesen und die tollen Fotos. Danke, Michael, für deine Infos über Segelboote. Danke, Markus, für das tolle Lesecoaching.

Mama, Felix und Elias – für eure Liebe und all eure Unterstützung danke ich euch sehr!

Und zuletzt, aber nicht weniger herzlich, möchte ich mich bei all meinen Leserinnen und Lesern bedanken.